GUEST MONK

객승

客僧

스마트북스 소설가

GUEST MONK

객승 客僧

김중태 장편소설

문학나무

| 작가의 말 |

인간을 위한 辨明

    프란치스코 교황은 돈의 지배에 대한 고삐 풀린 탐욕을 4세기 로마의 성바시리우스 주교가 말한 '악마의 배설물'에 비유했다. 모든 고통과 죽음, 파괴의 배면엔 반드시 무절제한 탐욕이 존재한다. 현대 사회의 무차별적인 물질주의 바이러스 공격은 인간성 상실의 위기를 가져오면서 시궁창 같은 악취를 풍긴다. 지상의 인간들은 오래지 않아 인간다운 품성이 사라지고 사악한 말법의 시대 적자생존이 피를 흘리며 메마른 사막에 백골로 나뒹굴게 되지나 않을지 모를 일이다.

    인간이 살아가는 데 경제적 가치는 필요충분조건이라고 해도 절대의 이상적 가치일 수는 없지 않을까. 경제의 끝 모를 성장이 아니라 생명과 인권, 자유와 상호존중, 따뜻한 나눔으로 더불어 살아가야 할 세상에 재물 숭배와 집착으로 비정해진 이기적 개인주의가 끝내 파멸을 불러오지 않을까 두렵다.

사유와 논리를 넘어선 선禪의 세계에 대한 동경과 한 인간의 진실한 삶에 여인이 뜨겁게 던져주는 사랑의 메시지가 장편소설 『客僧』이다. 작품 구성상 경전의 법어 일부를 변용하였음을 밝힌다.

'우리 인간은 무엇을 위해 사는가?'

생사生死는 언제나 마음에 있다. 눈에 보이고 귀에 들리는 것으로 살기보다 감동과 사랑으로 사는 것이 진짜다. 나는 무엇이고 어디에서 오고 누구인가? 물을 것 없다. 헛된 생각夢想, 마음과 정신을 혼탁하게 하는 쓰레기를 털어버리고, 아무 걸림이 없는 마음으로 사는 것이다.

사람은 하나의 소우주小宇宙다. 나 자신이 주체이며, 참모습이다. 사람은 신비롭고 불가사의한 존재다. 또한 자기 창조자이며 하나의 신神이기도 하다. 하느님은 하나의 명사다. 사람들은 생존이 불안하고 두렵고 죽음이 싫어서 하느님神을 만들었다. 그러나 신의 이미지는 허상虛像이다. 믿고 의지할 주체는 나 자신이다. 창공에 무엇이 있다는 것인가. 허상神에 매달리는 것은 어리석은 탐욕이며, 헛되이 영혼을 파는 짓이 아닐까.

어떤 소재를 다루던 재미난 이야기가 되기를 바라지만 다 쓰고 나면 항상 아쉬움이 남곤 한다.

2017년 3월

北漢山房에서 金重泰

차례

GUEST MONK

객승 客僧

원표 서화

1
머물지 않는 존재들諸行無常

출감자들이 사라져간 교도소 길목으로 비가 부슬부슬 내린다. 그 고요한 빗속으로 껑충하게 서 있는 포플러의 누런 잎이 기우뚱기우뚱 떨어진다. 뜨거운 태양과 무덥게 찌던 여름 날씨가 어느 새 서늘하게 바뀌어 가을이 달려온다. 가벼운 승복 차림에 벙거지 모자를 푹 눌러쓰고 교도소 정문을 나선 유정惟汀스님은 오랜만에 심신이 후련한 자유를 느끼며 자연의 조용한 바람과 평화로운 빗소리에 두 손을 모은 합장으로 깊이 절했다.

"어디로 가야 하나?"

구름 따라 물 따라 납자(衲子:먹장삼을 입은 승려)로 떠돌아다니던 때만 해도 신비적인 동경과 이상적이고 낭만적인 인상까지 주었으나 지금은 모든 것이 의미 없는 허공이었다. 부처가 말했다.

"신성한 승가에 악마의 피를 묻힌 몰골을 들고 어디를 가려고 하느냐?"

유정은 길 잃은 이방인의 낯선 모습으로 푹 눌러쓴 벙거지 모자를 손으로 밀어 올리며 빗속을 바라보았다.

아스팔트 도로가 길게 가로질러 나간 교도소 들머리엔 작은 가겟집이 하나 자리를 잡고 있었다. 간이버스정류장이고, 교도소를 찾아오는 면회객들은 제일 먼저 맞이하는 곳이다. 가겟집 저 너머 ○○시의 높이 솟아오른 아파트 건물들이 희읍스름하게 바라보였다.

유정은 교도소 길목의 버스정류장으로 걸어 나왔다. 부슬거리던 빗발이 굵어지고 있다. 승복이 축축하게 젖은 유정은 으슬으슬한 한기를 느끼며 가겟집 처마 밑으로 들어섰다. 가겟방엔 교도소에서 방금 전에 출소한 사내들이 버스를 기다리며 소주잔을 기울이고 있다.

"시대가 변했지. 각자 살아가는 도생圖生의 시대로 말이야."

"변해도 아주 더럽게 변했어. 아무리 도둑질을 않고 사는 놈이 하나도 없는 세상이라고 하지만 나라가 봉급을 주는 도둑과 사모 쓰고 법을 떡 주무르듯 하는 놈들이 큰소리치고 사는 세상이야."

"잘 먹고 잘 살자는 짐승들의 정글법칙이 아닌가."

너부죽한 얼굴이 초췌한 출감자는 창백하다 못해 푸른빛이 도는 얼굴로 절망적인 한숨을 내쉰다.

"혀 빼물고 헐떡거리며 서슬 퍼런 놈들의 등살에 이놈은 초상집 똥개같이 살았지."

비정한 목소리로 절망하던 사내는 갑자기 우는 것인지 웃는 것인지 알 수가 없다.

"내가 아니면 모두 전장의 적들로 보이는 세상이지. 눈빛만 거슬려도 주먹이 번개처럼 날아들고 시퍼런 칼날이 언제 숨통으로 날아들지 모르는 세상이지."

"이젠 생존법을 다시 배워야 목숨을 부지하고 살 수 있겠어."

"제 어린 딸년을 상습적으로 짓밟는 애비새끼도 있잖아."

거머멀쑥한 사내는 망조가 든 사회를 신랄하게 질타했다.

"애비가 아니라 짐승이지."

"미친 짐승도 제 새낄 벌거벗겨 조지진 않아. 짐승만도 못한 놈에 짐승 같은 놈, 짐승보다 조금 나은 놈들의 세상일세."

감옥에서 지독하게 담배에 굶주렸던 사내들의 버름한 콧구멍에선 마치 청솔가지가 타는 굴뚝처럼 뽀얀 담배연기가 풀풀 내뿜긴다.

"내가 어릴 적만 해도 배가 좀 고프게 살긴 했어도 사람이 사는 맛이 있었지."

"훈훈한 정감들이 참으로 많았어. 요즘은 옆집에 누가 사는지, 죽어 나가는지도 모른다잖아."

술잔을 받아 비우던 사내가 창문 밖으로 고개를 돌렸다.

"스님, 여기 들어와 곡차나 한 잔 하시우."

"말씀들을 나누시는데 죄송하지만 혹 미륵봉이 어디 있는지 아시는지요?"

유정은 술잔을 사양하고 물었다.

"미륵봉요? 이봐요, 아줌마. 미륵봉이 어디 있는 거요?"

낡은 점퍼를 입고 있는 사내는 오히려 가게주인 쪽으로 물었다. 가게주인은 출소자가 묻는 소리를 들었는지 못 들었는지 아무런 대꾸가 없다. 유정은 굵은 빗발이 차츰 더 거세지면서 뽀얀 물안개 속에 잠긴 도로를 무심히 바라보았다.

버스는 오지 않는다. 승려에게 계율은 생명과도 같았다. 씻지 못할 죄로 계율을 파하여 그 생명을 잃었다면 유정은 이미 비구가 아니었다. 비구일 수가 없다. 바른 법을 받으면 잊지 말고, 중생에게 성내지 않고, 다시는 부처님의 계를 범치 않으리라, 유정은 마음다짐을 했다.

"여우같던 마누라는 제 생살을 찢으며 낳은 새끼들을 추운 냉방에 새파랗게 얼려놓고 뛰쳐나가 뒈졌는지 살았는지 돌아올 줄을 모르구 있었지."

출감자들의 취기어린 대화가 계속되었다.

"형사들이 들이닥쳤을 때 멀건 콩나물국에 겨우 밥 한 덩이를 말아먹던 새끼들은 보나마나 어디로 뿔뿔이 흩어져 거지꼴이 되었겠지."

"이 개똥바다에 이놈의 희망은 무엇이냐?"

빗물이 흥건하게 질척거리는 아스팔트 위로 직행버스 한

대가 쾌속으로 달려간다. 방에서 나온 가게주인은 미닫이 출입문을 조금 열고 밖으로 고개를 내밀었다.

"버스가 와요."

술자리를 벌이고 있던 출감자들은 자리를 털고 일어났다. 빗속을 달려온 시내버스가 가게 앞 정류장으로 멈춰 섰다.

"스님은 버스를 안 타려우?"

출감자 하나가 붉게 취기가 오른 얼굴로 돌아보며 물었다.

"먼저들 가시지요."

유정은 시내로 들어가는 버스를 타지 않았다. 서너 명의 출감자들이 굵은 빗속을 달려 나가 올라탄 버스는 곧바로 출발했다. 버스정류장엔 가겟집 앞엔 유정스님 혼자 덩그렇게 남았다.

"○○읍내로 가는 버스도 곧 올 거예요."

가게주인은 비바람이 차갑게 들이치는 출입문을 닫고 들어갔다. 가게주인 말대로 흐릿한 물안개 속으로 버스가 한 대가 나타나고 있다. 유정은 가게 맞은편 승강장으로 건너갔다. 멈춰선 버스에선 내리는 승객 한 사람이 없다. 유정은 곧장 버스에 올랐다.

차내는 몇 안 되는 승객이 드문드문 앉았다. 유정은 빈 좌석을 잡아 앉았다. 바로 앞좌석에 머리털이 길게 덮인 더펄머리 청년이 앉아 있었다. 유정은 더펄머리 청년의 옆 좌석으로 옮겨 앉을까 망설이다,

"혹시 미륵봉이 어디 있는지 아시는지요?"

말을 건네며 물어봤다.

"이 버스를 타고 가면 됩니다."

청년은 무뚝뚝한 태도로 멋없이 대답했다.

"감사합니다."

버스는 빗속을 달려 나갔다. 유정은 교도소 길목 가겟집에서 헤어진 출감자들을 잠깐 떠올렸다. 가족들의 행방이 묘연한 절망을 몇 잔 술에 의지하며 얄궂은 세상을 타박하던 출감자들은 이제 어디를 헤맬까. 일정한 안식처가 없이 거칠고 사나운 세상의 삼각파도 속에 지친 몸을 허둥거리며 헤매는 무변중생(無邊衆生:한량없이 많은 중생) 들이 어디 그들뿐이랴. 뒤틀리고 잘못된 세태에 대한 야유와 푸념과 비정한 한탄, 한바탕 전쟁이라도 일어나고 산더미 같은 해일이 몰려와 세기의 인간 망종들을 한꺼번에 쓸어내기를 바라던 분노와 야유, 깊은 한숨은 짓던 차탄이 전이되듯 유정은 만행 중에 운수불길하여 뒤집어쓴 악덕의 모진 굴레에서 좀처럼 벗어날 수가 없다. 인간세상은 언제나 이렇게 말법의 시대였던가. 추악하게 타락한 중생사회를 치지도외 차가운 냉소로 경멸하며 소홀하게 방기放棄해 온 유정은 나약한 승려의 무능을 반추하며 절망적으로 버스에 몸을 내맡겼다.

지난날의 악몽 같은 시간들, 위험에 빠진 여자의 비명소리를 듣고 뛰어들었던 중생구제의 보살행이 추악한 패악으로 돌아와 거친 비난을 당하던 파계승의 비애와 자괴감에 유정은 몸서리를 쳤다. 백번을 잘못해도 백번 자비를 베풀어 용서할 수 있는 게 불타의 위대함이거늘 그것도 법의를 걸친 승려가 법계의 질서와 불법을 어지럽히고 부처의 가르침에 어긋난 음행으로 빗발치는 매스컴의 선정성에 기여한 파계승의 사문난적斯文亂賊이라니.

아니다. 희생과 자비의 실천이 승려의 참된 본분이거늘 얼마나 무서운 업을 짓자고 절체절명의 위기에 처한 생명의 비명을 못 들은 척 귀를 막고 무심할 수 있던가. 유정은 여섯 살 어린 나이에 할머니의 손에 이끌려 시오리길 서낭산 봉월사奉月寺 스님을 따라가던 때가 떠오른다.

유난한 추위로 정이월이 다 지나가던 그때, 저녁 무렵은 음산한 잿빛구름은 대지를 짓누르듯 무겁게 내려앉아 있었다. 밋밋한 야산자락 기슭도리로 개천을 앞에 끼고 조그맣게 들어앉은 초가삼간은 흉흉한 기운이 감도는 마당 안팎으로 새끼줄이 둘러쳐지고, 저녁어둠이 찾아들어 음침하게 방문이 꼭 닫힌 방에선 할머니와 작은숙모의 흐느껴 우는 소리가 새어나오고 있었다.

"한창 젊은 내외가 불쌍해서 어쩌나."

마당 새끼줄 밖에서 가느다랗게 새어 나오는 방안의 울음소리를 들으며 침통하게 지켜보던 이웃사람들 몇이 어처구니없이 동시에 세상을 떠나버린 젊은 내외를 탄식하며 하염없는 눈물을 흘리고 있었다.

"쯔쯔, 어린 것 하나를 두구 젊은 내외가 워칫게 눈을 감았을까."

　죽은 사람의 혼을 부르는 초혼招魂 뒤에 얼굴과 손, 발을 바로 잡아 수시(收屍:시신을 거두어 얼굴과 팔다리 등을 바로잡음)를 마친 아버지는 머리와 허리, 두 다리에 둥근 볏짚베개가 고여져 있었다. 며느리만이라도 어떻게 소생하기를 바라던 할머니는,

　"불효막심헌 것들, 젊으나 젊은 것들이 늙은 지 에미보담 워칫게 먼자 가는 게여."

　엊그제까지 생때같던 자식 내외가 갑자기 죽어 넘어지자, 할머니는 주먹으로 가슴을 퍽퍽 짓치며 억울하게 울부짖고 한탄하다 젊은 자식 내외를 뒤따라가기라도 하듯 그 자리에 몇 번이나 혼절했다.

　돌림병(腸티푸스)이 나타난 마을은 귀기가 서리듯 흉흉했다. 아무도 무슨 말을 꺼내는 사람이 없었다. 읍내 보건소에서 나온 사람들이 흰 마스크를 쓰고 집 안팎을 번거롭게 드나들며 소독을 했다. 더러운 물, 대소변 같은 배설물이나 병균이 감염된 음식으로 옮는 전염병은 아이들과 젊은 사람들에게 잘 발생하면서 병세가 심해지면 고열로 장이 녹아내린다고 했다.

　"입고 쓰던 물건들을 모두 다 밖으루 내놓으셔유."

　집 안의 솜이불과 장롱, 가방, 옷가지, 심지어 책과 사진첩과 평소 아끼던 잡다한 일용품들까지 무엇 하나 남기지 않고 모두 다 꺼내 언 논바닥에 높이 쌓고 불을 질렀다.

　언 논바닥에 쌓인 세간들이 활활 타오르는 가운데 잔설이

희끗희끗 남아 있는 논틀길로 들것 두 대가 앞뒤로 빠르게 나가고 있었다. 훤한 낮엔 차마 갈 수는 없는 길이던가. 잿빛 구름이 음산하게 드리워진 저녁 날씨는 찬바람마저 매섭게 불고 있었다. 한창 젊은 것들이 다 늙은 어미 앞에 죽어나자빠진 꼴을 보기 싫다고 보이지 않던 할머니는 어느 구석에서 생때같은 자식 내외가 거적때기에 둘둘 말려 들것에 실려 나가는 것을 어디에서 보았는지 펄쩍 뛰어나와 얼어붙은 논바닥을 허둥지둥 쫓아나갔다.

"저 못된 원수들을 내 눈앞에서 빨리 쫓쳐 보내거라. 얼매나 모진 것들이먼 즈이 새끼 하나 늙은 에미 앞자락에 내던지구 도망가는 게냐. 천하에 불효막심헌 것들 같으니……."

몇 번 기력을 잃고 넘어지던 할머니는 잘 가누지도 못하는 몸으로 논틀길을 비척비척 쫓아나가면서 짚자리에 둘둘 말려 나가는 자식 내외를 향해 연거푸 새된 고함을 내질렀다.

"이눔아, 니는 이자 누구허구 살래?"

"할무니허구 살지."

종우는 천연스럽게 대답했다.

"어이구우, 불쌍헌 내 새끼. 하느님두 무심허지."

할머니는 야윈 가슴에 불쌍한 손자를 끌어안고 눈물을 쏟았다. 하루 한시 눈물이 마를 날이 없는 찔꺽눈이 되어버린 할머니는 똑같은 소리를 계속 되풀이했다.

"콜록콜록, 어이구우, 불쌍헌 내 새끼."

날이 갈수록 기력이 쇠잔해진 할머니는 고약한 해수병咳嗽

病이 우심해지면서 기력에 부치는 기침을 그칠 줄을 몰랐다. 그때마다 할머니는 앙상하게 벌렁거리는 가슴에 한 손을 가져다 꾹 누르며 연해 콜록거렸다. 날씨라도 조금 차가운 밤이면 해수기침이 더욱 기승하여 홀쭉하게 얼굴이 야윈 할머니는 고약한 쇠기침을 끊임없이 콜록거렸고, 가래가 끓어올라 그르렁거리는 소리로 숨을 쉬다 힘에 부칠 때면 베갯머리에 두 주먹을 올려놓고 이마를 붙인 채 잠시 잠을 청하곤 했다. 그때마다 종우는 남새밭 귀퉁이 무구덩이에서 꺼내온 무를 닳아빠진 달챙이 숟가락으로 열심히 긁었다.

"할머니, 이거 먹어."

종우는 시원하게 긁은 무즙을 할머니 입에 넣어주었다.

"으음……."

"시원허지, 할무니?"

"오냐."

겨울 무의 시원한 즙을 몇 숟가락 받아먹고 난 할머니는 목구멍에 늘어붙어 갈근거리던 가래가 사그라지고 답답하던 가슴이 편안해지는지 베개에 좁은 이마를 묻고 조용히 잠을 청했다.

"할무니, 아부지 엄니는 언제 와?"

종우는 기침소리가 조용해진 할머니에게 물었다.

"할미두 느이 엄니 아부지가 은제 올는지 잘 모르겄다. 이자 할미헌티 무를 그만 긁어주구 니두 어여 자거라."

"엄니가 보구 싶어, 할무니."

　종우는 할머니를 치근치근 졸랐다.

　"인자 이 할미가 니 엄니 아부지가 있는 디루 데려다주마."

　"그게 참말이여, 할무니?"

　심통을 부리며 치근거리던 종우는 좋아서 펄쩍펄쩍 뛰었다.

　"이 할미가 은제 니헌티 거짓말을 허드냐."

　종우는 할머니의 말을 곧이곧대로 믿었다. 이듬해 서낭산 골짜기에 허옇게 얼어붙던 얼음이 녹아내리는 봄물이 지면서 화창한 명지바람이 보드랍게 불어와 따뜻해진 봄날 봉월사 허봉스님이 마을로 내려왔다.

　"스님, 일자一子 출가出家허면 구족九族이 생천生天헌다구 히었지유. 지 애비 에미를 한 날 한시 모다 잃구 불쌍헌 우리 손자를 스님께 부탁헙니다. 훌륭한 불자가 되도룩끔 잘 좀 길러주셔유. 그 은공은 이 늙은이 저승에 가서라두 꼭 잊지 않을 것이구먼유."

　할머니는 두 손 합장을 하고 봉월사 스님에게 간곡히 당부를 하였다.

　"종우야, 이자 스님을 따러가라. 스님을 따러가서 살믄 니가 보고 싶은 엄니두 보구 아부지두 만날 것이여."

　할머니는 몹시 야윈 가슴에 어린 손자를 꼭 끌어안고 머리를 쓰다듬으며 당신이 평생을 귀하게 지니고 살아온 청매화석염주를 풀어 종우의 목에 걸어주었다.

　"하아, 구슬이 참 이쁘다, 할머니. 이거 징말루 나 주는 거여?"

"암만, 주구 말구. 이 할미 대신 니가 이 염주를 목에 걸고 스님 말씀을 잘 따러야 헌허니라"

할머니는 언제나처럼 눈물이 가득 괴어 찔꺽거리는 눈으로 가엾이 바라보며 손목을 좀체 놓을 줄을 몰랐다.

"이자, 스님을 따러가거라."

할머니는 우물처럼 우묵하게 들어간 눈에서 쏟아지는 눈물로 어린 철부지 손자를 돌려세웠다.

"종우야, 이 스님하고 같이 가자."

얼굴에 미소를 짓고 다가선 허봉스님은 커다란 손을 내밀었다.

"어서, 가거라."

할머니는 어린 손자를 채근하며 마을 삼사미 덤불숲을 지나 서낭산 산길까지 따라나섰다.

"아무 걱정을 마시고 들어가십시오. 보살님."

서낭산 산길에 오른 허봉스님은 좀처럼 돌아설 줄을 모르고 눈물로 어린 손자를 바라보는 노 보살을 마주하며 다소곳한 합장을 하였다.

"스님, 절에 가면 울 엄니 아부지가 있어유?"

종우는 스님 곁으로 바싹 따라붙으며 물었다.

"어머니 아버지가 보고 싶으냐?"

허봉스님은 동그란 두 눈동자를 반들반들 굴리며 똘똘하게 묻는 종우를 매우 총명하게 바라보았다.

"스님을 따라가면 엄니 아부지를 만날 수 있다고 할무니가 그랬어유."

종우는 얼른 앞서 뛰어가다 돌아선 자리에서 허봉스님에게 말했다.

"네 두 눈이 영락없이 까만 머루 알 같구나."

어린 종우의 또랑또랑한 말소리에 머루 알처럼 까맣게 반들거리는 두 눈을 미루어봐 결코 예사롭지 않은 녀석이란 생각을 하며 허봉스님은 딴소리하듯 말했다.

"스님, 절에 가먼 울 엄니랑 아부질 징말루 만날 수 있는 거지유?"

종우는 강다짐하듯 재차 물었다.

"암만. 이 스님 생각엔 만날 수 있을 것 같기도 하고 만나지 못할 것 같기도 하구나."

"피이, 그런 게 어디어유. 울 엄니가 있으면 만나는 거구, 없으믄 못 만나는 거지유."

"허허, 그건 네 말이 옳구나."

허봉스님은 껄껄 웃었다. 종우도 스님을 따라 깔깔거리고 간드러지게 웃었다. 허봉스님과 종우는 도란도란 재미나는 이야기를 하며 서낭산 중턱까지 숨차게 걸어 올라왔다.

눈 아래로 한참을 내려간 산기슭에 고만고만한 초가집들이 올망조망 모여 있었다. 당산 소나무밭 아래 서너 채의 집들과 마을 삼거리 너럭바위 덤불숲을 향해 뒤뜰에 측백나무 울타리를 두르고 있는 종우네 집을 비롯하여 서낭산 골짜기에서 흘러내린 개천을 끼고 있는 마을이 한눈에 들어온다.

"종우야, 다리 아프지?"

허봉스님은 넌지시 종우를 돌아보며 물었다.

"하나두 안 아퍼유."

종우는 보라는 듯이 산비탈 길을 달려 올라갔다.

"허허허, 네가 작아서 내 바랑에 쏙 들어갔으면 좋으련만 커서 안 되겠구나. 그냥 스님의 등에 한번 업혀 봐라."

허봉스님은 어버이가 보고 싶은 종우의 간절한 마음을 잘 알고 있었다.

"스님은 등에 바랑을 메구 있는디 지를 어떻게 업는대유."

종우는 손을 내저으며 씩씩한 발걸음으로 비탈길을 옹골차게 뛰어 올라갔다.

"지는 할무니가 절에 댕길 적마다 따러 댕겨가꾸 다리가 하나두 안 아퍼유."

앞서 쪼르르 달려가던 종우는 산허리를 끼고 돌아가는 모퉁이에서 아슬아슬하게 깎아지른 산벼랑을 슬며시 굽어보았다.

"무서우냐?"

"이까짓 게 뭐가 무서워유."

종우는 고개를 홰홰 내저었다.

"무섭거든 스님 손을 잡아라."

허봉스님은 선뜻 발을 떼어놓지 못하는 종우에게 손을 내밀었다.

"괜찮어유. 지 혼자두 얼마든지 갈 수 있어유."

종우는 크고 작은 바윗돌들이 비쭉비쭉 비어진 비탈길을 조심스럽게 걸어 나간다. 허봉스님은 어린 녀석이 무엇을 살피고 생각하는 소견과 위험한 산길을 헤쳐 나가는 담대한 용기와 조심성을 대견스럽게 바라보았다.

"종우야, 만약에 말이다."

"야."

종우는 키가 큰 허봉스님을 올려다보았다.

"절에 부처님이 안 계시면 어떡하지?"

골짜기로 돌아 가파르게 올라가는 길에서 허봉스님은 종우의 손을 잡고 걸어가면서 물었다.

"부처님이 없는 절두 다 있어유?"

종우는 당찬 소리로 되물었다.

"암, 있고 말구. 절에는 눈에 보이는 부처님만 계신 게 아니라 마음의 눈으로 보이는 부처님도 계시단다. 너는 어느 쪽의 부처님이 좋으냐?"

"스님두 차암, 그거야 눈에 보이는 부처님이지유."

"스님은 마음의 눈으로 보는 부처님이 좋구나. 그게 진짜 부처님이거든."

"부처님두 가짜가 있구, 진짜가 있어유?"

종우는 도대체 모를 듯이 고개를 갸웃뚱거렸다.

"가짜로 보이는 부처님도 있어서 마음으로 보는 부처님이 진짜 부처님이란다."

"진짜 부처님은 어떻게 생겼는디유?"

"진짜 부처님은 아무나 쉽게 볼 수 있는 것이 아니란다. 진짜 부처님은 부처님 말씀을 잘 듣고 따르는 사람만 볼 수 있는 것이란다. 그러니까 우리 종우가 절에 가서 어머니, 아버지를 만나보려면 마음으로 보이는 부처님을 보는 법을 배워야 한다."

"부처님 보는 법두 따루 있어유?"

"암, 있구 말구. 이 스님 말을 잘 듣고 따르면 부처님을 바르게 보고 네가 바라는 어머니, 아버님도 곧 만날 수 있을 것이다."

허봉스님은 어린 종우에게 이런저런 말로 다짐을 주었다.

"부처님 앞에선 할머니하고 삼촌댁에서 살던 것처럼 함부로 못된 장난을 하고 고집스런 심통을 부리게 되면 부처님도 못 보게 될 뿐더러 어머니, 아버지도 영영 못 만나게 될 것이니라."

돌모루 우석마을의 조실부모한 종우를 할머니가 품에 안고 매사 오냐오냐 어르고 받아주며 기른 것은 어린 손자가 너무 가엽고 불쌍해서 그런 것을 허봉스님은 모두 알고 있었다.

"알았어유, 스님."

종우는 똑 부러지게 대답했다.

"법당의 부처님께서는 항상 부드럽게 웃고 계시지만 한번 화를 내시면 굉장히 무섭단다. 그러니 절에 가서는 절대로 부처님이 화를 내는 일이 없도록 조심해야 한다."

허봉스님은 영민하기가 이를 데 없는 종우를 미리 다잡아 이르며 차례로 업장의 굴레를 씌워 놓고 있었다.

"······."

종우는 금방 울음을 터뜨릴 것처럼 부루퉁한 얼굴로 대답이 없다.

"왜 대답이 없느냐?"

허봉스님은 양쪽 볼이 퉁퉁해진 종우를 돌아다보며 물었다.

"스님은 시방 지헌티 장난으루 거짓말을 허는 거지유?"

"장난이라니, 스님은 헛된 말이나 장난을 하지 않는다."

허봉스님은 엄했다.

"칫, 그럼 울 엄니, 아부지가 절에 없는 거지유?"

종우는 스님의 엄한 대답에 무서운 겁을 먹거나 노여움을 타지 않고 외려 또박또박 대어들듯 따져 물었다.

"스님 말을 잘 들어야 어머니를 만날 수 있다고 말을 하지 않았느냐."

허봉스님은 말소리에 좀 더 힘을 주었다.

"아녀유, 스님은 시방 거짓말을 허는 거여유? 난 울 엄니 아부지가 절에 없으믄 안 갈래유."

당차게 절 길을 오르던 종우는 붉게 부르튼 얼굴로 팽 돌아섰다.

"으앙! 스님, 미워유. 거짓말 허는 스님은 나쁜 사람이어유. 지는 할무니헌티 갈래유. 으아앙……."

종우는 마침내 울음을 터뜨리며 앞서가던 길에서 돌아섰다.

"허허허, 이 스님이 종우한텐 우스운 말도 못하겠구나."

허봉스님은 얼른 말소리를 바꿔 달아나는 종우를 붙잡았다.

"네 어머니 아버지는 아미타부처님이 계신 극락에 계시니라. 우리 종우가 부처님 말씀을 잘 듣고 따르면 언제든지 극락에 계신 어머니 아버지를 만날 수 있으니 아무 걱정을 마라."

두 팔로 종우를 꼭 감싸 안은 허봉스님은 큰 소리로 울며 불며 어깨를 들먹거리는 녀석을 토닥거리며 따뜻이 타일렀다.

"절에 가서 스님하고 부처님께 네 소원을 빌어보자구나."

"참말루 울 엄니 아부지가 극락에 있는 거지유?"

종우는 스님에게 다짐을 받았다.

"암, 있고 말구. 극락은 불쌍한 사람들을 도와가며 착하게 산 사람들만 가서 사는 곳이란다. 이 스님하고 절에 가서 부처님 말씀을 잘 듣고 소원을 빌면 부처님께서 네 어머니 아버지를 만나게 해 주실 거야."

"알았구먼유. 빨랑 가유."

발등이 깨질 것같이 굵게 떨어지는 눈물방울을 양 손으로 번갈아 훔쳐 닦으며 종우는 절을 향해 달려갔다.

부모를 만나고 싶은 종우는 절에서 잠시도 손을 놓고 있지 아니했다. 할머니가 재일齋日에 서낭산 봉월사에 불공을 드리러 올라가면 한시도 손을 놓지 않고 불전을 닦고 마당을 깨끗이 쓸어가며 팃검불 하나라도 떨어지면 얼른 허리를 굽혀 줍던 것처럼, 종우는 공양간에서 불공마지(불상 앞에 올리는 밥)를 지을 때도 땔나무 심부름을 하고 불목하니처럼 부지런히 일을 하면서 법당으로 마지 불기佛器를 정성껏 받쳐 들고 달려가고, 다른 스님들 심부름을 하다가도 틈이 나면 대웅전 마루에 이마를 붙이고 넙죽 엎드려 부처님에게 열 번 스무 번 오체투지를 하며 부모님을 만나게 해달라고 간절한 소원을 빌고, 천수경을 큰 소리로 외우고, 상좌스님이 시키는 일이라면 무엇이든 마다하지 아니했다. 고단하게 잠자리에 들 때도 종우는 어머니 아버지를 만날 생각만 했다. 죽어라고 부지런을 떨며 애쓰는데도 불구하고 날이 가고 달이 가도 종우는 어머니 아버지를 만나지 못하고 어머니 아버지에 대한 그리움만 더해가고 있었다.

"큰스님은 이놈헌티 거짓말을 허셨구먼유? 그렇지유? 절엔 우리 엄니 아부지가 없지유? 안 그려유? 지 말이 틀렸는 감유. 틀렸으면 말씀을 히어봐유?"

종우는 부처님 답전에 붉은 가사袈裟를 걸치고 있는 허봉스님에게 매달려 묻고 또 물었지만 들려오는 소리는 아무런 대답이 없이 대웅전을 낭랑히 울리는 목탁소리뿐이었다. 종우는 마지막으로 굳센 결심을 하고 서낭산 동굴에서 수행하던

객사의 수좌스님 한 분이 높은 바위벼랑에서 떨어져 죽어 산
짐승들의 밥이 되었다는 하늘바위로 올라갔다.

봉월사는 갑작스런 동자승 실종으로 뒤숭숭했다. 며칠이
지난 뒤 상좌 수인스님은 나이 어린 동자승이 죽은 어머니가
보고 싶어 애를 태우며 몸부림을 치다 잘못된 일을 저질렀나
싶은 예감이 후끈하게 덜미를 치자 부리나케 뛰어 올라간 하
늘바위에서 마침내 동자승 유정을 발견하고 허둥지둥 들쳐
업고 도량으로 내려왔다.

사실 유정은 그때 어머니를 만났다. 마치 죽음 같이 깊고
깊었던 꿈속에 나타난 어머니 아버지, 유정은 다시 한 번 그
런 꿈을 꾸고 싶었다. 어머니를 만날 수 있는 방법은 오직 꿈
을 꾸는 것이었다.

"너는 속세의 모든 인연을 끊었느니라."

허봉스님은 근엄한 얼굴로 말했다.

"인연이 무엇인지요?"

"어린 줄만 알았더니 부처님의 말씀法을 제법 깨우쳐 가는
구나. 인연이라는 것은 나와 다른 것들의 관계인 것이다. 이
러한 인연은 길고 짧고 또한 조건에 따라 변하는 것이다. 이
세상의 유정(有情:육체가 있고 정신도 있는 것), 무정(無情:육체는 있
으나 영계가 없는 것)이 억겁의 생으로 너와 연관이 되지 않은
게 없구나."

허봉스님은 속세에 아무런 미련을 두어서는 안 된다는 말
이었다.

"극락왕생하신 할머님도 언젠가는 다시 만날 게 될 것이다."

연치가 열 살이나 위로 솟은 수인스님은 친근한 말로 부모에 대한 애틋한 그리움을 달래주었다.

"두 분 부모님은 지금 세상 어딘가에 계실 것이다. 큰 집에서 부유하게 사시면서 불쌍한 사람들에게 후덕한 자비를 베푸는 보살일 수도 있고, 어디에서 남들 고단한 수고를 덜어주고 계신 분일 수도 있을 것이다."

어디를 가나 무슨 말을 들으나 유정은 그리운 어머니와 아버지, 할머니가 지워지지 않는 그림자처럼 따라다니고 있었다. 유정은 마음속의 부모님, 할머님에 대한 그리운 뿌리가 깊게 박히고 골수에까지 사무친 나머지 도량을 몰래 빠져나와 뛰어 올라간 하늘바위에서 어머니, 아버지를 애타게 불러보고 했다. 별들이 반짝거리는 밤하늘에 부모님들이 계시다면 하늘 끝까지라도 달려가 어리광을 부리며 젖 냄새가 물씬거리는 품에 포근하게 아늑하게 안기고 싶었다. 그런 망념에 사로잡혀 돌아오면 언제나 알아듣고 실행하기 어려운 큰스님의 말씀이 두렵게 기다리고 있었다.

"네 작은 머리에 웬 도깨비 떼가 그리도 많이 들어 있느냐. 앞으로 석 달 동안 매일 삼백 배를 하고 천수경 염불하여라."

허봉스님의 말씀을 부처님 말씀으로 잘 따르고 지키던 유정은 사시불공 마지를 쟁반에 받쳐 들고 대웅전 마지막 계단을 올라가다 발을 잘못 디딘 몸이 휘청하면서 불공 마지를 계단에 메어치고 말았다. 정갈한 마지는 돌계단, 마당으로 산산이 흩어지면서 흙 범벅이 되어버렸다.

"네 이놈! 근자에 들어 어디에 정신을 팔고 사는 것이냐?"

허봉스님은 불같은 호령을 하였다.

"아니되겠구나. 네 정신이 제자리로 돌아올 때까지 부처님께 삼천 배를 올리도록 하여라."

종우는 대웅전에 들어가 삼천 배를 시작하였다. 삼천 배를 올리다 지쳐 쓰러지면 천상에 있는 어머니를 만나볼 수 있을 것 같은 생각이 들기도 했다.

"어머니, 아버지, 할머님도 함께 계시겠지유."

종우는 중학교 3학이었다. 이젠 부처님 법계의 말씨도 바르게 제자리를 잡아가고 있었다. 시골 작은 읍내 중학교라서 한 학급 밖에 없는 남녀공학이었다. 남학생이 3개 분단에 여학생이 1개 분단이었다. 다른 남학생들과 달리 유정은 반들반들하게 배코를 친 머리라서 아이들이 때때중이라고 곧잘 놀리곤 했다.

"때때중, 너 고자지?"

대길이가 놀렸다. 주위의 아이들이 익살스럽게 킬킬거리고 웃었다.

"고자가 뭐니?"

양쪽 볼이 볼록하게 살이 찐 애가 무슨 말인지 잘 모르고 물었다.

"마, 고자는 씨가 없는 거야. 그거 알아?"

"씨가 없다구?"

"마, 불알이 없어서 애를 못 낳는 거라구."

대길이가 대견스럽게 나왔다.

"텔레비전에 나오는 옛날 궁중 내시 같은 거구나."

주위를 에워싸고 둘러선 아이들은 아주 재미스럽게 키득 거렸다.

"느이들이 모르는 소리야. 난 고자가 아냐. 중두 남자니까 장가를 가서 애도 낳을 수 있지만 수행을 위해서 여자를 멀리하고 장가를 안 가는 거야."

종우는 큰 소리로 반발했다.

"수행이 뭔데 장가를 안 가니?"

한 녀석이 물었다.

"중의 법도가 장가를 갈 수 없게 되어 있어. 법도도 그렇지만 중이 장가를 가면 복잡한 일들이 생기고 번뇌가 많아져서 불도를 닦는 수행이 아주 힘들어지기 때문이야."

종우는 아이들이 잘 알아들을 수 있도록 말을 잘 해보려고 했지만 생각처럼 말이 잘 나오지 않았다.

"저 때때중 새끼, 시방 뭔 소릴 하는 거니?"

말귀를 알아듣지 못한 대길이는 주위 아이들을 향해 때때 중을 우스꽝스럽게 비웃으며 동조를 구하듯 물어봤다.

"종우새끼, 저거 분명히 고자라구. 니들은 때때중이 장가를 가서 색시가 아이 낳는 거 봤니? 새끼가 고자니까 시방 엉뚱한 소릴 열나게 까대구 있는 거야."

대길이의 한패거리 중에 덩지가 드럼통 같은 물퉁이가 말했다.

"느이들 내가 참말로 고잔지 아닌지 한번 볼래? 누가 쇠불알처럼 잘 생겼는지 한번 보자구."

종우는 질 수가 없었다.

"때때중 새끼, 웃긴다."

대길이와 그 패거리들은 서로 쳐다보며 낄낄거렸다.

"좋아, 바지를 내려보자구. 자지두 누가 크게 잘 생겼는지 비교해 보자."

종우는 조금치도 지체 않고 바지 혁대를 풀었다.

"어쭈, 정말?"

대길이를 위시해서 주위를 에워싸고 있던 아이들의 눈동자가 일시에 휘둥그레졌다.

"누가 풋고추고 누가 여문 고춘지 대보자니깐?"

종우는 대차게 기세를 잡고 나왔다. 재미스럽게 지켜보며 키들거리던 아이들은 웃음이 싹 가신 얼굴로 슬금슬금 서로의 눈치를 살피기에 바빴다.

"니들 바지를 안 벗을 거니?"

종우는 큰 소릴 치며 혁대를 푼 바지의 지퍼를 쭉 갈랐다.

"새끼들아, 니들은 갑자기 고추가 번데기가 된 거니? 때때중 새끼는 바지를 까고 있잖아."

대길이는 눈을 부릅뜨며 패거리 애들을 다그쳤다.

"버, 버었지 뭐."

　패거리 애들은 대번에 오갈이 들듯 말을 더듬으며 바지춤
으로 손을 가져가긴 했으나 고개로 쿡 쑤셔박은 채 주춤거리
고 있었다.

　"넌 안 벗구 뭐해?"

　종우는 대길이 얼굴을 똑바로 쳐다보며 다그쳤다. 바로 그
때였다. 킥 하고 웃음이 터지는 소리가 주위의 아이들을 바
짝 긴장시켰다. 구붓한 어깨로 바짝 움츠러들어 힘센 대길이
대장의 눈치를 슬금슬금 살피던 한 애가 교실 쪽을 흘끔 돌
아보다 말고 한쪽 눈을 찔끔 감아보였다. 교실 유리창엔 여
학생들의 눈동자가 쫙 깔려 있었다.

　"년들, 볼 티면 보라지."

　대길이는 결단코 질 수 없다는 듯이 대담하게 바지를 무릎
아래로 쭉 밀어 내렸다.

　"좋아."

　동시에 종우는 바지춤을 확 내렸다.

　"어쭈, 저 새끼 삼각텐트를 쳤는데."

　놀랍게 쳐다보던 애들 가운데 진표라는 애가 커다란 눈동
자를 반들반들 굴리며 쳐다봤다.

　"야, 박대길. 팬티 벗을 거야 말 거야?"

　종우는 마지막 승부수를 던졌다. 풀이 죽은 듯하던 대길이
는 한 손을 팬티 속에 집어넣고 주먹을 쑥 내밀었다.

　"그건 니 풋고추가 아니라 팔뚝 말좆이잖아"

　종우가 큰 소리로 일갈했다. 주위를 겹겹이 에워싸고 몰려

든 아이들의 폭소가 터지고, 토요일 대청소를 하며 유리창 너머로 진귀한 풍경을 바라보던 여학생들의 깔깔거리는 웃음소리가 숨넘어갈 듯이 자지러들었다.

"짜샤, 이래도 말 자지냐?"

대길이는 끝내 움켜쥐고 있던 바지춤을 확 밀어 내리기 무섭게 잽싼 동작으로 끌어올렸다. 교실 밖까지 몰려나왔던 여학생들이 질색하는 비명으로 혼비백산했다.

"엄마 뱃속의 껍질이 그냥 붙어 있는 우멍거지도 좆이냐?"

종우는 신랄하게 공박했다. 대길이 대장이 졸지에 무안을 당하는 웃음거리가 되자 한패거리 아이들이 하나같이 얼빠진 동태눈깔을 끄먹거리며 대길이를 바라보는데 '왕방울' 체육선생이 대청소 검사를 하려고 나타났다.

"야, 이놈들아. 청소는 안 하고 화장실 앞에 모여 무슨 짓들을 하고 있는 거야?"

왕방울 선생님은 대길이 일당이 싸움판을 벌이는 줄 알고 부리부리한 퉁방울눈을 사천왕처럼 부라리고 호통을 치는 바람에 고자鼓子 시비로 불거진 사태는 흐지부지 싱겁게 끝나고 말았다.

토요일이지만 종우는 학교에서 아이들과 더불어 놀지 않고 절집으로 걸었다. 서낭산 봉월사까지는 삼십 리가 넘었다. 한동안 혼자 찻길을 걸어와 막 지름길로 들어선 종우는 뒷전으로 다가오는 자전거의 따르릉거리는 방울소리를 듣고 얼른 길섶으로 비켜섰다.

"종우오빠, 빨리도 걸어왔네."

우석마을 기와집에 사는 소미였다. 소미는 1학년이어지만 다른 아이들에 비해 키도 크고 예쁜 얼굴로 퍽 성숙한 편이었다. 자전거를 타고 다가온 소미는 브레이크를 잡고 자전거에서 내렸다.

"왜, 안 가구 왜 내리는 거니?"

종우는 의아하게 물었다.

"오빠를 태우고 가려구."

소미는 짐받이에 묶어놓은 책가방을 풀었다.

"토요일이라서 책이 많지 않으니까 오빠가 내 책가방을 가지고 타."

"자전거에 날 태우고 가려구?"

종우는 소미가 시골길 자전거를 얼마나 잘 타는지 의구심이 들었다.

"응, 걱정 마."

"좋아."

자전거 짐받이에 올라탄 종우는 소미가 엉덩이를 붙이고 올라앉은 안장 밑 부분을 두 손으로 붙잡았다.

"그렇게 잡으면 자전거에서 떨어진단 말이야. 그러지 말고 내 허리를 껴안아."

소미는 자전거 페달을 밟으며 출발했다. 출발부터 자전거 핸들이 불안하게 흔들렸다.

"안 되겠다, 나 내려 줘."

　종우는 소미가 잡고 있는 자전거 핸들이 이리저리 흔들리는 것이 아무래도 안 될 것만 같았다.

　"괜찮아, 오빠. 그냥 가만히 타고 있어."

　출발하는 자전거의 앞바퀴가 이리저리 흔들렸지만 소미는 곧 자전거 핸들을 안전하게 다잡고 내리받이 길을 달려 나갔다. 구부러진 내리막길은 질퍽하게 경운기 바퀴자국이 패여 있었다. 자전거는 빠른 속력으로 달려 내려가고 있었다.

　"천천히 내려가!"

　"걱정하지 마."

　자전거는 빠른 속력으로 달려 내려갔다.

　"길이 안 좋잖아!"

　종우는 소리를 질렀다.

　"아래 논바닥으로 처박히진 않을 테니까 날 꼭 잡고 있어."

　소미는 작은 몸매에도 자신만만했다. 휘움하게 굽은 내리막길은 물이 배어나 번질번질 흘러내리면서 아래쪽 길바닥까지 질퍽하게 적시고 있었다. 자전거는 질척한 내리막길에도 아랑곳없이 달려 내려갔다.

　"조심해!"

　자전거가 진창에 처박힐 것처럼 종우는 가슴이 조마조마했다.

　"빨리 브레이크 좀 잡으라니까!"

　"알았어, 브레이크를 잡으면 더 잘 미끄러진단 말이야."

　소미는 그제야 무섭게 휘둘리는 앞바퀴를 다잡으려고 핸

들을 잡은 양쪽 손에 꽉 힘을 주고 있었다.

"어, 어어엇!……"

제멋대로 내달리는 자전거를 주체하지 못하던 소미는 얼떨떨한 정신으로 당황스런 비명을 질렀다.

"소미야, 조심해!"

쏜살같이 내닫던 자전거는 질퍽한 경운기 바큇자국으로 앞바퀴가 미끄러져 들어가면서 철퍼덕 넘어지고 말았다.

"소미야, 괜찮아?"

경운기 바큇자국이 깊은 진땅에 자전거 앞바퀴가 미끄러지기 직전에 재빠르게 뛰어내린 종우는 황급히 소미에게 달려갔다.

"난 괜찮아. 오빠 안 다쳤어?"

소미는 오히려 물었다.

"응, 난 괜찮아. 넌 다친 데가 없는지 한 번 걸어봐?"

소미는 아픈 다리를 살펴보려고 허벅지까지 치마를 걷어올렸다. 다행히도 다리로 다친 데없이 멀쩡해 보였다. 소미가 다리를 걸을 수 없이 크게 다쳤으면 어떡하나 싶던 종우는 놀란 가슴을 애써 진정시키며 자전거를 고갯길로 끌고 올라왔다.

"다음엔 내가 자전거 타는 걸 배워서 널 태워줄게."

고갯마루 언덕으로 올라온 종우는 소미와 나란히 앉았다. 바람이 차가운 듯 선선하게 불러오고 있었다.

"나도 스님이나 될까봐."

소미는 하늘에 떠가는 흰 구름을 바라보며 말했다.

"별 소릴 다하네."

종우는 시큰둥한 코웃음을 쳤다.

"중은 아무나 하는 줄 아니?"

"못할 거 뭐 있어. 하면 하는 거지."

"그렇지 않아."

종우는 시무룩했다.

"종우오빠는 어떻게 중이 된 거야?"

소미는 궁금하게 물었다.

"돌아가신 엄마가 보고 싶어서 스님을 따라 절집에 가서 살다보니까 나도 모르게 중이 되었어."

"그런 게 어딨어?"

"더 묻지 마. 중이라고 일반 사람들과 크게 다를 거 하나도 없어. 그냥 사는 길이 조금 다를 뿐이야. 스님이라고 별다르게 기이한 눈으로 바라볼 것도 없구. 다 똑같은 사람이야. 다르게 보면 그게 오히려 이상한 거야."

"그냥 물어본 거야. 나도 모르겠어. 종우오빠가 왜 좋은지. 그냥 좋아. 그걸 사랑이라고 하는 건지도 모르지만."

소미는 사랑이란 말을 서슴없이 했다.

"아까 학교에서 말이야, 화장실 앞에서 대길이 애들과 어울려 담배라도 피우는 줄 알았는데 뭐 그런 내기가 다 있대?"

"그걸 다 봤니?"

"대청소 하는 날이잖아. 복도 유리창을 닦던 애들이 모두 다 봤지 뭐야. 아슬아슬한 스릴이었는데 왕방울 선생님이 나타나서 그만 산통을 깨버렸지 뭐겠어."

소미는 혼자 싱긋싱긋 웃었다.

"대길이 애들이 나 보구 자꾸만 때때중이라고 놀려서 한번 그래본 거야."

종우는 그때 바지를 홀렁 내리고 고추를 내보이는 일이 벌어졌더라면 어떤 광경이 벌어졌을까 생각만 해도 이마에 식은땀이 흘렀다.

"때때중은 고자라고 하고 말이야. 장가를 못 가는 내시와 똑같다고 하면서 마구 놀리는 거야. 그래서 그만……."

종우는 헛웃음을 치며 말끝을 흐렸다.

"그래서?"

소미는 점차 더 호기심이 발동하듯 꼬치꼬치 캐물었다.

"그래서는 뭐 그래서. 어떤 놈이 싱싱한 풋고추구, 누가 번데긴지 바지를 한번 벗어 보자구 한 거지."

"호호호, 종우 오빠두 참 웃긴다."

얼굴이 붉게 변해 몸 둘 바를 모를 줄 알았던 소미는 한 손을 입에 갖다 대고 킥킥 소리를 내고 웃었다.

"대길이 그 애들은 학교에서 오전 수업이 끝나기 무섭게 내빼는 애들이야. 깡패 조무래기들같이 패를 지어 돌아다니며 어수룩한 애들 으슥한 골목으로 끌고 가서 돈을 뺏기도 하고 그러는 애들인 거 종우오빠도 알잖아."

　어린 소녀티를 벗지 못한 소미는 상냥하고 귀엽고 훈훈한 감정을 지니고 있었다. 종우는 그런 소미가 좋았다. 혼곤한 잠이 들어 꿈속에서나 만나고 하던 어머니, 어머니를 만나는 그 기쁨의 순간이 되면 모질게 꿈이 깨어나 버리던 처절한 허망감에 몸부림치던 종우는 그런 어머니의 포근함을 우스꽝스럽게도 소미에게서 느끼고 있었다. 그런 와중에 세월이 바람처럼 지나가고 있었다.

　계율이란 사문(沙門:출가하여 수행하는 사람)을 한 치 운신의 폭 없이 얽어맨 사슬인가, 불성에 가까이 다가가려는 수단인가? 소용돌이치는 회의와 질식할 것 같은 소미에 대한 미련, 감정을 몰수하고 심장을 송두리째 떼어 가버리듯 보고 싶고 궁금하게 사무치는 그리움, 그런 소미를 잊지 못한 채 종우는 환란의 미망에 빠져 허우적거리고 있었다.

　"볼멘 투정을 부리던 것이 엊그제 같은데 네가 벌써 다 컸구나."

　허봉스님은 제법 고요해진 눈으로 언행이 조신한 유정을 흐뭇이 바라보았다.

　"여전히 철부지 동자승일 따름입니다."

　유정은 어머니를 찾지 않았다. 철부지 동자승의 외로운 마음을 따뜻이 달래며 인과를 깨우쳐주고 어느 날 갑자기 여윈 부모를 마음으로 만나게 하기 위한 방편으로 거짓말 아닌 거짓말을 거듭해온 허봉스님이었다. 속세의 인연 중에 유정은 아직도 끊어지지 아니하고 오롯이 남아 있는 인연이 있다면 소미였다.

"어디에 있을까?"

고등학교를 다닐 때까지만 해도 간간이 연락이 닿고 해서 몇 차례 소식을 주고받긴 했지만 사미계를 받은 뒤 강원講院을 마치고 하면서 자연스레 소식이 끊어진 소미는 지금 마음속에만 궁금한 그리움으로 남았다.

"잘 살고 있겠지."

지난날들의 부질없는 상념에 빠져들었던 유정은 차창을 때리는 굵은 빗방울 소리에 고개를 들고 빗물이 줄줄 흘러내리는 차창 밖을 바라보았다. 버스가 어디로 얼마나 달려왔는지 도로 연변의 시골집들이 한둘씩 나타나면서 스쳐 지나가고 있었다. 줄기차게 빗속을 달려온 버스는 이제 ○○읍에 도착하고 있었다.

산골 작은 읍내는 어디로도 빠져나갈 수 없는 내륙의 폐쇄된 고도처럼 산세가 험준한 장벽처럼 둘러싸여 있었다. 비는 차츰 소강상태를 이루고 비구름이 북쪽으로 밀려가면서 파랗게 조각난 하늘이 뚫리고 있다.

읍내는 5일장이 열리고 있었다. 버스에서 내린 유정은 더펄머리 청년을 찾아 뒤따라 붙었다.

"미륵봉으론 어떻게 들어갑니까?"

"저쪽 길가 주차장 버스를 타시면 됩니다."

사내답지 않게 얼굴이 곱살한 더펄머리 청년은 장마당 바깥 노변 주차장의 버스를 대충 턱짓으로 가리켜주며 자기 갈

길로 바쁘게 걸어갔다. 버스주차장으로 돌아섰다.

주차장 버스엔 장보기를 마친 사람들이 버스를 타고 있었다. 잠깐 사이에 어디로 갔는지 보이지 않던 더펄머리 청년이 다시 나타나 버스를 타고 있었다. 빈 좌석을 찾아 들어가던 청년은 유정이 자리를 잡고 앉아 있는 바로 앞좌석으로 들어앉았다. 10여 분쯤 장마당 손님을 더 기다리다 버스는 마침내 출발했다.

읍내를 벗어난 버스는 집 한 채 볼 수 없는 산간을 달리고 있었다. 어느 쪽을 돌아봐도 하늘 높이 솟아오른 산과 산이 거대한 장벽처럼 둘러싸여 있었다. 개천을 여울져 흘러내리는 물은 수정처럼 맑았다. 아슬아슬하게 깎아지른 바위절벽 아래를 달리는가 하면 협곡을 겨우 빠져나가기도 하고, 산비탈을 조심스럽게 슬금슬금 기어오르던 버스는 이번에 산허리를 길게 돌아나가고 있었다. 가파르게 내려간 산 아래 계곡이 까마득히 아래로 내려다보일 때마다 유정은 어질어질한 현기증을 느끼며 긴장하고 있던 한숨을 내쉬었다.

"이토록 험준한 산세가 있다니……."

바위산이 험준한 산모퉁이를 돌고 돌면서 산기슭도리를 달려 나가던 버스는 집들이 몇 채 들어선 마을 앞길에 정거했다. 버스종점이었다. 앞좌석에 앉아있던 더펄머리 청년이 불룩한 배낭을 어깨에 걸메고 승강구를 내려간다. 유정은 청년을 뒤따라 내렸다. 종점을 벗어난 청년은 금세 어디로 사라지고 보이지 않았다. 비가 다시 오려는지 한조각 뚫려 있던 하늘이 다시 어두워지는데, 산협 쪽으로 시커멓게 움직이는 것이 눈에 들어왔다. 산짐승이 아니다. 잠시 방향감각까지 잃고 산중의 낯선 두려움 속에 빠져 있던 유정은 바위와 잡목들에 싸인 산길을 민첩하게 헤쳐 올라가는 청년을 발견하고 허겁지겁 뒤쫓아갔다.

"이 골짜기를 넘어가면 마을이 있나요?"

"길이 있는데, 사람 살지 않겠어요."

청년은 말씨가 퉁명스러웠다.

"소승은 낯선 초행입니다. 길동무삼아 함께 가시지요."

험하고 낯선 산중에서 암담했던 유정은 비로소 안도했다.

"어디서 오세요?"

더펄머리 청년은 물었다.

"교도소에서 나오는 길입니다."

"교도소요?"

더펄머리 청년은 놀란 눈빛으로 돌아다봤다.

"스님도 중생인데 죄를 지으면 감옥살이를 하는 것이지요."

유정은 지은 범죄는 말하지 않았다.

"미륵봉을 찾으시는 것 같던데 거긴 무슨 일로 가시는지요?"

더펄머리 청년은 인연을 느끼듯 다소곳한 말씨로 물었다.

"스님이 절집밖에 찾아갈 데가 더 있겠는지요."

유정은 말을 주고받는 동안 뒷머리에 덮인 머리털이 더펄

더펄 흔들리는 청년의 거무숙숙한 얼굴을 은근 슬쩍 훔쳐봤
다. 오동통한 얼굴에 뭉툭한 복코는 성격이 원만하고 주위
사람들을 밝게 만든다고 하였다. 게다가 청년은 이목구비가
자연스럽게 조화를 이뤄 검고 큰 눈동자가 아주 시원스럽게
반짝거린다. 군살 없이 걷어붙인 팔뚝의 참살에 오동포동 반
반한 얼굴, 습성이 덕성스럽게 풍기는 것으로 보아 필시 사
내는 아니다.

"왜 자꾸만 쳐다보세요, 부끄럽게?"

낯선 시선이 거북한 듯 더펄머리 청년은, 아니 산처녀는
갑자기 얼굴을 붉혔다.

"초행길에 마음이 급하다보니 소승이 결례를 했나 봅니다.
용서하십시오."

유정은 대할 낯이 없이 사과했다.

"그런데 어쩌시다 스님께서 감옥에까지……."

헙수룩한 여름 장삼에 낡고 헌 운동화를 신은 것하며, 검
게 자란 머리 위에 푹 눌러쓴 잿빛 벙거지 모자, 까칫한 몰골
로 홀쭉하게 짊어진 바랑의 초라한 행색으로 보아 딱 유랑걸
승이다.

"불매인연이란 따로 없는 듯하군요. 뜻밖의 사건으로 맺어
지는 악연도, 부질없이 짓는 인연도 업을 따라오는 것이니
어찌하겠소."

"악연을 따라 감옥살이를 하셨다는 말씀인가요?"

유정은 에둘러 말했지만 산처녀는 제꺽 알아차렸다.

"인과의 법칙에서 어느 누가 벗어날 수 있겠소."

유정은 씁쓸한 웃음을 머금었다.

"제가 보기에 반쪽은 무뢰한 속인이고 절반의 행색은 떠돌이 걸승인지 잘 모르겠지만요, 공양 한 술이라도 얻어먹으려면 사람들이 많이 사는 도시로 나가야지, 두 눈을 몇 번씩 씻고 봐도 사람 하나 구경하기 힘든 두메산골을 찾아들어가 봐야 굶어죽기 십상이지요."

묵직하게 메고 있는 배낭을 추스르며 어깨 멜빵을 잡고 있는 산처녀의 손이 크고 무척 억세 보인다.

"도시엔 많은 사람들이 몰려들어 살아도 생존이 하도 각박해서 남을 배려하고 베푸는 마음들이 퍽 인색하다우."

"욕심들이 많아서 그런 거겠지요."

어둑한 골짜기를 얼마나 걸어 올라왔는지 비에 젖은 바윗길이 몹시 미끄러웠다.

"조금만 더 가면 됩니다."

사람이 다니는 길이라고 할 수도 없는 산협의 바윗길을 산처녀는 휘적휘적 잘도 걸었다. 산중 길이라면 누구한테 뒤지지 않는 게 중이건만 비에 젖어 미끄러운 바윗길을 날다람쥐처럼 민첩하게 건너뛰며 앞서나가는 산처녀를 유정은 따라잡기가 쉽지 않다.

"미타산 너머 큰 절집에 가시는 거 같은데 해거름에 가시려면 빨리 서두르셔야 합니다."

산처녀는 억세고 투박한 행동거지와 다르게 말씨가 단정

하다.

"소승은 이름난 유명대찰을 찾아가는 것이 아니라 조그만 암자를 찾아가는 길입니다."

"사정이 그러시면 발걸음을 더 재촉하셔야 되겠네요."

"낯선 초행길에 동행을 만나 다행입니다."

"제가 멋없고 투박스러워서 줄곧 사내처럼 보시는 듯한데 저는 사내가 아닙니다."

내내 부자연스럽고 시치름해 보이던 산처녀는 본색을 밝혔다.

"이 우매한 중이 잠시라도 큰 실수를 범했습니다. 용서하시오. 소승은 유정이라고 합니다."

"저는 다라라고 합니다."

다라는 말씨가 다소곳했다.

"다라요?"

다라多羅는 관세음보살의 눈에서 나왔다는 보살로서 청백색의 아름다운 여자 모양으로 청련화靑蓮花를 쥔 양손 합장을 하고, 머리에는 보관寶冠을 쓰고 넓은 눈으로 중생을 돌아본다고 하였다.

"빨리 가시지요."

다라는 발걸음을 재촉했다.

"산간 날씨는 변화무쌍해요. 구시월에 눈보라가 휘몰아치는가 하면 이듬해 5월까지도 눈이 허옇게 쌓여 녹지 않을 때가 많답니다."

산골짜기를 숨차게 걸어 올라온 다라는 이마의 땀을 훔치며 등에 무겁게 짊어진 배낭을 벗었다. 험한 돌길을 한동안 숨차게 걸어온 유정은 두 다리를 쭉 뻗고 앉았다.

"저 아래 흐르는 강물이 보이시죠. 이제 다 왔어요. 몇 해 전만해도 징검다리를 건너던 개천이었는데 하류에 큰 댐이 생기고 나서부터 물이 차오르기 시작하더니 지금은 강물처럼 되어버렸어요."

하고 다라는 어두워지는 하늘을 올려다봤다.

"큰비가 올 것 같네요. 서둘러야 하겠어요. 어서, 가시지요."

다라는 육중한 배낭을 다시 메고 일어났다. 골짜기의 거친 비탈길을 다 내려서자 강변으로 이어진 산자락 기슭에 다 허물어진 너와집들이 뒤 채 보인다.

"오래 전에 심마니와 약초를 캐며 살던 사람들 집이지요."

다라는 강변 언덕으로 걸어갔다. 비가 얼마나 내렸는지 불어난 강물이 출렁거리며 흘러내리는 물가에 뗏목 한 척이 둥실둥실 떠 있다.

"초행길에 힘이 드셨지요?"

다라는 풀숲이 우거진 강비탈을 미끄러지듯 달려 내려갔다.

"선사님!"

다라는 강바람에 머리가 허옇게 나부끼는 노老 사공을 향해 손을 흔들었다.

"하루해가 다 저물어서야 돌아오는구나."

다라와 늙은 뗏목사공은 부녀父女처럼 다정다감하다.

"이쪽은 함께 온 스님이에요."

다라는 길동무로 동행한 유정을 소개하며 뗏목으로 올라 탔다. 늙은 뗏목사공은 뜻밖의 길손을 얼핏 일별하면서 삿대를 바로잡았다. 늙은 사공을 선사님이라고 친근하게 부르는 소리에 내심 놀랐던 유정은 백발이 성성한 노 사공을 다시 바라보았다.

"강을 건너가시려면 어서 오르시오."

노 사공은 행색이 남루한 반승반속半僧半俗의 길손을 채근했다.

"아, 예 예."

뗏목은 통나무를 엮어 드럼통을 부착한 상판에 널쪽을 깔아 둥글게 파란색 비닐을 씌운 스티로폼까지 안전하게 부착되어 있었다.

"제가 뗏목을 저어 갈게요, 선사님."

다라는 노 사공의 삿대를 건네받았다.

"스님, 출렁거리는 강물에 뗏목이 떠내갈 것처럼 불안하신가 본데 걱정하지 마세요. 비가 많이 내려 계곡물이 불어나 그러니까 가만히 앉아만 계세요."

다라는 불안해 보이는 유정스님을 안심시켰다.

"오늘은 비가 와서 네가 장에 나가 힘들었겠구나."

"힘들긴요, 언제나 하는 일인걸요. 이번엔 ○○시내로 나가 송이까지 한꺼번에 다 넘겼어요."

노 사공은 궂은 날씨에 약초를 팔고 돌아온 다라와 뗏목을 저으며 대화를 나눴다.

"잘했구나."

노 사공과 산처녀의 대화는 훈훈했다. 유정은 뗏목사공 노 선사를 다시 보았다. 예사롭지 않다. 부처님상의 귀처럼 커다란 귀에 북데기 같은 수염이 텁수룩하게 뒤덮인 노 선사의 날카로운 눈빛에 정신이 번쩍 든 유정은 하마터면 큰스님, 하고 소리쳐 부를 뻔했다. 어버이요, 은사인 허봉스님이다. 문득 시공을 넘어온 듯한 20년의 세월, 서울 정각사에서 어느 날 갑자기 자취를 감추고 사라졌던 허봉 주지스님의 수려한 이미지가 유정의 뇌리에 오버랩이 되면서 귓전으로 장엄한 법고소리가 흘러 들었다.

등등 두등등 두등 등등……

개여울이 지는 계곡의 강바람을 타고 흘러오는 법고소리는 심취했던 잠재의식이 알 수 없이 불러오는 환청이었다. 허봉 큰스님은 팔만사천 무명번뇌를 삼키는 출중한 법고 솜씨뿐만이 아니라 법고춤 또한 빼어났다. 한 해가 마지막 가는 밤이 깊어 자정으로 치달아 맞이하던 그 새 해 맑고 웅장한 법고소리는 열반에 들어서도 들려올 것만 같았다.

삼계고해 중생구제에 나서야 할 승려들이 사찰의 잇속에 매달려 불계를 허물고 무변중생들에게 추태를 보이는 따위는 추호도 용납하지 않던 큰스님은 온유하면서도 단호한 성품으로 높은 도력道力을 보이면서 정각사는 나날이 신도들이 밀물지듯 불어나는 명찰이 되었다.

"승려들은 대중 속으로 들어가라. 청정한 산속의 절집에 시중의 보살들을 불러들여 시주물이나 바치도록 하는 것은 종교의 위선을 빌린 사기극에 불과하다. 그 가증스러운 짓은 미신이 아니고 무엇이겠느냐. 공기가 맑고 신선한 별유천지 청정한 가람은 보살, 거사, 중생들이 피와 땀으로 벌어다 시주하는 공양물에 의존하고 조용한 절간 수행을 방편삼아 편안한 일신상의 안일이나 도모하는 것은 불자도 승려도 아니다."

허봉 큰스님은 설했다.

"깨달음의 실체는 과연 무엇이며, 부처는 대체 무엇이냐? 깨달음은 인간의 고달프고 지친 삶을 초월하여 참다운 진리를 깨닫고, 온갖 괴로운 번뇌에 얽매인 고통의 생사고해를 건너간 니르바나 열반의 언덕이기보다 진정한 삶의 지혜인 것이다. 깨달음은 권위도, 생활에 쾌적한 부귀를 가져다주는 것도 아니며 세상에 널리 인정을 받아 좋은 평판이나 이름을 얻어 보자는 명예 따위는 더더욱 아니다. 중생들의 사회가 타락했다고 말들을 하지만 과연 사바세계의 중생들만이 타락했을까? 나 같은 땡땡이중도 보고 들은 귀가 있는데 맑고 밝은 눈이 박히고 양쪽 두 귀를 달고도 법계의 추악한 타락상을 보지 못하고, 오랜 지병에 시달려 죽어가는 중생들의 비명소리를 어찌하여 듣지 못하는가."

도제 양성은 한낱 구두선이 되어 버린 지 또한 오래였다.

"승려들은 반드시 자기중심을 확고히 지니되 수행도량이
니, 가람이니 달콤한 별유천지別有天地의 요람에 머물지 말
것이며, 적당히 수행을 팔아 안락의 꿈에도 취하지 마라. 슬
프고 아프고 괴로운 번뇌에 시달리는 중생 속으로 들어가라.
깨달음을 얻기 위한 그대들의 진정한 수행처는 아늑한 절집
도량이 아니라 대중사회다. 달콤한 별유천지에 안주하면서
무슨 수행을 할 것이며 부처의 깨달음을 얻을 것이냐?"

허봉 큰스님은 사부대중들을 번뜩이는 법안(法眼:불법의 바
른 이치를 꿰뚫어 보는 지혜의 눈)으로 바라보았다.

"다시 말한다. 불교는 귀족종교가 아니다. 그대들은 대중
속으로 들어가라. 자본주의 사회의 치열한 생존경쟁이 가져
오는 고단한 노동의 피와 땀, 아픈 고통과 쓰라린 슬픔, 소외
와 처절한 절망의 고통이 있는 곳으로 가서 그들과 함께하
라. 소외를 당하고 업신여김을 받으며 핍박을 당하고 가난과
신체장애로 멸시와 서러운 차별에 눈물짓는 소수자, 대중들
속에 바로 그대들이 염원하고 바라는 깨달음이 있으며, 부처
가 있을 것이다."

그랬다.

"현대는 지식기반사회다. 동서양의 철학과 인문학, 갖가지
전문지식과 탁월한 기술, 혼탁한 세상의 생존을 위한 전문지
식들을 철두철미하게 무장하고 살아가는 중생들은 섣부르게
설득하려고 덤비지 마라. 그들의 지식을 머리에 쓰레기만 쓸

어 담은 것이라고 폄훼하지 마라. 그보다 먼저 중생들의 정
서를 공감하고 감성을 함께 해야 한다. 현대인은 하나같이
외로운 고독에 빠져있다. 종교를 믿는 것이라기보다 외로움
에서 벗어나려는 수단이고, 하나의 무리 속에 들어가 소속감
을 갖고자 하는 것이며, 각박한 세태를 살아가는 비즈니스이
다. 정서는 메마를 대로 메말라 가뭄이 든 오뉴월 들판처럼
타고 갈라지며 감성은 납덩이처럼 무겁게 굳어 있구나. 사람
을 죽이는 흉악이 일상화되고, 바로 곁에서 사람이 죽어도
애도의 눈물을 보이기는커녕 잇속을 챙기는 세태가 되고 있
구나.”

　쉽게 들을 수 있는 법설이 아니었다.

　“몇천 년 전의 종교 신화와 허무맹랑하게 조작된 전설은
현란한 과학문명에 빛을 잃은 지가 오래되었다. 고대사회 종
교의 허구성에 부질없는 인생과 죽음을 예찬하는 따위는 종
을 친 지 오래 되었다. 부처의 진리만을 추구하라. 불교는 태
초 인간이 에덴동산이란 곳에서 금단의 선악과善惡果를 따먹
은 죄를 물어 구원의 숙명을 양쪽 어깨에 무겁게 짊어지고
있는 것이 아니다. 힘겹게 살아가는 중생들의 가엾은 자존심
을 경멸하지 말고 겸손한 자비와 사랑을 베풀어라.”

　큰스님의 설법이 놀라운 현상은 역대 조사들의 난해한 법
문과 선지식에 의존한 불법 해설의 나열이 아니라, 중생들의
꽉 막힌 가슴을 시원하게 뚫어주는 청량감이 들었다.

　그런 어느 날이었다. 고단한 대학입시를 코앞에 둔 여학생

하나가 어머니와 함께 찾아온 법당 뒷산 소나무에 목을 맨 자살사건이 일어나고, 범종불사를 하겠다고 고급스런 외제차를 타고 법당을 드나들며 유세를 떨던 장년의 보살이 국회의원 총선거를 앞두고 몇 차례 찾아와 주지스님을 친견하던 접견실에서 갑작스런 심장발작으로 급사하는 불상사가 일어났다. 부동산투기로 전국 개발지에 수천 평의 땅과 10여 채의 고급아파트를 소유하고 있던 보살이 정부의 장관 추천 하마평이 오르내리는 등 선거를 앞둔 민감한 시점에 일어난 보살의 급사사건은 주지스님과 연루된 갖가지 소문과 미묘한 의혹이 꼬리에 꼬리를 물면서 종단은 물론 중생사회에 큰 파장을 불러일으켰다.

그런저런 갖가지 추문에 시달리며 멸빈滅擯 징계 대상에 오른 허봉 주지스님은 이렇다는 말 한 마디 남김 없이 어디론가 홀연히 자취를 감추고 사라져버린 것이었다.

그로부터 20년의 세월을 태백산간 오지에 은거하면서 사바탁세娑婆濁世 중생들의 팔만사천 번뇌 업장을 녹이기 위해 우람한 법고를 울리고 있었던 것일까.

'청정 법신(法身:진리의 몸)이 바로 여기에 계셨구나.'

유정은 마음속으로 크게 찬탄하며 몰라보게 텁수룩한 수염이 뒤덮인 노 사공의 안모를 찬찬이 바라보는데, 강바람에 허옇게 나부끼는 노 선사의 얼굴에 환한 빛이 서렸다.

"선사님!"

유정은 귀밑까지 눌러쓰고 있던 벙거지 모자를 쑥 벗어던졌다.

"추악한 유랑객승이 이제야 은사님께 문안 인사를 드립니다."

강물이 철썩거리며 올라오는 뗏목에 털썩 무릎을 꺾고 오체투지로 엎드린 유정은 감격어린 눈물을 푹 쏟았다.

"산중 늙은이에게 이 무슨 해괴한 짓이오?"

허봉선사는 튀는 강물이 장삼이 젖는 것도 모르고 오체투지로 엎드린 반승반속半僧半俗 남루한 길손을 내려다보며 천연스럽게 물었다.

"유정스님!"

다라는 뜻밖의 광경에 얼떨떨하게 지켜보기만 했다.

"이놈은 갈 곳이 없습니다."

유정은 눈물로 하소연했다.

"보아하니 허기진 몸으로 험한 산중을 헤매다 헛것을 본 듯하구려."

허봉선사는 자신을 부인했다.

"어서, 건너가자."

허봉선사는 삿대를 잡고 뗏목을 부리는 다라를 채근했다.

"예, 선사님."

다라는 멈췄던 뗏목을 다시 저었다.

"선사님, 이 못난 놈을 거둬주십시오."

유정은 일찍이 고약한 말썽을 피우고 집에서 쫓겨나 낯선 거리를 방황하다 조난자처럼 돌아온 탕아처럼 뗏목에서 일어날 줄을 모르고 목을 놓아 하소연했다.

"어릴 적 유별난 고집을 여전히 버리질 못했구나. 빌어먹을 곳도 없는 산중에 웬 비렁뱅이 유랑걸승인가 했더니 바로 고약스런 동자승 고집불통이요, 한동안 법계를 어지럽히며 중생사회 대중들의 낯 뜨거운 조롱거리가 되던 땡추 놈이로구나."

수행을 한답시고 이곳저곳 도량을 찾아다니며 공양 곡식이나 축내고 투도계, 사음계를 식은 죽 떠먹듯 파한 속물이 악도에 떨어져 괴로운 신음을 견디다 못해 필경 한번은 찾아오리라는 것을 이미 알고 있기라도 했듯이 허봉선사는 가혹한 노기를 띠었다.

"선사님, 소승은 갈 곳이 없습니다."

유정은 절박하게 매달렸다.

"그걸 몰랐더냐?"

허봉선사는 냉엄했다.

"스님, 옷이 강물에 다 젖습니다."

영문을 모른 채 동행한 유정스님을 가엾게 바라보던 다라는 한마디 거들고 나섰다.

"강물이 많이 불었구나."

허봉선사는 이렇다는 말 없이 먼눈을 던지며 말했다. 빠른 물살이 뗏목에 들이치며 물보라가 사뭇 튀어 올랐다.

"스님, 그만 일어나세요."

다라는 유정스님을 채근하면서 잠깐 한눈을 파는 사이 강심에 깊이 박혀 뗏목을 지탱하던 대나무 장대가 활처럼 휘어지고 있었다. 사태가 다급해지자 유정은 벌떡 자리를 차고 일어나 뗏목을 젓는 다라에게 덤벼들었다. 불어난 강물은 금세 뗏목과 함께 세 사람을 집어삼킬 것만 같다.

"변덕스러운 산간 날씨가 폭우를 한 번씩 퍼부을 때마다 강물이 사나운 요술을 부리는구나."

강굽이 바위모서리를 여울지며 휘도는 물살이 매우 세찼다. 허봉선사는 허리를 굽히며 뗏목의 밧줄을 걷어들었다. 다라는 익숙한 삿대질로 뗏목을 돌출바위 아래쪽으로 쭉 밀고 들어갔다.

"애들 썼구나."

물보라를 뒤집어쓰며 강을 건너온 유정은 옷의 물기를 털어내며 허봉선사를 뒤따라 강기슭 바위언덕을 올라섰다.

"선사님, 암자 물건들은 배낭을 푸는 대로 곧 가지고 올라갈게요."

강변 언덕을 올라 다라는 산기슭도리 너와집에서 나온 엄마에게 달려갔다.

"늦었구나."

다라는 반갑게 맞이하는 엄마와 마주하면서 산길을 오르는 허봉선사와 유정스님을 바라봤다.

"선사님 암자에 손님이 찾아오셨나 보구나."

까마반드르한 얼굴로 육순六旬 가량의 보살은 허봉선사를 향해 공손한 합장으로 고개를 나부시 숙여 절했다.

"상좌스님이신 거 같아요, 엄마."

다라는 엄마의 팔을 꼭 끼고 걸었다.

"날이 저무는데 네가 하도 안 와서 에미가 얼마나 걱정을 했는지 모른다."

"엄마를 혼자 두고 다라가 어디로 도망갔을까 봐?"

모녀는 다정다감하게 웃었다.

"에미는 시꺼먼 숯가마 총각이라도 얼른 너를 업어 갔으면 좋겠다."

딸자식을 둔 어머니는 언제나 불안한 걱정에 시달리면서 시집간 딸이 단란한 가정의 행복 속에 잘살기를 바라며 두 눈에 흙이 들어갈 때까지 딸에 대한 걱정을 내려놓지 못한다고 했던가. 하늘만 빤한 두메 산골짜기에서 아무 것도 가진 것 없이 약초에 의존해 살면서 바라는 게 있다면 애오라지 하나뿐인 딸을 시집보내는 것이었다.

"엄마는 벌써 무슨 시집 얘기야."

"낼 모래면 스무 살이여. 여자는 한창 곱게 피어날 적에 시집을 가야지 늦으면 선을 보기도 거북스런 거야."

"시집은 무슨 시집, 난 그런 거 몰라. 난 여기에서 엄마랑 살 거야."

"남들은 다들 서울이다 어디다 나가 살면서 잘들 가르치고 허드라만."

노 보살은 한숨을 쉬었다.

"글을 읽을 수 있게 한글을 깨치면 됐지, 학교를 더 댕겨서

뭐하게. 도시에 나가 학교를 댕기는 것보다 암자 선사님에게
부처님 말씀을 듣고 배우는 게 훨씬 낫구먼."

"그게 뭐 그리도 좋으냐?"

노 보살은 딸자식의 태도가 영 못마땅했다. 그도 그럴 것
이 노 보살 모녀는 화전민이 일궈놓은 터전에 겨우 몸을 붙
이고 살면서 산비탈 쟁기보습만한 따비밭에 옥수수, 감자를
심어 먹고, 약초와 산채山菜에 의존해 살면서 딸자식 하나만
은 곱게 키워 시집을 보내겠다는 결심과 정반대로 다라는 계
집아이인지 선머슴아인지 도시 분간할 수 없이 훌쩍 커버린
것을 볼 때마다 시집보낼 걱정이 불쑥불쑥 앞서고 하였다.

"엄마도 참. 사람이 사람으로 태어나 사람으로 살고 사람
으로 죽는 이치와 도리를 알면 되었지 뭘 더 배워. 암자 선사
님께서 말씀하시는 것처럼 시집갈 인연이면 시집을 갈 거구,
시집 못갈 팔자면 엄마하고 이렇게 두메 산골짜기 사는 게
어때서."

"네가 그동안 선사님을 시봉하면서 배우고 터득한 걸 보면
이 산 저 산 산짐승들을 다 불러들여 거느리게 생겼구나."

조신하고 수더분한 구석이 없이 덤벙거리는 선머슴아이
영락없다고 여겨오던 딸자식이 단단한 엉덩이에 불룩 나온
젖가슴으로 얼굴이 봉숭아꽃, 백합꽃처럼 피어나는 것을 보
면 어느새 저렇게 컸나 싶기도 한 것이 대견스럽고 남모르게
가슴에 도사린 사연이 슬금슬금 기어 올라와 눈시울을 적시
고 했다.

"요담에 읍내 장에 나가거든 오늘처럼 늦덜 말거라. 네가 집에 없으니까 연로하신 암자 선사님께서 불어난 강물에 힘들게 뗏목을 부리시덜 않느냐."

"알았어요, 엄마."

다소곳이 대답하고 난 다라는 4월 초파일 부처님 오신 날에나 한 번씩 불을 밝혀놓던 연등에 촛불을 환하게 밝혀 마루기둥에 매달아 놓았다. 지금까지 누구 한 사람 찾아온 일이 없던 두메 산골짜기에 처음으로 사람이 찾아온 것을 나름대로 기념하기 위한 등불이었다. 다라는 앞마당을 걸어 나와 어둠이 지는 암자 산길을 바라보았다. 스님들의 모습은 보이지 않는다.

"비에 젖은 바위가 미끄럽구나."

허봉선사는 가파른 산길을 오르면서 말했다. 암자를 오르는 비탈길 아래 커다란 바위를 둘러싸고 있는 가시나무 덤불 숲 밑으로 흐르는 물소리가 마치 새들이 조잘거리는 소리처럼 들려온다. 암자로 오르는 산길은 오를수록 계곡이 깊어지고, 높이 솟아오른 산세와 계곡이 어둠이 고인 동굴처럼 깎아지른 바위절벽을 내려가 아슬아슬 위기감을 자아내는데, 한 사람이 겨우 오를 정도로 우불구불한 굽이돌이 길은 간간이 산비탈을 구르는 잔돌이 발아래 계곡으로 굴러 떨어지고 했다.

"암자는 아직 멀었는지요?"

가파른 산길을 거뜬거뜬한 발길로 걸어 올라가는 허봉선

사를 뒤따라 걸어 올라가는 유정은 장삼 등바대가 땀으로 축축이 젖었다. 경사진 바윗길엔 손잡이 밧줄이 매어 있었다.

"에쿠!"

발밑의 작은 돌덩이 하나가 깊은 골짜기로 굴러 내렸다. 한차례 굴러 내리는 돌덩이와 함께 거꾸로 곤두박질을 칠 뻔했던 유정은 바윗등에 발이 얼어붙듯 잘 떨어지지 않는데, 우불구불 올라붙은 산길은 벌써 어슬어슬한 저녁어둠에 묻히기 시작하고 있었다.

"어서 올라오너라."

숨찬 기색이 없이 앞서 올라가던 허봉선사는 얼핏 돌아보는 뒷눈질로 채근했다. 유정은 다리에 힘을 넣었다. 동굴처럼 물 떨어지는 소리가 들려왔다. 유정은 비좁은 굽이돌이로 접어들며 조심스럽게 발걸음을 옮겼다.

"다 왔느니라."

주위 산속엔 소나무와 굴참나무 같은 침엽수들이 꽉 들어찼다. 높드리 올라간 바위 아래 우묵한 분지 쪽에 외틀어진 소나무 한 그루가 운치 있게 서 있고, 돌과 소나무 조각들을 지붕에 얹어놓은 너와집 한 채가 조그맣게 들어앉았다.

너와집 앞마당으로 들어가는 초입엔 사람의 키 높이로 쌓아 놓은 불탑이 보이고, 맞은편 비탈언덕에 '彌勒庵'이란 입석이 박혔다. 허봉선사의 초암草庵이었다. 좁다란 암자 앞마당에 바윗등이 평평하고 길쩍한 너럭바위가 마치 평상처럼 놓였다.

금방이라도 허물어질 듯 초암은 큰 비라도 오게 되면 계곡물에 흔적도 없이 쓸려 내려가고 그 자리엔 돌덩이 몇 개만 덩그렇게 남아 있을 것만 같다. 뒤뜰 남새밭엔 배추 몇 포기가 소담하고, 산등성이 쪽으로 올라붙은 따비밭엔 시들해진 옥수수 이파리가 바람에 서걱거리며 나부낀다. 암자 안팎을 한 바퀴 둘러보고 난 유정은 혼탁한 사바세계에서 초인超人을 기리는 존재가 아니라 돌이킬 수 없이 잘못된 시대의 아픔을 온몸에 끌어안고 홀연히 탁세濁世 떠나온 야승野僧 한 사람이 초연히 은거하기에 부족할 것이 없는 초암이었다. 옥방獄房 이래 험한 산길을 걸어본 일 없이 제힘이 빠져버린 승려의 두 다리가 몹시도 무겁고 파근하게 지친 유정은 한숨을 훅 쉬며 평상바위로 걸터앉는데, 누군가 암자로 허위허위 걸어 올라온다. 아까 강변 언덕에서 본 노老 보살이다.

"보살님, 다 저녁에 뭘 무겁게 들고 올라오시는지요?"

유정은 급히 달려 나가 노 보살이 품에 안고 올라온 물건부터 받아들었다.

"방금 전에 오신 스님이시군요. 저는 산 아래 강변에 사는 늙은이에요. 두부를 조금 만들었기에 따뜻할 때 좀 들어보시라고 가져왔어요."

낯선 산중을 찾아 들어오면서 무척 허기가 진 유정은 보살이 안고 온, 아직도 따뜻한 두부와 배추김치를 보기만 해도 도리깨침이 꿀꺽거리고 넘어간다.

"누가 오셨느냐?"

숨기척이 귀에 익은 허봉선사가 암자 방문을 쿵 내열었다.

"저예요."

"보살님이 올라오셨군요. 엊그젠 호박죽을 끓여 가지고 올라오시더니, 오늘은 또 뭘 그렇게 들고 올라오셨어요?"

"별 거 아닙니다, 선사님. 모처럼 암자에 손님이 오신 거 같기에 배추김치에 두부 한 모를 가지고 왔구먼요."

조금만 색다른 공양물을 장만해도 암자로 먼저 가지고 올라오는 노 보살이었다.

"다라한테 시키시지 않으시고 매번 이렇게 먼 산길을 가지고 올라오세요."

"딸애는 하루 온종일 궂은 날씨에 장을 댕겨 와 고단허덜 않겠어요. 그래, 제가 얼른 댕겨 오자고 올라왔구먼요."

노 보살은 불심이 유달랐다.

"더 어두워지기 전에 저는 얼른 내려가 봐야 쓰겠구먼요."

노 보살은 이내 합장을 하고 돌아서 저녁어둠이 지는 산길을 내려가는 그때, 바위언덕 아래 굽이길 모퉁이에서 전등 불빛이 반짝거리며 뻗어 오른다.

"엄마야?"

어둔 산길의 엄마가 걱정스러워 달려온 다라다.

"에미 내려간다."

노 보살은 어둑한 산길을 익은 발씨로 총총히 헤쳐 내려갔다. 노 보살의 지극한 불심도 불심이려니와 모녀 단둘이 사는 외동딸은 야무지고 실팍한 산처녀로 그 됨됨이가 조금도 되바라진 데 없이 속이 듬쑥한 효녀였다.

"보살님은 잘 내려가셨느냐?"

방에서 허봉선사의 목소리가 새어나온다.

"예, 선사님. 강변 처자가 손전등을 들고 올라와 보살님을 잘 모시고 내려갔습니다."

유정은 방문을 열고 들어갔다. 방 안에 가득한 약초 냄새가 감미롭다. 방과 부엌이 따로 없는 단칸방엔 촛불이 가물가물 타고 있다. 작은 궤짝 위엔 허봉선사가 손수 조각한 것으로 보이는 향나무 불상이 촛대 곁에 놓여 있고, 심산유곡 야승의 처소답게 꾸며놓은 장식 같은 것은 어느 구석에도 아예 찾아볼 수 없이 천장엔 바위동굴에 군집을 이룬 박쥐들 모양 약재 주머니들이 주렁주렁 매달렸다.

"앉아라."

허봉선사가 마주하고 앉은 작은 경상엔 열반경과 서너 권의 책이 함께 놓였다. 절반이 부엌으로 나누어진 방 한쪽엔 붙박이 벽화로가 있고, 질그릇 주전자엔 약차가 보글보글 끓고 있었다.

"왜 그리 서 있느냐?"

비루먹은 산짐승이 다 허물어져가는 초암에 들어와 살고 있는 것처럼 꼿꼿한 허리로 결가부좌를 틀고 앉아 있는 허봉선사는 마치 숱한 산새들이 거무죽죽하게 배설물을 뿌려놓은 야외 석불 같기도 하고, 볼품없이 대충 조각해 놓은 목불 같기도 했다. 가엽이 늙은 몸과 다르게 쩌렁쩌렁 울려나오는 목소리에 빛나는 두 눈의 영채는 예전과 별다름이 없다.

"부처님이……."

"그런 눈을 둘씩이나 달고 헤매니 깨달아 성불할 게 무엇이냐?"

"……."

유정은 문득 할 말을 잃었다.

"일월성신, 선천초목, 비금수非禽獸가 상주설법을 하고 곳곳에 또한 부처가 있으며, 만산에 부처가 아닌 것이 없거늘 부처가 안 보인다니 납자衲子 수십 년에 어리석고 우매한 청맹과니 맹목이더냐. 고작 중생계의 달콤한 쾌락에 빠져 살았으니 깨침이 무엇이고 부처가 무엇인지 알게 무엇이냐. 만산의 나무와 바위가 부처 아닌 것이 없고 길가의 돌덩이, 찌그러진 깡통도 똑같으니라. 바람소리, 새소리, 개천의 청량한 물소리, 허공을 구르며 떨어지는 낙엽이며, 풀벌레 가냘프게 우는 소리까지도 부처 아닌 것이 없거늘 사람이 살기에도 비좁은 방에 불단을 차려 놓고 부처를 따로 모셔둘 것이 무엇이냐."

허봉선사는 가부좌를 틀고 천천히 단주를 굴렸다.

"중들이 산중 도량수행을 멀리하고 모두 도시로 몰려들어 비좁은 절집에 들어 살면서 중생들을 현혹하는 무당 짓거리에 허황된 장광설 수다로 중생들을 어지럽힌다더니 너 또한 그런 중놈들과 다를 바 없구나. 혼탁한 사바에 더께가 켜켜이 올라앉도록 찌들다 보니 두메산골 나무껍질이 덮인 집은 사람이 들어 살 집 같지가 않은 모양이구나."

허봉선사는 두메산간 초암에서 천리 밖의 모든 세상일을 훤히 꿰뚫어 보는 지혜의 천안통이라도 지니고 있다는 것인가. 유정은 이마와 콧잔등에 식은땀이 방울방울 맺혔다.

"이 초암은 겉보기 그리 뵈어도 여름에는 나무 조각들이 습기를 먹어 시원하고 한겨울에 눈이 내리면 지붕이 두텁게 얼어붙어 방 안의 따뜻한 온기가 밖으로 새어 나가질 않으니 추운 줄을 모르게 한겨울 삼동三冬을 날 수 있구나."

허봉선사가 내어놓는 공양은 잘게 부순 옥수수에 조가 섞인 밥과 묽은 된장국, 산나물에 방금 강변 집 노 보살이 가져온 두부와 배추김치라는 푸짐한 진수성찬이 아닐 수 없다. 차가운 빗속에 멀고 험한 산길을 헤쳐 오는 동안 몹시 허기가 졌던 유정은 이것저것을 걸터들이며 빈 뱃속을 채웠다.

"계를 범한 업력으로 지옥에 굴러 떨어진 벌판에서 허덕지덕 찾아왔으니 퍽이나 고단하겠구나."

허봉선사가 고락苦樂의 모양과 온갖 형체며 색상들을 속속들이 들여다볼 수 있는 능력을 지니고 있다면 깊은 산중 다 허물어져가는 너와집 초암에 은둔한 허봉선사야말로 만법의 오묘한 이치를 깨달아 득도한 법신法身이 아닐까 싶기도 하고, 사리사욕에 눈멀어 추악한 가승假僧으로 내쫓긴 정각사 땡추주지를 그동안 까맣게 잊고 속인俗人의 눈과 입으로 현몽처럼 허랑방탕 살다 출구 없는 팔열지옥에 떨어져 죽겠다고 산짐승이나 다를 바 없는 늙은이를 진승眞僧인 양 불원천리 찾아와 듣기 좋은 망언을 늘어놓는 유랑걸승의 일그러진 몰골이 딱한 허봉선사는 아예 두 눈을 내리감았다.

"소승은?"

유정은 어렵게 입을 떼었다.

"무엇이냐?"

허봉선사는 냉엄하게 물었다.

"소승이 중생계에 추악한 범죄로 소란을 피웠던 사건은 칠흑 같은 어둠을 찢고 들려오는 한 여자의 비명소리 때문이었습니다. 가엾이 죽어가는 한 생명을 건지려고 뛰어들었던 인과(因果:원인과 결과)는 딱하게도 소승이 지은 전생의 업력(業力:과보를 가져오는 업의 큰 힘)이었던 듯합니다."

"교단의 계율을 집대성한 율장律藏에 붓다는 음행을 저지른 한 비구를 불러놓고 어떠한 상황에서 그런 행음을 저질렀느냐고 물어본 다음에 그 비구가 진실로 음행을 범했는가犯戒, 아니면 범하지 아니했나不犯 판단을 하였는데, 그가 만일 어떤 의도意圖를 가지고 음행을 저질렀다면 그 비구를 크게 꾸짖어 승단에서 추방시켰으며, 그 비구가 어떤 불가항력적인 사정으로 여인을 강간하게 되었다면 그와 같은 일이 다시 재발하지 않도록 당부하고 용서해 주었구나."

가엾이 긴장했던 유정은 율장의 법어를 들으면서 한결 마음이 놓였다.

"소승이 중생계를 어지럽히며 추악한 풍파를 일으킨 일은 소승이 미처 분별하고 헤아리지 못한 부지불식간의 악연으

로 빚어진 일일 뿐 소승은 사악한 음행에 빠진 일이 없습니
다."

하나의 행위는 어떤 의도를 가지고 저질렀느냐에 따라 선
善이 될 수도 있고, 정반대로 악惡이 될 수도 있는 상황윤리
를 유정은 모르지 아니했다.

"남몰래 정을 통하는 밀통密通도 도둑질인 것이며, 은밀히
마음을 주고 받는 통정通情 또한 투도계偸盜戒다."

허봉선사의 법안에 내밀한 승방의 음사淫事라도 들킨 듯이
유정은 속이 뜨끔한 식은땀을 흘렸다.

"악연의 사슬만큼 질기고 무서운 것이 없다. 달마가 이르
듯 그 악연은 전생의 빚을 갚는다 생각하고 앞으로 부디 공
덕을 지어라. 예토(穢土:더러운 국토라는 뜻으로, 부정한 것이 가득
찬 인간세계)에 풍설이 한시인들 무심하더냐. 지금 같은 사바娑
婆보다 차라리 중생계의 무행처가 더 나을지도 모르겠구나."

허봉선사는 사바(娑婆:괴로움이 많은 인간 세계)에서 일어난 사
건을 모두 다 알고 있어 다시 듣고 싶지 않은 눈치다.

"전생다생에 너는 나와 함께 석가세존의 처소에서 법을 배
웠더니라. 그러한 인연이 있기에 네가 불법을 찾아서 나를
찾아온 것이리라. 이제나저제나 올곧은 수좌승으로 환희지
를 성취한 소식은 없고 추악한 악업으로 계를 무도히 파하고
지켜야 할 계율을 지키지 아니한 땡중으로 생명을 다하였으
니 너에게 더 바랄 것이 없구나."

허봉선사는 무척이나 딱한 어조로 넋을 놓았다.

"부처님께서도 설산雪山에서 6년 고행수도 끝에 대각大覺을 이루셨다 하여 이 늙은이도 그 믿음과 원력을 가지고 바위굴에 들어가 바위틈에 배어나는 물을 핥아가며 옆구리를 한번 바윗등에 기대지 않고 가행정진加行精進을 해 보았지만 견성성불見性成佛이란 높은 성벽을 뛰어넘지 못했다. 그 뒤로 부처님을 마주할 염의가 없어 불상을 폐하고 법의(法衣:승려가 입는 옷)를 벗으니 이렇게 늙은 산짐승이 다 되었구나."

순간 유정은 한 자락 허전한 바람이 허구리를 스쳐가는 것을 느꼈다.

"아닙니다. 소승의 눈엔 선사님께선 대각을 이룬 법신으로 보이십니다."

"한 소식 한 놈이라면 그 말을 기분 좋게 들을 수도 있겠다만 속계 중생들이 항상 입에 달고 지껄이는 망어계(妄語戒:오계의 하나. 진실되지 않은 헛된 말로 남을 속여선 안 되는 계율)를 서슴없이 범하였으니 당장 암자 밖으로 쫓아내는 것이 마땅하나 지금 네 모습이 하도 딱하고 불쌍하여 그도저도 못하겠구나."

허봉선사는 자애로웠다. 흐린 노안老眼도 아니었다. 초점이 또렷한 수정체가 여전히 번뜩이며 서릿발처럼 날카롭게 살아 있는 눈빛을 지녔다.

"사바 중생 사회를 일컬어 인토忍土라고 하지 않느냐. 힘든 고통과 괴로운 번뇌를 참고 견디면 살 만한 곳이기도 하다는 말이지."

허봉선사는 사바 중생계의 현실을 그대로 인정하고 있었다.

"이놈은 승복을 입으나 벗으나 중이기도 하고 중이 아닌 것 같기도 합니다."

"발을 붙일 데가 없다는 소리로 들리는구나."

"아무 것도 보이지 않는 허공입니다."

유정은 솔직한 심정이었다.

"비명을 지르는 걸 보니, 마음자리에 부처님은 사라지고 그 자리에 헛된 망념이 가득 찼구나."

허봉선사는 안타까운 듯 혀를 끌끌 찼다.

"마군(魔軍:불도를 방해하는 온갖 악한 일)을 멀리 물리쳐라. 부질없고 허황된 망상을 버리면 오직 청정한 네 자신을 보게 될 것이다."

허봉선사의 말에 유정은 고개를 가슴에 묻었다.

"지금 네 모습을 보면 장삼을 걸친 비구라 할 수가 없구나. 지극히 사랑하는 정인情人을 마음에 품고 질풍 같은 음욕에 사로잡혀 있으니 생각인들 온전하겠느냐. 네가 지은 중생계 추악한 사건은 네가 원하든 원하지 아니하든 모두 네가 받아 안은 업이니라. 나무관세음보살."

허봉선사의 한마디 한마디는 유정의 온몸에 식은땀이 흐르도록 심중을 꿰뚫어 질타했다.

"생명의 특질은 감동이다. 게다가 사내의 몸을 쓰고 있는 동안은 여자에 대하여 무심하기가 참으로 어려울 것이니라.

젊음이 왕성하니 더욱 가슴에 끓고 타오르는 사랑의 열정인들 오죽하겠느냐."

사랑의 욕망이라는 것이 쉽게 끊고 자를 수 없는 억세고 강렬한 집착의 소산이요, 피가 펄펄 끓는 젊은 육체의 본능이라고 하지만 허봉선사는 그 부질없는 몽환에서, 뜨거운 애욕의 용광로에서 유정이 하루 빨리 헤어나기를 바랐다.

"그것은, 그것은……."

유정은 목구멍까지 올라온 말을 끝내 꺼내지 못하였다. 언제 어디에선가부터 잘못 뒤틀린 사회의 윤리가 허물어지고 도덕이 실종되고, 구태의연한 교단이 불러온 추악한 참상의 비애, 승려의 일탈과 방황의 연장선상에서 빚어지는 사건들, 무명번뇌에 몰골스럽게 찌든 중생들을 제도하고 불법佛法을 지키며 참 나로 살도록 이끌어야 할 사찰이 그와 정반대로 중생들이 사찰을 불안한 동정과 우려의 눈길로 처연히 바라보는 세태, 스님들을 오히려 안타깝게 비난하는 중생계를 무심히 저버리고 치지도외置之度外 훌쩍 자취를 감춰버린 허봉 큰스님, 그리고 남겨진 상좌들, 가르침을 받은 은사恩師요, 동시에 스승을 잃어버린 상좌들의 절망과 허망함, 마음에 끓는 일말의 분노까지 추스를 방법을 유정은 도무지 어디에서도 찾을 수가 없었다. 마음으로써 마음을 전하는 이심전심以心傳心의 법통法統을 중요하게 여기는 정신적 법맥法脈인 지주가 하루아침에 허망하게 무너진 당황스러움과 초라한 가엾음에서 벗어나기에도 유정은 힘에 겨웠다.

인간들이 모이는 곳엔 언제 어디에서나 세력과 파벌이 형성되고, 그 수장과 권력에 아첨하며 추종하는 무리들이 생겨나 서로 질시하며 내몰린 자들은 또 다른 분파를 낳고 계통과 이념의 맥을 잇는 따위는 아이러니하게도 인간세상의 속성이 빚어내는 모순과 부조화일지도 몰랐다. 자아 성찰의 깨달음을 위 없는 최고의 목표로 삼고 참된 진리를 추구하며 자비와 사랑의 실천을 부여받은 어떤 집단이라고 해도 이권과 멀지 아니했다. 내 집단, 내 사람을 챙기는 속성은 사라질 줄을 모르고 여일했다.

사찰의 문제는 허봉 주지스님이 자취를 감추고 사라진 뒤에 본격화되었다. 새로 부임한 신임 주지의 상좌들은 사찰의 모든 소임을 접수하며 공양주까지 바꿔 버렸다. 허봉 주지스님의 상좌들은 몇 명이 남아 신임주지 상좌들과 교구의 인사다, 불법점거다 힘겨운 다툼을 벌이며 허봉스님이 돌아오기를 기다렸지만 허봉스님은 다시 돌아오지 않았다. 남아 있던 허봉스님의 상좌들은 뿔뿔이 흩어져 정각사를 떠났지만 유정은 정각사에 그대로 머물며 허봉스님이 돌아오기를 기다리고 기다려보았지만 끝내 돌아오지 아니했다. 정각사에서 유정이 마지막으로 떠난 것은 그때였다.

2
두타행頭陀行, 그 기나긴 여로

두타제일頭陀第一의 가섭존자迦葉尊者처럼 사바세계 도처를 떠돌아다니며 깨끗하게 불도를 닦는 두타행頭陀行으로 구름처럼 바람처럼 만행하는 구도의 길을 걸어갈 생각으로 유정은 바랑을 짊어지고 어떤 미련이나 기약이 없는 길을 나섰다.

운수행각雲水行脚은 아무런 거리낌이 없는 자유와 새의 깃털 같은 가벼움, 창공의 구름처럼 떠다니고 물처럼 흐르는 발걸음이었다. 무더운 한여름 굵은 소나기 빗방울이 후두두둑 떨어져 가뭄에 타는 들판 곡식과 산야초목에 싱그러운 생기를 불어넣어주고, 무르익은 곡식의 구수한 냄새는 먼 길에 시달린 여독을 풀어주었다. 탐욕의 늪에 빠진 사바세계를 지나노라면 거칠고 사나운 재앙을 만날 수도 있고, 바람을 타고 재를 넘으면 의식은 잠이 들어 몸은 길 위에 움직이는 자동인형이 되고 허수아비가 되고…… 바로 득도得道의 길이었다.

　유정은 충청도에서 전라도로 내려가는 길에 세상에 태어나 잠시 머물던 고향에 당도하였다.

　날이 저물어 서낭산 너머 하늘가에 선홍빛 낙조가 곱게 물이 들고 있었다. 언제 보아도 우람하고 의젓하게 마을을 품고 있는 서낭산은 짙어가는 낙조를 서쪽으로 등지며 산골짜기에 축축한 어스름이 깃들고 있었다.

　오래간만에 고향땅에 발을 들여놓은 유정은 자신도 모르게 가슴이 뭉클, 애잔한 감회에 젖어들었다. 십 수 년이 훌쩍 지난 세월이었다. 출가할 때는 살아온 속세의 온갖 습속과 맺어온 모든 인연을 끊었다고 하지만 고향에 대한 알록달록 물든 정감과 그리움마저 끊어진 것은 아니었다.

　마을은 예전과 다른 모습으로 낯설게 변해가고 있었다. 반듯한 아스팔트 도로가 질편하게 동서를 가르고, 깨끗한 양옥 집들이 곳곳에 들어서 있었다. 밋밋한 산발치로 내려온 분묘의 석물들이 붉은 낙조에 반들반들 빛나고 있었다. 유정은 어린 동심을 느끼며 어머니, 아버지, 할머니와 함께 살던 곳을 찾아보려고 하였으나 측백나무 울타리 ㄱ자 초가집 뒤란 텃밭에 상추, 가지, 풋고추, 오이가 길쭉길쭉하게 자라던 곳엔 새마을기가 내걸린 마을회관 2층 건물이 반듯하게 들어서 있었다.

　"옛것은 없구나."

　무상했다. 예전 그 모습 그대로 남아 있는 것은 아무 것도 없었다. 유정은 마을을 뒤로 하고 저녁어둠이 어슬어슬 내리

는 산골짜기를 더듬어 올라갔다. 부모님의 산소는 본래 양지
바른 산언덕이 아니라 가시덤불 잡초가 더부룩한 응달 골짜
기였다. 가시나무 우거진 잡초와 칡넝쿨이 사뭇 뒤엉킨 골짜
기는 어디가 덤불숲이고 부모님 산소 봉분인지 도무지 알 수
가 없다.

"두 분이 어디에 누워 계시단 말인가?"

속세의 인연을 끊고 떠나 승문僧門에 들었다 해도 육신을
섞어 세상에 낳아준 부모를 무심히 잊어버린 채 한 번도 찾
아보지 아니하고 천륜을 잘라 저버릴 수 있던가. 유정은 탄
식하며 두 분 부모님을 저버리듯 외면하고 살아온 잘못에 견
딜 수 없는 불효의 눈물이 울컥 눈시울을 넘쳤다.

"저기로구나."

억새풀이 우부룩하게 올라온 골짜기로 급히 두 발을 놓고
쫓아간 유정은 발목이 빠지는 잡초더미에 크게 놀라면서 또
한 번 통한의 눈물을 삼켰다.

"어머님, 아버님, 어디에 계십니까?"

이쪽저쪽 잡초더미를 허둥거리며 헤매던 유정은 봉긋한
억새풀밭에 털썩 주저앉았다. 억새풀이 무성하게 덮인 산소
봉분은 군데군데 푸른 이끼가 덮여 퍼슬퍼슬 허물어지고 내
려앉아 가시가 억센 망개나무, 싸리나무, 떡갈나무가 크게
자라 나무숲을 이루고 있었다. 유정은 이번에 할머니 산소를
찾아 더듬어 올라갔다.

"할머니, 우리 할머니?"

양지바른 골짜기 산언덕이라고 생각했던 할머니의 산소도 봉분 위로 잡초가 더부룩하게 자라 있기는 마찬가지다. 유정은 낮은 봉분을 덮고 있는 잡초부터 한 움큼 쥐어뜯었다. 유별난 고집으로 할머니를 무던히도 괴롭히던 손자의 못된 불효를 통탄하며 유정은 꺼억 꺽 목구멍이 찢어지는 눈물을 삼키고 또 삼켰다. 양가집 고운 처녀로 시집을 와서 서리가 하얗게 내려앉은 백발로 허리가 굽은 할머니, 유년시절에 새겨진 할머니의 모습은 아직도 유정의 뇌리에 고스란히 박혀 있었다. 하얀 고갯길처럼 정수리를 타고 올라간 가르마에 좁은 이마, 홀쭉한 양쪽 볼, 갸름한 안모를 지닌 할머니의 한없이 어진 자애로움을.

"이눔아, 그러지 마라."

강아지도 어미가 그리우면 밤새 낑낑거리며 짚방석을 물어뜯는다고 엄마가 보고 싶은 마음을 내려놓지 못하고 고집스런 심통을 부릴 때면 어미 아비 없는 어린 손자가 불쌍하고 가엾어 엉덩이를 토닥거리기만 하던 할머니, 유정은 할머니가 견딜 수 없이 그리웠다.

"옴 아라남 아라다 천수천안 관자재보살 광대원만 무애대비심……."

그리운 할머니의 극락왕생을 바라는 염불을 마친 유정은 다시 어둠이 싸인 아랫녘 음습한 응달골짜기로 내려왔다.

"아버지, 어머니."

유정은 그토록 부르고 싶었던 어머니, 아버지를 몇 번이고 찾아 불렀다. 그게 벌써 언제인가. 차디찬 응달에 춥게 누워 계신 두 부모님을 생각하면 하나뿐인 자식의 불효막심한 처사를 넘어 최소한 사람의 도리조차도 못한 만고불효의 죄인이었다.

"어머니, 아버지, 지금 어디에 계십니까?"

유정은 두 눈을 들고 밤하늘을 우러르며 어머니, 아버지를 찾고 또 찾아 불렀다. 그러나 들려오는 아무 대답이 없이 달도 별도 흐릿한 밤안개에 가려 무심하기만 했다. 어머니는 세상에 오셔서 23살에 아들을 낳으셨다. 눈에 넣어도 아프지 않고, 바라만 봐도 어디가 닳아 없어질 것 같던 아깝고 소중한 귀염둥이 아들, 사람이 죽는 것이 무엇이고 서로 갈라서는 이별이 무엇인지도 모르는 철부지 어린 아들 하나를 황막한 광야에 달랑 떨어뜨려 놓고 아버지를 따라가 버린 어머니, 모질고 독하고도 잔인한 이별이었다. 지금은 두 분의 목소리도, 생긴 모습도 유정은 잘 기억나지 아니했다. 몹쓸 염병에 걸렸다 하여 사진 한 장 남겨두지 않고 집 안의 세간이란 세간은 있는 대로 모조리 꺼내다 해빙기 잔설이 얼어붙은 논바닥에 높이 쌓아놓고 불태워버린 것이다. 흐리마리하게 생각이 날 듯 말 듯 기억이 가물가물한 어머니, 불쌍하고 가없은 어머니, 아버지, 너무나도 막연하여 유정은 상상할 길조차도 없었다.

"영가시여, 소손이 일심으로 염불하니 무명업장 소멸하고 반야지혜 드러내어 생사고해 벗어나서 해탈열반 성취하사 극락왕생 하옵시고……."

　유정은 부모님의 천도(薦度:죽은 이의 영혼을 좋은 세계로 보내는 의식)를 위한 염불을 다 마치고 나자 조각달이 서편 하늘에 걸려 있었다. 새벽 어둠속으로 시커멓게 뻗어 내려간 산등성이를 넘어가면, 청정한 도량으로 성스러운 힘이 찾아오기를 기원하는 봉월사의 도량석 목탁소리가 들려올 것만 같았다. 유정은 그제야 자리에서 일어났다.

　잠든 나무와 풀벌레, 만물이 놀라지 아니하고 잠에서 깨어나 일어날 준비를 하도록 자그마한 소리로 시작되는 봉월사의 도량석 목탁소리가 차츰 청아한 소리로 커지면서 새벽공기를 가르고 들려왔다. 유정은 몸과 마음을 단정히 하고 봉월사로 잰걸음을 놓았다.

　법당에는 주지스님과 사미승이 예불을 모시고 있었다. 유정은 오분법신(戒, 定, 慧, 解脫, 解脫知見)이신 부처님께 향을 공양하여 그 향이 법계 두루 시방十方의 무량한 불佛, 법法, 승僧 삼보께 공양되기를 바라는 오분향례五分香禮가 이어지는 예불 법당에 조용히 몸가짐을 가다듬고 들어선 유정은 산하대지와 만물을 향해 기원을 하고, 나라와 백성이 평안하기를 기원하며 구도와 중생 교화를 위하여 끝없이 정진할 것을 다짐하는 행선축원行禪祝願과 지혜의 완성을 이루는 부처님의 말씀 마하반야바라밀다심경을 경건한 마음으로 송경하였다.

　"소승 유정이라 합니다."

　유정은 예불을 마치고 돌아서는 주지스님에게 인사를 하

였다.

"어서 오십시오. 주지 소임을 맡고 있는 지장地藏입니다. 이렇게 드신 걸 보니 먼 길을 오신 듯하군요."

주지스님은 반갑게 환대했다.

"봉월사는 소승의 출가본사입니다."

"잘 오셨습니다."

산속의 맑은 공기가 신선했다. 유정은 여섯 살에 두 분 부모를 하루 한 날에 여의고 허봉스님을 따라 봉월사에 들어온 동자승의 추억과 작은 개천을 끼고 있는 절집의 정취를 느끼며 경내를 두루 돌아보았다. 어머니가 그토록 보고 싶어 무턱대고 떼를 쓰고 고집을 피우며 이악스런 심통을 부리던 절간이 바로 어머니의 품속 같이 아늑하다.

아침공양을 할 때는 어둑새벽이었는데, 공양을 마치고 나오니 해가 밝게 떠올라 있었다. 유정은 바랑을 챙겨 짊어지고 봉월사를 나섰다. 사미스님이 따라나서며 배웅했다.

"무슨 일이 있으시기에 이렇게 일찍 떠나시는지요?"

사미스님은 산허리를 몇 굽이돌이를 돌아 나온 서낭산 아래 산등성이까지 따라 나와 배웅을 했다.

"들어가십시오. 주지스님 혼자 계시질 않습니까?"

"봉월사가 옛날 같지 않습니다. 이제는 불자님들도 얼마 되지를 않아요."

사미승은 걱정스럽게 말했다.

"요즘은 시골만 그런 게 아니라 어디나 그런 것 같습니다.

중생들이 서울과 대도시에만 몰려 살다 보니 그런 것을요."

"이대로 가다간 봉월사도 언제 폐할지 모르겠어요."

"신심이 깊고 돈독한 불자님들도 많이 계시니 크게 심려하실 것이 없습니다."

유정은 사미스님의 지나친 걱정을 다독여주었다.

"저 이건……."

사미승은 흰 봉투 하나를 꺼내어 유정의 장삼 호주머니에 넣어주었다.

"아닙니다, 스님."

유정은 사양했다.

"주지스님이 드리는 것입니다. 얼마 안 되지만 여비에 보태십시오. 성불하십시오."

사미승은 얼른 합장례를 하고 돌아섰다. 돌아가는 사미스님의 뒷모습을 잠시 바라보고 난 유정은 몸을 바로잡고 서낭산 기슭도리를 따라 펼쳐진 고향마을을 바라보았다.

해가 다 저문 엊저녁, 서낭산 산그늘이 어둡게 드리워지던 마을은 맑은 햇빛 속에 안온하고 정겹게 드러났다. 좁은 골목길로 올망졸망하게 이마, 어깨를 붙이고 있던 초가집들은 깔끔한 서구식 주택으로 바뀌고, 아스팔트도로가 마을 들판을 동서를 가로지르면서 질펀하게 뻗었다. 솔바람소리가 씽씽 울던 왕솔밭의 큰 소나무들은 언제 또 모두 베어졌는지 그 자리엔 비닐하우스가 하얗게 들어앉아 있다.

"소미는 지금 어디에 살고 있을까?"

바깥마당 가엔 큰 단감나무가 서 있고 뒤뜰 장독대 언덕 위로 대추나무가 서너 그루 나란히 서있던 소미네 집은 어떤 흔적도 남아 있지 않고 그 터전엔 푸른 김장배추가 탐스럽게 자라고 있다. 이웃지간에 도탑고 융숭하던 정리로 훈훈하던 마을이 고요한 적막감을 자아낸다. 중생들의 모든 것이 속절없고 무상했다. 몇 십 리 밖에서 기차를 타고 가다 고향이 가까운 곳에 있다는 생각을 하면 가슴이 먹먹하게 향수가 찾아들던 것을. 유정은 소미에 대한 상념이 떠오른다.

수묵처럼 어둡던 그믐밤이 이경(二更:9시~12시)이 지났을까. 어렴풋한 잠 속에서 유정은 누가 가만가만 방문을 두드리는 소리를 들었다. 승사僧舍가 죽은 듯이 고요해진 밤 승방을 두드릴 사람이 없었다. 들리는 소리가 있다면 오로지 산골짜기를 비끼는 바람에 전각의 풍경이 간간이 떨그렁거릴 뿐, 노크소리가 다시 들려왔다.

"누구신지요?"

유정은 잠자리에서 고개를 들고 일어나 물었다.

"문 좀 열어봐요."

잔뜩 긴장한 목소리다.

"잠깐만."

유정은 밖의 목소리를 직감적으로 알아차렸다.

"불을 켜지 마."

숨죽인 목소리가 파들파들 떨린다. 유정은 익은 목소리에 바짝 긴장하며 방문을 열었다. 장삼을 치렁치렁 걸치고 서 있던 스님이 와락 몸을 던졌다.

"나야, 소미."

나혜스님은 숨을 죽이며 은밀한 귀엣말을 귓전에 불어넣었다.

"뭐라구?"

언감생심 유정은 산사 한밤의 승방에서 비구니스님을 만난다는 것을 꿈에도 상상할 수 없는 일이었다.

"그냥 소미라고 불러."

사랑을 위해, 불의 욕망을 위해 소미는 이미 출가한 비구니의 신분에도 불구하고 대담한 모험을 감행하고 있었다.

"만나지 않곤 견딜 수가 없었어."

마음속에 내밀하게 사랑을 키워온 소미는 하룻밤을 뜨거운 정염으로 꼬박 지새웠다.

마음을 움직이지 말았어야 했다. 있을 수도 없고 있어서도 안 되는 일이었지만 어디에서도 느끼고 경험할 수 없는 우아하고 관능적인 여자의 육체, 질식할 것처럼 풍기는 보드라운 살 냄새, 정신을 차릴 수 없도록 몰아치는 뜨거운 사랑의 폭풍, 꿈결처럼 사랑을 속삭이던 달콤한 목소리, 환희와 놀라운 감동, 뜨거운 숨결과 부드러운 살 속에 영원히 파묻혀 잠들고 싶던 순간들이 다시 떠오르면서 유정은 자신도 모르게 온몸이 저릿저릿한 흥분에 전율하고 있었다. 부처가 지켜보고 나한, 신장들이 두 눈을 크게 부릅뜨고 불법을 지키는 도량의 승방에서 음행을 저지른 불벌佛罰을 어떻게 감당할까.

"차라리 몽상이었으면 좋았을 것을……."

이직도 유정은 승방의 정사를 생생한 현실을 몽상으로 착각하고 있는 것인지, 그 몽상을 현실로 착각하고 있는 것인지 알 수가 없었다. 현실과 몽상, 냉철한 이성과 단호한 의지가 사라지고 거세게 밀려들던 본능의 욕망. 어차피 육체가 지닌 욕망을 초극할 수 없다면 본능에 순응하면서 고통스런 번뇌에서 자연스럽게 벗어나고 싶었다.

"몽상이든 현실이든 너의 집착이니라. 살을 파고든 그 육정에 대한 집착이 아니라면 이 길을 왜 잡아왔느냐?"

허봉 큰스님의 목소리가 허공에서 들려왔다.

"성욕에서도 중도가 있을 수 있습니까?"

유정은 이때다 싶게 물었다.

"노파老婆가 세상에 등불이 될 만한 도사道士를 얻고자 선객禪客에게 조그만 암자를 지어준 뒤 20년을 한결같이 보살피며 득도할 때를 기다리다 공부가 얼마나 되었는지 묘령의 딸을 암자로 올려 보내 시험을 하지 않았겠느냐. 암자로 올라간 딸은 스님이 공양을 다 마친 뒤 무릎에 올라앉아 스님, 지금 기분이 어떠하십니까? 하고 물었겠다. 스님이 대답 하기를, 고목이 찬 바위를 의지하니 삼동에 따뜻한 기운이 없구나枯木依寒巖 三冬無暖氣. 딸에게 그 말을 들은 노파는, 내 이런 놈을 모르고 공양했구나, 그 같은 땡중을 더 돌보다간 나도 함께 지옥에 떨어지겠구나, 머리끝까지 화가 치밀어 오른 노파는 당장 암자로 쫓아가 스님을 내쫓고 암자를 불태워버렸구나. 그 파자소암婆子燒庵을 관념수행에 대입하면 아리따운 여자의 유혹에 넘어가지 않은 선객은 자기의 관념으로 욕망을 억제했다고 할 것이다."

관념수행은 관념으로 하나의 대상을 형상화하고 그 안에 몰입함으로써 선정을 얻는 것이었다.

"성욕을 어떻게 해결해야 합니까? 성욕을 완전히 제거하는 것도, 성욕을 그대로 놓아두는 것도 극단에 해당하는지요?

"실제를 보지 못하는 관념수행을 경계하라."

"노파를 보면 그 경지가 선객을 넘어선 것 같지 아니하냐. 묘령의 딸에게 선객을 유혹하도록 했던 노파의 기대는 아름다운 처녀의 유혹을 자연스런 감정과 욕심을 이성으로 눌러 이겨낸 수행면목을 불씨가 꺼진 재처럼 생명을 단절한 낙공落空의 경지가 아니라 불씨 꺼진 재가 고요하되 그 화로 속 깊이에서 훈기가 솟아나는 불씨를 간직한 생명력으로 조화시킬 줄 알았으련만 마른 나무와 불기 없는 고목사회枯木死灰로 극복해버린 것에 실망한 나머지 냉큼 달려 올라가 선객을 내쫓고 암자를 불태워버린 노파는 사리불과 대장노들을 혼쭐낸 유마거사維摩居士를 다시 보는 것 같지 않으냐."

고목사회로 뜨거운 잉걸불덩이가 가슴을 밀고 올라오는 성욕을 극복한다는 것은 바람직한 선禪이 아니었다.

"지난 일에 매달리지 마라. 물 흐르듯 흘려보내라. 그 때의 물은 너른 바다에 흘러 모두 퍼져버렸느니라."

어떤 상념이나 환상도 허용할 수 없는 선의 세계에 혼을 던졌다고 자부하던 유정은 자신의 수행면목이 사라져버린 음행의 고뇌했다. 부처의 답전에 벌인 미친 광대의 망동이었다. 미친 광대는 죽여야 했다.

"법계의 뜰에 못 쓰게 자라는 나무는 베어버려야 한다."

유정은 자책하며 참회진언(죄업의 용서를 비는 비밀주秘密呪)을 외었다.

고향마을을 벗어나 행각行脚에 접어든 유정은 도리머리를 휘휘 내저으며 빠른 발걸음을 내어놓았다. 혼란스런 망상, 산만해진 마음을 다잡으려고 턱을 쳐든 바른 허리에 눈길을 코끝에 고정하고 행선行禪을 했다.

가사 장삼을 두른 출가사문이 마군魔軍의 교활한 농간에 넘어가 사음계(邪淫戒:성관계는 절대 금물)를 파한 악연을 만들고 싶지 않은 것은 또 무슨 마음인가. 사랑의 본질이란 과연 무엇일까, 유정은 비구니스님들의 대가람 M사찰을 찾아가면서 나혜 비구니스님이 들려주던 이야기를 상기했다.

"속세의 한 남자를 죽도록 사랑하다 실연을 당하고 출가한 비구니스님이 한 분 계셨어. 그 스님은 얄궂은 사랑의 운명을 무척 원망하며 비탄 속에 빠져 살았지. 출가했다고 하지만 부처님 법문은 항상 뒷전이었어."

나혜는 자기 얘기라도 하듯이 깊은 한숨을 쉬면서 이야기를 계속했다.

"그러던 어느 날 사랑하는 남자에 대한 마음자리를 끊지 못하고 환속하여 사랑을 간청하며 눈물로 애원했지만 그 남자는 그녀보다 훨씬 빼어난 여자와 행복한 사랑에 빠져 거들 떠보지도 않은 거야. 그 남자가 무척이나 야속하고 원망스러 웠지만 조금도 미워할 수가 없다고 하더군. 하염없는 눈물을 흘리며 돌아온 그녀는 다시 재출가를 하였지. 은사스님이 타일렀지. 사랑은 욕망이라는 뜨거운 불덩어리다. 저 죽을 줄을 모르고 밝은 불빛을 찾아 덤비는 부나비의 허황된 욕망이다. 짧은 사랑의 순간이 지나고 나면 허망함이 파도처럼 밀려들고 뼛속이 시린 후회와 번뇌가 너의 온 생애를 끔찍하게 만들 것이다. 은사스님은 자애롭게 타이르며 그녀의 마음에 맺힌 슬픔을 달래주었지. 다시 비구니가 된 그녀는 속세의 남자를 두 번 다시 돌아보지 않으리라는 결심으로 눈을 가리고 귀를 틀어막으며, 계행이 시퍼런 율사도 의심하지 않을 만큼 용맹정진의 묵언 목찰默言木札을 달고 입술을 터지게 깨물며 삼천 배를 거듭하더군. 그뿐이 아니었어. 콩밭을 매고, 무 배추밭에 나가 솎아온 김치를 담는 것이며, 경내 허드렛일까지 손을 놓고 망념에 사로잡힐 짬이 없이 몸을 부리고 불경을 외우는 바쁜 시간에도 찬불가를 유창하게 부르고 하였어. 하지만 그 스님은 부처님에게 슬프고 괴로운 마음을 의지하고 계행을 지키며 가행정진을 하는 게 아니라 육신을 부리고 학대하는 고달픔으로 사랑을 잃어버린 슬픔과 비애를 잊으려고 했던 거야. 결국 그 스님은 오래 견디지 못하고 또 다시 환속을 하고 말았어."

나혜는 잠시 말을 끊고 바라보다 얘길 이었다.

"가는 사람 잡지 않고 오는 사람 막지 않는 곳이 부처님이 계신 가람인 걸 알잖아. 재차 환속한 그녀는 사랑하는 남자를 만나보기도 전에 이미 아름다운 여자와 결혼했다는 사실을 알고 삶의 의욕을 완전히 잃어버렸지. 그리고 음독자살을 기도했어. 가까스로 살아난 그녀는 또 다시 재출가를 했지. 은사스님께서 불같은 노기를 보이시더군. 여기가 어디 장난삼아 오가는 놀이터인 줄 아느냐? 세 차례나 거듭 출가와 환속을 반복한 그녀에게 노호한 호통으로 질책을 하고 난 은사스님께서 또 다시 나직나직한 말씀으로 젊은 남녀지간에 흔하게 일어나는 실연쯤이야 부처님을 의지한 신심으로 극복할 수 있지 않느냐, 타이르시더군. 그녀는 눈물을 철철 흘리며 굳게 다짐을 하더군. 다시는 환속하는 일이 없을 거라고."

나혜는 자주 한숨을 쉬었다.

"은사스님께선 거듭 말씀하시더군. 뜨거운 피가 펄펄 끓는 한창 때의 분별없고 두려움을 모르는 사랑을 해 보지 않은 청춘이 어디에 있겠느냐. 내가 하는 말이 서운하고 노엽게 들릴 것이다만 지금 너는 지금 한 남자에게 배신당한 실연을 슬퍼하고 괴로워하는 것이 아니라 내 남자라는 집착에 빠져 있는 것이다. 놓아라, 놓지 않으면 집착에 매달린 네 목구멍을 오르내리는 숨길이 끝내 막혀 죽고 말 것이다. 죽기 싫거든 그만 모든 것을 놓아버려라. 부질없는 망상을 끊고 마음속에 펄펄 끓는 번뇌를 모두 털어라. 은사스님은 더 이상 긴 훈계를 하지 않으시더군. 갈 곳이 없는 사람을 부처님 법당

에서 어떻게 내쫓겠느냐. 그동안의 잘못한 용서는 부처님께
가서 빌어라. 그런 시련의 폭풍우가 거칠게 지나간 뒤 아주
조신해진 그 비구니는 항상 지극한 몸과 마음가짐으로 여러
스님과 보살들을 따뜻하고 고요하게 대하더군. 이제야말로
제자리로 돌아온 그 스님을 보며 주지 은사스님은 흐뭇한 속
내로 고개를 주억거렸지."

　화엄경에 이르기를 여색을 범하면 그 마음에 흠뻑 취하여
어린아이처럼 된 자성自性을 볼 수 없고, 흰 옷에 물을 들인
것과 같다고 하는 부처의 진리를 유정은 모르지 아니했다.
이는 사음의 배면에 깔린 제반 문제들의 번뇌와 고통을 염두
에 둔 것이며, 출가사문들에게 경고한 진리였다.

　"죽은 법은 송장이다."

　허봉스님은 죽은 법을 송장에 비유했다. 2천 5백 60년 전
불교 초창기의 율법이 사문들을 노예처럼 옭아매는 쇠사슬
이었다고 하면 21세기 현대사회는 그것이 어쩌면 가냘픈 실
오라기기쯤으로 이해될 수도 있었다. 부처님의 사랑과 애욕
은 개념의 차이였다. 나혜의 욕망을 받아들인 유정은 색을
탐한 것이 아니라 본능에 순응한 것이었다. 무릇 중생들이
욕정의 산물로 종족을 잉태하듯이. 유정은 자신도 확실히 알
수 없지만 나혜 비구니스님의 사랑이 단순한 욕망이 아니라
포근한 모정이었다. 유정은 그런 순수의 영역에 머물러 있었
다. 남녀의 사랑은 궁극적으로 불타는 애욕이라고 하지만 그
애욕의 밧줄에 묶인 적은 없었다. 진실한 사랑의 애욕은 자

연스럽고 순수한 사랑의 배경이었다. 유정은 조사에게 물은 적이 있었다.

"소승이 속세의 한 여자를 사랑하면 사음입니까, 아닙니까?"

유정은 솔직히 그에 대한 답을 구하고자 했다.

"수좌에겐 마군이 될 것이다. 음란함이란 추잡한 죄악이다. 극도로 악한 범죄이며, 음탕한 짓이라서 들먹이기조차 거북한 죄악이다. 사음은 다른 많은 죄를 덩달아 범하게 만드는 원인이 됨으로 삼세(전생, 금생, 내생)에 가장 끔찍한 형벌을 받게 될 것이다. 여기에는 중요한 두 가지 이유가 있다. 첫째는 사음이란 매우 범하기 쉽고, 둘째는 사음이 매우 고치기 어렵기 때문이다. 사음은 죄가 되는 불결한 행위일 뿐이 아니라 그 행위 자체가 반드시 극단에 이르기 때문이다."

유정은 사음계의 위험에 대한 경고로 받아들였다. 사음이 분란과 환란을 지니고 있다고 해서 본능의 조화를 질시하는 것은 더 큰 본질적 문제를 야기할 수도 있었다. 유정은 사음이 신성한 종교 이념과 신神을 모독한다는 것은 독선적 주장에 불과하였다.

성(性:sex)은 어디까지나 신성한 본능이었다. 우주만법의 오묘한 이치에 따라 자연에서 온 사람의 생식행위, 자연스런 성교性交 또한 자연의 일부다. 만약 하늘에 신神이 존재하여 그가 유정有情 무정無情, 우주의 만물을 설계하고 창조했다면, 그 신은 가장 먼저 신성한 선물로 성性을 내려준 것이었다. 유정은 소미, 아니 나혜가 느껴질 때면 어머니의 이미지가 떠올랐다. 어렴풋이 그려지던 어머니의 흐리한 윤곽이 차츰 제 모습을 갖춰가던 환상적인 이미지, 그 완전한 어머니의 모습이 떠오르는 찰나 뒤바뀌는 것은 언제나 소미, 나혜였다. 소미에 대한 사랑의 감정은 처음부터 모정에 대한 갈망에서 우러나고 피어난 것이었다. 끊임없이 마음이 쓰이고 가슴을 송두리째 끌어당기는 인연, 유정은 어쩌면 나혜가 환생한 어머니일지도 모른다는 생각이 들기도 하였다. 그것이 무시無始로부터 끊을 수 없이 내려온 윤회의 사슬이라고 한다면 그 어떤 형태로든 나혜는 영원히 끊을 수 없고, 끊어지지도 않을 인연일 것이었다. 나비잠이 든 아이의 꿈결처럼 포근한 사랑, 그 따뜻한 엄마의 사랑은 어두운 승가람마(僧伽藍摩:승려가 살면서 불도를 닦는 곳)의 고요를 흔들고 지나가는 산사山寺 골짜기의 한 자락 바람일지도 몰랐다. 유정은 그런 사랑의 신비가 내부 깊숙한 곳에서부터 연꽃으로 피어나 의식의 한가운데 머물러 있었다. 그리하여 소미를 여자로 느낄 땐 언제나 불꽃같은 사랑의 감정이 격렬했다.

"큰스님, 어떤 스님은 중생과 승려의 경계가 무명이라고도 하고 또 다른 스님은 법이라고도 합니다. 큰스님께서 보시기엔 그 경계가 무엇입니까?"

유정은 허봉스님에게 물은 적이 있었다.

"없다."

허봉스님은 촌음寸陰도 지체하지 않고 대답했다.

"인생은 누구나 한 번 왔다 간다."

허봉스님은 진정한 인생의 화두처럼 말했다. 유정은 언제
나 허봉스님의 말씀을 기억의 중심에 두고 있었다.

"중의 삶이란 무엇이냐?"

언젠가 허봉스님이 물었다.

"무명에 가린 사바 중생들에게 봉사하는 것입니다."

"가엾은 자존심이면 어떠냐. 지극한 겸손으로 자비와 사랑
을 베푸는 인생을 살아라."

허봉스님의 말씀을 되새겨보는 동안 고향마을을 걸어 나
와 큰길에서 잡아탔던 버스가 M가람 갈림길로 들어서고 있
었다. 한적한 도로였다. 길섶 언덕에 〈○○사 5Km〉라는 이
정비가 눈에 들어왔다. 버스는 산모퉁이를 휘움하게 돌아나
가면서 개천을 건너간 마을에서 멈췄다. 종점이었다.

유정은 M가람의 일주문을 지나 경내로 들어왔다. 객승이
행각 중에 절집을 찾으면 대웅전 부처님을 먼저 찾아뵙는 것
이 상례였다. 대웅전을 찾아가던 유정은 발걸음을 멈추고 경
내를 둘러보았다. 종무소 뒤쪽 방문이 열려 있는 문간에 비
구니스님 둘이 해맑은 미소로 산에서 내려온 두 마리 다람쥐
의 재롱을 신기하게 바라보고 있었다. 보풀보풀한 하늘색 모
자를 쓰고 구붓한 어깨로 내다보는 비구니스님의 얼굴이 눈
에 익었다. 유정은 "소미!"하고 나혜스님의 속명을 부르며
방 문간으로 쫓아갈 뻔했다. 유정은 대웅전 부처님께 문안부
터 드리자고 빠른 발걸음으로 종무소를 지나쳤다.

대웅전을 찾아든 유정은 부처님 앞에 정좌했다. 나혜를 보고 난 유정은 모든 것을 빼앗겨버린 것처럼 눈앞에 나혜스님이 아닌 소미가 연신 어른거렸다. 부처님을 마주하고 무슨 해괴한 망상인가, 하고 유정은 도리머리를 저으며 정신을 바로 가다듬은 다음 오체투지 삼배를 마치고 고개를 들었다. 오묘 불가사의한 천년 자비의 미소를 짓고 언제나 중생들을 바라보던 그 부처님이 싸늘하게 자비의 미소를 거둔 얼굴로 본마음을 저버리고 헛된 망상에 사로잡힌 불도를 가엾이 바라보고 있었다.

"옴살바 못자못지 사다야 사바하, 옴살바 못자못지 사다야 사바하."

유정은 마음속으로 대자대비하신 부처님께 용서를 빌며 참회진언을 외우며 오체투지를 거듭 되풀이하였다. 그럼에도 불구하고 유정은 마치 나혜가 심장이라도 덜렁 떼어간 것처럼 마음이 바로잡히지 아니했다. 유정은 셀 수 없을 만큼 오체투지 절을 거듭하고 나서야 땀이 축축하게 밴 몸으로 대웅전을 도둑처럼 도망쳐 나왔다.

경내로 달려 나오자 강렬한 햇빛이 예리한 가시처럼 눈을 찌르면서 하늘이 노랗게 빙글빙글 돌았다. 현기증이었다. 시간이 지나도 어질어질한 현기증이 가시질 않는다. 유정은 힘들게 몸을 가누며 사천왕문을 들어섰다. 봉안된 천왕의 부릅뜬 눈과 시커멓게 위로 치켜 올라간 눈썹, 커다랗고 빨간 입으로 장칼을 무섭게 비껴든 험악한 얼굴, 육중한 발밑에 짓밟힌 마귀들이 끔찍한 고통을 당하며 사뭇 비틀린 얼굴로 신음하고 있었다. 비틀걸음으로 천왕문을 나온 유정은 현기증이 조금 가시는 듯하자 일주문 쪽으로 천천히 걸어 나왔다.

정신없이 어디로 헤쳐 나온 걸까. 시원스런 물소리가 들려왔다. 비스듬히 내려간 언덕길 밑으로 시냇물이 흐르고 있었다. 시냇가로 내려선 유정은 두 손으로 맑은 시냇물을 한 움큼 걸어 올려 얼굴에 쫙쫙 끼얹었다. 현기증이 가시고 지근거리던 편두통이 가라앉았다. 유정은 시냇가 바위에 걸터앉았다. M가람 쪽에서 달려오던 소형 승용차 한 대가 시냇물로 들어서면서 브레이크를 밟고 멈췄다. 차에서 내려 해를 등지고 서 있는 사람의 그림자가 시냇가로 드리워졌다.

"유정스님."

가냘픈 목소리가 유정의 귓전으로 흘러들었다.

"나, 나혜!"

고개를 번쩍 쳐든 유정은 앞 바투 다가선 비구니스님을 놀랍게 바라봤다. 눈물이 곧 쏟아질 것처럼 감정이 벅찬 얼굴로 바라보던 나혜는 시냇물을 첨벙거리며 달려왔다. 벅찬 격정과 격정의 눈길이 사뭇 부딪쳤다. 선한 눈망울에 눈물이 젖어들던 나혜스님은 세상의 이목을 까맣게 잊고 달려들었다. 유정은 달려드는 나혜스님, 아니 소미를 다른 생각 없이 받아들이며 적은 몸이 부서질 것처럼 끌어안았다.

"우리 다른 데로 가."

둘은 차를 타고 인근 해변으로 달려 나왔다.

"아까 도량에서 나혜를 봤어."

격정에 사로잡힌 유정은 다른 것은 생각하지 않았다.

"나두 봤어. 너무 갑작스러워 가슴이 마구 뛰는데 까무러치는 줄 알았어. 눈에 자주 어릿거리던 환영 같기도 하구. 그리고 나 어제 서울 정각사에 올라가서 운수행각을 떠난 걸 알았어."

나혜의 눈에선 눈물방울이 뚝뚝 떨어지고 있다.

"다시 못 만날 줄 알았나 보군."

유정은 푸른빛이 도는 민머리에 회색 승복을 입은 나혜 비구니스님의 여린 얼굴을 천천히 더듬고 살펴보았다.

"정말 그랬어."

"그게 아마 중학생 때였지. 사바세계의 온갖 욕망으로부터 떠나는 출가는 위대한 포기라고 했던 기억이 나는군. 그때 소미는 나를 따라 스님이 되겠다던 말을 했지. 그 말이 씨가 되어 이렇게 아름다운 비구니스님으로 나타날 줄은 정말 몰랐어."

두 스님은 지난 그믐밤 정각사 승방에서 은밀한 야행으로 만나 미처 나누지 못했던 말을 뒤늦게 나누었다.

"대부분의 큰스님들은 아무 것에도 집착없이 세상을 떠돌며 수행하는 운수雲水 가운데서 나왔다고 하더군."

나혜는 잔잔한 미소를 짓고 말했다.

"그런 말들을 하지만 시방삼세가 뒤숭숭하니 갈 길이 너무 멀고 고달프지 않을까 모르겠어."

해가 바뀔수록 그 많던 절집들의 객실이 사중 형편을 핑계로 나날이 줄어들면서 수좌승들은 어디로 가야 할지 모르고 헤매는 길 위에서 점점 더 가파른 벼랑 끝으로 내몰리고 있었다.

"스스로 생존해야지."

일반 국민들의 기초생활수급자만도 못하게 전무한 승가의 복지대책, 대다수의 수좌승들은 몸이 아파도 마음대로 병원을 찾아갈 수도 없이 생존의 출구마저 보이지 않는 실정이었다.

"최소한의 건강조차 지키지 못하는 운명의 나날을 수좌승이라는 이름의 가랑잎 같은 생각이 들 때가 있어. 거리에 가엾게 나부끼며 구르는 낙엽처럼 말이야."

납의衲衣를 벗어던진다 해도 몸을 붙일 곳이 없기는 마찬가지였다. 암담한 시련, 나혜는 막다른 한계상황에 처해 있는 게 아닌가 싶기도 했다.

"그게 언제던가 내가 대학에 다니던 때였지. 종우오빠를 찾아간 서울 정각사 산문山門을 내려오다 한번은 수정암에 들르게 되었구, 그때 그렇게 인연으로 수정암에서 행자 생활까지 시작하게 되었지."

쓸쓸한 해변은 파도가 모래밭 깊숙이 밀려 들어왔다 하얀 포말을 우아한 레이스編物처럼 쫙 깔면서 일시에 밀려나가고 했다.

"감옥의 죄수가 드넓은 바다를 보면 놀란다더니, 지금 내가 그런 기분이야."

나혜는 아득한 바다 수평선을 바라보며 가슴이 탁 트이는 소리로 화제를 바꿨다.

"이렇게 바다를 보고 있으면 전라도 금오산 향일암이 생각나. 거기만큼 바다 경관이 좋은 도량이 없을 거야. 원효대사 수도도량이었던 관음전에서 바라보이는 바다 풍경은 마치도 천상에서 수려한 해안풍경을 내려다보는 것만 같았어."

대웅전 뜰 난간 밑으로 준험하게 굴러 떨어진 기암절벽을 발 아래로 두고 서서 시원한 바닷바람을 받아 안고 망망대해로 펼쳐진 수평선을 바라보던 것을 나혜는 기억하고 있었다.

"산중 도량이 고요하고 쾌적해서 좋기도 하지만 간혹 숨이 막힐 것처럼 답답할 때가 있어. 찰싹거리는 죽비소리만 간간이 들리는 선방, 그야말로 눈 가리고, 귀 닫고, 입 막고, 의심하는 화두공안. 얼음장처럼 차디찬 선禪의 세계, 처음엔 계율이 너무 엄격하다는 생각을 하면서도 지극한 마음으로 부처님 말씀을 따르는 신행과 수행을 게을리 하지 않았지만 요즘은 수좌생활이 타고난 내 성정에 안 맞는 것인지 마음이 무척이나 답답해질 때가 있어."

차갑게 불어오는 바닷바람에 두 스님의 장삼자락이 펄럭펄럭 나부꼈다.

"시골길에 자전거를 타고 학교 다닐 때 소미와 종우오빠는 참으로 정다웠어."

나혜는 이번에 비감스런 대화에서 벗어나 학창시절의 추억을 꺼냈다.

"내가 하고 싶던 말을 하는군."

유정은 첫사랑이 싹트던 대화를 이어갔다.

"김소미와 서종우는?"

"지금 생각하면 환상 같은 추억들이지 뭐야."

뒷말을 잇는 대화는 자연스러웠다. 썰물이 막 쓸려나간 발치의 모래밭으로 종종걸음을 치며 먹이를 찾던 한 떼의 도요새들이 파도가 쏴 소리를 내며 밀려들면 포르르 날아올랐다가 다시 자리를 잡아 앉고 했다.

"나는 아직 신심과 계행이 투철하지 못해서 그럴 수도 있겠지만 심지어 인생을 포기하며 살고 있다는 생각이 찾아들 때도 있어."

나혜는 자괴감을 느끼듯 웃음을 지었다.

"나혜만이 아니라 누구나 문득 그런 생각이 들 때가 있다고 하더군."

멀리 모래밭이 끝나는 산자락 기슭도리로 작은 오막살이 집들이 평화롭게 적막하게 자리를 잡고 있었다.

"부처님께 귀의해서 배운 게 있다면 사람의 몸을 받아 태어나 굶주리며 헐벗고 살지만 않는다면 이웃들과 조금씩이라도 베풀어가며 더불어 살아야 한다는 거지."

"그게 어디 말처럼 쉬울까."

"못 가진 자는 가지려고 피나는 몸부림을 치며 아우성을 떨고, 가진 자는 더 가지려고 다툼을 벌이는 살벌한 풍경이 중생사회인 것을."

"많은 금은보화를 감춰놓고 사는 중생들의 삶이 얼마나 불안하고 고단할까."

나혜는 바닷바람에 나부끼는 장삼자락을 여미며 낮은 산기슭의 양지바른 집들을 다시 바라봤다.

"우리도 저 산 밑에 작은 오두막이라도 짓고 살면 어떨까?"

나혜는 산기슭에 돌담이 쌓인 집들을 바라보며 소녀 같은 소릴 했다.

"뭘 먹고 살구?"

유정은 반사적으로 물었다."

"사랑을 먹고 살지."

나혜는 경이로운 눈빛으로 웃었다.

"어떤 대중가요처럼 사랑은 아무나 하나."

유정은 선량하게 웃었다.

"그 노래 알거든 어디 한번 불러봐."

"진짜?

"그럼 진짜지."

"앵콜하지 마."

"부르기나 해봐."

"사랑은 혼자서 하나 / 눈이라도 마주쳐야지……."

비구니와 비구 두 스님은 어디론가 살며시 사라져 버리고, 바닷가엔 동화 속의 소년소녀처럼 소미와 종우로 돌아와 있었다.

"만남의 기쁨도 이별의 아픔도 / 서로가 만드는 것……."

바다 맞바람을 안고 있던 두 스님은 안온한 갯바위 사이로 들어앉았다.

"바닷가 오막살이집에서 어떻게 먹고 살 수 있는 방법이 없을까?"

나혜는 돌아다보며 물었다.

"조개 같은 갯것하고 해초를 뜯어먹으며 살면 되겠지."

"그렇군."

나혜는 다른 말이 없이 침묵을 지키며 있었다. 깨달음은 깨달음으로만 전하고, 사랑은 사랑으로 느낄 수 있다고 하는 것처럼 나혜는 지금 달콤하고 아늑한 사랑의 환희를 느끼고 있었다.

"우리 두 인생이 지금 가고 있는 곳은 어딜까?"

나혜는 막연한 소리를 했다.

"열반정토는 금생의 종점이구, 니르바나는 초월적 환상이라고 하면 유정스님은 내 뺨을 한 대 후려치고 싶겠지?"

나혜는 수평선으로 바라보며 장난스럽게 웃었다.

"그럴지도 모르지."

유정은 웃지 않고 말했다.

"우주 진리의 깨달음, 그건 지금 우리의 실생활과 거리가 너무 멀어. 그렇지만 시작했으니까 갈 수 있는 데까진 한번 가보고 싶어. 가다가 고꾸라지면 일어나고 또 넘어지면 다시 일어나 끝까지 한 번은 가보고 싶어. 거기가 기대했던 아무 것도 없이 빈空 세계이건 아름다운 꽃향기 가득한 대자유와 쾌적하고 행복한 이상향理想鄕이 실재하는지."

나혜는 사실 그런 길을 가야 한다는 것 이외에 다른 건 생각할 수가 없었다. 그런 의지와 신념을 가지고 있으면서도 그 부동의 신념이 때 이른 봄날 찬바람이 갈기는 벌거숭이 나목처럼 이리저리 흔들리고 나부끼며 떨고 있는 자신 또한 부인할 수가 없었다.

"우린 서로 사랑할 수 없는 비극적인 운명의 생명들인가?"

나혜는 스스로 가혹한 의문을 던졌다.

"사랑, 못할 것도 없지. 다만 계율이 문제지. 옛날 묘화妙花와 결혼하여 환속한 부설거사가 되는 것도 나쁠 거 없어."

유정은 번뇌에 일그러진 중생의 몰골로 돌아간다는 생각을 할 때면 콩알 같은 소름이 전신을 쫙 싸고돌았다.

"혜능대사께선 계율과 같은 수행의 형식을 그다지 중요하게 여기지 않으셨다고 하더군. 그러니까 조금 먼 수행의 길을 돌아갈지라도 굳이 계율 따위에 얽매일 건 없겠지. 사랑을 하면 사무치게 그립고, 보고 싶어도 만나지 못하는 괴로움이 있다고 하지만 따지고 보면 그게 바로 진정한 사랑의 증표를 보증하는 번뇌요, 고통이 아니라 행복한 눈물인 것을. 가슴이 미어지는 격정의 눈물은 참다운 인생의 깊이를 더해 줄지도 모르구."

도道를 닦는 사람이 사랑하는 연인을 그리워하는 것은 고슴도치가 쥐구멍으로 들어가 빠져나오지 못하는 것과 같다는 말에 유정은 한순간 혼란스럽기도 했다.

"바람이 차가워."

거친 바닷바람의 추위에 몸을 떨던 나혜는 유정의 앞품으로 몸을 밀고 들어왔다. 나혜를 품에 받아 안은 유정은 한낮의 뜨거운 햇볕에 데워진 갯바위에 몸을 비스듬히 기댔다. 바위가 구들장처럼 따뜻했다. 따스한 갯바위에 두 손을 갖다대고 있던 나혜는 얼른 그 손을 가져다 유정의 까칫한 양 볼을 감싸주었다.

"따뜻하지?"

나혜의 말이 떨어지는 순간 유정은 볼을 감싼 나혜의 보드라운 손을 덧싸면서 붉게 도드라진 입술에 키스했다. 나혜는 행복한 환희에 놀라면서 두 눈을 꼭 감았다. 사랑의 격정과 욕망의 도발! 다른 것은 생각나지 않았다. 정신을 잃을 것만 같았다. 유정은 뜨겁게 타는 몸을 던져 은밀했던 승방정사의 재현에 돌입했다.

"매일 이런 꿈을 꿨어."

나혜는 뜨거운 희열을 느끼고 있었다.

"소미!"

유정은 어느 순간에나 잊을 수 없던 이름을 불렀다.

"지금 이런 기분을 느낄 때 난 정말 살아 있는 거 같아."

나혜는 주체할 수 없는 사랑의 감정에 몸부림쳤다. 안타깝게 머뭇거리던 유정의 손길이 다시금 아랫배로 급하게 미끄러져 내려갔다.

"안돼!"

나혜는 불두덩 밑으로 미끄러지는 유정의 손을 꽉 붙잡았다.

"정말 원하고 있는 건 나야. 하지만 준비가 없인 안 돼."

나혜는 미칠 것처럼 애원했다.

"우린 이제 어떡하지?"

절정의 순간이 무척 아쉬웠던 나혜는 두 팔로 유정의 목을 꼭 끌어안았다. 두 사람은 한동안 그렇게 행위를 멈춘 상태에서 아무 말도 하지 않았다. 침묵이 흐르는 동안 수평선으로 기우는 해가 바다에 치자빛 놀을 물들이고 있었다.

"우리 사랑의 열정이 다 식으면 무엇이 남을까?"

유정은 침묵하던 입을 떼고 말했다.

"허무겠지. 절망 같은 허무. 아무 것도 없는 허공을 바라보는 허무……."

"누군가는 인간을 폐허의 신이라고 했다지. 아니야. 인간은 폐허의 신이 될 수가 없어. 오히려 그 정반대로 폐허를 딛고 일어서는 생성의 신이라고 해야 옳아."

나혜는 역설적으로 말했다.

"꽃봉오리 인간 붓다, 그 꽃봉오리는 어느 순간에도 필 수가 있어. 조금만 도와준다면."

유정은 붓다를 찬양했다.

"멸도, 열반, 고통의 바다 건너 니르바나의 피안, 모든 번뇌의 속박에서 벗어난 해탈과 열반적정涅槃寂靜은 수행과 실천의 궁극적인 목적이지. 그런데, 그런데……."

나혜는 다시 뒷말을 덧붙였다.

"그 번뇌를 여읜 깨달음을 얻기 위해 젊음을 바치고 일생을 바친 수행의 끝이 열반이라는 게 따지고 보면 너무나 허망하고 비극적인 종말이야. 우리 인생은 하나의 비극일 따름이지. 죽음에 대한 예찬의 종교가 불교라면 말이 될까. 난 그런 생각을 지울 수가 없어. 어리석은 바보가 지껄이는 이야기이고 푸념일까? 금강경에 이런 게송이 있어. 인생이란 걸어가는 그림자 / 자기가 맡은 시간만을 / 장한 듯이 무대에서 떠들지만 / 그것이 지나가면 잊혀지는 / 가련한 배우일 뿐 / 인생이란 바보가 지껄이는 이야기 / 아무 것도 의미하지 않는 이야기."

게송을 읊조리고 난 나혜는,

"불을 꺼라, 욕망의 불을, 갈애渴愛의 불을 꺼라."

하고 푸푸 크게 소리를 내어 웃었다. 나혜는 비극적인 인간의 삶에 대한 연민을 생각하지 않을 수 없었다.

"사람은 왜 사는 걸까?"

나혜는 진부한 화제를 꺼냈다.

"인연에 따라 태어나고 인연 따라 사는 거겠지. 다른 까닭이 있을까?"

"그러면 자연선택의 본능으로 태어나는 걸까? 육체의 정으로 태어난 것일까?"

"인간도 자연의 일부니까 달리 말할 거 뭐 있겠어. 자연선택이지."

유정은 웃었다.

"길에서 우연히 초등학교 동창생을 만난 적이 있었어. 그 친구는 초등학생 남매를 두고 고급아파트에서 쾌적한 인생을 살고 있더군. 자가용을 몰고 나온 남편은 대학교수라는데 건장한 체격에 이지적으로 잘 생겼더군. 부부는 주말마다 단 둘이 주말여행을 떠난다더군."

나혜는 담담하게 얘기했다.

"나는 그동안 발심출가해서 겨우 절밥이나 얻어먹고 살았지. 아무 것도 한 것이 없이. 이제 사십대의 나이로 접어든 불혹의 인생이 된 거구."

"뭘 얘기하고 싶은 거야?"

"자연스러운 인생, 나는 텅 빈 허공에 있다는 거. 지금껏 불도를 닦아온 출세간에 들었으나 생사의 바다 한가운데 떠 있으면서 구멍 없는 피리와 같은 무공적(無孔笛:구멍 없는 피리소리)이라, 자연스런 생존본능에 따른 자식을 낳은 일도 없고, 부모를 섬기지도 아니했고, 돈을 벌어 누굴 도와준 일도 없고, 나 혼자 겨우 절간 공양이나 빌어먹고 덧없는 인생을 살았으니 얼마나 가엾고 딱한 존재인가 해서. 마음 속 깊이 사랑하는 사람이 있어도 보고 싶어 마음대로 달려가 만날 수가 있길 하나, 문득 그리워도 쉽게 만나볼 수가 있나, 얼마나 가엾고 처량한 중생이야."

견딜 수 없는 연민, 그때마다 승방에 누워 몸을 뒤척거리던 가여운 인생은 기약 없는 길 위의 서글픈 사랑에 소리없이 흐느껴 운 적이 한두 번이 아니었다. 보고 싶고, 보지 않고는 견딜 수가 없어서 유정스님이 머무는 절집을 찾아갔지만 얼굴도 못 보고 돌아오면서 낯선 수정암에 행자처럼 머물던 끝에 출가를 하면서 시퍼렇게 날선 칼削刀에 머리카락이 뭉텅뭉텅 밀려 떨어질 때 머리카락과 함께 속세의 숱한 번뇌가 떨어져 나가고 새로 거듭나는 인간의 구슬 같은 눈물이 쉴 사이 없이 앞을 가리고 떨어지던 비구니, 사랑은 자신을 불태우는 것이라고 했던가. 기약이 없는 길 위의 운명적인 사랑에 혼자 서럽고 애달픈 눈물을 한없이 흘리며 며칠씩 신열이 펄펄 끓는 몸살을 앓아가며 죽음을 생각하던 때도 없지 아니했다.

"사랑이 뭔지를 모르면서 사음, 음란, 욕정이 나쁘다는 것은 어이가 없어. 선법이라는 것은, 곧 선법(善法:도리와 방편)이 아니고 그 이름이 선법이라고 여래가 말했듯이 사랑이라는 것은 곧 사랑이 아니라 그 이름이 사랑이고 음란이고 욕정이야. 이름이 아닌 우리의 사랑을, 사랑이라는 이름으로 정분이 얽힌 정한情恨을 무참하게 매도한다면 우린 불교의 윤리를 파괴하는 나쁜 마구니들이지. 그렇지만 우리의 사랑은 아니잖아. 그게 아니잖아."

나혜는 억울한 심정을 하소연했다.

"사랑의 능력을 상실한 인간은 반드시 미치게 되어 있어. 현대인들은 그것을 돈으로 해결하려고 들지. 그런 방법밖엔 없어. 그래서 더욱 돈과 권력에 집착하고 오로지 돈밖에 모르는 노예가 되어 버렸지. 돈을 잃고 권력이 떨어져 뒤웅박 신세가 되는 순간 살아 있어도 죽은 존재들이고 두 눈이 흐리멍덩한 산송장들이지. 영혼이 홀랑 빠져 달아나버린 부활한 시체 좀비들. 하지만 우린 속세의 거지들처럼 단순한 물질적 가치에 매달린 게 아니었어. 마음에 돈 때가 묻은 것도 아니구. 계율에 어긋나는 일이 있다고 해도 비겁한 윤리의 파괴는 아니라고 봐."

유정은 덧붙여 부연했다.

"뭐 그렇기는 하지만……."

나혜는 말미를 흐리며 가만가만 매만지던 유정의 손을 가져다 자기의 볼에 갖다 붙였다.

"사랑해, 소미."

인간이면 누구나 잠재된 원초적 감정, 시간은 마음을 움직이는 감정이 되고, 뜨거운 육체의 기쁨은 전류처럼 흐르며 온몸이 짜릿짜릿한 흥분을 가져왔다. 유정은 폭발할 것 같은 자신의 감정에 전율하면서 나혜가 아닌 소미를 와락 끌어안았다. 뜨거운 혀는 여자의 입 안으로 깊숙이 빨려 들어갔다. 숨결이 거칠어지고, 두 개의 심장이 하나처럼 뛰면서 비밀스러운 욕망의 도가니로 빠져들고 있었다.

얼마가 지났을까. 두 사람은 어둡게 실내등도 켜지 않은 자동차 안에서 무거운 침묵으로 앉아 있었다.

"사랑은 함께 있어야 한다는데…… 함께 있을 수 없는 사랑이라면 가까운 곳에라도 있어야 하구. 우리 같은 길 위의 사랑은 더욱……."

나혜는 목소리가 젖었다.

"비밀스러운 만남, 지금처럼 은밀한 우리의 사랑이 얼마나 갈까?"

숨 막히는 가슴이 곧 터져버릴 것처럼 초조한 불안에 싸인 만남, 은밀한 사랑을 위한 수호신은 없었다.

"우린 지금보다 나빠지진 않을 거야."

유정은 운명적으로 말했다. 소미한테서 어머니의 이미지가 떠오를 때 이미 운명적으로 시작된 사랑이었다.

"사랑이라는 것처럼 상상을 초월할 만큼 대단한 힘을 지니고 있는 줄은 정말 몰랐어. 아니 사랑이란 위대한 거라고 해야 되겠지. 내가 거기 승방으로 찾아갔던 거 말이야. 그런 용기가 어디에서 대범하게 솟아났는지 모르겠어."

절제와 정도는 어디로 사라지고 승가를 떠나야 하는 계를 파했으면서도 천연덕스럽게 뜨겁고 환희에 찬 사랑을 얘기하고 있는 불제자를 부처님이 머리 위에서 내려다보고 있는 것처럼 나혜는 무서웠다.

"나에겐 귀여운 마군이었지."

유정은 차라리 웃었다.

"사람이 두 개의 마음, 두 개의 양심을 지니고 살 수는 없는 것일까?"

사랑과 음행은 분명히 다르다고 해도 승려에겐 계율을 파하는 음행이었다. 마땅히 승복을 벗어 부처님에게 받치고 속계로 떠나야 했다. 그러나 나혜는 승가를 떠나지 않고 있었다. 참회진언으로 크게 용서를 빌어야 할 죄였지만 사랑은 그보다 생명의 숭고한 본능이라는 생각을 하고 있었다. 따라서 수행자의 깨달음에 대한 믿음은 나날이 나약하게 흐르고 있었다. 추악한 죄(음행), 이미 마음은 지옥에 떨어져 있지만 몸은 불같은 사랑에 빠져 펄럭거리고 있었다.

"이만 들어가 봐야지?"

유정은 본분으로 돌아가야 할 시간이 된 것을 알고 있었다.

"내가 오늘 너무 많은 투정을 하고 타박을 했지?"

어두워진 초저녁 하늘에 달이 떠오르는가 싶더니 잔잔한 바다 위로 해월海月이 아름답게 떠올라 있었다. 유정은 다시 한 번 나혜를 품속에 깊이 끌어들였다. 나혜는 죽어도 헤어질 수가 없는 것처럼 유정의 뒷목으로 팔을 두르고 힘주어 끌어안았다.

"우리가 열반 후에도 이렇게 마주 바라볼 수 있다면 얼마나 좋을까."

유정은 애연한 눈빛으로 뜨거운 사랑을 쏟아 부었다.

"언제든지 보고 싶을 땐 서로 바라볼 수 있으면 좋겠어."

나혜는 눈물이 가득 번진 눈으로 애원했다.

"그럴 수 있도록 해볼게."

짙은 우수가 찾아들었다. 유정은 목에 걸고 있는 청매염주를 풀어 나혜의 목에 걸어주었다.

"그리울 때 이 염주를 굴리며 잠든 꿈속에서 만나."

　　유정은 나혜를 다시 포옹하며 귓가에 속삭였다.

　　나혜와 헤어진 유정은 경상도로 내려가 ○○사에서 3년을
보낸 이듬해 서울로 올라왔다.
　　어스름이 지는 횡단보도엔 한 무리의 사람들이 몰려들고
있었다. 빨간 신호등이 점멸하기 시작했다. 도로 양 방향의
차량들은 신호등이 바뀔세라 빠른 속력으로 질주했다. 횡단
보도의 빨간 신호등이 녹색으로 바뀌었다. 재빠르게 달려오
던 탑 차량 한 대가 횡단보도 정지선을 넘어 들어와 급부레
이크로 멈췄다. 무리를 이루고 있던 행인들이 횡단보도를 막
건너가기 시작했다.
　　쫘당!
　　어슬어슬 저녁어둠이 깃드는 도로 위로 행인 하나가 참혹
하게 나뒹굴었다. 서둘러 횡단보도를 건너가던 사람들이 교
통사고를 직감하고 뒤돌아봤다. 사고를 당한 행인은 중년부
인이었다. 사고차량은 폭발하는 희푸른 매연을 내뿜으며 쏜
살같이 내달았다. 한 눈에 알 수 있는 고급차량이었다. 길게
피어나는 매연 속으로 종잇조각들이 희끗거리며 흐드러지게
날고 있었다. 누런 종이쪽지, 지폐다. 횡단보도를 바쁘게 건
너가던 사람들이 희푸른 매연 속으로 앞 다퉈 뛰어들었다.
누런 지폐는 떨어지고 가로수의 낙엽과 뒤섞여 나부꼈다. 누
런 지폐를 줍는 사람들은 한 장이라도 더 줍기에 정신이 팔
려 있었다. 고급 외제세단에 들이받힌 사람은 양 방향으로

교차하는 차량들의 헤드라이트가 현란하게 엇갈리는 아스팔
트 위에 죽은 듯이 널브러져 있었다. 어슬어슬한 저녁어둠과
명멸하는 원색의 네온사인, 원색의 불빛들이 뜻밖의 횡재와
한 생명의 속절없는 죽음을 적절히 감추어주고 있었다. 가시
권을 벗어난 고급 외제차량은 금세 어디론가 사라지고 보이
지 아니했다.

"택시!"

유정은 황급히 차도로 쫓아나가 두 팔을 날개처럼 길게 펼
치고 달려오는 택시를 막아섰다.

"당신, 죽고 싶어 환장했어?"

급브레이크를 밟은 택시기사가 성난 고함을 질렀다.

"교통사고요, 사람을 좀 살립시다."

유정은 급박한 하소연으로 매달렸다.

"살았어요? 죽었어요?"

운전수는 태평하게 물었다.

"모르겠습니다. 빨리 병원으로 데리고 가야지요."

유정은 발을 동동거렸다. 지켜보던 젊은이 하나가 달려들
어 중년여인을 부축했다.

"빨리 좀 갑시다."

유정은 부리나케 재촉했다. 젊은이는 길바닥에 떨어진 가
방을 주워 택시 안으로 던져주었다. 중년여인은 아직 팔딱거
리는 맥박으로 숨이 붙어 있었다.

"나무아미타불……"

택시기사는 노련한 운전 솜씨로 가까운 병원을 찾아 달려 나갔다. 부상자를 싣고 병원으로 달려온 택시가 응급실 문전으로 멈춰서기 무섭게 유정은 여인을 들쳐 업고 응급실을 향해 뛰었다. 택시기사는 여인의 가방을 들고 뒤따라 붙었다.

"보호자이신가요?"

간호사가 물었다.

"교통사고를 당한 분을 모셔왔습니다. 사람부터 좀 살려주세요."

의사는 중상자를 살펴보면서 매우 위급한 응급조치를 서둘렀다. 부상자의 손가방을 건네받은 간호사는 환자의 휴대폰을 찾아서 전화를 걸었다. 모든 일이 급속도로 이루어지고 있었다.

"가족인데 바로 병원으로 나오시겠답니다."

환자의 가족과 통화를 하고 난 간호사가 의사에게 말했다.

"환자는 어떨까요?"

유정은 조급하게 물었다.

"지켜봐야지요. 안심할 수는 없습니다."

"꼭 좀 살려주십시오, 부탁입니다."

유정은 가족처럼 애원하면서 불안한 마음으로 중상자를 지켜보았다.

"좀 쉬시오, 한 고비는 넘겼습니다."

간호사가 말했다.

"다행이군요. 감사합니다."

　긴장하고 있던 유정은 가슴을 쓸어내리며 안도했다. 지방
에서 장시간 버스를 타고 올라와 불의의 교통사고로 생명이
경각에 달한 사람을 병원으로 이송하는 동안 정신없이 긴장
했던 유정은 노곤한 피로가 몰려왔다. 유정은 잠시 의자를
찾아 앉았다. 간호사가 다가왔다.

　"생명엔 지장이 없이 위기를 넘기신 듯합니다."

　"감사합니다."

　유정은 잠시 만에 병원을 나왔다.

　"어디로 가야 하나?"

　갈 곳이 없었다. 축 쳐지는 몸으로 맥없이 거리에 서 있던
유정은 언젠가 날이 저물어 하룻밤을 보낸 도심의 재개발지
역을 생각하고 버스를 탔다.

　낡고 오래된 구舊도심을 뉴타운으로 새롭게 만들려는 재개
발지역은 벌써 몇 년째 사업이 중단된 채 폐허로 방치되어
있었다. 버스에서 내려 도심 한 블록을 길게 걸어온 유정은
어둑한 이면도로로 접어들었다. 황량하게 어둠이 싸인 폐허
에선 싸늘한 찬바람이 불어왔다. 부동산 투기열풍이 몰아치
면서 크게 돈벌이를 해온 사람들이 세계적인 경제 불황에 맞
물린 부동산 경기의 장기침체가 이어지면서 도심 재개발 뉴
타운 사업에서 아예 손을 놓아버린 것이다.

　유정은 허접스런 잡동사니들이 널린 길목에서 어둠에 묻
힌 폐허를 바라보았다. 폐허의 대지는 마치 융단폭격을 당한
전장의 폐허처럼 건물들이 허물어진 곳곳에 건축폐기물들이

산더미처럼 쌓여 있다. 언제 그랬는지 불에 타서 꺼멓게 그을린 노변 건물의 외벽엔 상가 이전을 알리는 종이딱지와 형편없는 보상비로 내쫓긴 세입자들의 호소문들이 덕지덕지 나붙어 찬바람에 나부끼고 있었다. 흉물스럽게 서 있는 폐옥들 속에서 흐린 불빛이 내비치고 있었다. 먼 길에서 돌아와 불빛이 환한 마을의 방문만 바라봐도 가슴이 훈훈한 행복감에 젖어들고 하던 유정은 반짝이는 폐허의 불빛을 바라보며 발걸음을 내옮겼다.

재개발지역 밖에 서 있는 가등의 불빛이 흐리게 넘어 들어온 골목 어귀에 희끗한 것이 어른거린다. 골목길을 조금 더 걸어 들어가자 희끗하게 움직이던 것이 갑자기 컹 하고 짖었다. 하얀 개白狗다. 들고나는 사람들이 없는 길목에 나와 있는 백구는 좀체 움직일 줄을 모르고 멀뚱멀뚱 쳐다보았다.

"여기에 사는가 보구나."

유정은 백구를 마주 바라보았다. 녀석의 눈빛엔 무엇인가 간절한 바람이 담겼다.

"주인을 기다리는구나."

유정은 녀석을 바라보며 말했다. 녀석은 고개를 한번 갸웃거린 뒤 다시 바라봤다. 백구는 저를 버리고 떠난 주인을 기다리고 있는 것이 분명했다.

"네 주인이 다시 돌아올 것 같지 않구나. 그만 네 집으로 돌아가거라."

녀석은 눈도 까닥하지 않고 애처롭게 쳐다봤다.

"배가 고픈 게로구나?"

유정은 배가 고픈 녀석에게 줄 만한 것이 없다.

"미안하구나. 이 스님이 가난해서 너에게 아무 것도 먹을 것을 줄 게 없구나."

유정은 멀뚱멀뚱 바라보는 녀석이 무척이나 안쓰러웠다. 힘없이 배고픈 눈빛으로 바라보는 녀석의 머리라도 한번 가엾게 쓰다듬어주려고 유정은 백구에게 한 걸음 다가갔다. 턱을 바짝 쳐들고 길게 바라보던 녀석은 고개를 돌리면서 골목길을 향해 달려갔다. 유정은 미안한 마음을 가지고 물끄러미 서서 녀석을 바라보았다.

저만큼 뛰어가던 녀석은 멈칫하면서 고개를 돌리며 뒤돌아봤다. 유정은 아무래도 이상한 예감이 들었다. 유정은 녀석에게 다가갔다. 고개를 바로잡고 다시 달려가면서 힐끔힐끔 뒷눈질을 하던 녀석은 다 허물어진 집 앞에 우뚝 멈춰 서서 두 눈을 끄먹거리고 바라봤다. 그때다. 어둡게 시멘트덩이가 쌓인 곳에서 강아지들의 낑낑거리는 울음소리가 들려왔다. 유정은 얼른 바랑 속의 손전등을 꺼내들고 강아지들의 울음소리가 나는 시멘트덩이 구석을 살펴보았다. 아직 눈도 뜨지 않은 새끼들이 서로 체온을 파고들며 한 덩어리가 되어 있었다. 뒷전에 서있던 백구가 새끼들이 있는 시멘트덩이 밑으로 기어들어갔다. 새끼들이 어미 품을 파고들며 젖꼭지를 찾아 물고 죽자구나 빨아대었다. 비쩍 마른 백구의 상태로 봐선 젖 한 방울도 나올 것 같지 아니했다. 아니나 다를까 백구는 죽자구나 매달리는 새끼들을 떼어놓고 밖으로 다시 기어 나왔다.

"쯔쯔, 불쌍한 것들 같으니."

유정은 급한 대로 폐가 주위를 이리저리 둘러보았지만 녀석이 먹을 음식이 있을 리 없다. 시멘트덩이 굴속에선 배고픈 강아지들이 계속 낑낑거린다.

"배가 많이 고픈 게로구나?"

백구는 재개발지역 밖을 나돌아 다니며 주택가 쓰레기통이나 식당 주변의 음식물찌꺼기를 주어먹으며 겨우 생명을 부지하고 살아온 것 같았다.

'생명은 짐승이라고 다르지 않은 것을.'

유정은 새끼들에게 젖 한 모금을 먹일 수 없이 비쩍 마른 백구를 물끄러미 바라보다 못해 다시 한 번 바랑을 이리저리 뒤져보았으나 배고픈 녀석이 먹을 만한 누룽지 부스러기 하나 없다. 먹을 것을 꺼내주나 싶게 턱을 바짝 쳐들고 바라보던 녀석의 힘없는 눈에 물기가 축축이 비치고 있었다.

"미안하구나."

유정은 새끼를 거느린 어미의 심정이 되어 백구의 머리를 쓰다듬어주었다.

"잠깐만 기다려 보거라."

유정은 어둔 재개발지역 골목길을 달려 나왔다. 가등의 불빛들이 밝은 거리로 나온 유정은 우선 눈에 들어오는 순대국밥 집을 찾아들어가 국밥 한 그릇 분량을 산 다음 음식찌꺼기 한 봉지를 더 얻어들고 골목 어귀로 들어서는데, 뒤쫓아 나와 기다리고 있던 백구 녀석이 음식 냄새를 맡고 반갑게 달려들면서 음식봉지 주위를 펄쩍거리고 맴돌다 새끼들이 굶주리고 있는 집으로 쏜살같이 내달렸다.

'세상의 모든 생명은 하나인 것을.'

유정은 주어온 헌 플라스틱 바가지를 깨끗이 비워 순대국밥을 푹 쏟았다. 따뜻한 김이 모락모락 피어났다. 밥그릇으로 달려든 녀석은 깜짝할 사이에 순대국밥 한 그릇을 정신없이 휘몰아 먹고 새끼들에게 달려 들어갔다. 줄곧 낑낑거리는가 싶던 새끼들은 기력이 다해 젖을 보채고 빨아먹을 힘마저도 없어져버렸는지 잠잠하다. 유정은 그 새 새끼들이 잘못되었나 싶은 생각이 더럭 덜미를 쳤다. 한데 새끼들의 울음소리가 다시 들려온다. 유정은 가슴을 쓸며 안도했다. 기진했던 새끼들이 가까스로 기운을 차린 듯 다시 꿈틀거리며 열심히 젖을 빨아대기 시작한다.

"이 스님도 오늘은 너희들과 함께 하룻밤을 보내야 하겠구나."

가여운 녀석들을 흐뭇하게 바라보고 있던 유정은 천천히 자리를 일어났다. 새끼들에게 느긋이 젖을 물리고 있던 녀석이 고개를 번쩍 쳐드나 싶더니 젖꼭지를 물고 죽자구나 매달리는 새끼들을 마구 떼어놓고 밖으로 뒤쫓아 나왔다.

"들어가거라. 배고픈 새끼들이 울지 않느냐."

유정은 녀석에게 손을 내저었다.

컹컹!

"너희들을 소중한 인연으로 만났으니 이제부터 보리라고 불러야 하겠구나. 보리야, 잘 자거라."

백구는 말뜻을 알아듣기라도 하듯 뒤 번 컹컹 짖고 나서 이내 새끼들에게 돌아갔다.

유정은 차가운 밤이슬을 피해 잠자리를 마련하려고 골목의 폐가들을 둘러보았다. 눅눅하고 차가운 야기夜氣에 어둠 속의 폐가들은 모두 흉흉한 유령의 집들만 같다. 유정은 보리 가족이 있는 폐가에서 가까운 골목을 더듬어 들어가다 지붕이 제법 온전하다 싶은 집을 찾았다.

녹슨 대문이 그대로 붙어 있는 집은 다른 폐가들처럼 유리 창문 하나 성하게 남아 있지 않다. 모든 문짝들이 떨어져 나간 방엔 먼지가 보얗게 올라앉은 거미줄이 쳐지고, 떨어진 벽지가 바람에 너펄거린다. 흉가가 따로 없었다. 그래도 다른 폐가와 달리 지붕과 바람벽들이 온전해서 찬 서리를 맞으며 하룻밤을 보낼 것 같지는 아니했다. 손전등을 휘둘러 비추며 대충 집안을 둘러보고 난 유정은 다시 나와 가까운 골목 주변을 돌아다니며 스티로폼과 헌 카시미론 이불을 주운 뒤 녹슨 양철통에 나무도막을 있는 대로 주워 담아 돌아왔다.

유정은 찬바람에 너펄거리는 벽지를 쭉 찢어 양철통 나무에 불부터 피웠다. 매운 연기가 주방 뒤쪽 지붕이 허물어진 구멍으로 솔솔 빨려 나간다. 밤이슬에 젖은 이불을 방 문간

에 걸어놓고, 바랑에서 덮고 누울 가사를 꺼내 놓은 뒤 유정
은 잠시 더 양철통 불을 끼고 앉았다.

행각에 쌓인 피로가 풀리면서 눈꺼풀이 내려앉았다. 양철
통 불도 사위어가고, 집 밖에선 소록소록 비가 오는가 싶은
데 어디에선가 갑자기 피아노 소리가 들려왔다. 유정은 깜짝
놀랐다.

'이 폐허에 웬 피아노 소리가?'

알 수 없는 일이었다. 유정은 잠자리를 일어나 성한 테라
스로 달려 나갔다. 어둠속을 뚫고 들려오는 피아노의 선율은
세련되게 흘러가면서 유정의 가슴을 격정적으로 흔든다.

'나혜는 지금 어디 있을까?'

감미로운 피아노 선율 속에서 유정은 나혜의 모습을 그려
보았다. 둥근 듯 갸름한 얼굴에 하얀 덧니를 살며시 드러내
가며 웃던 귀염성, 그 아름다운 미소에 유정은 그만 넋을 놓
고 바라보던 때가 있었다.

'우린 정말 함께 할 수 없는 비정한 운명인가?'

유정은 탄식을 하였다. 나혜의 환영이 피어난 둥근 얼굴에
피아노의 선율이 잔물결을 치고 아름다운 미소가 오버랩 되
면서 우아한 환상의 이미지가 갑자기 장엄해지는 피아노의
선율과 함께 어둔 허공으로 홀연히 사라져버렸다.

"나혜, 사랑하는 나혜, 지금 어디 있소?"

어둠속에선 아무런 대답이 없다. 유정은 무서운 허망감에
사로잡혔다. 순간의 우아한 생성과 찰나의 전혀 찾을 수 없

이 가뭇없는 소멸이 가져다 준 허무空, 나혜는 무한한 허공에 있었다.

누구나 한번은 반드시 죽는다. 생성과 소멸은 자연의 순환 법칙에 따른 것이고 불가피한 생명의 마지막이었다. 중생들은 순간, 순간마다 〈죽음〉이라는 미지의 환상이 엄습하는 공포 속에서 번뇌의 삶을 살아간다. 죽음의 공포는 누구나 무의식적 상태에서 상시적으로 고개를 들었다.

유정은 순간의 생성과 찰나의 소멸, 부처의 멸도滅度를 생각했다. 양철통에 이글거리던 불덩이는 어느 결엔가 다 타버리고 하얀 재만 남아 있었다. 밤이슬에 젖어 있던 나무도막은 완전히 연소되어 그 형체를 찾아볼 수가 없다有餘涅槃. 존재는 사라졌다無餘涅槃. 생명이 완전히 꺼져버린 '죽음'이었다. 존재의 완전한 열반이라는 '죽음', 그 영원한 적멸밖에 없었다.

잔잔하게 흐르던 피아노 소리가 웅장해지는 선율로 빗속을 격렬하게 뚫더니 이내 차분한 정상으로 돌아와 경쾌하게 흐르면서 짙은 서정성을 띤다.

'이 폐촌에 누가 이토록 아름다운 피아노 연주를 하고 있는 것일까?'

유정은 무척 궁금했다. 아무 것도 듣지 못하는 귀머거리도 음파 진동을 온몸으로 느끼며 피아노 연주를 하고, 악사들이 연주하는 모든 동작과 표정을 낱낱이 눈여겨 살펴보면서 음악의 깊은 감동을 느낀다고 했던가. 악보를 전부 외우고 있

다면 어두운 곳이라고 해도 얼마든지 피아노를 칠 수 있다고
했다. 이 어둔 폐허의 빗속을 울리는 선율이 어쩌면 그런 사
람의 피아노 연주일지도 모른다고 유정은 생각했다. 무슨 연
주곡인지 잘 모르겠지만 건반을 두드리는 피아노의 선율은
마치 시詩를 써내려가듯 환상적으로 심금(心琴:마음의 거문고)
을 울리는 선율에 유정은 부처님의 제자 스로오나가 문득
뇌리에 떠오른다. 그는 고행을 통해 깨달음에 이르고자 하였
지만 아무리 고행을 해봐도 깨달음이 보이지를 아니했다. 지
치기 시작하고 마음이 조급해졌다. 부처님은 그에게 물었다.

"거문고를 쳐본 일이 있느냐?"

"예."

"거문고의 줄이 팽팽해야 소리가 곱더냐?"

"아닙니다."

"거문고의 줄은 지나치게 팽팽하지도, 늘어지지도 않아야
고운 소리가 난다. 수행이 너무 강하면 들뜨게 되고 너무 약
하면 게을러지느니라. 수행은 알맞게 해야 몸과 마음이 어울
려 좋은 결과를 얻는 것이다."

일화에서 나온 심금을 울리는 피아노의 선율이 마음을 이
끌어주는데, 골목에서 귀를 찢는 듯한 소음이 들려왔다. 2층
짜리 주택에 시커멓게 보이는 사람이 유리창을 깨부수는 소
리였다. 대형 유리창은 벌써 산산조각이 난 상태였다. 사내
는 유리창이 다 깨져나간 샤시 창틀을 골목으로 던졌다. 찌
그러진 샤시 창틀은 요란한 소리를 내며 골목 바닥으로 철그

럭철그럭 소리를 내며 떨어지고 있었다.

"비 오는 밤에 위험하게 뭘 하시오?"

지긋한 연치로 밤 골목을 지나가던 사람이 항의했다.

"아직도 여길 못 떠나고 사시는 모양인데 안 다쳤으면 다행이우. 이놈두 처자식 거느린 목구멍이 포도청이라 다들 뜯어가고 남은 게 보여서 일을 끝내고 들어와 떼어가는 것이니 그쪽이 좀 이해하시오."

사내는 골목에 떨어진 샤시 창틀을 집어 들고 막 사라진 뒤다.

"이놈들아, 날 쥑여라, 어서 쥑여!"

갑자기 여자의 사나운 고함소리가 어둔 빗속을 갈랐다.

"나쁜 놈들, 내 집에서 나가거라. 당장 나가지 않으면 땅귀신, 여러 집 귀신들이 모두 피를 내어 잡아먹을 것이다!"

분노에 가득 찬 여자의 울부짖음은 소름이 쭉 끼쳤다. 어두운 골목을 쩌렁쩌렁 울리는 고함소리에 새끼를 품고 있던 보리가 밖으로 나와 컹컹 짖었다. 그때 어둔 빗속으로 플래시 불빛이 이리저리 흔들리더니 여러 사람의 말소리가 수런수런 들려왔다.

'웬 사람들일까?'

유정은 고개를 빼고 소록거리는 빗속을 바라보았다. 어둔 빗속으로 플래시 불빛이 번쩍거릴 뿐, 웅성거리는 사람들은 보이지 않았다. 이상한 것은 줄곧 들려오던 피아노 소리가 뚝 멎고 들려오지 않았다. 동시에 무슨 약속이나 한 듯이 사

람들이 웅성웅성 나타나는데,

"으아악!"

별안간 테라스 아래 깜깜한 어둠 속에서 기함하는 여자의 비명과 함께 누가 미친 듯 펄쩍거리고 뛰어나왔다. 여자였다.

"야, 이년아, 왜 그래?"

집 앞에 고만고만하게 서성거리던 여자애들 가운데 한 여자애의 포달질 목소리가 솟구쳤다.

"사, 사람이 주, 죽었어!"

날카로운 비명을 내지르며 펄쩍거리고 뛰쳐나온 여자애는 잔뜩 겁에 질린 소리로 부들부들 떨었다

"뭐야? 딸구(모자라는 아이) 송이 계집애가 죽었다구?"

함께 있던 친구가 물었다.

"저, 저기……."

손을 가져다 가슴을 짓누르며 숨도 잘 못 쉬면서 부들부들 떨던 여자애는 기함하고 뛰쳐나온 집 안을 턱짓으로 가리켰다.

"야, 이년아. 너 지금 뭘 보고 그러는 거야?"

"버찌야, 우리 같이 들어가 보자."

손에 든 플래시를 비추며 집 안으로 살금살금 기어 들어가는가 싶은데,

"엄마아!"

두 여자애들은 또다시 기함하는 비명소릴 지르며 총알같

이 뛰쳐나왔다.

"똥숙아, 빠, 빨리 겨, 경찰서로 전화해."

버찌라고 불리는 여자애는 황급한 소리로 다급한 소릴 더듬었다.

"아, 아냐, 아까 순찰차가 골목에 있는 거 봤어. 빨랑 달려가서 불러와."

버찌의 말을 들은 똥숙이는 골목길을 득달같이 달려 나가는데, 캄캄한 집 안에서 여자애 하나가 기죽은 모습으로 머뭇머뭇 걸어 나왔다.

"야 이년아, 누가 너 보고 이런 데 살금살금 기어 나와 다 썩어빠진 고간 고물 피아노나 가지고 지랄염병을 까랬어?"

버찌는 다짜고짜 송이라는 아이의 귀뺨을 되알지게 후려갈겼다. 그 사이에 골목을 부리나케 달려 나갔던 똥숙이는 경찰들의 순찰차를 함께 타고 달려왔다.

"저 집이에요."

버찌는 문제의 폐가를 가리켰다. 두 경찰관은 플래시를 들이비추며 폐가로 들어갔다.

"왜 그래?"

플래시를 비추며 앞서 들어가던 경찰관이 발걸음을 무춤하자 뒷전에 있던 경찰관이 물었다.

"저길 봐. 완전히 탈골이 되어 앙상한 뼈만 남았다구."

"빈 소주병들과 담배꽁초, 허접한 옷가지들을 보니까 부랑자 같은데."

두 경찰관은 주고받았다.

"정말 그럴까?"

두 경찰관은 하얗게 뼈만 남은 유골을 확인하고 곧장 되돌아 나왔다. 바로 그때다.

"귀신이다, 사람 잡아먹는 귀신!"

어둔 빗속에 치매 노인이 고함질이 다시 들려왔다.

"신경 쓸 것 없어요. 재개발을 한다고 중장비로 집을 철거할 때 집안에서 버티고 나오지 않던 영감님이 끌어내는 용역 깡패들과 심한 실랑이를 벌이다 죽었대나 봐요. 그 뒤로 줄곧 여기 들어와 산다는데 이따금씩 저렇게 소릴 지르고 하는 것이 미친 거 같아요."

"여기에 살던 사람들이 떠나면서 버리고 간 치매 할머니도 있어요."

청바지에 제법 깔끔한 모양새로 귓불에 멋스런 귀걸이까지 매단 버찌와 다른 여자애가 경찰관에게 말했다.

"스님이 왜 이런 델 왜 들어왔어요?"

경찰관이 다가와 플래시를 비춰가며 물었다.

"만행 중에 날이 저물어 밤이슬이나 피하려고 왔습니다. 소승에게 무슨 잘못이라도 있는지요?"

유정은 정중히 대답을 하면서 덧붙여 물었다.

"정말 스님이 맞아요?"

경찰관은 신분을 확인하듯 물었다.

"중을 보고 중이냐고 물으시다니요?"

"요즘 남을 속이고 훔치고 사기꾼, 도둑들이 너무 많아서 그럽니다."

"소승이 그런 사기꾼에 도둑이라면 거지처럼 남루한 옷을 걸쳐 입고 하룻밤 머물고자 이런 재개발촌 빈집을 찾아 들겠는지요. 호사스런 겉치레로 남들을 현혹하는 사기꾼, 도둑은 아니니 오해가 없으시길 바랍니다."

유정은 온유한 어조로 공손히 말하였다.

"여긴 우범지역이오. 각종 범죄자와 가출한 불량청소년들이 밤낮으로 비행을 저지르며 패싸움을 벌이는 곳이기에 드린 말씀입니다. 불과 며칠 전에도 폐가에 불을 질러 여자아이들이 둘이나 타죽은 사건이 발생해서 경계를 강화한 업무 중이라 신분을 확인한 것입니다."

"나무아미타불."

육이오전쟁 직후의 피난민을 비롯하여 전쟁부랑자들과 지방에서 무작정 상경한 사람들이 무질서하게 이룬 동네는 2천 가구가 넘는 주민들이 살고 있었고, 가난하지만 제2의 고향처럼 정을 붙이고 아기자기하던 산동네는 황금알이라도 낳는 것처럼 뉴타운 재개발사업이 시작되면서 주민들이 뿔뿔이 흩어지고 이주비 몇 푼 들고 당장 어디로 갈 곳이 없는 사람들과 떠났던 사람들이 하나 둘 되돌아오기 시작하면서 폭격을 맞은 전장의 움푹움푹 패인 피탄지被彈地 같고 분화구噴火口 같은 이곳, 여기저기 울퉁불퉁 파헤쳐져지고 불 켜진 가등 하나가 없이 상하수도, 가스도 끊겨버리고 쓰레기더미에서 바람에 날리는 비닐, 스티로폼조각, 깨진 화분, 유리조각, 부서진 가구, 나뒹구는 페트병, 썩은 음식물 찌꺼기의 악취로 가득찬 끔찍한 생활환경 속에서 70여 가구 150여 명의 가난뱅이 주민들이 어렵사리 살고 있었다.

"방금 여기에서 소란을 피우고 돌아간 아이들은 집에서 가출한 십대 아이들입니다. 그 애들을 남자애들과 혼숙을 하면서 학교 학생들에게 돈을 뜯고 절도에다 사기 성매매까지 하는 아이들입니다. 잘못하면 그 불량 청소년들에게 크게 봉변을 당하는 수가 있으니까 얼른 다른 데로 나가 주무세요."

경찰관은 단도직입적으로 경고했다.

"말씀은 고마우나 소승은 머무는 사람을 분별하여 가리지 않으며 가벼이 보질 않으며, 처소를 또한 가리지 않으니 그런 염려는 하지 않으셔도 됩니다."

유정은 고개를 나부시 숙이는 합장 반배를 하고 고개를 바로 드니 두 경찰관은 벌써 순찰차에 올라타고 있었다. 폐촌의 골목길은 한밤의 고요가 감돌고 있었다. 유정은 처소로 돌아섰다.

"너 이 계집애, 오늘 나한테 죽어봐!"

불빛이 새어 나오는 폐가에서 십대들이 거칠게 싸우고 있었다.

"네가 안하면 우리 모두 굶어 죽는다는 거 몰라, 이년아."

오통통한 친구 하나를 당장이라도 요절을 내어버릴 것처럼 삥 둘러싼 채 사납게 다잡고 있었다.

"참고 몇 분만 누워 있으면 끝나는데 뭐가 무서워 뛰쳐나와 산통을 깨, 이년아?"

"이 계집애 앞으로 두 번 다시 제멋대로 빠져 나가 꼴값을 떨지 못하게 잘난 손가락을 딱 꺾어놔 버려."

십대들은 포악을 떨었다. 빨간 입술에 담배를 피워 물고 담배연기를 폴폴 내뿜던 여자애가 담배꽁초를 손끝으로 잡더니 의자에 묶인 여자애의 팔뚝을 사정없이 지졌다.

"아앗, 뜨거! 언니, 자, 잘못했어요. 살려줘요."

"아가리에 테이프를 붙여."

고통스런 비명과 앙칼진 욕지거리가 엇갈리면서 녹슨 철제의자에 묶인 여자아이의 고통스런 몸부림이 언뜻언뜻 비쳤다.

"내가 뭐랬어? 물고기방(PC방)에 꼼짝 말고 짱 박혀 있으라고 했잖아. 그런데 그 새 고양이새끼처럼 살금살금 기어나가 고물 피아노를 가지고 잘난 염병을 까는 거니?"

의자에 꽁꽁 묶인 여자애의 머리채를 악세게 휘어잡은 버찌는 대번에 요절을 내버리고 말 것처럼 표독스럽게 쏘아붙였다.

"PC방 자욱한 담배연기가 싫어서 그랬어요, 언니."

철제의자에 꽁꽁 묶인 여자애는 울며불며 살려달라고 사정했다.

"미나 계집엔 뉴비(신입) 년을 잘 감시하랬더니 어디로 꺼졌던 거야?"

비쭉한 머리통에 덮인 머리털을 아래만 돌려 깎은 활새머리 녀석이 물었다.

"물고기방에서 낚시질을 하고 있을 거야."

버찌가 말했다.

"물고길 잡으면 뭘해. 이 계집애가 열나게 똥바다에 다시 방생해버리는걸."

활새머리는 잘 잡았다 싶은 큰 고기를 억울하게 놓쳐버린 분풀이를 하듯 송이의 가슴팍을 발길로 걷어질렀다.

"에쿠, 엄마!"

송이는 시퍼런 입술을 깨물며 철제의자를 등지고 벌렁 나동그라졌다.

"이 계집앤 내가 정신이 초롱불처럼 반짝반짝하게 만들어 놓을 게."

활새머리는 이번에 버찌의 손에서 물병을 뺏어들고 머리채를 휘어잡은 송이의 얼굴에 물을 줄줄 쏟아 부었다.

"흐윽, 크윽 큭……."

코로 물이 들어가고 숨이 컥컥 막히던 송이는 고통스럽게 머리를 이리저리 내저었다.

"네년이 오늘 우리들 사업을 쫄딱 망친 거야. 그 노빠(늙은 오빠)만 잡았어도 우린 모텔에 들어가 살 수 있었잖아, 이 썩어 뒈질 년아."

버찌는 다시 포악을 떨었다. 한두 번 해본 솜씨들이 아니다. 한때 정보기관과 기무사령부, 경찰의 특수공안부서에서 군사독재정권 타도를 외치던 열혈 민주화 운동권 대학생들을 잡아다 양심도 무엇도 없이 저지르던 만행을 가출 10대들이 고스란히 흉내내고 있었다.

"푸푸, <u>으으흐윽</u>……."

"이년 머리채를 꽉 붙잡아!"

활새머리는 여자애의 얼굴에 물을 줄줄 쏟아 부으면서 재미스럽게 낄낄거리고 웃었다.

"저런 축생들을 보았나?"

잠자리에 들려던 유정은 십대 가출 패밀리들의 잔인무도한 악행을 더이상 두고 볼 수가 없어 달려갔다. 대문간 한쪽 성한 담벼락엔 달팽이 그림에 '달팽이의 집'이라고 쓰였다.

"그만두지 못하느냐?"

고만고만한 남녀 10대들이 모여 있는 폐가엔 숨이 컥 막힐 정도로 담배연기가 자욱했다. 유정은 먼저 활새머리의 손에 들린 물병을 빼앗아 던지고 철제의자를 뒤에 지고 쓰러져 신음하는 송이의 입에 붙은 청테이프를 떼어냈다.

"저 치는 뭐야?"

활새머리는 아기똥거리는 곤댓짓으로 난데없이 나타난 불청객을 가로막고 나섰다.

"이봐요, 땡추아저씨. 어디서 썩은 눈깔을 홀렁 까뒤집고 미친 개새끼처럼 뛰어드시나?"

이번엔 죽은 사람 콧김만 쐬어도 날아갈 것처럼 좀상좀상하게 깡마른 녀석이 삐딱한 고갯짓으로 시답잖은 콧방귀를 핑핑 불었다.

"어린애들이라고 여겼더니 아주 막되어 먹은 녀석들이로 구나."

유정은 아무리 좋게 봐주고자 하여도 한심하기 이를 데가 없는 애녀석들이었다.

"이 땡추아저씨, 완전히 거지구만."

말뚱가리의 예리한 눈빛으로 반들거리는 녀석이 코웃음을 치며 가세했다.

"아서라 말아라. 이 땡추는 눈알맹이가 또랑또랑한 것이 암만해도 이 두칠이가 나서야 할 모양이다."

키가 장대같이 길쭉하게 녀석은 나잇살이나 위로 솟아 보이고 생긴 머리통도 도끼상이려니와 찢어진 도끼눈엔 섬뜩한 살기가 서렸다.

"이봐요, 땡추아저씨, 썩은 똥밭이나 굴러다니던 발로 남의 집에 함부로 들어오는 거 아냐."

버찌가 빠질 수 없다는 것처럼 당돌한 말발로 가세했다.

"말들을 그렇게 함부로 하면 못 쓴다."

애티도 채 벗지 않은 녀석들의 말본새가 지나치게 상스럽고 비천해도 유정은 차분한 훈계로 존조리 타일렀다.

"반들반들 푸른빛이 도는 때때중 머리가 아니고 반삭발한 머리를 보니까 중은 중인 것 같은데 완전히 날라리 땡추잖아."

성질이 데설궂게 털털하다 싶은 똥숙이란 여자애도 끼어

들었다.

"너희들 말대로 이 스님은 땡추다. 너희들은 무엇이냐?"

유정도 호락호락하지 아니했다.

"너희들이고 뭐고 썩은 냄새 풍기지 말고 빨랑 꺼지세요, 땡추아저씨. 우린 땡추아저씨 썩은 냄새 때문에 코피가 터지게 생겼수."

삐삐하게 인상을 구기고 있던 활새머리는 별안간 빨간 코피가 터질 것처럼 한 손으로 코를 싸쥐고 비딱한 고개를 외로 돌렸다.

"땡추아저씨, 쓸데없이 우리 같은 팸들에게 썩은 냄새(당신이 싫다) 피우지 말고 썩 꺼지세요. 우리가 나이 어린 미자(미성년)들이라고 참견하고 끼어드시는데, 우린 땡추아저씨 키즈(아이)들이 아니거든요. 그러니까 담텡이(담임선생) 훈계 같은 잔소리 실타래처럼 늘어놓을 생각일랑 싹 접으시고 빨랑 꺼져 주시죠, 네."

버찌는 담배에 불 붙여 물고 연기를 스님에게 훅 내뿜었다.

"디비 야리 까는(담배를 피다) 걸 인상 쪼개며 쳐다보시는데, 우리들 멘붕(정신적으로 충격을 받은 상황)을 까시면 인정사정없이 엉겨 붙어 물어뜯는 수가 있거든요. 부처님처럼 늘어진 두 귀로 알아 들으셨으면 빨랑 꺼져주시죠."

말뚱가리 녀석이 예리한 눈을 번뜩거리며 엄포를 놓았다.

"하하, 고놈들 맹랑하구나. 이 땡추아저씨가 너희들을 만

나지도 않고 보거나 아무 소리도 듣지 못한 척 지나칠 수도
있다만 이젠 그럴 수가 없구나."

유정은 따뜻한 미소를 짓고 말했다.

"땡추아저씨가 진짜 웃기는 상판을 쪼개고 나오는데."

통통하게 살 오른 똥숙이는 넓적하게 벌어진 벌렁코로 생
솔가지가 타는 굴뚝처럼 담배연기를 폴폴 내뿜는다.

"너희들은 누구에게 한 번도 혼이 나본 적이 없는 듯하구
나. 이 땡추아저씨는 수행이 모자라서 자비를 잘 베풀지 못
하려니와 불가피한 축생이 한번 되어야 하겠구나."

유정은 어린 녀석들이 한없이 가엾어 코허리가 다 시큰거
리기까지 하였지만 그렇다고 가볍게 얕보아선 안 될 성불렀
다.

"그 민대가리에 칼만 슬쩍 스쳐도 빨간 피를 뒤집어쓰게
생겼는데, 어디 한번 해보시지."

앳된 상판을 흔들고 나오는 활새머리의 엄포를 어설픈 혈
기라고 해줘야 할지 못된 망아지새끼의 객기쯤으로 봐줘야
좋을지 유정은 감이 얼른 잡히질 않는데, 되잖은 말씨를 참
새들처럼 잘도 조잘거리고 나오던 녀석들은 이미 범치 못할
스님의 기품에 기가 꺾인 상태였다.

"풋과일 같은 인생을 이런 뒷골목에다 버리면 금세 썩어버
리지 않겠느냐."

유정은 타일렀다.

"우리들 사는 게 뭐가 어떤데?"

다 큰 하마새끼처럼 어리숭한 뚱보 물퉁이 녀석이 턱을 번쩍 쳐들고 물었다.

"햇병아리 영계를 못 잡아먹어 안달이 난 노빠들한테나 가서 목탁 품팔이나 하시지, 땡추아저씨."

활새머리가 퉁어리적게 힐난했다.

"노빠 잡놈들 푼돈을 좀 뜯어먹은 것도 죄가 되나? 아니 블루 하우스라는데 가봤어요? 북악산 기슭에 자리 잡고 있는 청기와 집 말이에요? 거기 완전히 십상시(十常侍:중국 후한 말기 권력을 잡은 환관들. 청와대 십상시) 잡놈들 똥밭이거든요. 불알 찬 환관 내시들 말이에요. 이마빡 콧잔등에 개기름 뻔질거리는 국회의원 나리들 여의도 청문횐지, 양파 까기 선수권 대회인지 주접을 떨어가며 닭발, 오리발 잘들 내밀고서 흔들어가며 설레발을 치고 구렁이 담 넘고 기름진 뱀장어 귀신처럼 빠져 나가는 지랄병을 귀동냥이라도 좀 해봤으면 우리 같은 가출팸한테 귀에 딱지 올라앉는 염불을 못할 거요."

악바리 같은 버찌가 야살스럽게 쏘아붙였다.

"박수!"

물고기방에서 낚시질을 마치고 돌아온 가출 패밀리 친구들이 뒤따라 박수를 짝짝짝 쳤다.

"이 땡추아저씨가 된 매를 한 대 얻어맞은 기분이구나."

유정은 너그럽게 허허 웃었다.

"사람은 세상에 태어나 사는 동안 수없는 인연들과 만나고 또 헤어지고 한단다. 그 가운데 사람과 만나는 인연만큼 크고 소중한 인연이 없다. 이 땡추아저씨가 처음 입산출가 하여 부처님을 만날 때도 사연이 있었듯이 지금 너희들도 각자 집을 나온 사연들이 있겠구나."

"식은 죽 냄새피우지 마세요. 머리는 빡빡 밀었어도 훤칠하게 생겨서 땡추아저씨가 아니라도 인물값 좀 하고 살았을 것 같은데 어쩌다 땡추아저씨가 되셨수?"

10대 가출 패밀리들은 아주 막되어먹은 말씨로 거칠게 나왔다.

"왜 중이 되었느냐고 묻는 것은 금기로 되어 있으니 그렇게 알아주었으면 좋겠구나."

이제 막 굳은 흙을 밀고 올라온 새순처럼 여린 10대들에겐 도무지 어울리지 않는 말씨에 거친 사나움으로 으스대는 모습을 지켜보며 가여운 마음이 든 유정은 철부지들이 모두 본래의 순박한 본성을 되찾아가도록 차분히 제도를 하고 싶었다.

"그런데 말이다. 이 땡추스님이 아무래도 식은 죽 냄새를 조금 더 피워야 하겠구나."

유정은 잔잔한 웃음을 얼굴에 머금고 천둥벌거숭이로 막되어먹은 거리의 나이 어린 가출패밀리들을 바라보았다.

"사람은 입으로 짓는 죄가 네 가지가 있다. 그 하나는 진실하지 못하고 허망하게 사람을 속일 목적으로 거짓말을 하는 것이고, 두 번째는 두 개의 혀라는 뜻으로써 먼저 말한 것을 뒤집는 것이고, 세 번째는 남에게 욕을 하고 험담을 하여 성

이 나게 하고 괴롭게 하는 악구惡口와 네 번째 교묘하게 꾸며
대는 괴상한 말이다. 곧 입으로 짓는 죄가 가볍고 가치가 없
이 경하면 입술이 검푸르고, 이빨이 옥수수알갱이가 박힌 것
처럼 가지런하지 못하며 입에서 구린내가 풀풀 나지만, 좀
더 지니고 있는 의미가 중하면 말의 소리가 분명하지 못하
고, 음식 맛을 몰라서 아무리 좋은 것을 먹어도 입맛이 없고,
만일 더 중하면 벙어리가 되고, 더 무거우면 지옥, 아귀, 중
생들이 짐승의 몸을 받아 태어나게 되는 축생보畜生報를 받거
니와 입으로 짓는 죄 중에 가장 중하고 무서운 것은 인과를
없다 하는 것이다. 사람의 말이란 습관적인 것으로 입에 붙
어 익은 말이 단시일에 고쳐지기는 어려울 것이나 앞으론 맑
고 깨끗한 말을 쓰도록 노력들을 해야겠다. 이제 이 땡추아
저씨도 너희들과 같은 폐촌에 들어와 사는 똑같은 처지가 되
었으니 너희들 가출팸의 한 식구로 받아주었으면 고맙겠다.”

　유정은 가출패밀리의 일원이 되기를 자청했다.

　“빵깐에 갈 소리 그만 하세요. 아까 경찰들이 우범지대라
고 하는 소리 못 들었어요. 여기 살다간 언제 어떻게 피를 쓰
고 잡혀갈지 모르니까 싹 꺼져주세요.”

　똥숙이가 동그란 눈을 똑바로 뜨고 말했다.

　“죄를 지으면 잡혀 가야지.”

　“진짜 대책없는 소리 하시네요.”

　말똥가리가 기가 막힌 듯 대꾸하자 모두 킬킬거리고 웃었
다.

"이 땡추아저씨는 지금 너희들이 공모 작전을 펼치고 있는 물고기 낚시질을 그만두었으면 좋겠다."

"그걸 누가 몰라요?"

미나는 발끈했다.

"우린 손가락이나 빨면서 살구요?"

버찌는 퍼렇게 날선 얼굴로 쏘아붙였다.

"솔직히 말하지만 우리도 야들야들한 몸뚱이 노빠들한테 마구 던져주기는 정말 싫거든요."

똥숙이는 갑자기 눈에 눈물이 비치는 얼굴을 들고 말했다.

"막 자는 거 죽기보다 싫을 때가 있구요."

모텔 방에서 처음 만난 남자는 아빠 나이 비슷한 아저씨였다. 퀴퀴한 곰팡이 냄새와 방향제가 혼탁하게 버무려진 모텔 방에서 동숙이는 눈을 질끈 감았다. 아저씨의 크고 두툼한 손이 허벅지를 밀고 올라올 때 동숙이는 참을 수 없는 비명을 질렀다. 그 순간적인 영계의 앙탈이 오히려 충동적인 흥분을 불러일으키듯 짐승의 쉭쉭거리던 숨결은 뜨거운 폭풍을 일으키면서 곳곳을 탐색하던 손길이 다급해지면서 급기야 몸을 무겁게 덮치고 찍어 눌렀다.

"으음!"

17년간 쌓아올린 성은 한순간에 무너졌다. 한 시간쯤은 축 늘어져 눈물을 흘렸을까. 온몸이 욱신거렸다. 남자 친구와 한두 번 해서 처음은 아니었지만 질구가 찢어졌는지 쓰리고 따끔거렸다.

"돈이 뭔데, 꼭 이 짓을 해야 하나?"

생각해도 한심했다. 눈물이 핑 돌았다.

"병신같은 년……."

누구에게 하는지도 모를 욕이 나왔다. 약속시간이 지난 뒤 일어나 옷을 주워 입었다.

그 짓을 몇 차례 더 하면서 중학교를 졸업한 지난 봄 동숙이는 집을 나왔다. 그때부터 이름은 아빠가 지어주신 동숙이가 아니라 똥숙이가 되었다. 물론 가진 돈이 없고 찾아갈 곳도 없었다. 길거리 어디에서 혼자 노숙할 수도 없었다. 평소하던 대로 인터넷 카페에 들어가 동갑내기 친구를 만나고 쇼핑몰에 나가 오가는 중학생들을 잡아 몇천 원씩 '삥'을 뜯어 가지고 편의점 음식으로 배고픈 끼니를 때웠다. 언제 또 먹을 수 있을지 알 수도 기약도 없이. 매일 PC방부터 들렀고, 거리의 생존법을 터득하게 되었다. 똥숙이는 집에서 나온 언니, 오빠, 또래친구들이 서로 도와가며 함께 살아가는 가출팸(패밀리)에 들어갔다.

"집에서 나온 우리들이 살아가며 할 수 있는 일이 정말 아무 것도 없더라구요."

이번엔 버찌가 벅찬 세상살이를 털어 놓았다.

"아빠가 세상을 떠난 뒤 엄마와 단둘이 살다 나 혼자가 되었죠. 그땐 정말 기분 더럽더라구요."

버찌는 엄마가 재혼하면서 데려가지 않았다. 중학교 3학년을 다니다 한 학기 졸업을 앞두고 그만둔 버찌는 생활비를 벌어야 했지만 열 몇 살의 애들이 돈을 벌 수 있는 일은 거의 없었다.

한번은 PC방 컴퓨터 인터넷에 들어가 게임하다 장난삼아 〈재워주실 분 찾습니다.〉라는 글을 올려봤다. 장난삼아 올린 글이 생각했던 것보다 연락이 많이 왔다. 대부분 노빠, 꼰대(늙은이)들이었다. '조건 만남'을 하자는 것이었다. 몇 살이냐면서 같이 살자는 꼰대 아저씨들도 있었다.

한번은 같이 살자는 남자를 만나 동거에 들어갔다. 따뜻한 밥과 잠자리가 생겼지만 날이 갈수록 사정은 끔찍했다. 남자는 시도 때도 없이 바지를 벗기고 치마를 걷어 올리며 별의별 체위로 섹스를 강요했다. 시키는 대로 고분고분하지 않으면 억센 주먹이 번개처럼 날아들었다. 매일같이 음부가 벌겋게 덧나도록 섹스를 해야 했다. 난폭한 섹스와 주먹질, 폭력을 견딜 재간이 없어서 무작정 집을 뛰쳐나왔다.

미나도 버찌의 경우와 별반 다르지 아니했다. 다르다면 엄마와 재혼한 의붓아버지의 집요한 섹스를 견디다 못해 집을 뛰쳐나온 것이었다. 유다르게 가출한 애가 있다면 지나치게 위축되어 남들과 말을 하면서도 고개를 들고 눈을 맞추지 못하는 정신지체 자폐증에 걸린 송이였다.

"땡추아저씨가 볼 때는 우리들이 어린애들로만 보이겠지만 가출 패밀리들의 세계도 아마존의 밀림 속처럼 약육강식이 존재한다구요. 약한 놈은 가차없이 잡혀 먹히고 힘이 센 놈만 살아남는 정글의 냉혹한 세계 말이에요."

그러고 보면 가출 패밀리들의 생존은 약육강식이 상존하는 서울 한복판의 정글이고 우범지대였다. 가출 패밀리들은 각 구성원들 간에도 절도와 배신, 집단성폭력 같은 치명적인 사건들이 빈번하게 일어나고 있었다. 임신을 본인이 알아서 해결해지 못하면 가차없이 내쫓겼다.

"약육강식 정글이라?"

가출 패밀리들의 생존환경을 유정은 크게 우려했다.

"사람이 사는 게 어디나 똑같은가 봐요. 적어도 자본주의 사회에선 말이에요. 고상한 자본주의 사회가 아니라 악마들의 정글법칙이 존재하는 사악한 자본주의죠. 안 그래요? 약간 몇 가지 방법만 다를 뿐……."

버찌는 잘못 돌아가는 세상을 신랄하게 비판했다.

"우리 팸들이 발랑 까졌죠? 이런 생활을 하다 보면 번갯불에 팝콘을 튀겨먹을 정도로 눈치가 까져요. 집을 나와 가출 팸으로 들어온 애들이 술을 처먹고 취해서 깜박 잠이 들면 꼬불쳐 놓은 돈을 누가 싹 쓸어가기도 하고 그래요. 나쁜 새끼들이 주먹이나 각목을 사정없이 두들기며 뛰어 들어와서 가진 돈을 몽땅 뺏어갈 때도 있구요. 그런 애들을 뭐라고 하는 줄 알세요?"

"일행털이지 뭐냐, 이년아."

가냘픈 몸에 피부가 희고 고와 마치 인형 같은 미나가 불쑥 응수했다.

"처음부터 먹여주고 재워주겠다고 가출한 여자애들을 유

인해서 성매매를 시킨 돈을 몽땅 갈취하는 팸 조직도 있어
요."

"진짜 서글픈 건 뭔 줄 알아요, 땡추아저씨? 가출팸의 한
계를 느끼다 고작 눈을 돌리는 것이 남자와 살면서 섹스를
해주는 대가로 먹고 자는 거를 한꺼번에 해결하는 거죠. 하
우스 메이트라는 거 말이에요. 의식주가 한꺼번에 해결되니
까 처음부터 하우스 메이트를 찾는 계집애들도 있어요. 그런
애들이 여관과 모텔을 순례하듯 전전하며 몸을 팔고 낙태를
반복해 가면서 몸이 망가질 대로 완전히 망가진 계집애들에
다 갖가지 기구한 사연을 가진 년들이 한둘이 아니라구요.
심지어 열두세 살 된 애년들까지 있다니까요. 땡추아저씨는
우리들 얘기가 거짓말처럼 들리겠지만 진짜라구요. 사실 말
이지 집을 나온 애들에게 성관계 따위는 크게 문제가 되진
않아요. 도덕적으로야 뭐 문제가 되기도 하겠지만 거리를 떠
돌며 마약과 생사람의 뱃속 장기를 눈썹 하나 까딱하지 않고
꺼내 팔아먹는 비밀조직 인간백정들의 악랄한 범죄에 악용
되는 것보단 훨씬 낫지 않겠어요."

버찌는 다른 아이들에 비해 한두 살 더 많기도 하지만
말하는 것이 자못 어른스럽기까지 했다.

"우리 같은 가출 패밀리들을 더 알고 싶으면 인터넷에 한
번 들어가 〈하우스 메이트〉나 〈룸 메이트〉를 검색해 보세요.
노골적으로 유혹하는 글들이 얼마나 많은지 알 거예요. 이
바니한테 듣는 것보다 훨씬 더 많이 알 수 있을 거예요."

"너희들을 이용하고 착취하는 사람들이 없지는 않은지 모르겠구나?"

유정은 노파심에서 물었다.

"세상 어디나 먹이사슬이라는 게 있는데 왜 우린들 없겠어요."

"역시 그렇구나. 이 땡추아저씬 너희들을 우범지대 불량청소년들로 보지 않는다. 너희들의 여린 마음에 감정불만이 쌓여 집을 뛰쳐나오도록 만든 건 사악한 감정과 욕망의 눈으로 바라보는 기성인들의 불법 부당한 처사에다 잘못된 사회에 악마 같은 사람들이 많기 때문일 것이다. 불가피한 생존목적이라고 해도 나라의 실정법에 저촉되는 범죄인 것만은 틀림없겠으나 그것이 잘못된 것임을 깨닫고 선량한 양심으로 바꿔나갈 의지만 있다면 너희들 또한 누구보다도 올바르게 살 것이 아니겠느냐."

가출 패밀리들은 긴 잔소리에도 마다하지 않고 차분한 모습들로 앉아 듣고 있었다.

"사람들은 대부분 몸과 입과 마음으로 죄를 지은 뒤에 나쁜 길惡道로 떨어지는구나. 옛날 인도에 보면 거리에서 몸을 파는 바수밀다婆須蜜多라는 창녀가 있었단다."

유정은 이야기를 꺼냈다.

"그 여인을 남자가 한번만 끌어안거나 입술만 한 번 빨아도 그 많던 탐욕이 다 없어졌다는구나. 다시 말하면 순수한 마음을 한곳에 집중하여一心不亂 시간과 공간이 고요하게 끊어진 경지 삼매精修三昧를 얻고 복덕이 늘어나는 불자가 되었다는구나. 어디 그뿐이겠느냐. 무릇 중생들이 바수밀다 창녀를 가까이하면 모두 탐욕을 없애는 짬에 머물러 보살의 온갖 지혜가 나타나고, 아무 걸림이 없는 영혼이 윤회의 힘들고 괴로운 속박으로부터 완전히 벗어나기도 하고, 자신의 진정한 본질을 깨닫는 해탈에 들어갔다고도 하는구나."

"스님은 어느 절에 계세요?"

버찌는 아지트에 나타난 스님이 가려운 곳을 긁어주듯 땡추아저씨라던 호칭을 서그럽게 스님이라고 고쳐 불렀다.

"나는 따로 정해 놓은 절집이 없이 그냥 여기저기 떠돌아다니는 만행萬行 스님이고, 쉽게 말하면 유랑객승이기도 하지."

유정은 소탈하게 웃었다.

"그럼, 땡추아저씨가 맞네요."

"스님아저씨면 어떻고, 땡추아저씨면 어떠냐. 머리 깎은 중이기는 어느 쪽이나 마찬가진 것을."

껄껄껄 웃어넘기는 유정의 대꾸는 호방했다.

"내가 어렸을 때 우리 할머니도 절에 다니셨거든요."

스님의 수수하고 털털한 모습에 위로와 따뜻한 호감을 느끼듯 버찌는 어릴 적 산속 절에 다니던 할머니 애기를 꺼냈다.

"지금은 극락왕생하시어 안락한 곳에 계시겠구나."

하고 유정은 말을 이었다.

"만행이란 집착과 번뇌를 버리고 심신을 수련하는 수행이고 구도求道 여행인 것이지. 좀 더 말하면 헐벗고 굶주린 처절한 구도의 길을 가는 스님이라고 하면 되겠구나."

"그렇군요."

"씨앗을 뿌리면 싹이 돋아나듯이 열매에는 반드시 이유根源가 있지 않겠느냐. 이러한 인과因果는 사람이 마음과 입과 몸으로 짓게 되고 갖가지 생각과 말과 행위가 되는 것이란다. 불교의 법계法界란 이러한 인과의 이치에 따라 지배되고 있는 범위의 세계를 뜻하는 것이다. 그러니까 이 남루한 스님은 세상을 떠돌아다니는 중이라고 생각하면 되지 않을까 싶다."

유정은 좀 더 부연해 주었다.

"말씀하셔도 무슨 말인지 잘 모르겠어요."

"차츰 알아 가면 되는 것이지."

"밥 먹고 살기도 힘든 세상에 만행이다, 수행이다 하고 거지처럼 여기저기 떠돌아다니며 고생을 사서 하는 중들을 나는 알다가도 모르겠어요. 왜 그런 거예요?"

버찌는 호기심을 갖고 물었다.

"스스로 위대한 주체가 되기를 바라는 수행이지."

"부처님 말인가요?"

"그러면 오죽 좋겠느냐. 번뇌 망상으로 가득한 이 세상의 삶을 초월하여 가장 완벽하고 평화로운 이상세계涅槃로 가려는 것이지. 재산이나 사회적인 명성 같은 인간적인 욕망에서 아주 멀리 벗어나 살아있는 인생 자체의 대자유와 행복을 위한 것이기도 하구."

"우리 가출팸 달팽이들은 상상할 수도 없는 얘기네요."

"울고 있는 송이를 달래줬으면 좋겠다. 밉고 싫은 사람과 함께 있는 것처럼 고통스러운 것이 없는데, 너희들의 마음이 크게 상했던 것처럼 집을 나온 아이의 마음을 더 서럽고 아프게 하면 어떡하느냐."

유정은 이야기를 송이 쪽으로 돌렸다.

"크게 울지도 못하고 숨을 죽이고 있는 모습이 불쌍하지도 않으냐? 송이가 무엇을 어떻게 잘 못했는지 잘은 모르겠지만 아무래도 너무 심하게 한 것 같구나."

"땡추아저씨, 서번트 증후군(Savant Syndrome)이라는 거 뭔지 아세요?"

천성이 착실해 보이는 뚱숙이가 물었다.

"발달장애를 말하는 것으로 안다만……."

"저년이 어리뜩해 보여도 피아노 하나는 기똥차게 친다구요."

"정신장애나 자폐증 장애가 있어도 간혹 천부적인 재능을 보이는 사람이 있다고 들었다."

"그러니까 저 못난 송이 계집애가 그런 백치천재라니까요. 더럽게 복잡한 악보를 갖다 줘도 슬쩍 훑어보거나 음악을 한 번 들어보고도 전곡을 모두 머릿속에 기억해 가지고 피아노를 귀신같이 친다니까요."

똥숙이는 수선스런 호들갑을 떨었다.

"그런데 저 송이 년이 오늘 우리 돈벌이를 싹 망쳐놨지 뭐겠어요."

"그건 또 무슨 소리냐?"

"물고기방에서 낚은 노빠를 모텔에 잡아 놓구 저 계집애를 들여보낸 다음 말뚱가리 애들이 막 덮치려는데 저 병신 같은 년이 글쎄 무섭다고 뛰어나와 버렸지 뭐겠어요. 완전히 똥 밟고 찍 싸버렸지요. 오늘 하루에 세 탕이나 그랬으니 별수 있겠어요. 쫄쫄거리는 빈 배를 움켜쥐고 굶은 순 없고 해서 아르바이트를 하던 편의점을 털어 물고기방 게임 값까지 한꺼번에 벌긴 했지만요. 네년은 오늘 땡추아저씨를 만나서 산 줄 알아, 카론 오빠가 알면 네년은 뼈다귀 안 남아났어. 그거 알아, 이년아?"

똥숙이는 두 눈을 동그랗게 훌근번쩍거렸다.

"이제 보니 너희들은 꽃뱀사기단인가 하는 패로구나."

유정은 저자거리, 시중 만행 길에 들은귀가 있었다.

"스님도 그런 거 알아요?"

버찌는 피씩 웃으면서 물었다.

"두 귀가 뚫렸는데 남들이 다 아는 것을 나라고 들어보지 못했겠느냐."

가출 패밀리들의 실상을 알고 난 유정은 가엾은 생존이 참담하기 그지없다는 생각을 했다. 날이 갈수록 물질의 노예가 되어가는 세상 풍조가 무분별한 섹스중독, 인면수심의 저속한 타락으로 치닫더니 이제는 거리에 내몰린 앳된 여자애들까지 혼탁한 물이 짙게 들어가고 있는 것이었다.

"아시니까 됐네요. 이제 그만 가주시겠어요. 해골바가지 콩비지 썩는 냄새를 피우다 카론 오빠 나타나면 빨갛게 피감탕이 되는 수가 있거든요."

미나가 까칫한 소릴 했다.

"카론 오빠라니, 그게 누군데 그러느냐?"

"우리 가출팸 년들의 저승길 뱃사공요. 원래 인터넷 대화명인데 우리팸들이 그렇게 불러요. 저승사자같이 무서운 매춘 포주니까요."

미나가 대답했다.

"머리꼭대기부터 빨간 피를 뒤집어쓰고 싶거든 땡추아저씨도 기다려 보세요."

"카론에게 뻘건 피를 뒤집어쓸 때는 쓰더라도 이 땡추아저씨는 말을 마저 해야 되겠구나."

"무슨 말을요?"

"웅덩이 올챙이들이 물이 마르면 죽는 줄을 모르고 즐거워하는데 어찌하면 좋겠느냐?"

"이 땡추아저씨가 진짜 웃기네."

버찌는 기가 찬 콧방귀를 불었다.

"송이가 피아노를 잘 치는 천재소녀라면 이런 데서 좋지 않은 방법으로 감옥에 들어갈 돈벌이를 하는 것보다 큰 거리에 나가 피아노 연주나 노래패 같은 것을 만들어 공연을 해

보는 것이 어떨까 싶다."

유정은 시중 거리를 지나면서 음악가들의 악기연주를 듣고 노래패 공연 구경한 것을 상기하며 발랄한 10대 가출 패밀리들에게 전격적으로 제안했다.

"우리들 보고 앵벌이를 하라구요?"

미나는 가당찮은 대꾸로 나왔다.

"노숙인 악단도 있지 않으냐."

유정은 영등포를 지나다 우연히 자활시설인들과 함께하는 어울림한마당 행사에서 노숙인들로 구성된 홈리스 오케스트라 '보현 윈드 오케스트라'의 공연장에서 유명한 미국의 영화배우이자 가수인 프랭크 시내트라의 '마이 웨이'가 울려 퍼지던 것을 기억하면서 버찌의 가출 패밀리들에게 재능을 발휘해보도록 했다.

"괜찮은 생각이야. 요즘 개떡 같은 노래로 방송에 뜨는 것들도 많잖아. 우리들이라고 못해볼 거 없어. 안 그러니, 똥숙아?"

버찌는 유정스님의 발상이 기발한 듯이 찬동했다.

"똥숙이 저년도 노래라면 깜박 뒈지잖아."

"맞아, 앵벌이 공연 진짜 딱야. 그러자면 딸구 계집애한텐 고물이든 뭐든 거리에 들고 나갈 디지털 피아노라도 있어야 되는 거 아냐?"

"거지 같은 팸년들이 디지털 피아노 좋아하네."

미나는 시치름했다.

"우리 집에 가면 디지털 피아노가 있어요."

생전 죽어도 말을 안 할 것처럼 부은 얼굴로 지르퉁하게 앉아있던 송이가 먹피가 맺힌 입술을 떼며 말했다.

"느이 집에 있다구?"

뚱숙이는 호들갑지게 반색했다.

"느이 집에 있으면 뭣해, 이년아."

미나가 밉살스럽게 쏘아붙였다.

"귓구멍 막고 방울 도둑질하는 것도 아니구, 남의 안방마님 보석도 털어 오는데 제 집에 들어가 뭘 못 가져오니?"

활새머리가 말했다.

"바로 그거야!"

버찌는 무릎을 쳤다.

"피아노를 가지러 집에 들어갔다 붙잡히면 나는 다시는 못 나와요."

송이는 울상을 지었다.

"별 수 없이 우리들이 야밤 월담해서 들어가 훔쳐 와야겠군."

절도 이력이 난 활새머리가 주도했다.

"내가 함께 가서 현관문을 따줄게요. 디지털 피아노하고 바이올린은 2층 내 방에 있어요."

"그렇게만 해주면 식은 죽 갓 둘러먹기지."

가출 패밀리들의 참담하고 비정한 거리의 생존과 타락을 우려하던 끝에 길거리 공연을 제안한 유정은 송이네 자택 절도에 동조하고 나왔다.

"새엄마 아빠 몰래 디지털 피아노를 들고 나올 수 있는 거죠? 난 또 붙잡혀서 새엄마하고 죽어도 살기 싫거든요."

"알았어, 이년아. 그런 걱정하지 마."

버찌는 새엄마라는 여자의 구박을 견디다 못해 가출한 송이의 서럽고 가엾은 마음을 넘치게 이해하고 있었다.

"송이, 넌 우리들이 느이 집에 들어가 디지털 피아노와 바이올린을 손쉽게 가지고 나올 수 있도록 도와주기만 하면 돼."

사전 답사를 다녀온 이튿날 저녁 송이네 집 악기 절도를 전격적으로 개시되었다. 부동산 투기든 뭐든 달러를 개가 물고 다닌다는 동네는 깔끔하게 잘 정비된 데다 금은보화를 얼마나 많이 도둑처럼 훔치고 금전을 갈취하고 털어다 금고에 쌓아놓고 지킬게 많은지 성벽같이 우람한 담장 곳곳에 관찰 카메라가 돌아가고 있었다.

송이네 집은 뒷집의 정원수들이 담장 너머로 무성하게 가지를 뻗고 넘어와 있었다. 길 건너 전신주에 몸을 찰싹 붙인 버찌는 송이네 2층집 뒷담을 타고 기어 들어가는 활새머리와 말뚱가리를 숨 막히게 지켜보고 있었다.

뒷집의 담장은 키 큰 사람의 두 길쯤이 되었고, 그 위에 또다시 뾰족스런 창날 철책을 빈틈없이 둘러쳐 놓고 있었다. 담장 외벽에 몸을 찰싹 붙이고 들어선 말뚱가리는 처음 해보는 짓이 아니었지만 촉각이 예민한 셰퍼드가 어느 한순간 벼락 치듯 덤벼들지 모른다는 생각이 들자 심장이 마치 디젤엔

진처럼 쿵쾅거렸다. 말똥가리는 긴장한 숨을 죽인 채 살그머니 창날철책으로 다가가 밧줄을 거는 데 성공했다. 머리 위로 높드리 올라간 담장을 막 기어오르는데 컹 하는 소리가 들렸다. 말똥가리는 흑 하고 숨을 들이키며 바싹 긴장했다. 몸은 벌써 식은땀이 축축하게 젖고 있었다. 정원수의 늘어진 나뭇가지들이 어둡게 방범등을 가리고 있는 2층집을 다시 한 번 바라보고 난 말똥가리는 날랜 다람쥐처럼 담장을 폴짝 넘어 들어갔다.

"근데 왜 내 방에 불이 켜져 있지?"

고개를 쳐들고 2층을 바라보던 송이는 까맣게 불이 꺼져 있어야 할 자기 방에 불이 환하게 켜진 유리창을 바라보며 의아한 소리로 중얼거렸다.

"2층 불 켜진 방이 네 방이야?"

"네, 언니."

"누가 있나 본데. 그럼 산통이 다 깨졌잖아."

그때 불이 툭 꺼졌다.

"엉, 언니 내 방 불이 꺼졌어요."

"휴―"

잔뜩 겁을 먹고 있던 버찌는 놀란 가슴을 쓸어내렸다.

"제발 대문 열리는 소리가 크게 나지 말아야 할 텐데."

이번에 집 안으로 들어간 말똥가리가 작은 대문을 열어줄 차례였다.

"어서 가봐."

버찌는 조바심을 떨며 송이의 등을 떠밀었다.

"알았어요."

송이가 자기 집으로 살금살금 기어가는 때를 맞춰 작은 대문이 지그시 열렸다. 버찌는 계속해서 신경을 곤두세우고 집 주위를 살펴가며 망을 보았다. 돌발변수가 생겨 모두 도둑으로 몰리는 사태가 발생하더라도 송이가 제 악기를 가져가려고 들어온 것을 알면 절도범으로 붙잡혀 가는 불상사는 일어나지 않을 것이란 생각을 했다.

"말똥가리 오빠, 내 방에……."

작은 대문을 열고 집 안으로 들어온 송이가 입을 떼자 말똥가리는 무슨 말인지 눈치를 채고 쉿, 하고 손가락을 입에 가져다 붙였다.

"방금 누가 불을 끄고 방을 나와 아래층으로 내려왔어. 조금만 기다려 봐."

현관문 열쇠와 2층 방 열쇠는 말똥가리가 받아 가지고 있었다. 집 안으로 들어가게 되면 일단 일이 성공하느냐, 도둑으로 몰리느냐, 양단간의 문제만 남아 있었다. 송이는 현관 외벽에 몸을 찰싹 붙이고 있었다. 그 사이에 집 안으로 들어간 말똥가리와 활새머리는 송이가 말해준 대로 조심스럽게 계단을 밟고 2층으로 올라가 왼쪽 방문을 열었다.

"디지털 피아노와 바이올린."

말똥가리는 손전등을 방 천장에 비췄다. 플래시 불빛은 한 줄기도 방 밖으로 새어 나가지 않고 천장에 둥그렇게 빛 그림을 그리며 널찍하게 침대가 놓인 방 안을 은은하게 밝혀주었다. 디지털 피아노는 창문 옆에 놓여 있었다. 일이 그쯤에 이르자 남은 일은 일사천리로 진행되었다. 말똥가리는 디지털 피아노 다리를 분리해서 가방에 집어넣고 돌아섰다. 바이올린을 가볍게 집어든 활새머리는 말똥가리 뒤에 붙어 계단을 살금살금 기어 내려와 현관문을 지그시 밀고 잽싸게 빠져나왔다. 지켜보던 송이는 반갑게 달려가 평소 아끼던 바이올린을 받아들고, 세 사람이 바람처럼 빠져 나온 철문이 철커덕 하고 고요한 밤공기를 울렸다.

이듬해 여름까지 운수雲水로 떠돌며 강원도 설악산 ○○암에 머물다 충청도로 내려와 ○○사 선원禪院에서 하안거夏安居 해제를 맞이한 유정은 함께 정진하던 수좌스님들과 헤어질 준비를 하고 있었다.

"금오산 향일암에 화재가 났다고 하네."

종무실을 다녀온 스님이 청천벽력 같은 소식을 전했다.

"거기는 비구니스님들 도량이 아닌가?"

선원을 떠날 차비를 하던 스님들이 난데없는 뜻밖의 소식에 당황했다.

"거긴 관음기도처로도 소문이 나서 보살님들의 발길이 끊어지질 않는 암잔데 화를 당한 비구니스님들은 없다고 하던가?"

바랑에 소지품을 챙기던 법전스님이 창백한 얼굴로 물었

다.

"자세한 것은 모르고 화재가 났다는 소리만 들었답니다."

"바닷가 바위벼랑 위의 암자에 화재가 났다면 어디로 대피할 곳도 없질 않은가?"

"큰일이구먼. 비구니스님들께서 제발 큰 화를 당하는 일만은 없어야 할 텐데……."

스님들은 망연자실 넋을 놓았다.

"어서들 나가서 자세한 소식이나 좀 더 들어 보세나."

아직 어디로 행선지를 결정하지 못한 스님들과 사물을 챙겨 중고차에라도 함께 편승해 나가려는 스님들로 선원은 다소 어수선했다.

"지금 무슨 말씀들을 하고 계신게요?"

스님들의 대화에 귀가 번쩍 트인 유정은 좌중을 향해 물었다.

"향일암에 화재가 났다고 합니다."

얼굴이 홀쭉하게 야윈 자원스님이 대답했다.

"그 해안 절벽의 암자가 어쩌다 불이 났는지 모를 일이군요."

쉰 살 위로 연치가 솟은 벽오스님은 바랑을 꾸리던 손을 놓고 크게 낙담했다.

"향일암 화재 소식은 어떻게 아셨어요?"

유정은 향일암 화재 소식에 신경을 바싹 곤두세우고 재차 물었다.

"한참 전에 방송뉴스에 나왔다고 합니다."

자원스님이 대답했다.

"그러고 보니 그동안 우리들만 모르고 있었군요."

선원에 아무리 눈 가리고 귀 닫고 입 막고 의심하는 공안에 매달린 수좌스님이라 해도 유정은 그동안 나혜에게 너무 무심했다는 생각을 지울 수가 없다.

"화재의 원인 파악도 제대로 못하고 있다고 들었습니다. 범인은 누구나 다 알 만하게 심증이 가는데 정확한 물증이 없어서 어떻게 말들을 못하고 있다고 하더군요."

"우주 창공에 야훼 귀신이 산다고 생각하는 사람들의 유별난 독선적 몰상식과 정신병적인 파괴행동이 크나큰 문제입니다."

손가락을 둘씩이나 소신공양燒身供養으로 바치고 나서도 가행정진을 거듭해 온 자원스님은 몸이 허약하게 메마르고 야위어 먹장삼 납의가 아주 헐렁했다.

"그런 자들의 오만한 망동과 행패를 어디 한두 번 겪어본 일인지요."

"소승은 이만 먼저 가봐야 하겠습니다."

유정은 서둘러 바랑을 짊어지고 일어섰다. 자원스님이 뒤따라 나섰다.

"자원스님은 정진이 너무 과하지 않으셨는지 모르겠습니다."

"그래도 소승은 화두에 근접도 못하고 있습니다."

"이런저런 눈치를 보지 마시고 고기를 좀 드세요. 부처님
께서도 몸이 병약하면 고기를 먹어도 좋다고 말씀을 하시지
않으셨습니까."

"그야 소승도 알지만……."

자원스님은 말을 맺지 못했다.

"다음 결제일까지 살자면 넉넉하게 받은 생활비가 아니라
도 이번엔 영양제라도 사서 드시면서 꼭 몸을 챙기도록 하셔
야겠어요."

유정은 병색이 완연한 자원스님을 안타깝게 바라보았다.

"소승은 신념이 자꾸만 무너지고 있습니다."

자원스님은 무서운 말을 했다.

"그게 무슨 말씀이세요?"

"구멍이 없는 방에無孔房 들어간 사람이 생명을 얼마나 유
지할 수 있을까요? 성불하면 중생의 영혼은 육체와 함께 죽
지 않고 자기가 지은 업에 따라 끝없는 윤회의 구애를 받지
아니하고 자유자재한 불멸의 생명을 얻을 수 있다고 하더군
요. 그렇다면 결국 그곳은 초월적인 이상세계가 아니겠는지
요. 불벌을 천백 번 받고도 남을 소리지만 거기는 환상에 불
과하다는 생각이 자주 들곤 합니다. 인간의 괴로운 번뇌 망
상을 소멸하는 종착지가 멸도, 적멸, 열반은 또 무엇입니까.
타고 있는 불을 바람이 불어와 꺼 버리듯이 활활 타오르는
번뇌의 불꽃을 지혜로 꺼서 일체의 번뇌나 고뇌가 소멸된 상
태, 그러니까 진리 체득으로 미혹迷惑과 집착執着을 끊고 일

체의 속박에서 벗어난 해탈解脫이 최고의 경지에 이른 열반이라고 하는데, 그 완전한 열반은 결국 죽어야 괴로운 번뇌 망상이 끝난다는 의미가 아닌지요. 고요한 죽음의 평화로운 상태 말입니다."

"물론 그렇지요. 우리 법계의 죽음은 번뇌 망상에 찌든 삶의 도피요, 무아가 되는 죽음, 자기의 멸절이 아니겠습니까. 다시 말하면 죽음이란 실존이 일으키는 모든 문제의 포기로서 이는 무아의 경지이고, 이 경지에서 진아(眞我:진짜 나, 본성)가 되며 이는 바로 석가모니의 대아大我와 일체를 이룬다고 보지 않습니까. 그러니까 무아가 되는 것을 죽음으로 보면서 그 죽음을 일체의 해탈로 받아들이는 것이 아니겠는지요."

"그러고 보면 인간의 사후는 관념이 존재하는 허상의 세계일 뿐, 그런 이상의 가장 완벽한 세계, 유토피아는 처음부터 없다는 것이 아닙니까. 종교라는 것이 설계 당시부터 인간의 이상적 관념의 세계에서 비롯되었던 것처럼 말입니다."

자원스님은 창백하게 야윈 몰골과 아주 정반대로 예리한 눈빛이 칼끝처럼 빛나고 있었다.

"현세의 번뇌가 괴롭고 고통스럽다 보니 그건 갈망의 큰 자유를 편안하게 누릴 수 있는 행복의 이상세계를 만들어 놓은 것일 수도 있겠지요."

"듣고 보니 맞는 말씀인 듯합니다. 그런데 저는 왜 그런 쪽으론 마음이 가지 않는 것일까요?"

"위험하다는 의례적인 구분으로 금기禁忌시하는 것이겠지요. 오래도록 한쪽 믿음으로 세뇌된 탓도 있을 것이구요. 그건 그렇고 생인손만 앓아도 그 아픈 고통이 이루 말을 할 수 없을 터인데, 멀쩡한 생손가락이 불에 타들어가는 참혹한 고통을 어떻게 다 인내하시면서, 그것도 두세 번씩이나 겪는 고행을 하신 자원스님이 존경스럽습니다."

"부끄러운 말씀을 하시는군요. 단박에 깨치고 단박에 닦는 수행방법은 어떤 것일까요?"

"찰나에 깨달아 부처가 되는 돈오돈수頓悟頓修를 말씀하시는가 보군요? 돈오頓悟를 위해서는 그 전에 점진적인 수행이 필요하다는 돈오점수頓悟漸修가 있지요."

"소승은 수십 년 수행에 아무 것도 깨달은 게 없이 허깨비처럼 절밥이나 투식偸食하며 떠돌아다니다 보니 수시로 무서운 허탈감만 소름이 끼치게 찾아들고 합니다. 소승은 아직도 수행에 겁을 내는 무르고 심약한 신심 탓이 아닌지 모르겠습니다. 소승은 결국 완전한 인격체로, 완전한 인간의 경지에는 도달할 수 없는 것일까요?"

앙상한 해골에 메마른 살가죽을 입혀 놓은 듯한 자원스님의 강렬한 눈빛에서 유정은 수행자의 강인한 정신력을 엿보고 있었다. 서릿발처럼 차고 날카로우면서도 고요하고 자애로운 자원스님의 범상치 않은 눈빛이야말로 끈질긴 인고의 수행이 가져온 깨달음의 경지가 아닐까 싶은 생각이 유정은 언뜻 들기도 했다.

"까칠한 생각이긴 하지만, 더 이상 이를 데 없는 깨달음을 열어 부처가 되는 성불득도를 하겠다고 너무 초월적인 이상에 치우치지 말아야 하지 않을까 싶은 것이 소승의 생각입니다."

"깨달음은 깨달음으로 안다고 하지만 석가모니 부처님 이후 진실로 깨달은 스님들이 과연 몇 분이나 계실까요? 조사들은 올연히 앉아 침묵하는 뭇자無字를 얘기하지만 깨달을 수 있고 깨달아야 하는 그것이 도대체 무엇인지요. 그 뭇자는 어떤 사문(沙門:고행이나 명상을 통하여 직접 해탈하려는 무리)이 조주선사에게 개도 불성이 있느냐고 물으니 조주가 없다無고 대답한 데서부터 비롯되었다는 천칠백 공안話頭, 소승은 그 잔인한 침묵의 뭇자가 끝도 없이 피를 쥐어짤 뿐입니다."

"끝없는 광야曠野이고 거대한 성벽이고 산이며 바다요, 한량없이 멀고 드넓은 장천長天이지요."

"절대한 의문점에 혼신으로 부딪쳐 뚫고 나가는 참선이 최상의 지름길이라고 했는데 그건 도대체 무엇입니까? 모두 깨달음을 얘기하고 있지만 소승은 아직 깨달은 부처를 한 분도 보지 못했습니다. 깨달음을 보지 못하는 소승은 그야말로 불법에 일천한 맹목盲目이고 눈 멀고 귀 먹은 청맹과니입니까? 모든 분들이 다 깨닫고 나만 불쌍하고 어리석게 깨닫지 못하고 있는 것인지요. 그도 저도 아니라면 지금까지 깨달은 부처가 한 분도 없는 것이겠구요."

"그 깨달음이란 본인만이 안다고도 하더군요."

"유정스님의 말씀을 듣고 보니 그럴 수도 있겠군요. 그렇다면 누가 깨달은 부처이고 누가 깨닫지 못한 땡추인지도 모르겠군요."

"한번 깨닫고 나면 더 이상 깨달을 것이 없고, 한번 깨닫고 번뇌를 차차 소멸시키며, 단계를 밟아 차례로 닦아가며 일시에 깨닫기도 하고, 차츰 닦아가면서 조금씩 깨닫는다고도 하지 않습니까."

"듣고 보니 우리 수좌들 중에도 제2,제3의 부처가 있을지도 모르겠군요. 현재 교계 스님들 중에도 부처가 있을 수 있고, 없을 수도 있으며, 사부대중들 속에도 부처님이 숱하게 계실 수도 있겠구요. 하하하…… 아니 세상 사람들 모두가 부처님들일 수 있겠구요. 으하하하……."

자원스님은 손을 아랫배에 갖다 대고 한바탕 크게 홍소哄笑를 터뜨렸다.

"그러고 보니 유정스님도 부처요, 이 자원이 중놈도 북어처럼 비쩍 말라비틀어진 육신으로 장작더미에 누워 흙地이 되고 물水이 되고, 불火과 바람風이 되고 우주의 원소로 돌아가는 열반에 들기 전에 부처가 한번 되어보겠습니다, 그려."

자원스님은 실성했나 싶게 다시 배꼽을 잡고 웃었다. 차분한 모습으로 곱게 눈길을 깔고 걸어가던 스님들이 큰 소리로 웃음을 터뜨리자, 지나가던 행인들이 고개를 돌리며 이상스럽게 쳐다봤다.

"거짓말이지요. 모두가 거짓말입니다. 방편과 위선의 허울을 쓴 협잡꾼들의 쓰디쓴 흰소리, 거짓말들이 너무 많아서 순진한 스님, 사부대중들이 정신을 못 차릴 지경입니다."

자원스님은 울분을 토했다.

"어차피 인생을 걸고 여기까지 왔는데 갈 데까지는 가봐야지요. 억울해서 그만두고 싶어도 그만둘 수가 없습니다."

아무도 도와 줄 수 없는 깨달음을 스스로 이루어내야 하는 수행의 고단함을 유정은 모르지 아니했다. 충분히, 아주 뼛속 깊이 알고 있었다.

"부처는 절이나 경전 안에 갇혀 있지 않다고 합니다."

유정은 어디에서 주워들은 말을 건넸다.

"그 말씀이 옳은 해답인 듯합니다."

자원스님은 공감했다.

"부디 건강부터 챙기세요."

유정은 다른 방향으로 가야 할 길목에 잠시 발걸음을 멈추고 자원스님의 건강을 먼저 꼭 챙기도록 당부하였다.

"방부를 드리는 데마다 객실이 없다는 소리를 하니 수중에 돈이 떨어지면 노숙을 하는 형편이 되더라도 유정스님 말씀대로 이번엔 생각을 한번 바꿔볼 생각입니다. 찾아가시는 향일암 비구니스님들이 모두 화마의 재앙에서 멀리 벗어나 무탈하시기를 빌겠습니다."

"꼭 그렇게 하셔야 합니다."

유정은 강다짐을 덧붙였다.

"성불하십시오."

　자원스님은 시내버스에 올랐다. 유정은 자원스님에게 손을 흔들어주고 나서 뒤에 달려오는 버스를 잡아탔다.

　"설마 무슨 일이야 있을까."

　서로 처한 입장을 배려하여 사소한 연락을 삼가고 있었지만 마음이 조급하여 충청도 M사찰에 몇 번 조심스럽게 전화를 걸어봤지만 나혜스님은 이미 도량을 떠나고 없었다.

　"내가 무심했지."

　서로 마음에 부담스런 걸림이 되지 않는 수행을 배려했다기보다 무심했다는 것이 옳았다. 삭발한 머리로 회색 장삼을 걸친 출가사문이면 어떠한가. 하시라도 마음만 닿으면 한달음에 달려가 만날 수 있었음에도 불구하고 수행을 위해 주리를 참듯 정감을 억누르고 다잡아가며 만남을 유보해 온 것이 잘못이었다. 뜨겁게 펄떡거리는 욕망을 왜 그토록 모진 학대로 자제했어야 했는지, 따지고 보면 수행을 빌미로 서로의 감정을 속여 온 위선이었다는 것을 유정은 부인할 수가 없다.

　야간열차를 타고 이른 아침 여수에 도착한 유정은 역전 골목 식당에서 가벼운 공양을 마치자마자 버스를 타고 돌산도 향일암으로 향했다.

　수평선으로 열린 바다가 한눈에 들어왔다. 돌산도 끝머리 해안이었다. 유정은 버스에서 내리기 무섭게 향일암 산길로 접어들었다.

　"모다 불타고 읎는 절에 뭔 스님들이 자꾸 찾아 올라갈까

잉."

암자 길 인접한 고추밭에서 초로의 아낙이 혼잣소리를 했다.

"향일암에 큰 불이 났다고 하는데 얼마나 탔습니까?"

우불구불한 산길을 숨차게 걸어 오르던 유정은 고추밭 아낙을 돌아보며 물었다.

"한밤중에 불이 나갖고 삽시간에 다 타부렀지라잉."

"화재가 났다더니 정말이군요."

가파른 산길을 숨차게 오르던 유정은 한순간에 맥이 탁 풀렸다.

"향일암이 불타분 거이 한참 되언디 스님은 워디서 인자 알고 오셨는갑소잉."

초로의 아낙은 머리에 쓰고 있던 수건을 걷어 땀을 훔치며 말했다.

"스님들은 모두 무사하신지요?"

"스님들이 몇 분 지시지도 않은 암잔디, 나가 자시 모르겠소만 상한 스님은 아마 읎는 갑어라. 말을 들어보면 언놈의 머리 꺼먼 짐승이 못된 불장난을 해분갑소."

초로의 아낙은 억장이 무너지는 한숨을 지었다.

"고맙습니다, 보살님."

잠깐 지체했던 유정은 두 다리에 힘을 주며 머리 위로 가파르게 올라붙은 막바지 산길을 올라서면서 커다란 두 쪽의 바위 사이로 나있는 석문(石門:바위틈)을 막 지나는데 눈앞이 갑자기 까맣게 일변했다.

대웅전, 관음전이 자리 잡고 있던 자리는 숯등걸처럼 시꺼멓게 타버린 통나무들이 이리저리 나뒹굴면서 깨진 기왓장들이 산지사방에 널려 있었다. 믿고 싶지 않았던 향일암의 화재다. 시꺼먼 화재현장을 눈앞에 보면서도 유정은 믿기 힘들었다. 지붕이 날아가 시꺼멓게 타버린 종각에 검게 그을린 범종이 덩그렇게 매달려 참담한 화재현장을 말해 주면서 깨진 기왓장, 숯덩이들이 나뒹구는 잿더미엔 급히 달려온 소방차가 잔불을 끄기 위해 물을 뿌려댄 흔적이 역력했다.

"이럴 수가……."

원효대사가 한동안 머물며 수행했다는 바위굴 쪽에서 펄럭거리는 바람소리와 함께 희끗한 것이 스쳤다. 스님이었다.

"스님."

누가 부르는 소리에 꺼멓게 그을린 범종을 바라보고 서 있던 스님이 고개를 돌렸다. 스님의 낯이 무척 익었다.

"석주스님이 아니신가?"

유정은 뜻밖에도 강원講院 대교과大教科에서 함께 수학하던 도반道伴을 만났다.

"유정수좌구려. 여긴 웬일이신가?"

석주스님도 반갑게 다가와 마주했다.

"화재 소식을 듣고 달려왔더니 이 무슨 재앙이란 말인가?"

"벌써 한참 된 모양이네."

"소리 소문에 막히고 산문山門 밖이 어두운 수좌승이라고 해도 그토록 무심할 수가 있었는지, 산중 도량수행 하결제가 끝나고 나서야 뒤늦은 향일암 화재 소식을 들었네. 비구니스님들은 모두 무사하다는 말을 듣긴 했네만 석주스님은 달리 무슨 소식을 들은 게 없으신가?"

"나 역시 똑같지 뭘 더 알 까닭이 있겠나."

"지난 연말에 화재가 났다고 하는데 혹시라도 화상을 입은 스님들이 계시다면 병원 치료를 잘들 받으셨겠지."

유정은 병원의 진료기록이라도 한번 확인하고 싶었다.

"물론 그렇겠지. 아무튼 이런 파괴와 분열을 야기하는 종교의 광신자들이 문제일세."

석주스님은 갑자기 비분강개했다.

"누가 아니래나."

"절집의 불상은 종교적 차원을 떠나서도 국가의 문화재가 아닌가. 내 신주神主 내 집단만 아는 사람들의 무지가 활개를 치고 있는 게 기막힐 노릇이지."

"미친 건 아니겠지만 그들의 믿음은 분명히 미친 것처럼 보이는 것도 사실일세."

"저게 뭔가?"

석주스님은 대화중에 갑자기 무엇을 보았는지, 절간의 사무事務를 맡아보는 종무소가 불탄 자리로 걸어 들어갔다. 숯덩이처럼 까맣게 불탄 나무기둥을 밀치며 기왓장을 걷어낸 석주스님은 타다 남은 서책과 염주를 집어 들었다.

"이 청매화석염주가 어떻게 뜨거운 불속에서 온전히 남아 있을 수 있을까 했더니만 바로 묘법연화경法華經 진언을 외우면 삼천대천세계 미진수겁의 죄가 소멸된다는 이 법화경전이 감싸 지켜준 것이었구먼."

염주는 훼손되지 않은 그 모습 그대로 잿더미 밑바닥에 파묻혀 있던 것이 불어오는 바닷바람에 불탄 재들이 차츰 날아가면서 묘법연화경과 함께 모습을 드러낸 것이었다.

"그 염주 나도 좀 한번 보세?"

유정은 석주스님이 종무소가 불탄 자리에서 들고 다가온 청매염주를 받아들고 자세히 살펴보았다. 큰 알(주불) 2개씩이 들어 있는 청매화석 두 줄 합장주合掌珠는 주로 여인들이 목에 걸거나 손목에 차고 다니는 염주였으나 목에 걸고 다니기엔 약간 짧아 보인다.

"왜 그렇게 유심히 살펴보시는가?"

석주스님은 의아하게 물었다.

"이 염주가?"

유정은 가슴이 덜컥 무너졌다.

"염주를 보고 왜 그리 놀라시나?"

석주스님은 이상한 눈빛으로 물었다.

"이 염주는 내 것일세."

"염주가 유정수좌 것이라니, 그게 무슨 소린가?"

향일암 종무소 불탄 자리에서 나온 청매염주가, 그것도 여인네의 합장주가 유정수좌의 염주라는 말에 석주스님은 의아했다.

"이 염주는 틀림없는 내 것일세."

운수행각의 발길을 잠시 주인을 떠난 청매염주가 이끌었더란 말인가? 녹색의 청매화석염주는 본래 생전의 할머니가 지니고 있던 합장주였다. 할머니는 청매염주를 평생 목에 걸고 살면서 몇 번 줄이 끊어져 염주 알을 잃어버리고 하는 바람에 조금 줄어든 것이었다. 할머니는 청매 합장주를 몸에 지니고만 있어도 마음이 든든하고 좋아진다면서 어린 동자승으로 입산하던 손자의 가녀린 목에 걸어주었던 것이다.

"유정수좌의 염주가 어찌하여 향일암이 불탄 잿더미 속에 있단 말인가?"

석주스님은 어이없는 웃음을 지으며 물었다.

"그 말은 내가 하고 싶은 소릴세."

유정은 당황스럽게 청매염주를 매만지며 살펴보고 또 살펴보았다.

"허허 유정수좌, 지금 무슨 소릴 하고 계신가?"

석주스님은 도대체 모를 듯이 잼처 물었다.

"이 청매화석염주를 지닌 나혜가 향일암에?"

유정은 가슴이 와르르 무너져 내리면서 눈앞이 캄캄했다.

"나는 지금 유정수좌가 무슨 말을 하고 있는지 모르겠네."

"이 청매염주를 내가 목에 걸어준 사람이 있네……."

유정은 정신이 나간 사람처럼 멍한 모습으로 헛소릴 중얼거리듯 말했다.

"누굴 줬다구?"

"비구니스님일세."

"비구니?"

석주스님은 의아하게 놀란 표정을 짓고 물었다.

"유정수좌가 지금 뭔가 착각하고 있는 것이 아닌가?"

"이 염주는 내가 몇 년 전 만난 비구니스님과 헤어지면서
정표로 목에 걸어준 그 청매염주일세."

"일반 시중 여인도 아니고 비구니스님을 사랑하고 있다는
것인가?"

"지금 나는 그런 것을 따질 마음이 아닐세."

"승려지간의 내연관계는 대초열지옥의 초대장을 받을 죄
악이라는 것을 모를 유정이 아니잖은가."

그 대초열지옥으로 초대된 죄인을 태우는 특별형장의 불
길은 크기가 5백 유순에 달하고, 넓이만도 2백 유순에 달하
는 거대한 화염충천의 아수라에 온몸의 살가죽이 벗겨지고
그 몸에 시뻘건 쇳물을 들이붓는데, 한번으로 끝나는 것이
아니라 영겁의 세월을 두고 돌고 또 도는 형벌이었다.

"비구니를 범한 비구에게 내리는 초대장이라면 마땅히 받
아 안고 대초열지옥의 화염충천 아수라 엄벌을 받아야 하겠
지. 이 유정은 사문의 계율을 벗어난 추태가 분명하네. 용서
해 주시게."

"용서라니, 아, 아닐세. 승가도 사람이 사는 곳일세. 유정
수좌를 추한 사문으로 나쁘게 비난하거나 조롱하는 것이 아
니야. 모든 것이 지엄한 법의 상대적인 개념 차이에서 오는

것이겠지. 수행자의 연애감정에 대해서 이런저런 사족이 많이 달리는 것도 사실이지만 진정한 인간의 삶에 도움이 되고 세상을 사는 행복과 자유에 원천이 되는 사랑을 어디 무엇으로 단죄할 수 있단 말인가."

"이성에 대한 감정은 숙명적으로 주어진 번뇌가 아닌가. 이 청매염주가 향일암이 불탄 잿더미 속에서 나왔다면 이 청매염주를 지니고 있던 그 비구니스님이 분명히 향일암에 머물고 있었다는 것이 아니겠나?"

"그럴 수도 있지. 향일암은 관음기도처로 아주 널리 소문이 난 곳이니까."

"결국 일이 그렇게 되는군."

나혜는 분명히 향일함을 찾아 머물고 있었을 것이다. 그 다음 결코 생각하고 싶지 않은 일이 벌어진 것이었다. 그런 생각에서 유정은 한 치도 벗어날 수가 없다.

"지금까지 내가 듣기엔 향일암 화재로 크게 상한 스님들은 한 분도 안 계시다고 들었네. 수행자들이 위대한 존재가 되겠다고 피를 짜지만 실로 따지고 보면 위대한 사랑만큼 대단한 것이 또 어디 있는가. 그 청매염주가 불탄 자리에 묻혀 있었다고 해도 그 염주를 지닌 비구니스님이 잘못되었다고 단정할 순 없네. 너무 걱정을 마시게. 모두가 잠든 한밤중 삼경에 불이 났다고 해도 스님들께서 모두 대피해서 무사하다고들 하지 않는가. 그만 내려가세."

두 스님은 향일암 화재현장을 나왔다.

"출가사문이 무엇인가. 잿빛 먹장삼과 오직 나 하나밖에 없는 침묵, 알 수 없고, 생각이 막히고, 얼음처럼 차고 해답이 없는 선禪의 세계, 스스로 깨달아야 하는 것, 성불成佛, 그 불멸의 생명, 고단하고 힘이 드는 끝없는 여정, 그 종점은 결국 열반인 것을. 마음속에 비구니의 사랑을 품고 있다는 것을 생각하면 신기하기도 하네."

석주스님은 수좌생활에 지친 듯한 푸념으로 웃었다.

"사랑, 그 사음邪婬으로 빚어지는 여러 가지 폐단들을 지극히 우려해서 금기로 삼았던 것들을 초극하기 위해서 우리는 더욱 피나는 수행을 하는 것이겠지."

자본주의의 상업성에 타락한 속인이라면 사음이 천길 번뇌의 나락으로 떨어질 마음속의 잔인한 마성魔性일지라도 사랑은 부처님의 마음을 온전히 지니고 있는 것처럼 유정은 나혜의 사랑이 따뜻한 안정감을 가져다주고 있었다.

"인간이 찰나의 생을 살면서 어디에 얽매이고 예속된 노예의 삶을 살 건 없지. 승려가 속인들처럼 자유분방한 연애를 할 수는 없다고 해도 진실한 사랑을 마음속에 품고 있다는 것만으로도 홀로 고달프게 걸어가는 여정에 따뜻한 위안처가 될 수도 있지 않겠나. 나는 유정수좌가 죽은 법에 얽매이지 않고 광활한 무애의 대승세계를 향해 가는 큰스님이 될 것으로 믿고 있네."

말을 잠시 끊고 길을 걷던 석주스님은 다시 화제를 꺼냈다.

"지구상의 인류가 70억 명이 훌쩍 넘는다는군. 지난 90년
대 보이저 1호가 지구 쪽으로 카메라를 돌리고 찍은 사진 한
장을 전송했다지. 그 사진에 희미하게 작은 점으로 찍힌 지
구가 보이더라네. 천문학자는 "여기 있다! 여기가 우리의 고
향이다." 소감을 밝히면서 사진을 확대해 보니까 푸른 점 하
나가 보이더라네. 그는 지구에 사는 모든 존재는 한 줄기 햇
빛 속에 흩날리는 먼지, 하나의 티끌에 살고 있다고 했다는
군. 우리의 존재는 비바람 속에 지고 흩날리는 먼지와 같다
는 말이지. 우리 인류는 주먹다짐을 시작한 이래 줄곧 치고
받으며 싸워온 투쟁의 역사지. 지금 이 티끌 같은 세상이 너
무 소란스럽지 않은가. 삶의 진실에 기반을 둔 겸손과 자비
와 사랑이 아니라 모두가 저 잘난 오만, 싸늘한 경멸과 냉소,
비난과 야합이 도깨비춤을 추는 군상들이라니, 그들의 가엾
은 자존심과 차갑게 얼어붙은 영혼을 위해 한구석에 누군가
는 모닥불이라도 좀 피워야 하지 않겠나. 우리네 스님들이
먼저 참된 성품으로 중생계 무명 속에 뛰어들고, 승려들이
지켜야 할 계율 또한 마땅히 존치해야 되겠지만 사바 중생들
이 저마다 각자의 신념과 삶의 방법에 가치관이 다양해지고
물질문명의 양적 질적인 삶의 변화에 적응하면서 여법한 수
행의 승가가 되고 사바 중생들의 귀의처가 되도록 해야 되지
않겠나."

화재를 만난 향일암 금오산 자락을 내려와 뙤약볕 속을 걷
고 있는 두 스님의 얇은 여름장삼이 배어나는 땀에 축축이

젖고 있었다.

"절이 불타 없어지니 들고나는 차 한 댈 볼 수가 없군."

"별 수 있나. 걸어 나가다 어촌 트럭이라도 만나면 얻어 타고 나가는 수밖에."

유정은 땀이 밴 장삼이 칠떡거리며 연신 다리를 휘감았다.

"때에 따라 사람의 감정도 바뀌는 것인지, 뙤약볕 속을 걷다보니 엔진이 덜덜거리는 중고차라도 한 대 있었으면 얼마나 좋을까 싶기도 하네."

땡볕에 헉헉거리던 석주스님은 갑자기 자동차가 아쉬운 소리를 했다.

"좁은 나라 땅에 어디를 가나 자동차가 즐비한 주차장이던데 우리 두 사람이라도 만행으로 발품을 팔고 살아야지."

"그도 그렇군."

얘기를 주거니 받거니 얼마나 걸었을까.

"내가 깜박 잊고 있었는데 운현雲玄스님을 알지?"

석주스님은 문득 도반 얘기를 꺼냈다.

"장염으로 고생하는 운현수좌 근황을 어떻게 아시는가?"

"그 운현이 얼마 전에 입적入寂을 했다네."

"뭐라구?"

허약한 몸에도 한 소식 크게 해보겠다고 남다른 용맹정진을 거듭하다 허물어진 육신을 추스르지 못한 채 열반한 운현스님을 유정은 마음속 깊이 애도했다.

"생生이 부질없다는 허무주의, 극도의 신비주의는 한낱 환상이요, 논리와 사유를 넘어선 깨달음을 고뇌하며 오랜 동안 장염腸炎으로 허약해진 몸에도 불구하고 공양마저 멀리하더니 결국 열반에 들고 말았다는구먼. 안타까운 것은 안거 중에 포행을 나간 산골짜기 동굴에 가부좌를 튼 모습 그대로 좌선 열반을 한 거지. 입방한 수행자들은 운현수좌를 다비火葬하지 않고 작은 동굴 자체를 열반처로 삼아 바윗돌로 입구를 막아놓고 〈운현 선정대〉라는 음각을 새겨놓았다고 하더군."

"운현의 허무주의는 생의 허무가 아니라 생의 비탄이었을 것이네."

그 무엇도 가진 것이 없는 청빈한 무소유로 일관한 운현수좌가 고질적인 지병에 시달리던 모습을 유정은 선연히 기억하고 있었다.

"운현수좌는 국민으로서 최소한의 의식주와 신체건강을 보호를 받지도 못하며 살았지. 안된 일이지만 그게 수좌들의 현주소가 아닌가."

"안타까운 노릇이야. 수좌스님들이 탁발로 수행하던 시대는 벌써 지나 이제는 대부분 운수로 떠도는 행각을 차량으로 대체하고 있는 때가 아닌가."

"절집에 잠시 머물자고 방부(榜付:일정 기간 거주하기를 신청하는 것)를 들이면 사중 형편상 객실을 폐지했다고 거절들을 하니 수좌스님들이 어디에 머물 곳조차 없지를 않은가. 참으로 안타까운 일이지."

　수행자가 달리 무슨 돈벌이에 나설 방도도 없거니와 공사
판 막노동을 하자고 해도 곱살한 손마디에 겨우 몇 걸음 포
행(布行:참선을 하다가 잠시 방선을 하며 뜰을 걷는 것)이나 하던 몸
들이 힘든 노동을 따라줄 턱이 없었다. 결국 결제에 방부를
들이지 못한 수좌승들은 해제철을 나기가 어려웠다. 혹여 도
반 한 사람이라도 어느 사찰 말사末寺 주지라고 하고 있으면
어떻게 잠깐 의지라도 해볼 수 있다지만 그도 아니라면 인연
을 끊고 출가한 속가의 피붙이들에게 손을 벌릴 수밖에 없는
지경이었다. 그도 저도 못할 형편이면 환속하는 수밖에 별다
른 도리가 없었으나 그 또한 여의치 아니한 것이, 생존이 치
열한 중생사회에 뛰어들고자 환속을 생각할 때는 대부분의
승려들이 이미 늙숙해져버린 연륜으로 접어든 데다 익히고
배운 기술 한 가지 없이 자본주의 경쟁사회 적자생존에 살아
남을 방법이란 거의 없었다.

　"시절이 아무리 왕모래를 씹듯 팍팍하고 각박해도 수좌스
님들이 허망하게 쓰러져선 안 되건만……."

　유정은 크게 낙담했다.

　"종단에서 수좌스님들에 대한 이런저런 대책을 마련해 보
려고 애쓰는 것으로 아네만 아직도 무엇 하나 신통하게 내놓
을 만한 것이 없는 모양일세."

　"수좌스님들도 이젠 어디에 기대고 의지할 눈치를 볼 것이
아니라 자구책을 마련해야 되지 않겠나."

　유정은 그것이 물론 어제오늘의 얘기가 아니라는 것을 알

고 있었다.

"투철한 계행도 높이 사야 되겠지만 스님들의 사생활을 지나치게 통제하고 억압하기보다 현실적인 개선점을 찾는 것 또한 중요한 과제가 아닐까 하네."

"문제는 상명하복식의 유교적 관습이지. 일본 제국주의, 군사독재 권위주의 시대가 아니잖은가. 중생사회도 군사독재, 권위주의 시대의 상명하복이 사라지고 세기적 합리주의, 평등주의 남녀차별이 없는 때에 비구와 비구니를 가르고 차별할 것은 또 무엇인가. 승려 위주의 교단이 빚어내고 있는 승려의 오만함, 종교의 근원이 기복이라지만 그건 무속이요, 탐욕이 아닌가 말일세."

게다가 승려는 불교의 근본 귀의처歸依處(三寶)의 하나인 승보僧寶는 특권이라도 지녔다는 말인가, 속세 중생들은 물론 가정을 떠나지 아니하고 부처의 법을 믿고 따르는 재가불자나 신도들에게 먼저 인사하는 승려를 본 일이 없고, 속인들을 가까이 하면 속세의 혼탁한 물이 들어 수행에 장애가 되므로 절대로 관계를 맺어 아니되는 불매인연不昧因緣들이란 말인가, 먼저 다가가 고운 합장례로 인사를 해도 모자랄 일인데 무성의한 답례와 지그시 내리 깐 눈길로 회피하며 중생들을 무시하는 오만스러움과 부덕의 소치로 중생제도를 운운하는 위선만큼 우스꽝스런 것이 어디 또 있을까.

"맞는 말이지. 다소곳한 합장례로 세상의 모든 번뇌를 끊고 깨친 부처의 지혜를 얻으라는 것이 고독한 현대인들에게

얼마나 위안을 주는 것인가. 아무튼 유정의 성토를 듣다 보
니 푸른 눈의 수행자 현각스님이 생각나는구먼. 하버드대학
에서 서양 종교와 철학을 공부하던 중에 우연히 숭산崇山 스
님의 강연을 듣고 감동하여 케임브리지 선 센터에 입문
(1992)하고 육조 혜능대사가 모셔진 중국 조계산 남화사에서
계를 받고 출가했다는 그 스님은 우리의 유교적 관습과 차
별, 신도를 무시하며 기복에 치우친 신행과 같은 문제를 제
기하면서 마치 한국불교에 조종弔鐘을 울리는 것 같다고 하
더라네."

"수천 년의 민족 역사와 몇백 년의 근대역사 속에 실용적
합리주의의 다민족문화의 차이에서 오는 성급한 오해가 없
는 것도 아니지. 조종이란 말은 지나친 것이구."

"상명하복의 유교적 관습과 남녀가 유별한 차별, 엄격한
계율의 통제는 앞으로 갈수록 출가자의 단절과 수행자들의
이탈을 가져올 것일세."

석주스님은 공감하면서 덧붙여 말했다.

"할머님의 유품이 된 청매염주를 정표로 건네준 비구니스
님과 맺어진 사랑의 인연을 소중히 하시게. 사랑이 없이는
진정한 인생을 살 수 없는 것이 아닌가. 중생에 대한 연민과
사랑이 없는 곳에선 중생구제와 구도, 세세생생 영원한 생명
의 길은 열리지 않을 것일세. 젊은 날 한때 사랑에 빠져 이별
과 눈물이 소용돌이치는 고뇌의 시간을 겪어보지 않은 사람
이 몇이나 되겠는가. 나도 사문 이전에 눈물이 아니라 피를

철철 흘리던 때가 있었지."

차디차게 얼어붙은 영혼을 지닌 수행자처럼 계행이 투철하던 석주스님에게도 한때의 깊고 뜨거운 사랑의 아픔이 비껴갈 수가 없었나 보았다.

"수좌에겐 오직 깨달음을 향한 몸부림만이 있을 뿐, 그 어떤 것도 없고, 허용하지도 않는 것이지만 크게 한 소식 했다는 신통한 결과를 어디 누구에게서도 나는 한 번 들어본 적이 없네. 그건 분명히 문제가 있는 게 아닌가."

"개구즉착開口卽錯을 익히 아시잖은가. 다라의 경지는 말로써 표현할 수 없다는, 문자는 입을 열면 곧 어긋나 그르친다는 말이지. 말로 표현하는 그 순간 그 참모습(진리)과는 거리가 멀어진다는 말없는 참말 말일세. 그게 진짜 사랑일세. 시인도 시詩가 가슴속에 있을 때만 진정한 시일 뿐, 입 밖으로 나와 버리면 그건 시가 아니고 잡소리라고 하질 않나. 나는 유정의 사랑을 그런 전자의 사랑이라고 생각하네."

"진정으로 이해를 해줘서 고마우이."

"젊은 인생들이 열병처럼 앓는 게 사랑이지. 그 죽일 놈의 사랑이 무엇인지, 두려움이 없고 분별을 모르는 젊은 날의 사랑이 아니라 말로 표현할 수 없는 다라의 경지에 이른 사랑, 지금이라면 아마 나도 유정과 같은 사랑을 한번 해볼 것도 같군."

석주스님은 자신의 감정을 솔직하게 털어 놓고 한바탕 호방하게 껄껄거리고 웃었다.

"솔직히 지금 나는 춥네. 어디에 기대어 불기 한 점을 쬐어 볼 수 없는 내 영혼이 정말 가엾기 그지없지. 어디를 돌아봐도 황량하게 얼어붙은 벌판에서 홀로 오들오들 떨며 서 있는 기분이야."

"우리들의 가엾은 영혼에 언제나 빛이 들까?"

유정은 석주 도반과 수행자의 외로운 고독, 그 말할 수 없는 고뇌를 되새기면서 걸어온 길을 돌아보았다. 불볕이 쏟아지는 도로엔 개미새끼 한 마리 없이 고요했다.

"오고가는 차들이 왜 이렇게 한 대도 없을까."

유정은 벙거지 모자를 고쳐 쓰며 땀을 훔치고 주위를 돌아보았다. 벼논과 밭작물들이 시들시들했다. 자름한 밭떼기들이 층층이 올라붙은 마을은 주민들이 어디론가 모두 떠나버리고 아무도 살지 않는 것처럼 쓸쓸한 적막감이 감돌고 있었다. 유정은 땀이 흠뻑 젖은 수건으로 타는 입술을 적시며 갈증을 달랬다.

"완전히 고비사막을 걷고 있는 기분이군."

석주스님도 심한 갈증에 시달리고 있었다.

"어디에 가서 시원한 샘물이나 한 바가지 얻어 마셨으면 살겠구먼."

석주스님은 목이 뻑뻑하게 메마른 건침을 힘들게 삼키며 말했다.

"잠깐."

유정은 터벅거리던 발걸음을 멈칫했다. 어디선가 이상한

소리가 들려온다. 여자의 울음소리다. 서글프게 흐느껴 우는 소리가 애처롭기 그지없다.

"저기를 보게!"

석주스님은 마을 어귀 큰 감나무 그늘 아래 희끗하게 앉아 있는 사람을 고갯짓으로 가리켰다.

"혼자 저렇게 서럽게 울고 있는 것을 보니 아무래도 무슨 사정이 있는 모양이네."

누가 먼저랄 것도 없이 두 스님은 마을길로 발걸음을 돌렸다. 마을 들머리 언덕길에 칠순 노인이 눈물을 훔치며 땅 꺼지는 한숨으로 고개를 들었다.

"무슨 일이신지요?"

석주스님이 물었다.

"스님들 잘들 오시었소. 이 늙은이 조께 도와주고 가씨시요."

노인은 하느님이라도 만난 듯이 스님의 장삼자락을 부여잡았다.

"혼자 사는 마을 영감이 목을 매불덜 않었겠소. 마을 이장님이 순경을 데리고 댕겨간 거이 볼세 은젠디, 장사葬事헐 사람들을 당최 데리고 올 중을 모르고먼이라."

노인은 가엾은 눈물로 매달렸다.

"이 무더운 날씨에 시신을 저렇크럼 놔두먼 워쩌는 게라. 스님들께서 지발 조께 이 늙은이를 도와주고 가씨시요."

"어느 집인지 가보시지요."

석주스님이 나서 채근하자 노인은 자리를 일어나 마을길을 앞섰다. 오래된 집들이 띄엄띄엄 들어앉은 마을은 얼찐거리는 강아지 한 마리를 볼 수가 없다.

"마을에 다른 분들이 안 계신지요?"

"모다 대처로 나가 살덜 않겄소."

몇 채 안 되는 마을의 집들은 대부분 오래 전에 버리고 나간 폐가들이었다.

"마을에 사는 사람이 있으면 이 늙은이가 마을 들머리질(길)에 나앉어 갖고 청승맞은 눈물을 찔끔거림서 누구 한 사람이라도 지나가기를 지(기)대리고 있겄소."

"이 마을에 단 두 분이 살고 계셨다는 말씀이군요?"

석주스님이 물었다.

"긍깨 나도 영감이 은제 목을 매고 죽어부렀는가 자시 모르겄소. 며칠 동안 통 뵈질 않기에 살째기 들여다 봉께 영감이 방에 옶덜 않겄어라. 그래갖고 집 안팎을 둘러본디 어둑시런 헛간 구석에 허연 것이 질(길)게 매달려 있덜 않겄소. 그때 나가 얼매나 기함을 허고 나자빠졌는지 까딱허면 아무도 사는 사람이 없는 마을에 두 늙은이 쌍초상이 나불덜 안했겄어라."

"자녀분들은 안 계신지요?"

"요짐 시상에 악마가 따로 옶다는 말을 들어보셨는 게라. 즈덜헌티 머가 득이 되고 가져갈 거이 있으면 어느 한순간에 악마로 돌변해 부는 게 자석늠들이지라. 살아 있을 직에 쾨

(코)도 안 비치던 자석눔덜이 아부지 송장을 머 할라고 메고 가졌소. 그런 자석들을 몇 형제씩 두고 지일 존 대핵교를 들어갔느니, 무신 시험에 합격을 했느니 쎄(혀)가 닳아빠게 자랑들을 허더라니, 어이구웃, 쯔쯔쯔……."

노인은 목매 죽은 영감이 불쌍한 듯 혀를 끌끌 찼다.

"우선 시신부터 수습을 해야 되지 않을까."

유정은 석주스님 돌아보며 말했다.

"한여름이라서 시신이 금방 상할 텐데."

망자의 집 안으로 들어간 두 스님은 마루에 바랑을 벗어놓고 헛간 쪽을 들여다보았다. 요즘 어디에서 보기 힘든 옛날 디딜방아가 그대로 방치된 헛간 구석으로 희끗한 것이 눈에 들어온다.

"저기로구먼."

헛간 천장에 쇠밧줄을 걸고 목을 맨 노인의 시신은 발끝까지 반듯하게 늘어져 있고 고개를 한쪽으로 비뚜름히 뉘인 입가에 혀가 조금 빼물려 있었다. 시신은 생각보다 상한 것 같지 않았다. 유정은 노인이 목을 맬 때 밟고 올라섰던 플라스틱 통을 가져다 놓고 올라섰다. 키가 큰 석주스님은 노인의 축 늘어진 시신을 두 팔로 감싸 안았다. 유정은 낫을 들고 노인이 목을 맨 밧줄을 끊었다.

"영감님이 스님들을 만나려고 지기대리고 있었는가 보요. 영감님, 이자 자석눔덜 모진 설움일랑 모다 잊어불고 편안허니 극락왕생허시씨요잉."

　노인의 시신은 무더운 바깥날씨보다 비교적 서늘한 헛간이라 굳어 검누런 얼굴로 차갑게 굳은 채 믿을 수 없을 정도로 평화로워 보였다. 아니, 숨을 거두는 마지막 순간까지 사랑스런 자식들이 이제라도 나타난다면 노인은 상체를 세우고 벌떡 일어날 것만 같다.

　"유정수좌는 청매염주에 관한 것이 마음에 걸리면 먼저 나가보시게. 여기는 내가 시다림(尸茶林:장례염불)을 마무리 짓고 나갈 테니 걱정 말고 여수에 나가 병원의 화상환자나 진료기록이라도 좀 알아보시게. 향일암 화재 때 만약 경미한 화상환자 한 사람이라도 발생했다면 어느 병원이든 그 진료기록이 남아 있지를 않겠나."

　"누가 도와주는 사람도 없는데 어서 장례나 서두르세."

　유정은 이름 모를 촌노의 장례라고 하지만 아무렇게나 땅속에 그러묻고 갈 수 없었다.

　"늙은 몸으로 살다 언제 어떻게 혼자 죽을지 모르는 고독사는 현대사회의 참극이지. 아무도 없는 방에서 혼자 외롭게 죽는 것처럼 안타까운 일이 또 어디 있을까."

　당장 망자의 형편으로 보아 깨끗한 옷가지라도 찾아 갈아입힌 뒤 이불 홑청을 뜯어 시신을 싸고 묶는 소렴으로 장례를 마무리 지을까 하는데, 장롱을 이리저리 뒤지던 노인은 영감이 마지막 입고 떠날 수의 한 벌을 꺼내 왔다.

　"불쌍헌 영감 같으니, 당신이 입고 갈 베옷壽衣은 은제 다 장만해 놓으셨고먼이라."

노인은 남의 일 같잖아 보인다.

"예전 늙은이들은 자기가 입고 갈 수의를 미리 장만해 놓았다오. 죽으면 입고 갈 수의를 미리 지어놓고, 무덤을 만들어 놓으면 수壽를 헌다고 안 해라."

한숨으로 연신 눈물을 훌쩍거리던 노인은 자리를 일어났다.

"깨끗한 물 한 그릇을 떠다주시지요."

석주스님은 처음해 보는 것이 아닌 것처럼 장례준비를 서두는 손길이 익숙했다.

"안 그래도 스님들이 뭐 좀 드실 거라도 장만해야 쓰덜 않겠다요."

노인은 부엌으로 들어갔다. 석주스님은 당장 향을 삶은 물을 마련할 수가 없어 골짜기 맑은 청정수로 손을 정결하게 씻고 나서 노인의 시신을 깨끗이 닦아 목욕을 시키는 습襲을 하고 나서 수의를 차례로 입히는 염을 마쳤다. 두 스님은 헛간의 헌 가마니때기와 나무막대를 찾아 들것을 만들었다.

"스님들이 참말로 큰 수고를 허시는고먼이라. 퍽이나 시장들도 허실 것인디 이거라도 조께 들고 허씨요잉."

노인은 서둘러 부침개를 부치고 텃밭에 심어놓은 오이를 따다 시원한 냉국을 만들어왔다.

"나가 두 분 스님을 만나덜 못했더라면 숫제 이 집에 불을 싸질러 영감님을 화장해 불라고 안 했어라."

"이웃지정으로 고이 보살펴 보내드리는 어르신이 계시니

영감님은 그래도 복이 많은 분이십니다."

"이자 혼자 남은 나가 문제지라잉."

노인은 깊은 한숨으로 눈시울에 맺히는 눈물을 훔쳤다. 두 스님은 들것을 들고 마을 뒷산으로 올라갔다.

"여그는 영감님네 산이다요."

상주마냥 뒤따르던 노인이 말했다. 중천으로 떠오른 태양이 이글거리는 뙤약볕 아래 굵은 땀방울을 송알송알 매달고 장지로 올라온 두 스님은 땀방울을 연송 훔쳐내며 힘든 한숨을 훅 토했다.

"구뎅이가 바로 저그요. 긍께 영감이 죽을 작정을 허고 들어가 파묻힐 구뎅이까장 파놓덜 안 했겠소. 몇 번 죽는단 소릴 허기에 그냥 허는 소린갑다 히었등먼 그게 참말일 중 누가 알었겠소. 산골째기 쬐그면 천수답을 일구며 악착시럽게 자석들 키우고 살더먼 그 잘난 자석늠덜 효도는커녕 영감이 죽어 땅속으로 들어가는 날까장 어느 한 놈 코빼기도 볼 수가 읎고먼이라잉."

노인은 미리 파놓은 묘혈에 덮어두었던 거적때기를 걷어내며 또 찔끔거리는 눈물을 훔쳤다. 입관을 마치고 난 유정은 팔목의 시계를 보았다.

"어려운 일은 다했잖은가. 흙을 덮어 봉분을 만들면 산역은 다 끝나는 것이니 유정수좌는 어서 가보시게."

석주스님은 유정의 손에 든 삽을 뺏어놓았다.

"저그 이장이 오구먼이라."

마을 이장이 서너 명의 마을사람들과 함께 장지로 올라오
고 있었다.

"워칫크롬 인자덜 오시는 것이요잉?"

"다른 일이 조게 바뻐갖고 그랜디, 스님들이 볼세 장례를
다 치러부렀고먼이라잉."

"날이 더워갖고 시신이 상헌디 은제까장 두고 볼 것이요
잉. 그래갖고 나가 질을 가는 스님들을 모셔다 장례를 치러
분 것이지라."

"무더운 날씨에 스님들 참말로 고맙소잉. 남은 일은 우리
들이 헐 것인게 그만 손을 놓으시요."

이장은 얼굴이 벌겋게 익어 땀에 젖은 두 스님을 바라보며
면구스럽게 삽을 잡았다.

"마을 분들이 오셨으니 이제 되었네. 나는 좀 더 남아 시다
림 염불이나 해주고 갈 터이니 유정수좌는 얼른 가보시게.
병원 화상진료 환자라도 확인해보고 나면 마음이 한결 편하
질 않으시겠나."

석주스님은 유정의 등을 떠밀었다.

"그럼, 나 먼저 나가볼 테니 장례염불을 마치는 대로 나와
여수 기차역에서 만나세."

마지막 장례염불을 석주스님에게 맡기고 산을 내려온 유
정은 어촌 트럭이라도 한 대 없을까 뒷눈질을 거듭하며 분주
히 내걷는데 바닷가 인접한 마을에서 타이탄 트럭 한 대가
달려 나오고 있었다. 유정은 다가오는 트럭을 향해 손을 흔

들었다.

"어서 타세요, 스님?"

트럭을 세운 운전사는 친절하게 조수석의 차문을 열어주었다.

"고맙습니다."

어촌 트럭을 손쉽게 얻어 탄 유정은 여수 시내까지 빠른 시간에 달려 나왔다. 큰 종합병원은 〈전남병원〉 하나밖에 없었다. 유정은 서둘러 화상환자부터 찾았다. 나혜스님의 속명 김소미로 환자를 찾았다. 김소미라는 이름의 화상환자는 없었다. 향일암 화재 당시 화상환자의 진료기록도 찾을 수가 없었다. 유정은 크게 안도하면서 청매염주를 다시 꺼내보았다. 분명히 할머니의 염주였고, 나혜의 목에 걸어준 합장주였다.

'어떻게 된 걸까?'

알 수가 없는 일이었다. 삼경이 지난 새벽, 갑자기 치솟아오른 불길은 작은 암자를 삽시간에 집어삼키고 무서운 기세로 펄럭거리며 타올랐을 화마의 공포, 산지사방으로 튀는 기왓장 소리, 시뻘건 불길 속에 내뛰고 달아날 수 없는 암자 문전의 깎아지른 죽음의 절벽, 유정은 모든 상황이 머릿속에 그려지면서 불안감이 가중되었다.

'그럴 리가 없다, 그럴 리가……'

유정은 두렵고 불길한 생각을 지우려고 몇 번이나 도리머리를 세차게 내저었다.

열차를 타고 서울에 도착하자 매연과 먼지가 범벅이 되어 더러워진 대기가 후끈, 마치 습기 찬 온실에 들어서듯 혼탁한 열기가 숨길을 컥컥 막는다. 무더운 여름이 다 지나간다는 생각이 들었건만 무더위는 여일하게 기승을 부리고 있었다.

"여기가 어딘가?"

네온사인, 창백한 아크나이트 전광판들이 갑자기 사라진 암흑지대가 만행에 지친 앞길을 가로막고 있었다.

"여기다. 맞아, 여기야."

도심 몇 블록이 폐허로 방치된 재개발구역은 벌써 몇 년째 흉물스럽게 방치되고 있었다. 늦은 밤길에 절집 객실을 찾기보다 유정은 차라리 재개발지역의 빈집이나 허물어진 폐가라도 찾아 머물곤 했다.

"오갈 데 없이 들어 사는 사람들이 아직도 살고 있나 보군."

어둠속의 허물어진 몇몇 폐가와 빈집들 가운데 흐린 불빛이 새어나오고 있었다. 세입자들이 보상비 조금 받아들고 도시의 철새처럼 어디론가 떠났다 다시 돌아온 가난한 주민들이었다.

"보리 녀석은 또 어디 있을까?"

유정은 백구白狗 보리가족을 생각하며 어둡고 울퉁불퉁한 골목길을 천천히 걸어갔다. 보리는 보이지 않았다.

"녀석들을 누가 데려갔나, 잡아먹었나? 아니야, 그럴 리 없어. 잡아먹히진 않았을 거야. 녀석들은 제법 영리하거든."

이곳저곳에 나뒹구는 잡동사니와 건축 폐기물과 쓰레기더미가 예전 그대로 쌓여 있고, 철거되다 남아 있는 주택들은 운좋게도 어둠 속에 검은 유령들처럼 버티고 서 있었다.

우르르르 쾅쾅.

느닷없이 하늘이 무너져 내리는 천둥소리와 함께 시퍼런 번갯불이 번쩍거리고 칠흑의 밤하늘을 가르는 가운데 후두두둑 굵은 빗방울이 떨어지기 시작하는 그때,

"아, 아아악!"

칠흑의 어둠속에서 숨넘어가는 여자의 비명소리가 귓전을 갈기며 전신에 소름을 쫙 끼얹었다. 천둥번개가 연신 지축을 뒤흔들었다.

"사, 사람 살려요!"

여자의 날카로운 비명소리는 거세게 퍼붓는 빗속을 속을 뚫고 다시 들려왔다. 유정은 당황하면서도 두 귀를 곤두세웠다.

"사, 사람을……."

천둥번개가 연신 지축을 뒤흔들었다. 모질음을 쓰던 여자의 비명소리가 갑자기 자지러들고 있었다. 유정은 뭘 생각하고 말 겨를이 없이 비명소리가 들려오는 어둠 속의 폐가를 향해 두 발을 놓고 뛰었다.

"에쿠!"

몇 걸음을 들입다 내뛰던 유정은 잡동사니에 발이 걸려 앞

으로 고꾸라지면서 짊어진 바랑이 머리 위로 훌렁 뒤집혀 굴렀다. 여자의 비명과 신음소리가 귓전으로 계속 흘러들었다. 몸을 일으킨 유정은 코앞도 분간할 수 없는 칠흑의 빗속을 다시 뛰었다. 모질음을 쓰는 여자의 비명소리와 사내의 거친 숨소리가 뒤섞여 들려왔다.

우르르 쾅쾅.

유정은 번쩍거리는 번갯불 속의 가냘픈 비명소리를 가늠하며 폐가 쪽으로 뛰어갔다. 자지러들던 여자의 비명이 숨넘어가는 신음소리로 바뀌다 뚝 멈추면서 사내의 거친 숨소리가 폭풍처럼 한순간 귓전으로 흘러들었다. 휙 하는 바람소리를 꽁무니에 달고 달아나는 사내의 뒷모습이 번갯불 속에 언뜻 비쳤다.

"에쿠!"

칠흑의 폐가로 펄쩍 몸을 던져 뛰어들던 유정은 커다랗게 나뒹구는 물체에 발이 걸리면서 털썩 고꾸라졌다.

우르르 콰쾅쾅.

시커먼 먹물 속에 빠진 듯한 폐가에 시퍼런 번갯불이 물드는 순간이었다.

"이크!"

벌겋게 헐벗고 널브러진 여자를 덮치고 넘어진 유정은 두 눈을 커다랗게 뒤집고 기겁했다.

"여, 여보세요, 여보세요?"

유정은 허둥거리며 어둠 속에 널브러진 사람을 정신없이

흔들었다. 찢긴 옷가지를 걸치고 누워 있는 여자는 죽은 것 처럼 아무런 움직임이 없다.

"여보세요?"

시체같이 뒹굴던 여자의 몸에 미열이 느껴졌다. 살결도 보 드라웠다.

"살았구나!"

유정은 반가웠다.

"여보세요. 정신 차리세요. 정신……."

유정은 여자를 거듭 흔들었다. 어둠 속에 여자를 더듬던 손이 마치 젖은 풀비를 만지듯 미끈거렸다. 순간 싸늘한 전 율이 흘렀다. 냄새, 비리척지근한 냄새가 코끝에 흐렸다. 피, 피비린내였다. 요란한 천둥번개가 다시 칠흑의 어둠을 갈가 리 찢었다.

"허억, 피!"

두 손에 뻘겋게 묻어난 피를 보는 순간 유정은 기겁하여 양쪽 손을 장삼에 문질렀다.

"나무아미타불 관세음보살."

유정은 관음보살의 명호를 부르면서 바랑 속의 손전등을 찾았지만 손에 잡히지 않았다. 어둑한 헛간에 목을 맨 촌로村 老를 살피면서 어딘가에 경황없이 놓아두고 두고 온 것 같았 다.

"여보세요?"

네 활개를 맥없이 축 늘어뜨리고 누워 있는 여자는 아무런 반응을 보이지 아니했다. 뒷문으로 바람처럼 달아난 괴한에게 치명적인 만행을 당한 것이 분명했다. 수묵같이 새까만 어둠이 들어찬 문간으로 비바람이 들이치고 있었다. 유정은 여자의 벌건 알몸에 갈가리 찢겨 흩어진 옷가지를 덮어주었다. 여자는 외상을 입은 것 같지 않았다. 유정은 다 죽어 널브러진 사람부터 살리고 보자고 여자의 불룩 올라온 젖가슴 한복판에 두 손을 가져다 포개 얹고 심폐소생을 시작했다.

"정신을 좀 차리세요?"

번갯불이 여자의 몸뚱이를 시퍼렇게 드러내곤 했다. 유정은 여자의 양쪽 볼을 찰싹찰싹 때리며 정신을 일깨웠다. 여자가 갑자기 두 눈을 홀떡 뒤집어 뜨고 상체를 벌떡 일으켰다.

"으, 으아아악!

여자는 기함하는 소리를 지르면서 황황히 폐가를 뛰쳐나가면서 장대같이 퍼붓는 빗속을 미친 듯이 달려 나갔다.

"사, 사람 살려!"

여자는 그 어떤 소리도 들리지 않는 것처럼 두 손을 활활 내저으면서 억수 같은 빗속을 죽어라고 내달았다. 제정신이 없는 여자를 황급히 뒤쫓아나간 유정은 죽어 넘어졌던 여자가 금세 무슨 기운이 그리도 당차게 내뻗쳐 날랜 종마처럼 펄쩍거리고 사라졌는지 모를 빗속을 망연히 바라보며 혼잣소리를 중얼거렸다.

"살아구나, 허허. 팔팔하게 살았어. 허허허……."

거센 장대비가 고개를 숙이며 비명소리와 피비린내가 요동하던 칠흑의 밤이 조용해지고 있었다.

이튿날 아침, 언제 그렇게 천둥번개가 천지를 뒤흔들며 요란을 떨었나 싶게 둥근 햇덩이가 붉게 떠올라 불볕을 쏟아붓기 시작하고 있었다.

"시멘트 방바닥에 묻어 있는 이 피는 무엇인가?"

벌건 알몸뚱이로 죽은 듯이 널브러졌던 여자는 흉기에 자상을 당한 상처는 분명히 없었다. 상처가 없이 여자의 알몸에 묻어난 피, 자신의 두 손에 묻어난 피의 정체를 유정은 알수가 없었다. 유정은 지난밤 폐가의 거실과 안방, 건넌방을 돌아보았다. 방 안까지 흘러드는 햇빛을 받아 놀빛을 내는 것이 눈에 들어왔다. 목줄이 끊어진 목걸이다. 유정은 누가 버리고 간 것인지 무심히 바랑에 주어 넣고 폐가를 나왔다.

유정은 폐가 밖에 나와 보니 장삼에 묻은 피가 흉측스러웠다. 유정은 헌 플라스틱 바가지에 고인 빗물로 장삼의 묻은 피를 대충 훔쳐냈다. 피 얼룩은 그대로 남아 있었다. 어찌할 도리가 없었다. 유정은 피가 묻은 장삼을 입고 만행을 떠날수는 없었다. 유정은 폐가를 나오면서 지난번에 잠시 머물다 만났던 10대 가출 패밀리들의 아지트를 찾아보았다. 사람들소리가 나던 폐가에는 아무도 없었다.

정각사에서 사나흘 여독을 풀고 난 유정은 난곡스님에게 헌 승복 한 벌을 얻어 입고 나오면서 일주문을 막 벗어날 때

차량 한 대가 시멘트 포장이 된 산길을 쏜살같이 달려 올라
갔다. 발걸음을 멈칫하고 길섶으로 차량을 비켜섰다 천천히
산길을 걸어 내려오는데, 방금 전에 급히 달려 올라가던 차
량이 다시 미끄러져 내려오면서 유정스님의 앞을 가로막고
멈춰 섰다. 차량에선 눈이 불룩하게 튀어나온 사내와 작달막
한 키로 차돌같이 차고 단단하게 생긴 사내가 빠른 발걸음으
로 다가왔다.

"유정스님이죠?"

이마가 민둥하게 벗겨져 눈발이 매우 날카로운 차돌 형사
가 물었다.

"소승이 유정입니다만……."

"경찰서로 좀 함께 가셔야 하겠습니다."

두 형사는 양쪽에서 팔을 꽉 잡아 끼고 다붙었다.

"무슨 일이기에 그러시는지요?"

"경찰서에 가보시면 압니다."

차돌 형사는 유정을 차 안으로 떠밀어 넣었다.

"왜들, 이러십니까?"

유정은 긴장했다. 산길을 내려온 차량은 시가지로 접어들
어 달리고 있었다. 유정은 아무 죄가 없다는 생각을 하면서
도 낯설고 좋지 않은 환경에 빠져 들어가는 두려움에서 벗어
날 수가 없었다. 차량이 경찰서로 들어서자 현관 출입문 앞
에 카메라를 들고 몰려 있던 기자들이 우르르 덤벼들었다.

"이번 사건의 범인이 맞습니까?"

카메라 플래시가 연거푸 터졌다.

"비키세요. 이러지들 말고 비키라니까요."

두 형사는 취재하려고 앞 다퉈 덤벼드는 기자들을 제지했다.

"스님인데 범인이 맞나요?"

"범인이 승복을 입었는데 정말로 스님입니까?"

기자들의 질문이 빗발쳤다.

"비켜요, 비켜. 지금은 아무 것도 말할 수 없어요."

두 형사는 겹겹이 에워싸고 가로막는 기자들을 뚫고 발 빠르게 유정스님을 이끌고 들어갔다.

"여기 좀 앉아 있어요."

조사실이었다. 조용하게 비어 있는 방은 음산한 분위기가 압도했다. 비어 있는 방엔 기름한 책상 하나가 놓여 있었다.

"내가 무슨 죄를 지었다고 막무가내로 잡아온 것입니까?"

유정은 불쾌한 어조로 물었다.

"당신, 중이 맞아?"

두 눈이 불룩한 붕어눈 형사가 물었다.

"승복을 입은 중한테 중이냐고 물으시다니요?"

성직을 가장한 사기꾼에 도둑, 파렴치범들이 워낙 비일비재한 중생사회이다 보니 취조 형사는 아예 그런 부류쯤으로 가증스럽게 치부했다.

"부처님께서 말씀하시기를 괴로움에서 벗어나는 여섯 가지 바라밀 가운데 아무리 곤욕을 당한다 해도 마음을 가볍게

움직이지 아니하고 참고 견디는 인욕바라밀忍辱波羅蜜이라는
게 있습니다. 소승을 아직 그런 수행이 모자라 형사님의 말
씀을 듣기가 심히 거북하군요."

유정은 정색으로 나왔다.

"내 말을 모욕으로 듣는 걸 보니 스님은 스님이신 모양이
군. 그런 스님이 번뇌에 찌들 대로 찌들어 타락한 중생들을
고해苦海에서 구제할 방도는 생각을 하지 않고 여색이나 탐
해서야 쓰겠소?"

형사는 예리한 눈빛으로 거침없이 다그쳤다.

"스님이라고 구분지어 다르게 보지 마시오. 이 중놈도 여
느 사람들과 다를 바 없는 몸으로 사납기는 독사와 같고 원
망스럽기 이를 데 없는 도둑이올시다."

형사의 거북한 말씨에 유정은 심사가 자못 뒤틀렸다.

"이 중놈은 또한 사람이 살지 않는 촌락과 다를 바 없고,
눈 코 귀 감각기관과 바깥 경계가 합해져서 하나로 이루어진
중생이올시다. 그쪽은 모든 사람들을 흉악한 범죄자처럼 의
심의 눈초리로 바라보는 모양이오. 한번 여색에 빠진 사람은
거리의 모든 여자들이 다 자기 여자로 보인다 하지만 이 유
랑걸승의 눈엔 사바 일체 중생들이 모두 다 어리석고 성내고
탐욕에 빠진 번뇌의 얼굴로 보인다오. 유마維摩거사께서 앓
아누워 계신 집에 제자들이 병문안을 갔는데 유마거사가 아
무렇지도 않은 몸으로 병에 걸렸다는 핑계를 대고 자리에 누
워 계시면서 하시는 말씀이, 세상이 병드니 내 몸 또한 병이

들었다 하셨다지요. 소승을 보고 중생구제는 그만두고 여색
이나 탐한다 말씀하시는 걸 보니 요즘 세상 사람들은 누구나
다 그렇게 머리와 가슴이 비고 추악한 안질에라도 걸린 모양
입니다."

유정은 모처럼 법문을 설하듯 말했다.

"이 사람은 설법을 들을 시간이 없이 바쁜 몸이니, 다른 소
린 하지 말고 묻는 말에나 대답하시오."

눈이 불룩하게 내밀린 붕어눈 형사는 두덕두덕하니 살집
이 좋은 얼굴에 회심會心의 미소를 지으며 책상에 후진 핸드
폰 하나를 꺼내놓았다.

"이 핸드폰은 사건현장 집 앞 골목에서 주운 것인데 스님
것이 맞지요?"

붕어눈 형사는 말을 던지면서 넌지시 반응을 엿보았다.

"내 핸드폰이 왜 거기……?"

유정은 그제야 바랑을 뒤져보면서 핸드폰이 없어진 것을
알았다.

"그 핸드폰은 통화정지가 돼서 사용할 수 없는 것입니다."

유정은 정각사를 떠난 이후 수행자에게 번거로운 통신수
단이 도움이 되지도 않으려니와 별다른 수입원이 없는 승려
에겐 월간 사용료도 부담스러워 사용하지 않아 통화정지가
된 핸드폰이었다.

"스님 것이 맞긴 맞는군요."

"며칠 전 재개발지역 폐가에 머물 때 잃어버렸던 모양이군

요. 몹시 어둔 밤길이라 몇 번 넘어지기도 했거든요."

유정은 당시 경황없던 상황을 가늠하면서 말했다. 깐깐한 차돌 형사가 밖에서 골판지상자 하나를 들고 들어왔다.

"우리가 조금만 늦었어도 이 땡추를 놓칠 뻔했지."

차돌 형사는 골판지상자를 열어 승복 한 벌을 꺼내 놓았다.

"거리에 나가면 아랫도릴 별로 입은 게 없이 날 잡아먹으라는 것처럼 싱싱한 허벅지를 발랑발랑 까고 돌아다니는 것들이 지천인데 산속의 중들이라고 홍두깨처럼 벌떡거리는 물건 바지 속에 붙잡아 매놓고 살라는 법이 없지."

"아무리 굶주렸어도 정도껏 했어야지, 여자를 온통 피투성이로 만들어 놓고 인정사정없이 짓뭉개 놓을 게 뭐냐구."

두 형사는 번갈아가며 신랄한 야유와 비난을 퍼부었다.

"무슨 말씀들을 그리 험악하게 하시는지요. 소승은 전혀 그런 일이 없습니다."

당혹한 유정은 형사의 취조에 민감하게 반응했다.

"이 옷이 그날 밤 당신이 입고 있던 승복이 맞죠? 피 묻은 데를 지르잡아 대충 빤 것 같은데 피가 얼룩진 흔적이 그대로 남아 있어요. 모든 검사를 국립과학수사연구소에 의뢰해 놓았으니까 곧 진실이 밝혀질 겁니다. 저항하는 여자의 목을 누른 흔적까지 모든 정황과 증거가 분명합니다. 이런저런 소리 횡설수설 머릿살 어지럽게 늘어놓지 말고 자백을 하세요."

"조금 더 조사를 해보시오. 그러면 소승이 저지른 범죄가 아니라는 것을 아실 것이오."

"요즘 아무리 교회에 예수가 없고, 절간에 부처가 없이 성
직자들이 타락을 했다고 해도 그처럼 굶주린 산짐승처럼 야
만적인 만행을 저지른 자는 없을 거요."

두 형사는 핸드폰과 피 묻은 승복을 증거로 강도치상에 성
폭행 범인으로 몰아가고 있었다.

"이 몸은 마치 물과 같아서 잡을 수가 없고, 물거품과 같아
서 오래도록 지탱할 수가 없소이다. 이 몸은 불꽃과 같아서
매우 사랑한 갈애(渴愛:목 마를 때 물을 사랑하듯 범부가 5욕欲에 탐
착함을 말함)로부터 생겨난 것이며 파초와 같아서 속에 견고한
것이 아무 것도 없소이다. 이 몸은 속이 텅 비어 아무 것도
없습니다, 나와 나의 소유를 얻을 수 없기 때문입니다. 항차
이치가 그러한데 어찌 남의 귀한 물건을 탐하고, 여자의 몸
을 즐거이 탐닉하겠소이까. 나무관세음보살."

유정은 유마거사의 방편품 일부를 인용하였다.

"배부르게 먹고 살 만한 나라가 되니 모두 저 잘난 세상이
되고, 갈수록 어처구니없는 범죄가 늘어나면서 뻔질뻔질한
얼굴을 들고 말마디께나 팔아먹고 사는 사람들은 하나같이
속이 시꺼먼 까마귀 종자들이더이다. 그렇지 않고서야 어떻게
시도 때도 없이 양의 탈을 쓴 자들의 포악하고 사악한 범죄
가 날이면 날마다 꼬리에 꼬리를 물고 일어날 수가 있어요."

이마가 민틋하게 벗겨진 붕어눈 형사는 존댓말과 반말을
슬금슬금 바꿔가며 인격과 자존심을 걸레조각처럼 깔아뭉개

고 있었다.

"모두 다들 돈 때문이지요."

유정은 한숨으로 말했다.

"당신, 그 여자한테서 빼앗은 돈 어디에 숨겨 놓았어?"

차돌 형사가 고함을 질렀다.

"돈이라니요?"

유정은 처음 듣는 소리에 기가 막힌 헛웃음을 지었다.

"스님이라서 최소한 기본 양심은 가지고 있을 줄 알았는데, 완전히 사기꾼이잖아."

"……?"

유정은 두 눈을 질근 감았다.

"묵비권인가? 천둥번개에 소나기를 요란하게 퍼붓던 날밤 어떤 여자가 벌거벗은 알몸으로 돌아다닌다는 주민신고를 받고 우리가 출동해 보니까 진짜 다 찢어진 옷가지를 겨우 걸치고 차도에 뛰어든 여자 하나가 양 방향 차량들의 빵빵거리는 클랙슨 소리와 전조등 불빛에 정신을 못 차리고 망아지처럼 이리 뛰고 저리 뛰는 일대 소동이 벌어졌더란 말이야. 간신히 여자를 붙잡고 보니 생각했던 것처럼 미친 여자가 아니더란 말이야. 벌거벗은 알몸뚱이나 다름없는 그 여자에게 급하게 남자셔츠라도 입혀서 진정시키는데 어디에서 얼마나 무섭게 겁탈을 당하다 뛰어나왔는지 부들부들 떨기만 할 뿐 무슨 말을 못하더란 말이지. 정신이상이 있는 환잔가 싶어 병원에도 데리고 가봤더니 무슨 충격을 받아 그렇다면서 별다른 이상이 없다고 하잖겠어. 그래서 그냥 집으로 돌려보내고 말았지. 그런데 오늘 아침 그 여자가 경찰서로 찾아온 거야. 엊그제 밤에 노상강도에게 무자비한 성폭행을 당했다면서 신고를 한 거야."

"그 여자의 진술은 사실일 것입니다."

유정은 그날 밤 일을 상기했다.

"뭐라구?"

형사는 뜻밖인 것처럼 놀랍게 물었다.

"범죄를 순순히 인정하시는 거요?"

형사는 떡 벌어진 입으로 반색했다.

"소승이 범죄를 인정하다니요?"

유정은 펄쩍 뛰었다.

"소승은 지금 그 여자분이 겪은 일을 사실 그대로 인정해 드리는 것입니다."

"이 땡추가 지금 무슨 말을 손바닥 뒤집듯 하고 있는 거야?"

진술이 정반대로 뒤집히자 붕어눈 형사는 싸늘한 면상으로 버럭 소릴 질렀다.

"소승은 다만 그 여자분이 겪은 사건이 사실이라도 인정해 드린 것뿐입니다."

"그게 그 소리 아냐?"

"아니지요, 아니고 말구요. 소승은 그날 밤 다 죽어가는 여자의 비명소리를 듣고 어둔 골목의 폐가에 뛰어 들어가 겪은 일이 있기에 그 여자의 진술이 옳다고 말씀드린 것뿐입니다."

"이렇게 뻔뻔한 스님을 봤나. 영락없이 참기름통의 미꾸라지 같군."

형사는 허공에 기가 차는 실소를 날렸다.

"애길 잘 들어봐요. 우리가 현장 조사를 나가보니까 다른 곳이 아니라 가뜩이나 부랑자와 십대 가출 청소년들이 혼숙하면서 절도와 원조성매매에 시도 때도 없이 크고 작은 폭력 사건으로 골 때리는 재개발지역 우범지대더란 말이야. 그래서 우린 처음엔 틀림없이 불량한 애놈들의 소행이다 생각했는데 폐가 바닥에 핏자국이 남아 있고, 건넌방엔 보나마나 떠돌이 부랑자겠지만 잠을 자고 나간 자리가 보이더란 말이야. 그 폐가 주방 뒤쪽에서 여자의 핑크색 손가방이 떨어져 있구. 폐가 앞 골목에서 주은 당신의 핸드폰 배터리를 충전해서 전화를 걸어 확인해 보니 정각사라는 절에 오래 머문 것 같더군. 우리가 오늘 절을 찾아갔을 때도 한 발만 늦었더라면 일정한 거처 없이 떠돌아다니는 당신을 놓칠 뻔했지. 이 피 묻은 승복은 절간 요사체 세탁기에서 찾아낸 거구. 그래도 말재주를 부리며 발뺌을 할 텐가?"

붕어눈 형사의 우둥퉁한 얼굴에 희심의 미소가 떠올랐다.

"……."

유정은 잠시 할 말을 잃었다.

"스님이 그런 우범지역을 왜 들어갔소?"

온전한 승려라면 물도 전기도 없고 일반 주민조차 살지 않는 재개발지역의 우범지대 폐가를 찾아들어갈 까닭이 없다고 형사는 생각했다.

"밤길이 늦어 이슬이나 피해 유숙할 곳을 찾다보니 그곳을 가게 되었지요."

"거긴 부랑자와 범죄자, 불량 청소년, 가출팸들이 조직을 만들어 학생들의 돈을 갈취하고 취객털이 절도에 성매매까지 하면서 조직폭력배의 하부 조직원 노릇을 하고 있어요. 게다가 노숙자들까지 모여들어 술판을 벌이고 싸우며 살인까지 일어나는 곳입니다."

차돌 형사는 두드러진 입매로 강조했다. 유정은 물론 처음 들어보는 소리가 아니었다.

"아직 미숙한 아이들에게 그런 낙인을 찍지 않는 것이 좋습니다. 씻어내기 어렵게 욕된 평판을 불 인두로 지지듯 찍어놓으면 되겠는지요. 그 아이들을 조금만 관심을 가지고 들여다보면 순진한 열정이 가득 차 있는 것을 알게 됩니다. 그 아이들의 순진한 열정을 모질게 억압하면 사나운 불만이 싹트고 드센 반항으로 나오지 않겠는지요. 소승은 그 아이들을 마구 잡도리하기보다 순진한 열정과 꿈을 마음껏 펼칠 수 있도록 도와주는 것이 좋다고 생각합니다."

"우리 경찰한테 들으라고 하는 소리 같은데, 그 아이들 기성인 뺨치는 사기와 온갖 비행을 알면 스님이라도 그런 말을 쉽게 못할 거요. 눈빛만 조금 거슬리게 쳐다봐도 다짜고짜

폭력을 휘두르고 나오는 새끼들이니까요. 아시겠소, 땡추양
반?"

자리를 바꿔 앉은 차돌 형사는 듣기가 거북했는지 대차게
쏘아붙였다.

"형편이 오죽하면 황폐한 주택가에서 하루살이 인생처럼
비행을 저지르며 살겠는지요."

"엉뚱한 소리 그만 늘어놓고 진술이나 똑바로 하세요."

차돌 형사는 말을 자르면서 잠시 끊고 있던 취조를 계속했
다.

"말씀드렸듯이 소승은 그 여자의 사건에 뛰어들어 당혹스
럽게 겪은 일이긴 하지만 범인은 아니오."

"자꾸 부인하고 발뺌만 한다고 끝나는 게 아닙니다. 그런
것은 아실만 하잖소?"

"소승은 만행으로 서울에 올라와 늦은 밤길이었어요. 지난
해도 한 차례 그곳에서 하룻밤을 머물고 간 적이 있어서 다
시 그 폐가를 찾아가던 중이었어요. 이번엔 여름 무더위도
한 고비 꺾일 때가 되었건만 그날은 유난히 푹푹 찌는 무더
위에 대기까지 불안정해서 천둥번개가 무척 요란했어요. 날
씨가 그렇게 사나운 밤길을 가는데 갑자기 어디선가 비명소
리가 들려오는데 등골이 다 오싹하더군요. 아무튼 사람이 가
까이 죽어 가는데 나만 살자고 아무 소리도 못 들은 척 도망
칠 수는 없는 일이었지요. 게다가 명색이 중생구제에 나선
중이 말입니다. 우선 죽어가는 사람부터 살려야 한다는 생각

에 여자의 비명소리가 들려오는 폐가 쪽으로 뛰어갔지요. 어
둔 골목길에서 아마 서너 번은 넘어졌을 거예요. 그렇게 어
둠 속을 사뭇 달려가 폐가로 펄쩍 뛰어드는데 뭔가 물컹하고
발에 걸리지 않겠어요. 소승은 그때 그만 어둔 방구석으로
털썩 고꾸라지고 말았지요. 그리고 번갯불이 시퍼렇게 번쩍
거리는데 소승이 벌거벗고 누운 여자를 덮치고 넘어진 것이
아니겠어요. 손에 또 뭔가 미끈거리는 것이 묻어 비릿한 냄
새가 나는데 비로소 피라는 것을 알았구요. 맹세코 말씀드리
지만 그것이 전부입니다."

유정은 사실 그대로 진술했다.

"머리를 깎은 중이라고 해도 사내는 사내지."

"무슨 말씀이오?"

"벌거벗고 누운 여자를 덮치고 싶은 남자의 본능적인 욕망
을 과연 다스릴 수 있을까요? 남자라면 억제할 수 없는 본능
적 충동인데 말이오."

"소승이 그 여자를 성폭행했다는 건가요?"

"얼마든지 그럴 수 있다는 것입니다."

"믿어달라고 강제하지는 않겠습니다만 소승은 그때 오직
가냘프게 죽어가는 여자를 살려야 한다는 생각밖에 없었습
니다."

유정은 범죄를 끝까지 부인했다.

"이봐요, 서종우씨. 당신 절도전과도 있잖아?"

형사는 이미 뒷조사를 해온 속명俗名으로 나왔다.

"그게 이 사건과 무슨 상관이 있는지요?"

유정은 응수를 하면서도 속마음이 불안했다.

"절도전과는 인정하는군."

"이 자는 중이 아니라 상습절도범이야."

차돌 형사는 매섭게 닦달했다.

"소승은 남의 물건을 훔쳐서 사익을 취한 일은 한 번도 없습니다."

"부처님 앞에 놓인 불전함을 털었잖아요?"

"……?"

"왜 말을 못해? 그 사건은 주지의 간곡한 요청에 따라 절간 자체의 일로 끝나버렸지만 이번 노상강도 성폭행사건은 달라. 그거 알겠어?"

"그, 그건……."

유정은 순간적으로 당황했다. 한번은 도봉산 K사찰에서 동안거가 끝나자 정진에 무리했던 탓인지 몸이 안 좋아 며칠 더 사찰에 남아 병원을 다녀온 뒤 대웅전을 막 들어서는데, 한 젊은 보살이 흠칫 놀라면서 힘겨운 몸을 내던지듯 마룻바닥에 털썩 주저앉았다.

"이년이 죽을죄를 지었습니다."

만삭의 배를 무겁게 끌어안은 젊은 아기엄마가 불전함을 물러나 앉으면서 눈물을 푹 쏟았다. 젊은 아기엄마는 며칠 전 병원에서 돌아올 때 절에 찾아오는 것을 본 적이 있었다.

"잘못했습니다. 용서해주십시오."

눈물을 철철 흘리며 앞으로 내미는 젊은 아기엄마의 손엔 꼬깃거리는 파란 만 원짜리 지폐 한 장이 들려 있다.

"아닙니다, 보살님, 이 불전함의 돈은 부처님이 드리는 것입니다."

유정은 아무 것도 보지 않은 것처럼 마룻바닥에 떨어진 접착제가 묻은 철사도막을 감추면서 차디찬 마룻바닥에 눈물, 콧물이 범벅이 되어 칭얼거리는 어린 것을 안았다.

"이년은 악도에 떨어져 벌을 받을 것입니다."

젊은 아기엄마는 눈물을 펑펑 쏟으며 죽고 싶은 것처럼 사죄했다. 유정은 젊은 아기엄마의 정경이 너무도 딱하고 가여워 눈을 뜨고 바라보지 못했다.

"불자님들이 불전함에 보시한 시줏돈은 늙고 병들고 세상살이가 힘든 중생들에게 쓰라는 것입니다. 생활이 퍽이나 어려우신 모양인데 몇 푼 안 되더라도 부처님께서 드리는 것이니 아무 생각 말고 가져다 생활에 보태 쓰십시오."

"고맙습니다, 스님. 날품 공사판에서 다친 애기 아빠가 일년이 넘도록 병석에 누워 아무런 일도 못하고 해서 그만 못된 짓을……."

젊은 아기엄마는 솟구치는 눈물을 훔치며 말미를 흐렸다.

"어린 것이 춥고 배가 고픈 모양입니다. 어서 일어나시지요."

유정은 그때 그렇게 아무 것도 보지 않은 듯이 대웅전을 나왔다.

"그 불전함의 돈은 소승이 아니라 어느 스님이었다고 해도 그 젊은 아기엄마의 손에 따뜻한 마음으로 쥐어주었을 것입니다."

"불전함 절취사건이야 절간 자체의 일로 수습이 되었었다고 해도 이번 노상강도 성폭행 사건은 불교계를 발칵 뒤집어 놓고도 남겠소이다. 이젠 그 쓸데없는 소리 그만하고 모두 다 털어 봐요."

"아무리 가짜 스님이라고 해도 그렇지, 남의 돈이 그렇게 탐나고 아랫도리 물건이 분별을 모르고 벌떡거리면 사창가라도 찾아갈 것이지, 어쩌자고 그런 흉악한 짓을 저지른 거요."

차돌 형사는 난폭한 비난을 퍼부었다.

"아니오, 소승은 절대로 아니올시다!"

노상강도, 성폭행, 불전함 절취, 줄줄이 따라붙는 가혹한 죄목들을 감당할 수 없이 유정은 고개를 절레절레 내저으며 소리쳤다.

"서종우씨? 아무리 땡추스님이라도 양심은 있을 거 아니오?"

"사람이 죽어가는 비명소리를 듣고 뛰어든 소승을 이렇듯 죽자구나 앞뒤 없이 때려잡아도 되는 겁니까?"

유정은 아비지옥으로 굴러떨어지는 기분이었다.

"얄궂은 속세가 소승을 부처로 만드는구려. 옴 스마라 비마나 스카라 마하자야 훔."

유정은 눈을 지그시 내리감고 삼천대천세계 미진수겁微塵數劫의 십악오역十惡五逆과 육십오만 억겁의 죄가 모두 소멸한다는 비로자나 총귀진언을 암송하였다.

"그날 밤 당신이 성폭행한 그 여자는 지방에서 교회 목회를 하고 있는 목사님의 딸이야. 지난 연초 서울에 올라와 다니던 대학에 다시 복학을 하려고 아르바이트를 하던 여자라구. 그런 여자를 노상 납치해서 돈을 빼앗는 것도 모자라 성폭행까지 저질러야 되겠어?"

차돌 형사는 주먹으로 책상을 꽝 내려치며 고함을 질렀다.

"다 죽어가는 여자를 어렵게 살려놓으니 노상강도가 되고 추악한 성폭행범이 되었으니 정말로 답답한 사람은 소승 쪽이오이다."

유정은 세상에 이런 난경이 또 있을까 싶었다.

"잡아뗀다고 벗어날 범죄가 아니야. 그 여자는 그날이 바로 월급날이었어. 직장 동료들과 함께 회식을 하면서 마실 줄을 모르는 술을 몇 잔 마신 모양인데, 다른 때 같았으면 평소처럼 밝은 길로 돌아왔을 텐데 그날따라 무슨 용기가 알량하게 뻗쳤는지 재발지역 갓길로 빨리 걸어가고 있는데 누가 느닷없이 뒤에서 달려들어 손으로 입을 꽉 틀어막고 돌아보면 죽인다면서 깜깜한 재개발지역 폐가골목으로 끌고 들어가더라는 거야. 숨 막히는 무더위가 푹푹 찌는 밤길은 또 얼마나 깜깜한지 코앞도 분간 못 하겠더라는 거야. 마치 사자에게 등덜미를 물려가듯 악센 덜미잡이로 끌려들어간 폐가에서 목숨만 살려달라고 애원했지만 괴한은 미친 짐승처럼 무자비하게 덮치고 나오더라는 거야. 얇은 옷가지를 갈가리 찢어발긴 괴한을 거친 숨소리를 쉭쉭거리며 저하고 싶은 대로 실컷 욕망을 채우더라는구면. 그 여자는 죽도록 악을 쓰고 저항하다 끝내 휘두르는 주먹을 얻어맞고 실신한 거지. 그 괴한이 도대체 누구였겠나?"

"그랬군요. 소승은 그 집으로 막 뛰어들 때 바람처럼 달아나는 사람을 본 기억이 조금 납니다."

유정은 칠흑 같은 어둠 속에 휑한 뒷문간으로 한 무더기 바람처럼 휙 하는 소리로 사라지던 괴한의 뒷모습을 어렴풋이 기억하고 있었다.

"그 괴한이 바로 당신인데 보긴 누가 누굴 봐?"

"그 여자를 유린한 괴한이 분명히 있었소. 그가 바로 그 여자의 돈을 빼앗고 강간한 진짜 범인이오."

"칠흑 같은 밤 소나기가 억수로 퍼붓는 빗속에 범인이 달아나는 것을 봤다구? 그 말을 지금 나한테 믿으라는 것이오? 그 괴한의 뒷모습이 어떻게 생겼던가요? 키는 몇 센티미터쯤 되구?"

"너무 어둡고 장대 같은 소나기까지 거세게 퍼붓고 있어서……."

범인의 실체를 확실히 보지 못한 유정은 거기에서 더 말을 잇지 못하였다.

"모자 같은 건 안 썼던가. 모자를 쓴 걸 봤으면 그게 무슨 모자던가?"

형사는 소나기처럼 다그쳤다.

"번개불빛 속에 순간적으로 드러났던 범인의 뒷모습, 구붓한 등짝 정도가 어렴풋이 기억될 뿐, 그 이상 소승은 더 알 수가 없군요."

"지능적으로 말을 잘도 꾸며내는데 그런 진술은 증거로 삼을 수도 없고 당신이 범인 아니라는 증거도 될 수가 없소. 범인은 바로 땡추 당신이야. 분명한 사실 한 가지를 말해 줄까."

"소승이 범인이라는 증거가 있다구요? 당치않습니다."

"과연 그럴까? 그 여자가 확실한 증거 하나를 기억하고 있더군. 그 여자의 손에 매끄러운 감각이 남아 있은 기억, 그건 바로 당신의 매끈한 중머리였지. 그리고 그 여자가 정신이 깨어날 때 순간적으로 번갯불에 비친 당신의 둥글고 매끈한 중의 머리."

차돌 형사는 여자의 진술 그대로 들이대었다.

"물론 그 여자가 눈을 번쩍 뜨고 정신이 깨어나던 순간의 기억을 할 수도 있겠지요. 하지만 그것은 그 여자를 무참히 유린하던 괴한의 기억이 아니라 그 뒤의 소승에 대한 기억이겠지요."

"달아난 괴한은 처음부터 없었소. 그 괴한은 당신이 꾸며낸 거야. 당신이 그 여자를 유린한 괴한이고 진범이란 말이야."

"아닙니다, 아니에요."

유정은 어떤 증명도 할 수가 없었다.

"그 여자는 생리 중이었어. 다른 사람보다 그 양이 많고 생리기간이 길다고 하더만."

"그렇다면 소승의 손과 승복에 묻은 피는 그 여자의 피였군요."

그제야 유정은 손과 장삼에 묻었던 피의 정체를 알았다.

"하필 생리 때 거친 난교를 했는지 그 여자는 음부가 심하게 파열해서 피가 낭자했더란 말이야. 그건 병원에서 확인했지."

"말씀을 듣고 보니 소승이 그날 밤 뒷문간으로 바람처럼 달아나던 괴한을 본 것은 분명하군요. 그렇다면 여자의 몸에 남은 남자의 체액을 확인해 보면 정확한 범인을 알 수 있겠군요."

"그야 그럴 수도 있겠지. 하지만 그 여자는 머리털이 없이 매끈한 중머리라는 걸 분명히 기억하고 있더군. 그 여자의 몸에 남은 체액을 채취해서 검사를 해보면 물론 좋겠지만 죽을 고비에서 살아난 그 여자는 충격이 너무 크고 당황한 나머지 흉측하고 더러운 생각까지 함께 씻어낼 생각에 생리 중인데도 오랜 샤워를 하면서 살 껍질이 벗겨지도록 몇 번씩이나 문지르고 씻어냈는지 모른다더군. 성직자 아버지 밑에서 조신하고 순박하게 자란 그 여자로 봐선 얼마든지 그러고도 남을 수 있는 일이지."

"계획적인 괴한의 계획적인 범행이었다면 콘돔을 썼을 수도 있었겠군요."

유정은 범인이 충분히 그러고도 남으리란 생각을 했다.

"내가 할 말을 당신이 하는군. 그래, 사용한 콘돔을 어디에 버렸소?"

형사는 냉큼 말꼬리를 잡았다.

"소승에게 묻는 것이오?"

유정은 얼없는 표정으로 되물었다.

"분명히 말하지만 그 여잔 매끈한 중머리를 확실히 기억하고 있었소."

밖에서 들어와 지켜보던 붕어눈 형사가 부리부리하게 생긴 두 눈을 부라리며 소리쳤다.

"소승의 서툰 심폐소생술에 두 눈을 홀떡 뒤집고 살아나던 그 여자가 순간적으로 미끈한 중머리를 보았을 수도 있겠군요."

유정은 그 여자가 두 눈을 커다랗게 뒤집고 상체를 발딱 일으켜 세우던 순간을 다시 상기해 보았다.

"신神의 목도 매달 수 있는 치사하고 더러운 요물이 무엇인 줄 아시오?"

붕어눈 형사는 감정 조절을 하듯 존칭을 쓰며 물었다.

"글쎄올시다."

"돈이지요. 때론 사람의 양심이고 뭐고 얼마든지 뚝 떼서 개한테 던져 줄 수 있는 것이기도 하구."

"소승이 금전에 눈이 멀었다는 소리로 들리는군요."

"그렇소. 자본주의 사회에선 돈이 하느님이지요."

"요즘 중생사회를 돌이켜보면 얼마든지 그렇기도 하겠군요."

유정은 갑자기 마음이 쓸쓸했다.

"한 가지만 더 물어보지요. 수행이 무엇입니까?"

붕어눈 형사는 정색을 하고 물었다.

"인간적인 욕망에서 해방되는 것이지요."

하나의 의혹에서 시작되는 자기 성찰과 정신단련, 상대적인 행복에서 해방되어 살아있다는 것 자체에 만족감을 얻을 수 있는 절대 행복의 상태를 추구하는 따위를 유정은 덧붙이지 않았다.

"본능이란 무엇이구요?"

붕어눈 형사는 다른 것을 물었다.

"인간이 세상에 태어나면서부터 이미 갖추고 있는 본질이지요."

"그렇군요. 돈이 절대의 신이요, 인간의 양심을 얼마든지 저버릴 수 있는 것이라고 하면 인간의 본능은 수행을 지배하고 이성을 뛰어넘는다고 보는데 어떤가요?"

붕어눈 형사는 수행승의 세계를 깊게 파고들었다.

"경우에 따라 그렇기도 하고 그렇지 아니할 수도 있겠지요."

"남자의 본능적인 욕망은 얼마든지 수행과 정신단련으로 인간적인 욕망에서 자유로이 해방이 될 수 있다 하더라도 조금도 감정에 치우치지 않고 냉철한 이성을 뛰어넘지 못할 수도 있겠군요."

수행과 이성이 지배할 수 없는 본능과 욕망의 상관관계를 유도심문으로 이끌어내는 형사의 덫에 걸려든 유정은 내심 떨떠름한 기분을 떨쳐버릴 수가 없었다.

"감옥에 들어가거든 수행을 잘하고 나오시오."

취조를 끝낸 형사는 마지막 말을 던졌다.

교도소는 또 다른 하나의 세상이었다. 유정은 입방 첫날 뺑기통으로 불리는 화장실 옆 자리 배치를 받아 감옥생활을 시작하면서 대충 입방신고라는 것을 마쳤다.

"제대로 한번 써먹지도 못한 물건을 허물을 갓 벗은 물렁게에게 물려 악살을 맞았군."

도박으로 들어와 출감을 앞두고 있는 수형자가 말했다.

"땡추 말대로 시뻘건 피 감탕이 되어 누워 자빠졌다 번갯불에 개 뛰듯 두 눈을 홀렁 까뒤집고 내뛴 년은 제정신이 들자 진짜 초식初食의 맛깔스런 입맛을 보고 바람처럼 사라진 놈의 걸쭉한 미음을 말끔히 씻어냈을 거구, 그년의 피가 얼룩진 승복이 증거로 채택되어 꼼짝달싹 못하고 걸려들었다 그거로군."

"생둥이 년들은 초식을 당하고 나면 징그러운 환상에 사로잡혀 살가죽에 피가 나도록 문질러 한 꺼풀을 벗겨낸다고 하지."

수형자 두 명이 한마디씩 던진 말은 비교적 정확한 것이었다.

"야, 땡추. 이 방에선 방장님이 부처님이야. 알겠어?"

중고참 하나가 말했다.

"……?"

유정은 결가부좌를 틀고 말없이 앉아 있었다.

"이새끼야, 귓구멍이 막혔어?"

수형자들이 킬킬거리고 웃었다. 묵묵히 결가부좌를 틀고 앉아 있던 유정은 자리에서 일어나 방장 앞에 두 손을 들어 합장하고 무릎을 꺾으며 이마를 방바닥에 붙이는 오체투지를 했다. 방장은 마치도 석가모니가 보리수 밑에서 사사로움私을 깨뜨리고 성도한 수인(手印:모든 불보살의 깨달음과 서원을 손 모양으로 나타낸 것) 부처 모습으로 허리를 곧게 세운 앉음새가 자못 위엄스럽다.

"방장님, 양 손의 손가락은 부처님의 천상천하 유아독존 있잖아요."

절도죄로 들어온 수형자가 방장의 손가락 모양새를 바로 잡아 주었다. 방장은 살인죄로 들어온 사형수였다. 방장은 사형수가 되기 전 외항선원이었다. 그는 수 년 동안 고기잡이 원양어선을 타고 머나먼 난바다를 떠돌다 고향에 돌아왔다. 고향 집엔 형수兄嫂와 일찍 사별하고 혼자 살던 형님마저 지병(간암)으로 죽고 어린 조카만 남아 있었다. 밭 한 뙈기를 일궈 형님이 살아가던 야산은 외지인에게 팔린 뒤 지방 산업단지로 개발이 되어 지가地價가 수 억 원을 호가하고 있었다.

"촌놈은 이래저래 알거지로 살라는 팔자로군."

한심한 생각에 담배를 피워 물고 앉아 있는데 텔레비전에서 장관 임명 동의를 위한 국회청문회가 열리고 있었다.

"저, 저놈이!"

부동산 중개인을 끼고 야산을 헐값에 사들인 외지인이 바로 장관이 되겠다고 청문회에 나온 인사였다. 부부가 소유하고 있는 부동산이 자그마치 강남의 고가 아파트 10여 채에 전국 도처에 산재한 농지와 야산이 무려 25만 평이나 되었다. 장관이 되겠다고 번듯한 상판을 들고 나타난 자의 부패가 상상을 초월했다.

"세상천지 저런 죽일 놈이 다 있나!"

그는 치를 떨며 자리를 박차고 일어났다.

"저런 놈이 경제부처의 수장이 되었다간 나라 살림이 완전히 거덜나게 생겼구나."

그는 하도 기가 막혀 딱 벌어진 입을 좀체 다물지 못했다. 탐욕에 빠진 고위관리를 그대로 놓아두었다간 선량하게 피땀을 흘리는 국민들이 애꿎게 허덕지덕 도탄에 빠지고, 도적놈의 노예가 될 것 같은 생각이 들자 그는 도저히 잠을 이룰수가 없었다. 그리고 달포가 지난 후 나라에는 떠들썩한 연쇄살인사건이 일어난 것이다.

그는 가장 먼저 면식이 있는 읍내 부동산중개인의 목을 비틀어 죽였고, 흡혈귀같이 피도 눈물도 없는 ○○장관 마누라의 심장을 갈가리 찢어 난도질했으며, 장관의 머리통이 도끼에 박살이 나버린 것이었다. 세상 사람들은 장씨를 잔인한

살인마라 불렀다. 신문 방송은 잔인무도한 사이코패스라고
대서특필했다. 그는 자신의 몸과 마음은 가장 건강한 대한민
국의 국민이요, 쇠털만큼도 양심의 가책이나 죄의식 따위를
전혀 느끼지 않는다고 소리쳤다.

"그건 방장이 잘못하셨소."

왕고참이 말했다.

"늬 새끼는 똥물에 튀겨도 시원찮을 놈의 더러운 밑구멍이
나 빨고 살아라."

다람쥐로 불리는 수형자가 쏘아붙였다. 불룩 튀어나와 반
들거리는 그의 두 눈알을 보면 영락없는 다람쥐였다. 그는
전문 절도범이었다. 그들 2인조에겐 첨단경비시설도 쓸모가
없었다. 그들은 길거리가 텅 빈 밤길에 승용차를 노변에 세
워 놓고 금은방이든 핸드폰 가게든 절단기와 쇠망치로 덧문
셔터를 때려부순 뒤 유리창을 박살내고 들어가 귀금속을 싹
쓸이 하는 데 단 1분이 채 걸리지 아니했다. 사설경비원들이
도난경보를 듣고 불줄기가 찢어지게 달려와도 3분이 넘었으
므로 그들은 유유히 현장을 벗어났다.

"번개 같은 놈들이 어쩌다 달려 들어왔누?"

왕고참이 물었다.

"잔나비(원숭이)도 나무에서 떨어진다고 하잖수. 재수 옴 붙
으려니까 그날따라 하필이면 핸드폰 아울렛 가게 안에 한 놈
이 자빠져 자고 있더란 말이우. 매장이 큰 가겐데 갑자기 매
장 뒷벽의 방문이 쿵 열리더니 이놈이 죽으면 말자고 미친

황소새끼처럼 뛰어들질 않겠수."

"그래서 산통이 깨진 거로군."

고리사채업자 수금원 노릇하다 들어온 풋주먹이 끼어들었다.

"놈이 소릴 지르고 덤벼드는 깡을 보니 발딱거리는 심장 칼을 맞지 않으면 장도리에 대갈통이 박살나 뒈지겠다는 건데, 가게를 털진 못할망정 사람을 해치지 말자는 게 우리 신조信條였잖겠수. 그래서 칼 따윈 아예 가지고 다니지도 않는데 쇠망치, 장도릴 섣부르게 휘둘렀다가 평생 빵간 신세를 지며 인생 싹 조질 거 없잖겠수. 그런데 새끼가 악센 줄통을 뽑고 나오더란 말이우. 그래서 별 수 없이 강도로 돌변하고 말았수다. 하아 참, 암튼 그 하마 같은 덩치에 딱 질려버리고 말았수. 육중한 절단기로 대갈통을 한 대 후려갈겼더니 퍽 하고 생박이 터지는 소리가 나는데, 새끼가 끄떡도 하지 않고 피를 줄줄 뒤집어쓰고 덤벼드는데 진짜 감당 못하겠더라구. 게다가 새끼가 유도를 했는지, 합기도를 배웠는지 참말로 더러워서. 나는 결국 놈에게 엎어치기를 당하고 짓눌린 멱통으로 꼼짝 못하고 캑캑거리다 달려온 경비원들에게 엮이고 말았수다."

다람쥐는 제대로 임자를 만난 악살을 솔직히 털어놓았다.

"생명이 귀하다지만 죽어야 할 놈은 반드시 죽어야지."

다람쥐의 이야기 말미에 연쇄살인범으로 사형수가 된 방장이 다시 입을 열었다.

"고위관직에 거드름을 피우며 올라앉아 악취가 풀풀 풍기는 시궁창 쥐새끼 같은 놈들은 고위직 권력을 이용해서 재산을 긁어모으고 사익을 챙기며 부정한 비리를 저지르다 도끼에 머리통이 박살나 피를 붉게 뒤집어쓰고 뒈져서도 하얀 국화꽃에 파묻혀 무궁화훈장을 받는 애국자가 되더라 말이야."

방장은 지금 돌이켜 생각해도 목구멍이 찢어질 것 같은 비애를 씹어삼켰다.

"사기를 치든 도둑질이든 일단 뭉칫돈을 금고에 챙긴 놈은 빵간에서도 범털이 되지. 먹을 것이 없어 굶어죽는 백성들이 수백만에 이르고, 고향땅을 도망쳐 나와 광활한 중국 대륙을 정처없이 떠돌며 노예 같은 인신매매를 당하는 판에 누가 망할 북한 공산당을 좋아할 거라고 조금만 정부에 껄끄럽고 뻐딱한 이빨을 까면 빨갱이를 주둥이에 달고 지랄병을 떠는 치들을 보면 하나같이 바가지 비지떡에 양심이 썩어빠진 친일 악덕 종자들이지. 과거 왜정 앞잡이로 나선 고등계 형사 나부랭이가 독립군을 때려잡듯 운동권 대학생들을 잡아다 악랄한 고문으로 조지고 쥐도 새도 모르게 행방불명자를 양산하며 더럽게 의기양양했지."

화려한 도심 한복판의 오피스텔을 몇 채 얻어 색시장사를 하던 포주가 방장의 이야기를 거들어가며 가세했다.

"그렇게 장관이 된 새끼들이 각종 개발정보를 마누라 복년들에게 빼돌려 몰빵 투기를 하고 나랏돈을 입맛대로 빼쳐먹고 거들먹거리고 살았으면 언젠가 한번은 피똥을 싸고 뒈지게 되어 있는데 방장님은 그 개 같은 새끼들을 도끼로 까서 무궁화훈장이 추서되는 애국자를 만들어줬지 뭐겠수."

이야기를 듣던 수형자들이 키들거리고 웃는 중에 풋주먹이 고개를 불쑥 들어올렸다.

"어이, 땡추. 당신이 진짜 밤길에 여자 돈을 뺏고 생떡(강간)을 쳤나?"

도대체 믿을 수 없는 것처럼 풋주먹은 물었다.

"소승은 수행승입니다. 소승은 사익을 얻고자 누굴 해코지한 일이 없습니다."

유정은 차분한 앉음새를 유지하고 말했다.

"맞아. 인간의 윤리가 개똥 묻은 발바닥으로 떨어진 세상이라고 하지만 명색이 머리를 깎은 스님이 노상강도 짓이야 했겠나. 보나마나 어느 못된 계집년이 곱살스런 스님에게 노상강도, 강간치상까지 뒤집어씌운 걸 보면 꽃뱀 년한테 고스란히 악살을 쳐드신 거지."

훤칠한 허우대에 얼굴이 박속처럼 해쓱한 카사노바는 그럴싸한 소리로 유정을 두남두었다.

"역시 카사노바로군."

카사노바는 지난 세기 한때 유럽의 풍속을 어지럽힌 유명한 바람둥이였다. 그는 여자에 대한 경험론적 인식과 편력이 다양했는데, 돈이라면 무슨 짓이라도 하겠다는 여자들, 진정한 사랑 따위는 먼지를 켜켜이 뒤집어쓴 전설의 골동품 같을 뿐이었다. 순간에 머물고 순간에 끝나는 것이 사랑, 찢고 깎고 꿰매고 이물질을 넣어 보기 좋게 만든 쇼윈도의 밀랍인형 같은 여자들, 백마 탄 왕자가 꿈결처럼 나타나 멋스럽고 우아하고 행복한 여왕쯤으로 만들어주기를 바라는 신데렐라들이었다. 오직 남자에게 의존하여 살아가겠다는 기생충의 생존습성을 지닌 암담한 여자들의 비극성, 잘나가는 검, 판사, 재벌 2,3세를 번갈아 사칭해가며 허벅지 발딱거리는 이혼녀, 발정 난 유부녀, 여학생들을 입맛대로 번갈아 농락한 21세기 카사노바는 분명히 희대의 사기범이었다.

"까까중은 뭐 좆 달린 사내 아닌가."

풋주먹이 다시 나섰다.

"맞아. 머리가죽이 퍼렇도록 배코를 쳤다는 것뿐이지. 예배당 목사가 마닐마닐한 사모님들을 포식하고, 땡추가 포동포동한 보살들 살맛을 보는 것이나 거기가 거기지."

포주가 싱글싱글 찬동했다.

"목사는 여신도들에게 축복과 은혜를 내리는 것이 기본인데, 스태미너가 딸리면 끝장이거든. 은혜를 한번 내리면 그때부터 여신도는 오로지 목사님밖에 없지, 그쯤 되면 남편, 새끼들까지 줄줄이 하나님 아버지를 찾는 호박이 넝쿨째 굴러 들어오는 거야. 나날이 불어나는 신자와 부흥하는 교회에 재미를 붙인 목사는 더욱 정력을 보강하는 쇠갈비, 보양식, 정력제를 줄기차게 아가리에 밀어 넣어야 하구, 해말쑥한 얼굴 늘어나는 주름살에 화장품으로 떡을 치구. 신자들을 설득하는 말재주로 성령의 불을 토하며 영원한 천당, 유황불이 펄펄 끓는 지옥을 외치면서 무시무시한 사탄의 협박을 멈춰선 안 되지. 그들은 세금 한 푼 안 내는 자유기업의 축복과 은혜와 성령을 팔아 고급승용차를 굴리고 자식들에게 호화로운 대물림을 하며 기가 막힌 이승의 천당에 복락을 실컷 누리며 살지. 예수 아버지 야훼 하나님이 따로 있는 게 아니라 목사가 바로 은혜와 축복과 성령을 내리는 하나님인 거야. 그 은혜와 축복을 받지 못해 장사가 안 되고, 사탄에 시달리는 불쌍한 어린 양들, 목사는 불가피하게 축복과 은혜에 목말라하는 어린 양들에게 성령이 충만하도록 은혜의 걸쭉한 미음을 차례로 내려야 하는 거지.”

상판이 박속 같고 매끈한 변태적 카사노바는 말 수완도 여간 좋지 아니했다.

“사이비든 이단異端이든 예수쟁이들이 들었다간 쥐어뜯겨 뼈다귀도 남아나지 않겠어.”

왕고참이 장단에 추임새를 넣듯 말했다.

“그런데 말이야. 중들은 오신채五辛菜라고 해서 마늘과 부추, 파, 달래, 흥거(興渠:무릇) 같이 자극성이 강한 야채를 남자의 스태미너 강장식품이라고 해서 금기로 삼는데 그 시들부들한 방아깨비(성기)가 풀이 죽어 어디 대가리를 쳐들고 끄떡거리기라도 하겠어.”

“이봐, 땡추. 입방신고 시답잖은 얘기 몇 마디로 은근슬쩍 넘어가버렸는데 악살을 처자시며 생떡을 치던 그 생둥이 년이 어땠는지 썰說 한번 풀어보는 것이 어때?”

폭력범으로 들어온 수형자가 말했다.

"그만하면 되었다."

방장이 쐐기를 쳤다.

"스님, 여러 사람의 조롱과 구박을 잘 견디셨소. 감방이라는 데가 원래 먼저 들어온 순서와 형량에 따라 서열이 정해지는 곳이고, 사회의 신분이나 나이를 전혀 고려하지 않으니 스님께서 이해를 하시오. 수형자들이 땡추라고 조롱하지만 이 사람은 스님께서 계율을 지키지 아니하고 슬쩍슬쩍 술과 고기를 즐기며 계집질에 빠진 땡추로 보지 않소. 처음 볼 때 스님의 인품이 워낙 단정하고 고요하여 범상치 않다는 생각이 들긴 했소만 욕된 일들을 묵묵히 참고 견디는 모습을 지켜보며 결코 예사롭지 않은 스님이라는 것을 새삼 알았소이다. 그간의 무례를 용서하시오."

매일같이 죽음을 목전에 두고 순간, 순간을 살아온 방장은 사람을 죽인, 그것도 한꺼번에 세 명씩이나 도끼로 잔혹하게 살해한 사형수라고 할 수 없을 만큼 섬뜩한 살기나 원한에 사무친 악감정 같은 것을 한 점 엿볼 수 없이 고요한 양심의 얼굴로 인자스럽기까지 하였다.

"땡추, 이쯤 되면 벌떡 일어나 방장님에게 큰절 한번 올려야 되는 거 아니야?"

칼자국이 관자노리를 긋고 내려온 조폭이 험상한 상판으로 말했다.

"소승이 한 말씀 드려도 되겠는지요?"

유정은 묵묵히 다물고 있던 입을 떼었다.

"말씀하시지요."

"이 사람은 중이라고 하나 아직 깨달은 것도 배운 것도 없거니와 어느 한 구석 제대로 된 것이 없는 그야말로 땡추에 불과합니다. 앞으로도 그냥 편하게 땡추라고 불러주시지요."

유정의 목소리가 맑고 은은하여 마치 허공에서 나는 소리 같기도 하였다. 유정은 자리에서 몸을 일으켰다. 수형자들의 눈이 모두 유정스님에게 쏠렸다. 두 손을 들어 크게 원을 그리며 합장한 유정은 천천히 무릎을 꺾으며 오체투지를 하였다. 인륜에 반하는 흉악범으로 교수대 올가미에 목이 걸려 고만통絞首桶으로 덧없이 떨어질 사형수가 마치 석가모니 부처나 되듯 음전하게 결가부좌를 틀고 앉아 있는 방장 앞에 유정스님이 정중히 두 무릎을 꺾고 방바닥에 이마를 붙이는 모습을 보이자, 수형자들은 찬물을 끼얹듯 숨소리를 죽인다.

"스님, 말씀을 계속하시지요."

오체투지 1배를 마치고 일어나 다시 자리에 앉자 방장이 지나친 처사였던 것처럼 말소리를 낮췄다.

"이 사람은 세상을 정처없이 떠도는 뜨내기 걸승乞僧입니다. 위로는 보리(菩提:불교에서 추구하는 이상적인 경지인 '깨달음'을 의미함)를 추구하고, 아래로 중생을 구제하기는커녕 제 몸뚱이 하나도 바로 건사하지 못하고 이곳저곳을 떠돌아다니며 허기진 뱃속에 곡기나 채우는 유랑걸승인데 땡땡이중이면 어떻고 땡추면 또 어떻습니까. 지금은 또 여러분들과 똑같은 푸른 수의囚衣를 입고 속가 본래 이름도 아닌 수인囚人번호로 부르는 감방의 수형자인 것을요."

"바른 말 한번 그럴싸하군."

조폭이 불뚝심지처럼 말했다.

"사람 사는 세상엔 선이 있으니 악이 있고, 폭력이 있으니 자비가 있고, 사랑이 있으면 미움이 있으며, 싸움이 있으면 평화가 있지요. 우아한 연꽃은 진흙과 함께 있지 않습니까. 연꽃은 물속에 있어도 아름답고 물 밖에 나와도 아름답습니다. 아름다운 연꽃도 진흙이 될 수 있답니다. 전쟁은 싸움과 함께 있는 것이고, 싸움을 잊으면 평화는 곧 깨지는 법이지요. 그래서 평화는 전쟁과 함께 있는 것이랍니다. 전쟁을 잊을 때 평화도 함께 사라지듯이 말입니다."

유정은 몇 마디 더 부연하였다.

"모든 것은 나지도 않으며 멸하지도 않습니다. 더럽지도 깨끗하지도 않으며, 늘지도 줄지도 않지요. 늙고 죽음도 없고, 늙고 죽음이 다함까지도 없는 것입니다. 무지한 무명無明도 없고, 그 무명이 다함까지도 없으며, 잘나고 못난 것도 없으며 어리석음도 없습니다. 괴로움도 없으며 괴로움의 원인도 없으며, 괴로움이 없으므로 괴로움을 없애는 방법도 없지요. 밝은 지혜도 없으며, 도道라는 것은 일체 뒤바뀐 전도몽상顚倒夢想인 것입니다. 다시 말하면 전도란 뒤집어지고 잘못된 것이지요. 몽상이란 꿈속의 일이 진짜라고 생각하지만 그 꿈이 깨어나면 모든 것이 가짜라는 것을 알게 되지 않습니

까. 그러니까 몽상이란 이치에 맞지 않는 허황된 생각妄想이
지요."

"맞는 말씀이군요."

방장은 고개를 주억거렸다.

"중생들은 누구나 이 뒤집힌 생각에 흠뻑 빠져 살아갑니
다. 자나 깨나 꿈을 꾸고 그 속에서 살아가는 것입니다. 자기
의 이상을 실현시켜보려는 꿈이지요. 물론 그 헛된 생각이
감미로울 수도 있을 것입니다. 하지만 그 감미로움 자체도
꿈인 것입니다. 다만 착각하고 있다는 것이지요. 그 헛된 꿈
은 끊임없이 번뇌를 낳습니다. 헛된 전도몽상에서 멀리 떠나
더 이상 그 무엇이 없는 부처님의 열반究竟涅槃에 이르는 것
입니다."

유정은 말을 이어 나갔다.

"종교라는 것은 따지고 보면 실속 없는 허장성세虛張聲勢가
아닌가 합니다. 과학의 접근을 일체 무시하는 신비의 영역이
지요. 어떤 종교의 교리나 율법 안에서는 선과 진리지만 그
밖에선 악과 죄입니다. 엄격한 교리나 계율, 무슨 법, 규칙
같은 것이 없으면 죄도 악도 없습니다. 죄 없이 영원히 살 수
있는 에덴동산에서 아담이 선악과를 따먹은 죄로 신벌을 받
아 930년을 살다 죽었다고 하지요. 그 한 사람으로 세상에
죄가 들어오고 그 죄로 말미암아 모든 사람이 죄를 짓고 사
망에 이르렀다고 합니다. 육체적 사망을 당한 죄(원죄)를 예
수가 대속하였으니 우리 모드는 영원히 살아야 하는 것 아니

겠는지요. 그러나 우리는 백 년을 채 살기가 어렵습니다. 사람에 의해서 만들어진 신과 교리, 계율의 틀 속에 들어앉으면 거긴 마치 감옥과 같아서 너른 세상을 보지 못하는 선과 악, 진리와 이단이라는 극단적인 이분논리에 빠지고, 눈과 양심과 생각은 곧 목적과 의도로 일관하여 자기 세계밖에 모르게 되지요."

유정은 말을 될수록 쉽고 시원하게 하고자 했다.

"정신의 안정과 마음의 위안을 삼는 종교는 따지고 보면 삶의 의지처를 상실한 나약한 인간의 대표적인 표상表象일 수 있습니다. 사람은 누구나 한번 반드시 죽는 것이고, 죽는다는 것은 누구나 싫은 것이지요. 싫은 것을 넘어 공포지요. 우리나라 남도 지방에 가면 사람이 죽으면 고단한 세상에서 좋은 곳에 갔으니 얼마나 기쁘냐 하고 상주가 북치고 장구치며 노래를 부르는 곳이 있습니다. 인간이 종교를 믿는다는 것은 죽음의 공포에서 벗어나고, 윤회의 사슬을 끊고 괴로운 고통의 속박에서 헤어나고자(해탈) 하는 기대와 갈망에서 나온 것이고, 그것은 인간의 이상향에 대한 동경이기도 하지요. 신을 전지전능한 존재로 숭배하면서 바라는 구원과 천당, 지옥이라고 하는 곳은 옛날 오직 자연에 의지해 살아가던 사람들이 만들어 놓은 것입니다. 예수를 믿지 않는 사람을 죄인이라고 합니다. 교회에 나오면 죄 사함을 받고 천당을 갈 수 있다는 거짓말은 죄악이지요. 약자를 대변하고 보호하며 온정을 베풀고 예수의 복음을 올바로 전도해야 할 교회들이 때로 권력과 물질의 시녀가 되고, 죽어도 죽지 않는 영생천국의 은혜와 축복을 팔아먹는 대사기극을 벌이기도 하지요."

"사기요?"

풋주먹이 얼없는 표정으로 물었다.

"전지전능한 신이나 부처는 실체가 없습니다. 신이란 처음 종교를 설계한 사람에 의해서 만들어진 것입니다. 신은 실체가 없이 초인간적이고 초자연적인 위력을 가진 관념상의 존재로 만들어 놓은 하나의 추상적인 개념의 명사인 것입니다. 그런 무형의 존재가 무엇을 주고 말 것도 없지요. 물론 여기에 실체는 없어도 관념의 작용이 가져다주는 진공묘유眞空妙有라는 게 있다고 말하기도 합니다만."

"요즘 세상에 신이 만들어진 것이니 어쩌니 말을 함부로 까대다간 몰매 맞아 죽기 십상이우."

카사노바가 웃으며 말했다.

"말씀을 계속하시지요."

방장이 카사노바의 시답잖은 소릴 일축했다.

"사바세상이 하도 이상하게 꾸며져서 유전무죄 무전유죄有錢無罪 無錢有罪는 모든 사람들에게 불멸의 명언이 되고, 고위 관직(장관급 이상)에 올라있던 사람들에게 퇴임 후에도 재임 때와 똑같은 예우를 베풀어주는 전관예우前官禮遇를 받는 자들의 재판 형량과 법관들의 사건거래가 수억 원대의 금전에 벌어지는 망국지변이라, 중생들은 각박한 생활환경의 불안

속에 나날이 힘들게 지쳐가고 있지요. 자본주의 사회 모순이 한계점에 이른 구조적 모순과 끝없는 탐욕, 가진 자와 못 가진 자 양 극단이 불러오는 잔인무도한 피의 폭력, 누가 언제 어디에서 코를 베어가고 눈알을 뽑아갈지 모르는 사회적 불안과 사기詐欺가 아주 일상화되었지요."

"알아듣기 어려운 말만 잔뜩 장광설을 늘어놓는 불교는 도대체 뭘 어쩌자는 거요?"

역전 포주가 물었다.

"불교는 사람이 죽으면 영혼이 하늘나라에 올라가 영원히 산다는 동화 같은 게 아니라 다같이 더불어 살아가는 생생한 현장의 삶 그대로의 실화지요. 내가 남과 다르지 않고 서로 연결되어 의지해 있다—體法는 사실緣起法을 모르기 때문에 우리는 슬픔과 괴로운 고통이 생겨나는 것입니다. 부처는 전지전능한 하나님이요, 신이 아니라 온전한 사람이며, 윤회라는 굴레의 아픔을 벗어버릴 수 있도록 멸도의 길을 열어준 사람 중에서 가장 위대하게 깨달은 사람覺者이요, 그러니까 우리의 영원한 스승이십니다."

"그건 들은귀가 있어 대충 알겠는데 의지하고 빌 신이 없는데 사람들이 어떻게 믿는 종교가 되는 거요?"

"우리는 어느 누구라도 깨치면 부처가 될 수가 있습니다. 그래서 불교는 지혜의 종교요, 자력신앙이라고 합니다. 고요한 숲의 종교이기도 하구요. 인간 중심으로 생각하는 성찰의 문화이며, 원리적 세계관을 지니고 있지요. 결국 믿을 수 있는 것은 나 자신밖에 없다는 것입니다. 한 생각을 돌리면 바로 온 세상이 내 것이 되는 것이지요."

좌중의 수형자들이 웃었다.

"스스로 마음의 눈心眼에 밝은 등불을 밝혀야만 합니다. 사물을 꿰뚫어 보는 지혜로운 눈慧眼 말입니다."

"항상 보면 말이 저렇게 어렵다니까요. 무식한 놈들은 못 믿어 먹을 게 불교라니까. 불상에 그저 절이나 하고 두 손을 파리발처럼 싹싹 비벼대는 짓밖에 없다구."

"지식은 생각에서 나오고, 외부로부터 오지만 지혜는 자기 안에서 자라나는 것입니다. 이러한 지혜는 바로 자비의 실천을 전제로 하는 것이지요. 입신출세하고 돈을 많이 벌어 잘 살고 복을 달라, 구원을 받아 천당에 가게 해 달라, 눈물을 흘리며 빌 것이 아니라 자기 삶의 참된 진실에 뿌리를 내려야 하는 것입니다. 사람이 사는 세상은 언제나 말세이고, 타락이 극에 달했다고 말들을 합니다. 누가 많이 배우고 못 배워 무식하고, 잘나고 못나고 지체가 높거나 낮거나, 많이 가졌거나 적게 가졌거나 아무 것도 가진 게 없거나, 큰 죄를 지었거나 작은 죄를 지어 감옥에 갇혀 있거나 모두 하나인 것입니다. 얄궂은 세상만사가 아니던지요. 이 모든 것, 마음이 지어내는 슬프고 기쁘고 아름답고 추하고 검고 하얀 모두가 내 마음의 조작인 것이지요一切唯心造."

유정스님의 웅혼한 설법은 담담하기도 하고 간간이 심금을 울리기도 하였다. 여느 때 같지 아니하게 사방舍房의 분위기를 살피며 간간이 기웃거리며 오가던 교도관들도 발자국 소리 하나 없었다. 어쩌다 한 번씩 얼굴을 비치던 교도관들도 사방의 수형자들이 모두 조용한 정자세로 둘러앉아 수형자 스님의 설법을 듣는 모습에 차분한 모습으로 돌아가고 하였다.

"사랑도 미움도 원망도 분노도 괴로움도 쓰라린 아픔과 고통도 마음에서 일어나고 꺼지는 것입니다. 극락과 지옥이 어디에 따로 마련되어 있는 것이 아니라 마음의 조작에 따라 생겨나는 것이지요. 마음이 즐거운 곳에 있으면 거기가 바로 극락인 것입니다, 지옥은 무행처無幸處라, 도대체 좋은 일이 없는 곳이지요. 마음이 사나운 곳이면 거기가 바로 지옥인 것입니다."

"옳으신 말씀이오."

방장이 조용히 입을 떼었다.

"부정한 사람은 부정한 죽음을 부르는 것입니다. 불교는 사람이 죽은 다음 절대자인 신의 은총에 따라 좋은 곳에서 태어나기를 바라는 사술적詐術的인 종교가 아닙니다. 자신이 사는 세상에서 지은 행위에 따라서 극락에도 가고 지옥에도 가고, 마음의 상태에 따라 극락도 되고 지옥도 될 수 있는 것입니다. 마음속에 부질없이 일어나는 헛된 망상, 모든 번뇌와 망상이 우리의 몸속에 흐르는 피를 가뭄처럼 마르게도 하고 유쾌한 웃음을 짓게도 만드는 것이랍니다. 하룻밤 잠을 자고 난 아침 잠자리에서 눈을 뜨면 이러한 뿌리의 번뇌와 망상이 시작되지요. 그러한 망념들을 청산에 훌훌 털어버리게 되면 마음에 아무 것도 걸림이 없는 자신의 맑은 모습을 보고 그야말로 평화롭고 자유자재한 자유로움을 한껏 맛볼 수가 있는 것이지요."

하고 이번엔 유정이 웃음을 밝게 지었다.

"땡추, 허공에 바람 잡는 소리 그만하고 재밌는 얘기 없어?"

풋주먹이 따분한 소리로 제동을 걸고 나섰다.

"잠자코 있어라."

방장은 점잖게 풋주먹을 제압했다.

"스님, 풋주먹 말은 괘념치 마시고 말씀을 계속하시지요."

방장은 좌중의 분위기를 일신했다.

"지금 당장 여러분들은 컬컬한 목을 축축하게 적시는 맥주 한 잔, 소주 한잔이 훨씬 나을 것입니다. 그걸 드리지 못하는 소승의 심정 또한 무척 안타깝습니다. 제가 여러분이고 여러분이 저이기 때문입니다. 그렇게 여러분과 저는, 그리고 우리는 하나입니다. 우리는 하나로부터 시작된 것입니다."

"그런 얘길 어쩌자고 자꾸 까는 거요, 땡추?"

조폭이 짜증스럽게 말했다.

"경제적인 삶은 인간존재의 기본입니다."

유정스님은 아랑곳하지 않고 법설을 계속했다.

"분명한 건 우리 삶의 진정한 가치는 그것을 넘어선 곳에 있다는 것입니다. 진리라는 것은 들리는 것이 아니라 들어야 하는 것이지요, 진리는 들으려는 마음을 가진 사람들만이 들리는 것입니다. 우리가 즐겁게 들어야 하는 이유는 바로 여기에 있는 것입니다. 뜨내기 바보가 지껄이는 소리라고 생각하셔도 좋습니다."

유정스님의 말미에 좌중은 일제히 웃었다.

"아침 맑은 햇빛에 가느다란 거미줄과 풀잎에 이슬방울이 맺혀 반짝거립니다. 가녀린 풀잎의 작은 이슬방울은 영롱한 빛으로 굴러 내리지요. 이슬방울은 곧 땅으로 굴러 떨어집니다. 벌써 떨어졌습니다. 작은 실개천, 빠른 여울물이 되고, 도도한 강물로 흘러 저 넓은 바다 속으로 미끄러져 들어가 버립니다. 아름답고 영롱한 이슬방울은 풀잎에 맺혀 있을 때, 거기에 머무는 시간이 있었고, 머무는 공간이 있었습니다. 그 이슬방울은 자신의 개성이 있고 영롱하게 싱싱하게 살아서 구르는 현재가 있었습니다. 그러나 이제 이슬방울은 실개천 여울물로 흘러 드넓은 바다로 자취를 알 수 없이 사라져 버렸습니다. 이 세상 어느 곳에서도 그 이슬방울을 찾을 수가 없지요. 이슬방울은 완전히 사라져서가 아니라 두루 퍼져서 스며들었기 때문입니다. 생명을 가진 것들은 모두 다 죽게 되어 있습니다."

수형자들은 고개를 주억거렸다.

"사람은 누구나 세상에 나면 번뇌의 싹이 트고 무성한 잎이 피고 지며, 한량없는 괴로움에 허덕거리게 되지요. 세상을 살아가는 우리는 번뇌를 다할 날이 없겠으나 끊어지기만을 바랄 따름입니다. 끝도 없이 좋고, 끝없는 악몽, 모든 게 번개처럼 문득 사라질 몽환들이지요. 나고 죽은 생사生死는 하나이며 오고감이 없는 우리네 인생이지요."

"옳으신 말씀이군요."

방장이 깊은 한숨으로 말했다.

"전지전능한 신은 우주 어디에도 없습니다. 우리는 살아 있는 생애 동안 보고 느끼고 생각하는 것이 전부입니다. 그 다음은 영원으로 가는 죽음이 있을 뿐입니다. 윤회를 거듭하게 만드는 인간 개개인의 모든 정신적, 육체적 존재를 구성하는 오온五蘊의 집적(集積:몸)이 남아 있는 유정有情의 생명은 다비 장작의 다 타고 불이 꺼져 사위어든 숯도 재도 남아 있지 않은 완전한 연소, 그 아무 것도 남은 것이 없이 꺼져버린 무여열반, 오온이 사라진 열반은 사실 죽음이지요. 우리 인생이 부질없는 망상을 끊고 항상 마음을 청정하게 비운 삶이어야 하는 까닭은 바로 여기에 있는 것입니다."

"그건 그래. 가진 것 없이 번뇌 망상에 찌들어 사는 개털들, 꿈을 꾼다고 누가 돈 달라는 것도 아닌데 일확천금 복권에 당첨되어 고급아파트에 살아보는 꿈이라도 실컷 꾸고 살아야지."

포주가 말했다.

"그건 그래. 빵깐이라도 꿈꾸는 거야 누가 뭐라겠어. 귀저기인지 핫팬티인지 한 뼘도 안 되는 것을 차고 길거리 지천으로 뽀얀 허벅지 발딱거리는 것들 마음대로 골라 간식을 즐기는 재미도 좋구. 스님도 말씀만 허슈, 내가 얼마든지 잡아다 두릅으로 엮어드리리다."

카사노바가 감질 나는 소리를 했다.

"달콤한 말씀이긴 한데 지금은 보다시피 감옥에 들어앉은 몸이니 안 들은 것만 못하겠소."

"카사노바, 꿈이라도 한번 팬티가 질퍽하게 꿔보지 그래."

왕고참이 좌중을 한바탕 웃겼다.

"물고기가 하늘에 놀고 있는 얘기구, 개가 뼈다귀나 핥는 소리네."

"소승이 말재주가 없어 여러분들이 따분하셨던 모양입니다."

유정은 어설픈 법설을 갈무리했다.

"우리 인간은 결국 죽기 전에 번뇌의 고통 속에서 벗어나지 못하고 허덕지덕 살다 또다시 윤회의 사슬에 걸린다는 거 아닙니까? 그거 어디 치사하고 더러워서 인생을 살겠수."

카사노바가 김 빠지는 소리를 했다.

"나온 구멍으로 되들어가든지 아예 살지 마셔."

포주가 쐐기를 지르자 한바탕 박장대소가 터졌다.

"이 세상에 영구불변하는 것은 아무 것도 없습니다. 어제의 나는 어제의 피부 비늘 한 조각이라도 떨어져나가서 변했기 때문에 지금은 어제의 내가 아닙니다. 남의 물건을 훔쳤거나 남을 속이고 거짓말을 했던 사람들은 지금 여기(감옥)에 없습니다. 도적질을 하고 귀신같은 솜씨로 남을 감쪽같이 속이는 사기를 쳤거나 그때 주인공은 이미 풀잎의 물방울처럼 사라졌고, 지금은 여러분들과 이 초라한 땡중이 부처님의 진리를 얘기하고 있는 것이지요. 지금 앉아 있는 여러분들은 이 사방을 나갔을 땐 과거의 여러분이 아니라 또 다른 여러분이 되어 본래 가지고 있는 다라(眞如:있는 그대로의 의미)의 경지를 깨달아 슬프고 아프고 힘든 사람들과 함께 도와가며 울고 웃으며 더불어 살고 있을 것입니다. 현재는 지나간 과거의 일부분이며, 우리는 누구나 지극히 짧은 찰나의 한순간만을 존재할 뿐인 것이지요. 우리는 사는 것에 강렬한 애착을 갖고 찬미하기 때문에 죽음을 더욱 미워하게 되고 싫어하는 것이며, 공포의 죽음 때문에 삶에 더더욱 집착하고 매달리고 있는 것입니다.

"또 그런 부처 말씀이구만."

"스님이니까요."

유정은 웃었다. 사방의 수형자들이 모두 따라 즐겁게 웃어넘겼다.

"소승이 한 말씀을 더 드리면 중생들이 세상을 살면서 무슨 일이 잘못되거나 재앙이 닥치면 내가 전생에 무슨 죄(업)를 지었느냐고 한탄하는 경우가 있지요. 그런 자기의 전생을 알고 싶으면 지금 자기의 모습을 보면 됩니다. 현재의 모습이 바로 전생을 그대로 말해주고 있는 것이니까요."

"그 말씀은 참으로 옳은 듯합니다."

"우리가 아무리 원통한 분노에 차서 펄펄 끓는다고 해도 어차피 교도소 높은 담을 뛰어넘어 자유로울 수가 없는데 어떻게 하면 고요한 몸과 마음으로 자유자재할 수가 있는지요?"

방장은 마음의 평화를 갈구하고 있었다.

"억울하고 원통한 분노나 불러일으키는 잡담으로 출감을 기다리기보다 소승과 함께 선정삼매禪定三昧에 들어보는 것이 어떠하시겠는지요. 여러분들의 불안하고 괴로운 번뇌에서 벗어나는 데 어쩌면 도움이 될지도 모르겠습니다. 여러분들도 소승처럼 결가부좌로 앉아 불편한 망념을 말끔히 씻어 버리는 선정에 한번 들어 보시지요."

"선정과 명상의 차이는 무엇인지요?"

"마음을 고요히 가지는 것이 선정이고, 고요해진 마음으로 집중하는 것이 삼매이며, 이치나 어떤 대상에 깊게 생각하는 것이 명상입니다. 우리 다같이 선정삼매에 한번 들어보십시다."

유정은 결가부좌를 틀고 앉는 자세를 보여주었다.

"처음은 잘되지 않겠지만 몇 번 하다 보면 머릿속도 시원하고 마음도 맑아질 것입니다. 출감날도 생각보다 훨씬 앞당겨질 것입니다. 부디 윤회의 수레바퀴에 시들고 메마른 낙엽이 되어 깔리지를 마시고 수레바퀴를 더욱 힘차게 굴리는 생명의 주인공으로 살아가시기를 바랍니다. 나무아미타불."

3
초암草庵

태백산간 초암草庵의 가물거리는 촛불은 밤이 깊어가도록 꺼질 줄을 모르고 있었다. 은사恩師와 상좌上佐 두 야승野僧이 나누어 마시던 야초차가 떨어지면서 화롯불도 시나브로 사위어들고 있었다.

고요한 산속에선 간간이 나뭇가지를 스치는 바람에 낙엽이 떨어지는 소리에 솔부엉이가 부엉부엉 울고 있었다. 노구에도 불구하고 허리를 꼿꼿이 세우고 두 눈을 지그시 감고 단주를 굴리던 허봉선사는 천천히 입을 떼었다.

"굶주린 짐승이 사냥꾼들에게 쫓겨 도망쳐 온 것 같구나."

20여 년이 다되어가는 세월 동안 중생계를 떠돌다 끝내 남루한 유랑걸승의 모습으로 나타난 상좌를 마주하며 법상이라도 내려칠 것 같던 허봉선사는 서릿발처럼 곤두선 눈빛으로 입을 떼었다.

"석존釋尊 이래 그같이 추악한 음란으로 계율을 파破한 땡추가 없을 것이다. 중이 야만적인 만행을 저지르면 사바 중생들이 손가락질을 하면서 깔보고 업신여기는 것이며, 속세 중생들이 매우 무지하고 천박하게 타락한 무리라고 비난하는 질시가 생기면 중들은 결국 산속에 들어앉아 풀뿌리나 캐먹으며 살아야 하지 않겠느냐."

대중 언론매체의 카메라 플래시가 백야처럼 작열하고 승려의 경건한 율법이 한순간에 무너진 노상강도, 강간치상의 선정적인 기사에 시중 배타적인 종교들의 험악한 비난과 중생들의 낯 뜨거운 경멸과 조롱, 법계法界 자성의 소리는 또한 어떠했던가.

"그동안 너는 절밥을 빌어먹는 행각行脚과 결제結制를 반복하면서도 사바세계의 물정에 찌든 인연을 온전히 끊지 아니하고 삼악도에 떨어져 악업만 일삼았음이로다."

허봉선사는 서리가 내려앉은 듯 하얗게 센 눈썹 위로 쭉 뻗는 안광眼光이 날카로운 빛을 발했다.

"······."

유정은 고개를 가슴에 묻었다.

"너는 불자가 아니라 욕망과 고통이 가득한 범부가 되어구나."

번뇌와 욕망에 일그러진 중생의 얼굴, 그런 범부로 보았다면 사바 중생계의 현란한 유혹에 허망하게 무너진 불쌍한 영혼을 애처로운 연민으로 이해하고 따뜻이 감싸주기를 바란

것은 아니었으나 일개 생물의 어찌할 수 없었던 난경을 큰마음으로 너그럽게 이해하고 안온한 자비를 기대했던 유정은 갑자기 마음이 절망의 나락에 떨어지듯 하였다.

"이 깊고 험한 산중까지 나를 어떻게 찾아왔느냐?"

허봉선사는 단도직입적으로 물었다.

"불법佛法의 모든 가능성이 실현되는 나라가 밝고 깨끗한 나라라고 하였는데, 무명천지 절간은 비단장삼을 두른 가승假僧들만 가득하고 진승眞僧은 초야에 묻히고 깊은 산중에 은거隱居한다 하여 청정한 법신의 밝은 빛과 향기가 산중에만 머물 수 있겠는지요."

유정은 허봉선사를 진승으로 높이 받들었다.

"한 송이 우아한 연꽃을 피우는 자만이 맑고 순수한 영혼의 수행자인 것을, 두메산중 산송장 같은 늙은이 보고 법신이니 진승이니 마치 혜안을 지닌 구도자처럼 말하는 건 불벌을 받을 소리다. 이 늙은이는 거듭되는 윤회에 지친 일개 나그네일 뿐이니라."

깨달음에 어디 흔적이 있던가. 이미 도道와 지知와 각覺을 얻은 허봉선사의 업력을 유정은 온몸으로 느끼며 은사의 형형한 눈빛에 깊이 빠져들고 있었다.

"법신은 법계의 이치와 일치하는 몸이라고 들었습니다."

"법신은 일정한 때가 없느니라."

"무슨 말씀이신지요?"

"생하고 멸하는 것은 항상 머물지 않는다는 말이다. 법신은 무상無常이며, 일정한 때가 없는 것이니, 생멸의 변화에는 항상 머물러 상주常住함이 없느니라."

허봉선사는 그동안 참혹한 인고의 시련을 겪은 유정이 조금은 눈이 뜨인 혜안을 증득했으리라는 믿고 있었다.

"듣자하니 어둔 빗속에 죽어가는 사람의 비명소릴 듣고 쫓아간 것이 그와 정반대가 되어 가해자의 누명을 썼다는 것인데 너는 그 까닭이 어디에 있다고 보느냐?"

"사바세계의 이치를 바르게 보지 못하였던 탓입니다."

"기氣가 몹시 흐려졌던 모양이구나. 남의 허물을 뒤집어쓰는 것만큼 힘이 드는 것이 없는 것을."

허봉선사는 상좌에게 닥친 시련을 다독여주었다.

"계를 어기고 악을 범하였다 하여도 미륵보살의 자비로운 이름을 듣고 정성껏 참회하는 자는 도솔천에 왕생할 수 있는 인연이 있다고 원효대사께서도 말씀을 하셨구나. 사람의 몸을 받아 태어나 인생을 낭비한 죄만큼 큰 죄가 없거늘 하물며 부처의 이름을 팔아 절밥이나 얻어먹으며 득도에 성불을 하겠다고 유랑걸승으로 사바세계를 떠돌아다니며 얻은 것이 추악하게 계율이나 파하는 짓을 하였으니 이 늙은이는 너를 용서하기가 무척 힘이 들구나. 허나 사냥꾼에게 부상을 당하고 쫓기는 산짐승도 거둬 보살필진대 두메산중 막다른 골짜기로 쫓겨온 상좌를 이 늙은이가 어찌하겠느냐. 나무관세음보살……."

유정은 지금까지 청정법신으로 보이던 허봉선사가 갑자기

윤기 없는 털을 텁수룩하게 뒤집어쓴 산짐승처럼 보이기도 하고, 허깨비로 보이기도 하며, 허약하고 초라하게 북망산이나 바라보는 노인처럼 슬퍼 보이기도 했다. 출감을 앞두고 며칠 동안 막막한 번민을 하며 잠을 제대로 못 이룬 피로 탓인지 현기증이 나고 사물이 얼보이기도 했다.

두메산간의 가을밤이 이슥해지면서 마냥 고요했다. 산 속에서 나뭇가지를 스치는 바람소리가 간헐적으로 촛불이 가물가물 타는 초암의 고요를 흔들고 했다. 산중이 제아무리 험준해도 비구에겐 그저 도솔천이요, 편안하고 아늑하게 친근감이 찾아드는 곳이라고 하지만 고요한 적막감은 잠깐씩 머물고 하던 도량들과 또 다르게 별유천지 같은 정취를 안겨주고 있었다.

"갈수록 중생사회가 돌이킬 수 없는 타락으로 접어들고 있습니다."

"썩은 악취가 나는 곳은 필시 오물이 도처에 쌓이고 흘러내리는 시궁창일 터, 거기엔 쥐떼들이나 썩은 먹이를 찾아 득실거리겠구나. 썩은 것이 무엇이냐?"

허봉선사는 물었다.

"사익만 좇는 악귀들입니다."

씨앗을 뿌리면 싹이 돋아나듯이 과果에는 반드시 인因이 있게 마련이었다. 이러한 인과因果를 저버린 탐진치貪瞋癡에 인성이 마비된 중생들은 각자 도생을 위한 물질다툼이 피를 부르고 부모와 자식을 해치며 제 속으로 낳은 핏덩이를 가벼이 여기며 죽이기도 하고 화장실 쓰레기통에 아무렇게나 버리는 비정한 모정이 발생하는가 하면 불문곡직 폭행하고, 도깨비처럼 날뛰는 살인마 사이코패스의 잔인한 칼이 번뜩이는 거리에 정신질환자들의 범죄가 일상화되어 가는 인상마저 있었다.

"지금처럼 문명의 이기가 인간의 신비로운 영역을 도륙해 간다면 미구에 무엇이 남을까 싶구나."

허봉선사에게서 한탄이 흘러 나왔다.

"바로 현대 문명사회의 단면이 아닐까 합니다."

"그만한 소식이면 되었다."

중생계에서 막 돌아온 사람이면 누추한 암자와 늙은 노구의 몸에서 퀴퀴한 노린내가 역할 법도 하건만 눈살 한번 찌푸리지 않는 상좌를 앞에 두고 허봉선사는 말을 잇는다.

"다른 사람을 속여 자신의 이익을 챙기고, 이간질하여 사람들의 사이를 갈라놓고, 아첨하며 흉보고 깔보고 헛된 말, 거칠고 악한 말로 상대방의 마음에 상처를 주고, 잡담으로 살처럼 빠르게 흘러가는 시간을 귀중한 줄 모르고 헛되이 낭비하는 것은 중생들의 어지러운 세상살이 망언이니라. 반승비속의 네 모양새를 보면 출가하여 수행에 전념하는 사문沙門도 아니려니와 자비심을 내기보다 얄팍한 자만심이 가득 차고 거리의 여인네를 보노라면 불끈불끈 음욕이 발동하는 비릿한 악취부터 말끔히 씻어내야 하겠구나."

허봉선사는 가엾은 애증이 엇갈렸다.

"가식과 불의가 보편화된 지금 중생들은 무엇이 진실이고 거짓인지조차 올바로 분별하지 못하는 어둔 무명에 가리고, 정의와 진실이 탐욕에 묻힌 타락의 늪에서 허우적거리는 형국입니다."

"진정한 수행자라면 편안하게 몸을 둘 처소가 아니라 마음일 터인데 사음계를 파한 당취(黨聚:땡추)로 나를 찾아온 까닭이 무엇이냐?"

"진정한 보살菩薩이 되고 싶습니다."

"역대 조사祖師들이 서원을 세우고 사바세계 중생들을 모두 제도하기 전에는 열반에 들지 않으리라 다짐들을 하였지만 어느 조사 한 분도 그런 서원을 이룬 적이 없다. 그러한 것은 사바세계의 고약한 물정에 너무 어둡고, 오로지 제살이에만 눈이 어두워 선을 악으로 갚는 중생들 속에 천진난만하기만 한 것이 승려들이구나."

서릿바람이 이는가 싶던 허봉선사의 어조가 차츰 누그러지고 있었다.

"사바 중생들이 옳고 그름을 분별하여 바로 보게 하는 것이 시급한 중생제도(衆生濟度:고통의 바다를 건너 열반의 피안으로 오르게 하는 것)의 한 방편이 아닐까 합니다."

유정은 조심스럽게 말했다.

"말인즉 그럴싸하구나. 시중엔 성직입네 하고 눈을 감고 귀를 틀어막은 입으로 거짓을 팔아 사는 흡혈귀들이 주말마다 잔치를 벌인다는 소리를 들어보긴 하였구나. 옳고 그름이라, 그래, 무엇이 옳고 그름이냐?"

"중생들은 가진 자와 못 가진 자로 크게 나뉘어져 있고, 고위관직에 올라 있는 자들은 권세를 팔아 상상을 초월하는 이득을 챙기며, 허황된 말과 귀신같은 솜씨로 속임수를 부리는 사기꾼들이 너무도 많아 중생들이 정신을 차릴 수가 없습니다."

유정은 보고 들은 대로 말했다.

"재물과 권세가 무엇이더냐. 그것은 잠시 머물 뿐, 곧 다른 데로 떠나는 것이며, 허망한 쓴맛만 남기는 것이 아니더냐. 재물과 권세를 지닌 자들은 살아 있는 동안 그 권세와 재물이 이런저런 힘을 보이겠지만 혼령이 떠난 뒤엔 오직 업보만 남을 것이다. 허나 내 마음 하나가 맑아서 보리(菩提:궁극의 깨달음)를 얻으면 모든 중생이 보살이 되고 천지가 온통 극락정토가 될 것이다."

허봉선사는 정연한 불법을 일깨워주었다. 나라가 역사 회귀를 하듯 천하무도天下無道로 암흑에 덮인 중생계에 족적을 남기며 떠돌다 운수불길하여 추악한 범죄자로 몰려 가혹한 옥고獄苦까지 치르고 나온 상좌의 험난한 시련을 허봉선사는 모르지 아니했다.

"중생사회에서 죄를 짓고 들어온 감옥의 여러 죄수들에게서 소승은 종전에 미처 몰랐던 것들을 많이 듣고 배웠습니다."

"천하에 못된 죄인으로 지옥에 떨어져 허우적거리다 겨우 살아 돌아온 줄만 알았더니 그만한 수행이 없었겠구나."

"무더위가 가마솥처럼 찌는 여름 밤길에 가냘프게 죽어가는 생명을 구하고자 뛰어들었던 소승의 딱한 자비심은 한 여자를 추악하게 욕을 보인 범죄자로 뒤바뀌어 사음계를 범한 비구가 되었던 것입니다."

유정은 저간의 사건들을 소상히 털어놓았다.

"죽을 고비에 이른 귀한 생명을 건졌으나 돌아온 것은 감옥이라, 그것 참으로 기이한 인연이로구나. 청정한 염불 한 마디가 능히 지옥의 불을 끈다 하였는데 꺼져가는 사람의 생명을 건지려고 인정을 쓴 것이 그만 추악한 죄인이 되어 옥방의 고초를 겪었다지만 한 소식(깨우침)을 한 것이나 진배없는 깨침을 얻었을 것이니 그만한 인연을 어디에서 또 만나겠느냐. 그것은 오로지 네가 불법을 믿어 적선하고 송경하며 마음이 부른 염불공덕일 것이다."

허봉선사는 위로와 자애를 보였다.

"있는 그대로의 모습에 소신이 있고 꾸밈이 없다면 걸림이 또한 없을 것이다. 깨달음에는 진실도 거짓도 없으려니와 내가 바르고 참된 인간이요, 네가 도적이며, 오만한 권력을 사유화한 악귀라거나 사탄이라는 생각도 없을 것이다. 도적과 악귀, 사탄도 품에 껴안으면 천사요, 천사도 껴안으면 곧 사탄일 것이다. 진실한 여여(如如:늘 그대로)와 허망한 미혹迷惑이라는 생각, 그것이 없는 자리가 곧 여래의 무상정등각無上正等覺이니라."

"예, 선사님."

허봉선사의 법문은 놀랍게 심금을 두드렸다. 유정은 시방 정토 이상론으로 반박을 하지 않았다. 모든 종교가 시공개념을 가질 수 없는 아주 먼 곳의 막연한 이상향에 매달리고 있다고 하면 그중에 석가모니 우주만유의 불법佛法은 가장 현실적이고 가장 훌륭한 인간의 이상향인 것을 유정은 깨달았다.

초암 산중의 풍광은 어느 방향을 돌아봐도 흰 구름이 떠가는 파란 하늘에 닿을 듯이 높이 솟은 운봉雲峯을 내려와 힘차게 뻗어나간 산줄기, 험준하게 깎아지른 낭떠러지 계곡의 기암괴석들 사이사이를 비집고 청청하게 서 있는 소나무와 굵직굵직한 아름드리 전나무들, 구상나무, 주목나무, 무성한 나뭇잎들로 수관樹觀을 이루고 있는 떨기나무 등속의 낙엽관목들이 천연의 안정된 식생으로 빽빽한 극상군락을 이루고 있었다.

금세라도 폭삭 내려앉을 듯이 산중턱에 자리를 잡고 있는 초암 서쪽의 비탈진 응달에 맑은 옹달샘 실개천이 쫄쫄거리고, 동남향으로 멀리 바라보이는 산골짜기는 길고 자름한 산발들이 교차하며 뻗어 내려간 끝머리의 눈부신 햇빛 속으로 강물이 유유히 흐르고 있었다.

"동자승으로 봉월사에 들어와 어머니가 보고 싶다고 투정을 부릴 때를 기억하느냐?"

허봉선사는 유정의 동자승 시절을 물었다.

"종이 울리면 어머니를 만날 수 있다고 하셨습니다."

"그 다음은?"

"종이 울리면 떠나라는 화두를 내려주셨습니다."

"선禪은 최종의 진리이니라. 그 선이 무엇이냐?"

허봉선사는 수행의 핵심을 물었다.

"바람입니다. 있는 듯 없고, 없는 듯 있으며, 소리가 있기도 하고 없기도 하며, 날카롭고 요란한 소리가 들려오지만 그 실체는 보이지 않으며, 손에 잡힐 듯 잡히지 않으며, 가로막고 부딪치는 장애물, 지형에 따라 위아래로 불기도 하고, 위로 솟구쳐 오르기도 하고, 거센 휘파람소리를 내기도 하고, 때로는 괴이쩍은 귀신의 울음소리를 내기도 하고, 눈에는 결코 보이지 않지만 바람은 분명히 있습니다. 그 증거는 얼굴을 매만지듯 미끄러지며, 조용하던 나뭇잎이 살랑거리고, 나뭇가지가 나부끼며 옷자락이 펄럭거리는 것입니다."

절집에서 제아무리 부처님을 받들어 모시고 몇천 몇만 배 오체투지와 가행정진 용맹정진을 한다 해도 어머니를 결코 보지 못한다는 것을 알면서도 부처님 탑전에서 벌떡 일어나 뛰쳐나오지 못하게 한 것은 그 바람이었고 끝내 발목을 붙잡아 미치게 만든 것이었다.

"수행이 무엇이고, 성불이 무엇이더냐?"

허봉선사는 이어서 물었다.

"모든 법은 본래 생기지도 않고, 모든 행동이 곧 삼매니라.

크게 비어 있는 것이 보리심이고, 모든 것을 버리고 깨끗하게 하는 것이 곧 열반이다. 법에 너무 집착하여 매달리지 마라. 육신을 학대한다고 견성성불을 하는 게 아니다. 성불이 다 무엇이냐? 성불에 연연하지 마라. 앞으로 악도에 떨어진 중생들을 측은지심으로 살피도록 해라. 낮은 그곳에 수행이 있고 성불이 있구나. 천태산 미륵봉에 인연이 닿아 찾아왔으니 미륵봉 바위굴에 들어 마음의 경계를 단단히 연마하는 수행에 들어 성불을 못하고 가엾이 죽어가는 목탁새는 되지 말거라."

"예, 선사님."

유정은 자신을 먼저 밝고 맑게 제도하라는 뜻으로 이해하며, 이번 동굴 수행에서 끝내 깨치지를 못하면 대명천지에 다시 나오지 않을 것이며 차라리 동굴에서 죽으리라 굳은 결심을 다짐하였다.

이튿날 초암을 나온 허봉선사는 흰 구름이 떠가는 하늘을 한번 올려다보고 난 뒤 채전이 있는 뒤뜰로 걸어 나왔다. 채전이라고 해야 옛날 사람들이 동물 뼈로 만들어 쓰던 굴봉掘棒이 발전한 쟁기보습의 하나인 따비같이 작은 텃밭에 무성한 무청으로 굵게 박힌 무와 탐스러워진 배추를 살펴보고 난 허봉선사는 바위가 민숭민숭하게 흘러내린 산등성이를 타고 올랐다.

"그동안 산짐승이나 찾아들어 살지 않았는지 모르겠구나."

동쪽으로 밋밋하게 올라간 산등성이 너머 골짜기는 험준

한 기암괴석들이 곳곳에 솟아올라 단애를 이루고 갈참나무
와 단풍나무 같은 낙엽교목들이 빼곡하며 내려간 계곡은 적
송들이 우아한 수림을 이루고 있었다.

"저 위에 바위산이 보이느냐?"

산길을 다 걸어올라 비탈진 산모퉁이 길을 돌아들던 허봉
선사는 산짐승들이나 다니는 길목에서 발걸음을 멈추고 온
통 암벽으로 올라간 바위산을 가리켰다. 우뚝한 바위봉우리
주변엔 지중 화학적 풍화를 잘 받는 암괴류輕石 비슷한 바위
들이 마치 미륵불 형상으로 높이 쌓였다.

"미륵봉이다."

가파른 산길을 숨차게 걸어 오른 유정은 미륵불 형상의 우
뚝한 바위산을 바라보았다. 둥그스름한 암반 위로 웅장하게
층암을 이룬 갓머리엔 널찍한 바윗장이 삿갓처럼 올라앉아
있었다. 미륵불의 몸통과 두상으로 육중하게 올라앉아 있는
바윗덩이들이 언젠가 한번은 요란한 굉음으로 허물어져 내
릴 듯이 아슬아슬한 위기감을 자아낸다.

"저 미륵봉엔 깊숙한 동굴이 있다."

허봉선사가 말했다. 해묵은 낙엽이 푸석푸석하게 쌓인 산
길을 가로질러 들어가자 동굴이 보였다. 세모꼴로 벌어진 동
굴 입구엔 썩은 동아줄이 길게 늘어졌다.

"동굴 안으로 들어가면 널찍하니라. 여름에도 바위벽에 습
기가 별로 차지 않아 시원하고 한겨울 삼동은 안온하여 선정
禪定을 닦기에 좋을 것이다."

동굴 입구에 늘어진 동아줄은 등나무줄기로 엮은 것이었다. 썩은 등나무밧줄은 손을 대기 무섭게 푸슬푸슬 부서져 바위를 타고 흘러 내렸다. 동굴 아래턱 바위엔 앞발을 겨우 올려놓을 만한 계단들이 파였다.

"선사님, 저 위 미륵불 이마에 둥그렇게 보이는 것이 무엇입니까?"

유정은 고기비늘처럼 기이하게 반들거리는 광채를 올려다보았다.

"돌비늘인가 보다. 내가 동굴을 찾아오기 전부터 차돌덩이인지 돌비늘인지 거기 그렇게 박혀있더구나."

"그렇군요."

호기심을 안고 동굴로 다가간 유정은 바위에 패인 홈에 발 끝을 딛고 올라서서 동굴 안을 들여다보았다. 동굴은 깊고 넓었다. 유정은 동굴 안으로 기어 들어가면서 자신도 모르게 입술을 물고 숨을 죽였다. 동굴은 가벼운 발자국에도 텅텅 소리를 내며 울렸다. 무언가 이상한 기분을 느끼며 유정은 발걸음을 우뚝 멈췄다. 차고 은은한 소리가 계속해서 들려온다.

"저 소린……."

동굴 천장에서 방울져 떨어지는 물소리였다. 바위 천장 한 구석의 바위틈에서 배어나는 물이 은구슬처럼 천천히 방울져 툼벙거리고 떨어지는 소리다. 물방울이 맺혀 떨어지는 곳엔 조롱박처럼 바위가 패인 옹달샘을 이루고 있었다. 유정은

차고 맑은 바위 옹달샘 물을 손으로 한 움큼 움키어 삼키면
서 온몸이 쩌릿한 몸서리를 쳤다. 동굴 바위벽 턱진 곳이 검
게 그을렸다. 관솔불이 타던 자리였다. 마른 억새풀이 아직
도 두툼하게 깔려 있는 동굴바닥은 수행자의 좌복坐服이고
침상이다. 허봉선사의 오래 전 수행처였다. 유정은 동굴을
나왔다.

"어떠하냐?"

허봉선사는 동굴에서 나오는 유정을 보며 물었다.

"소승이 찾고 바라던 곳이 여기에 있습니다."

"한량없는 부처님의 가피를 경험하게 될 것이다. 이제는
밝고 눈부신 빛을 놓치지 말거라. 그동안 네 육신이 활활 타
는 번뇌로 끓게 했던 일체의 세속적인 욕망과 번뇌를 모두
끊어 말끔히 태워야 할 것이니라."

"예, 선사님."

어둔 동굴 밖의 나뭇잎이 바람에 부스럭거리는 소리에도
민감하게 곤두서던 유정은 서서히 자연과 하나가 되는 경지
를 이루어가고 있었다. 온몸의 감각이 일어나고 사라지는 것
에 대한 덧없음의 이해와 마음의 고요에 근거한 알아차림으
로 느낌이 일어나고 사라지는 모든 과정을 온전히 관찰하면
서 집착과 갈망으로부터 완전히 벗어난 해탈을 경험하고자
유정은 부단히 애썼다.

화두의심은 좀처럼 들지 않았다. 원시림 흡사하게 울창한

나무숲이 우거진 골짜기는 한없는 고요에 잠겼다. 황량한 어둠이 뒤덮여 혼란한 세상의 어지러움 속에서 돌아온 유정은 모처럼 아늑한 감미로움 속에 호젓함을 느낀다. 깊어가는 밤의 소쩍새 우는 소리가 구슬프다. 이런 별유천지라면 있다가도 없고, 없다가도 있는 것이 재물이었다. 뜬구름 같은 명예가 무엇이냐, 만산에 흐드러진 산채와 머루, 다래, 잔대, 향기로운 더덕, 송이버섯에 아무 것도 미진하고 아쉬운 것이 없는 것을, 배부른 식욕과 한순간이 지나면 허망한 색욕을 굳이 탐할 것이 무엇이랴, 자고 깨어남에 오욕五欲의 번뇌인들 일어날까. 부엉부엉 부엉이 울음소리가 시나브로 그치더니 소쩍새가 긴 밤을 지새울 양 구슬피 운다.

선정禪定에 든 유정은 산골짜기 우거진 나무숲을 스치는 산바람 소리에 의식이 깨어나면서 결가부좌의 앉음새를 다시 고치며 눈을 지그시 깔았다.

수많은 날들 속에 마음을 관하는 힘을 길러왔건만 의정(疑情:화두를 보는 길잡이, 의심하는 마음)을 일으키는 화두가 잡히지 아니하고 마음이 자꾸만 현란하게 현재에 쏟아져 내렸다. 결코 딴생각이 일어나지 말아야 하건만 아주 오래된 지난날부터 멀고 가까운 무수한 상념들이 앞뒤 순서 없이 뒤죽박죽 떠올라 망망대해에서 떠밀려오는 파도처럼 끝없이 밀려든다.

도덕적인 덕德을 실현하기 위한 수행상의 규범에 인간완성을 위한 수행생활을 함에 있어 반드시 지켜야 하는 승려의

계율이 있고, 그 기본규칙의 출구 없는 무대에 꼼짝할 여유
가 없이 갇혀 있는 듯하였다. 계율에 저당 잡혀 쉽게 빠져나
갈 수없는 운명이 고단한 승려의 생애라면 말이 될까? 뜨거
운 피의 고뇌, 한 소식(깨달음)을 얻어 보려는 가엾은 가행정
진, 용맹정진, 신체를 불태우는 소신공양, 신심 하나만으로
초극할 수 없는 참구參究의 굴레에서 벗어나고 싶어 몸부림
치는 나혜 비구니스님의 고달픈 심정을 유정은 얼마든지 이
해할 수 있을 것만 같았다. 바늘귀만한 틈도 허용하지 않는,
헤쳐 나갈 출구가 있다면 그 길은 오직 우주가 열려 부처를
이루는 것뿐이었다.

　화두를 들려면 먼저 의심하는 마음인 의정을 일으켜야 하
였으나 유정은 끊임없는 화두참구에도 불구하고 한 생각이
일어나기 이전의 불생不生에 머물러 있었다.

　'왜 이럴까?'

　의정은 첫머리를 들지 아니하고 무수한 망념들이 불도를
방해하는 마구니처럼 들끓고 있었다.

　'흔들리지 않고, 잠들지 않고, 고요함에 빠지지 않으며, 허
무에 떨어지지 않아야 했다. 시시각각 오직 한 생각으로 회
광반조(回光返照:자기를 반성하여 심성을 돌이켜 보는 것), 이 불생불
멸不生不滅의 화두를 들고 비추는 것이 무엇을 가져다주는 것
인가?'

　부처 이래 전수되어 온 심인心印의 계승자라는 혜능은,

　"너희들의 본성은 마치 허공과 같다."

하였다. 볼 수 있는 것은 아무것도 없다는 것을 깨달으면 그 것을 일컬어 정견이라 하였고, 알 수 있는 것은 아무것도 없 다는 것을 깨달으면 그것을 일컬어 진지盡智라고 하였다. 파 랗고 누렇고, 길고 짧은 것도 없으며, 오직 본원(本願:보살행을 닦을 때 발한 서원)이 맑고 깨끗하다는 것과 깨달음의 본체가 원만하고 밝다는 것을 보기만 하면, 그것을 일컬어 본성을 보아 부처를 이루었다고 하였다. 자기의 본성이 원래 형체도 없고 근본도 없으며, 머무는 곳도 없다는 것을 깨달으면 더 이상 불타와 다를 바가 없기 때문에 '견성성불'이라 하였다.

나와 네가 좋고 싫고, 옳고 그름 따위를 헤아리고 판단하 는 분별심을 절대로 내지 말고, 힘을 얻든 얻지 못하든 상관 하지 말고, 그것이 정중靜中 동중動中이든 상관하지 말고 오 직 한 생각으로 날뛰는 마음을 거둬야 함에도 유정은 들끓는 악령들에게 사로잡혀 있었다. 동굴은 먹물에 잠기듯 어두웠 다. 골짜기의 바람소리도 자고 있었다. 머릿속이 비어가면서 유정은 점점 선정에 들어 휘몰아치는 바람소리와 거센 빗소 리를 분명히 하는 한편 자신의 존재마저 아득함을 느끼고 있 었다.

'나는 누구인가? 염불하는 자는 누구인가念佛是誰? 마음이 무엇인가? 무명을 타파하는 것은 무엇인가?'

유정은 본래의 모습을 찾기 위하여 깊은 내면의 갈등에 휩 싸이고 있었다. 그때 부지직 관솔불이 타는 소리를 냈다.

"나무아미타불 관세음보살."

유정은 미동을 하지 않았다. 세찬 비바람이 한 무더기 휘
익 동굴 안으로 몰려들었다.

"으으흑!"

갑작스런 소낙비가 쏟아지는 빗발 속으로 여자의 가냘픈
비명이 들려왔다.

"사, 사람, 살려요……."

여자의 가냘픈 비명소리가 곧 자지러들었다. 무서운 악연
으로 빚어진 과보의 업력에 사정없이 떠밀린 격동의 시간을
인고忍苦로 견딘 유정은 마침내 그 악연의 무거운 짐을 벗어
던지고 있었다. 그토록 고통스럽게 요동치던 감정은 이제 남
아 있지 않았다. 몸과 마음 어디에도 시뻘건 피의 흔적을 찾
을 수 없이 깨끗이 지웠다는 생각을 하였으나 어둠을 가르는
번개의 번쩍이는 전광電光에 시퍼렇게 드러나던 여자의 알몸
이 떠오르고, 피를 흠뻑 뒤집어쓴 악마의 흉측한 몰골이 겹
치면서 가냘픈 비명소리가 귓전을 때렸다.

"허억!"

유정은 혼겁한 자신의 신음소리에 소스라쳤다.

'놀라운 환영이다!'

이름 모를 괴한에게 성폭행을 당했던 여자는 지방교도소
로 이감된 뒤에도 물론 몇 차례나 찾아왔었다. 돈을 빼앗고
추악한 만행을 저지른 자에게 무슨 죄를 더 물을 것이 남은
것인가? 소중한 자기 신체를 난폭하게 짓밟아 훼손한 충격
과 분노에 몸서리치며 사죄를 받아내기 위해 찾아왔거나 잘

못 오해한 고발사건의 사죄를 위해 찾아왔다고 해도 달라질 것은 아무 것도 없었다.

'인연이 닿으면 언젠가 다시 만날 것을.'

유정은 혼란스런 정신을 수습하면서 천수다라니를 송경하기 시작했다.

"나모라 다나다라 야야 나막알약 바로기제 새바라야 모지 사다바야 마하사다바야 마하가로 니가야옴 살바……."

'심신이 허약해진 것일까?'

깜박 조리치며 피어났던 몽환이 남긴 번뇌와 망상, 오랜 감옥생활의 긴장 속에서 찾아오는 일련의 현상이었다. 따라서 마음속에 끊임없이 일어나고 있는 나혜에 대한 집착으로 고착된 갈애, 부질없고 허망한 허공의 환영을 지우려고 살을 태우고 뼈를 깎는 고행으로 일관하던 운수雲水의 나날이었음에도 그 허황된 전도몽상의 망념들은 노도처럼 끊임없이 되풀이 되어 밀려만 들었다.

"나무아미타불 관세음보살……."

유정은 실상이 없는 환상에 시달리며 관세음보살 명호를 부르고 염불을 하였으나 난폭하게 만행을 당한 여자는 무슨 악연의 힘을 지니고 있는 것인지 의식에서 떠나지를 아니했다.

'가자, 무소의 뿔처럼…….'

본원이 맑고 깨끗하다는 것과 깨달음의 본체가 원만하고 밝다는 것을 보기만 하면, 본성을 보아 부처를 이룬다고 하였다.

　'아무 것도 볼 수 없는 허공과 같은 본성에서 볼 수 있는
것은 무엇이고, 알 수 있는 것이 또 무엇이란 말인가.'

　유정은 어두운 동굴에 좌선하고 있었지만 끝없는 하늘을
바라보고 있는 것만 같았다.

　'무엇이 망령이고 허공에서 볼 수 있이 것은 무엇이며, 아
무 것도 알 수 없는 허공에서 알 수 있는 것이 무엇인가?'

　그 성폭행 만행의 충격적인 분노와 원망을 가져온 악연이
아니라 불쌍한 연민이고, 그 연민은 마음에서 우러나는 자비
심이요, 긍휼히 여겨지는 연민의 정이었다. 그도 아니라면
욕망의 실현에 따른 현실적인 만족이 불가능하여 환각과 망
상으로 피어올라 평소의 그 무의식적인 욕구를 만족시키려
고 하는 것이 아니었을까, 하는 생각이 따뜻이 다가오자 유
정은 가혹한 만행을 당한 피해자가 문득 보고 싶어졌다.

　"내가 잘못 내쳤구나."

　그 여자는 자비심이 털끝만큼도 없는 중이라고 무척 원망
을 하고 있을 것만 같았다. 그건 거의 확실했다.

　업業의 근원은 자신에게 있었다. 유정은 뒤죽박죽으로 뒤
엉키던 생각들이 한 가닥씩 풀리고 있었다. 터무니없는 악
연, 충격과 분노, 오해와 진실, 유정은 그날 밤의 여자가 어
쩌면 전생다생에 서로 사랑하는 연인이었거나 아내였을지도
모르고, 한없이 멀고 먼 구원겁(久遠劫:아득하게 멀고 오랜 옛날)
의 인연으로 따라온 생명일 수도 있었다.

　'업이란 이리도 마음을 아프게 누르기도 하고 하늘을 훨훨

날 것처럼 가볍게도 하는구나.'

그 여자가 그리웠다. 인연이 되어 그 여자를 다시 만난다면 그 때는 짓고 쌓은 선근공덕이 털끝만큼도 없는 못된 중을 크게 나무라도록 청하고, 고개를 깊이 숙여 사죄할 것 같았다. 아니, 그래야 옳았다. 그에 더하여,

"따뜻한 마음으로 인생의 주체인 자신을 믿고 의지하십시오."

라고 진언할 것도 같았다.

어둔 산속에서 소쩍새가 구슬피 울었다. 산바람에 흔들리는 암자의 풍경소리가 가냘프게 들려왔다. 생각에 지친 유정은 피로가 몰려들었다. 힘들고 외로움에 지쳤을 때, 따뜻한 봄날의 미풍처럼 나혜스님의 얼굴에 번지던 위안의 미소가 떠오르고, 가행정진 수행의 의지가 나약해져 비틀거릴 때 힘이 되어주던 고운 천상의 목소리가 그리웠다.

'지금 어디에 있을까?'

궁금하던 나혜스님의 환영이 꿈속처럼 그려졌다. 반들반들한 스님의 민머리가 아니었다. 나혜스님은 승복을 걸쳤을 뿐, 까만 머리에 정수리를 하얗게 가르고 올라간 가르마 쪽머리에 은비녀가 꽂힌 재가불자 중년의 보살이었다.

"나, 나혜?"

눈앞에 떠오른 나혜의 환영에 소스라쳤다.

"아름다운 얼굴이다!"

유정은 나혜의 모습이 어둠 속으로 사라지기 전에 경상의

노트 한 장을 펼치고 서둘러 그려 나갔다. 깔끔하고 길둥그런 얼굴, 조롱박처럼 매끈한 이마, 양미간을 가지런히 내려온 콧날, 크고 맑은 눈동자, 붉고 도톰한 입술, 정수리를 가르고 올라간 가르마, 까만 쪽머리, 엷게 먹물을 들인 저고리와 치마의 단아한 자태가 빚어내는 이미지를 한 구석도 빼놓지 않으려고 유정은 심혈을 기우려 그려 나가자 차츰 손이 떨렸다.

"좀 더 그려야 하는데……."

쌓인 피로가 온몸을 짓눌렀다. 손은 더욱 떨리고 흐린 눈안개가 자욱하게 서리었다. 꼿꼿하던 몸의 앉음새가 허물어지고 고개가 맥없이 떨어져 내렸다. 수마睡魔다. 유정은 흐린 정신을 일깨우며 허리를 꼿꼿이 세우려고 했지만 수마는 쉽게 물러가지 않았다. 두 눈에 자욱한 눈안개는 더욱 짙어지고, 나혜스님의 이미지가 가물가물 흐려지고 있었다.

시간이 얼마나 지났을까. 잠든 유정의 귓속으로 이상한 공명共鳴이 진동했다.

"똑똑, 똑똑……."

방문을 두드리는 소리였다. 유정은 불현듯 긴장에 휩싸였다. 밤잠을 자지 않고 숨을 죽이던 유정은 벌떡 자리를 차고 일어났다. 고요하던 방문이 갑자기 쿵, 하고 열린 그때 한 무더기 검은 바람이 방 안으로 훅 밀고 들어왔다. 보고 싶고 궁금하고 막연히 기다려지면서 오늘 밤은 꼭 새처럼 날아들 것만 같던 나혜가 벌써 어둔 숲속의 둥지로 날아든 것이다.

"숨이 막혀 죽는 줄 알았어."

나혜는 은밀한 귀엣말로 속삭였다.

"전화를 받고 기다린 시간이 몇 억겁은 될 거야."

유정은 나혜를 덥석 받아 안았다.

"내가 미친 거지?"

나혜의 숨결은 불길처럼 뜨거웠다.

"우리 생애에 지금 이런 감동의 순간이 몇 번이나 있을까?"

자신의 숨소리에조차 놀라면서 식은땀에 젖어 어둠 속을 헤매던 긴장과 숨이 막혀 죽을 것만 같던 시간 속에 육중한 계율의 족쇄를 차고 있던 두 승려는 부처님 영역에서 벗어난 생의 희열과 자연스런 감정의 본능으로 빠져 들어갔다.

"진짜야, 죽는 줄만 알았어."

거리낌없는 정염情炎의 불꽃 속에 두 승려는 전생의 부부가 금생에 다시 만나듯 완전히 한 몸이 되었다.

"사랑이 없인 한시도 못살 거 같아."

한 남자의 야성본능에 던져진 여자는 행복한 희열에 빠져 들었다.

"기다릴 땐 아무 것도 생각나지 않았어. 오직 만날 시간만 조마조마한 가슴으로 기다려질 뿐, 정말이지 금방 질식해 죽는 줄만 같았어."

곧 숨이 넘어갈 것처럼 마지막 순간에 만난 사랑은 부르르 전율했다.

"두렵지 않아?"

"아니."

"어떤 방해라도 우릴 갈라놓진 못할 거야."

두 스님은 속삭였다.

"깨달음, 구도, 지혜라는 것도 결국 허망할 것만 같은 생각이 들어."

"다른 생각은 하지 마."

두 생명이 본능적으로 누릴 수 있는 사랑의 시간, 정염의 불꽃이 활활 타올라 충천하듯 전율하던 격정이 마침내 고개를 숙이자 새벽의 유령도 살그머니 사라지고, 싸늘히 식어버린 욕망의 잿더미엔 두 벌의 구름 색깔 승복만이 가엾이 남아 있었다.

"나혜!"

유정이 정신을 차리고 환상에서 깨어났을 때 동굴엔 겉살이 얼어붙듯 매운 찬바람이 포효하고 있었다. 유정은 한없는 허무가 찾아들었다.

"꿈이었구나."

생생한 생시生時로 착각했던 망상섹스였다. 세상의 모든 것들이 다 사라지고 아무 것도 없는 허망감이 몸서리나게 밀려들었다. 텅 빈 허무…… 한 밤의 몽환이 하얗게 사라져버린 끔찍한 외로움 속에서 유정은 여전히 몽상의 달콤한 정취를 아쉽게 쓸어안고 있었다.

하룻밤 속절없이 타버린
뜨거운 망상번뇌
불씨 꺼진 잿더미에 서릿바람이 일고
몽상의 정취는 허무의 바다를 흐르네
고요한 무덤의 새벽 유령은 사라지고
산사山寺 풍경은 찬바람에
땡그렁~~~
홀로 적막을 여위네.

  생생한 사랑의 꿈자리, 유정은 몽상이 불러온 허망감을 끝
내 이기지 못하고 청매염주를 꺼내들었다.
  "종소리가 울리지 않느냐?"
  어둔 동굴 속에 허봉선사의 혼이 깃들어 있는 것처럼 다그
침이 들려왔다.
  "뭇자입니다."
  다그치는 허봉선사의 환청에 놀란 유정은 결가부좌를 바
로잡고 가다듬은 마음으로 화두 의심疑心을 관조했다. 우주
만유의 법칙을 깨달은 석존釋尊은 태양에 비유한다면 일반
중생들은 무수한 밤하늘의 소행성과도 같았다. 빛을 받지 못
해 춥고 막막한 어둠 속에 살거나 위대한 석존의 가르침과
자비 아래 모든 생명들이 존재하고 있었다.
  "너는 무엇이며, 어디에서 왔느냐?"
  물을 것이 없이 창공의 소행성처럼 인간은 각자가 하나의

소우주가 되어 거기 그렇게 생生하기도 하고 한데 합해져 멸하기도 했다. 소우주와 같은 인간을 두고 무엇이냐고 물을 수는 없다. 산과 바위가 거기에 있고, 풀잎에 맺힌 한 방울의 이슬이 굴러 시내를 이루고 강물이 되어 바다로 흘러가듯이 자연의 선택과 순환법칙에 따라 기쁘고 노엽고 슬프고 즐거운 삶으로 흘러가는 것이 생명 본래의 모습이었다. 자기의 본성을 밝게 볼 때에 본면목이 나타나 마음 밖에 부처가 없이 자기 마음이 곧 부처인 것을 아는 계시적 체험, 그 놀라운 고도의 지혜 발견이 직지인심견성성불直指人心 見性成佛이었다.

유정은 언제나 속세의 미련으로 남은 사랑의 잠재의식이 현의식의 표면에 떠오른 환영을 화두로 바꿀 수 없는 망상이 표표히 흘러가고 있었다. 사랑이란 본래 없었던 것이 환상적인 착각에 빠져 헛된 에너지를 낭비하는 것이 아니라 생명체의 본능적 욕구가 염색체의 구성 성분 DNA에 자연히 설계되어 있는 것이었다. 사랑을 쾌락의 도구로 삼는 데 때로 분별을 모르는 타락과 패악이 생겨나기도 하지만 그 어떤 욕망보다 성(性:SEX)의 쾌락만큼 깊고 뜨겁고 강렬한 욕망은 없었다. 허공에 타던 정염의 뜨거운 불꽃이 꺼져버린 잿더미의 허망감이 가져다주는 끝 모를 심연의 고요함과 정신의 안정감은 가장 깊었던 일심불란一心不亂의 삼매에서도 유정은 느껴본 적이 없었다. 사랑이 아니면 인간의 존재는 무의미해지고 생명의 신비도 없을 것이었다. 그렇게 사랑은 인생을 아름답게 완성하는 본질적 요소였다.

깔끔한 얼굴, 마음속이나 얼굴에 작은 가시나 잡티가 묻어 있지 않은 선량한 얼굴, 스스로 인연을 억세게 거부해온 무의식의 저편에 언제나 유정은 나혜 비구니스님의 조용한 얼굴이 연꽃처럼 피어나곤 하였다. 지금도 나혜의 작고 보드랍고 가녀린 손과 도톰한 입술, 심장의 고동까지도 온몸 곳곳에 배어 있었다.

"인연의 줄을 끊어라!"

허공에서 허봉선사의 불호령이 벼락 치듯 들려왔다. 나혜와 얽힌 인연 줄은 무궁한 시공에 걸려 있어서 끊어지지 않을 것 같았다. 사람의 몸을 받아 태어나서 단 한 사람, 단 한 번의 사랑, 어떤 이치도 논리도 상상도 용납되지 않는 냉엄한 선의 세계에서 하나의 망념으로 방기하고 잊어버리기보다 정반대의 상념이 찾아들곤 했다.

'이를 어찌하면 좋은가?'

인간의 가장 큰 야망이 무엇이냐고 묻는다면, 가장 위대한 것이 무엇이냐고 묻는다면 유정은 조금도 망설임이 없이 사랑이라고 대답할 것이었다. 사랑이야말로 따뜻한 마음의 흐름이었다. 생명이 있는 것들은 모두 그랬다. 나혜에 대한 사랑이 고행을 동반한 수행으로 다스려지는 것이 아니라 깊은 의식에 뿌리를 두고 무럭무럭 자라고 있었다.

"관자재보살 행심반야바라밀다시 조견오온개공 도일체고액 觀自在菩薩 行深般若波羅密多時 照見五蘊皆空 度一切苦厄……"

경상의 촛불이 다 타고 있었다. 동굴의 온기를 유지하고 있던 관솔불도 하얀 재만 남아 있었다. 모든 것이 지금에 있고, 지금 일어나고 있었다. 생각 속에서. 깨달음에 대한 갈망, 모든 것이 어리석음에서 비롯되면서 일어나는 방황과 착각일지도 몰랐다. 유정은 도리머리를 저었다. 한밤이 다 지나가고 있었다.

동굴로 희미한 빛이 새어 들어오고 있었다. 부잇하게 동살이 잡히는 날빛이 동굴의 어둠을 한 꺼풀씩 걷어내더니 웅혼한 선홍빛이 아무런 막힘 없이 동굴 속으로 쭉 뻗어 들어오면서 유정의 눈을 찔렀다.

"윽!"

두 눈을 찌르고 파낼 것 같은 햇살을 피해 유정은 질끔 감았던 눈을 떴다. 기어오르던 햇빛은 동굴을 벗어나 미륵불로 서서히 비껴 올라가고 있었다. 유정은 결가부좌를 풀고 일어났다. 미처 몰랐던 강렬한 역광逆光이 어둠 속에 잠긴 산골짜기로 뻗어나가고 있었다.

"이럴 수가……."

기이한 광경이었다. 미륵부처가 마침내 인류를 위해 출현하는 것만 같았다. 광활한 대지의 혈맥처럼 줄기차게 뻗어 있는 능선과 능선, 올올한 고봉들로 둘러싸인 수려한 산야가 온통 운해雲海에 뒤덮여 있었다. 구름바다의 경이로운 장관도 잠깐, 신선한 공기와 눈부신 아침햇빛이 온몸을 상쾌하고 부드럽게 감싸주었다. 미륵불 주변의 나무숲에선 산새들이 소란스럽게 지저귀었다.

유정은 동굴을 나와 암자로 내려왔다. 강변 언덕 집의 다라가 쌀부대를 지게에 무겁게 짊어지고 끙끙거리며 올라온다.

"웬 쌀부대를 지고 아침 일찍 올라오는 거냐?"

"암자에 공양미가 떨어질 것 같아서요. 두메산간 날씨는 언제 어떻게 급변할지 모르니까 미리미리 대비를 해두지 않으면 안 돼요. 미륵동굴에서 나오시는 것 같은데 거긴 춥고 불편하진 않았어요?"

다라는 지게의 쌀부대를 암자 툇마루에 내려놓고 목에 두른 수건을 걸어 얼굴에 흘러내리는 땀을 닦아내며 물었다.

"견딜 만하더구나."

"미륵동굴은 선사님께서 처음 여기 들어오셔서 수행하시던 곳이랍니다."

"나도 그러신 줄 알았다."

"공양미가 아직 뒤 부대가 남았는데 바로 지고 올라오겠습니다."

"그건 내가 내려가서 가져오마."

아직 앳된 처녀가 지게에 쌀부대를 짊어지고 올라온 것이 미안스럽던 유정은 다시 외어깨로 걸메는 지게를 벗겨 놓는데, 허봉선사가 방문을 열었다.

"올라왔느냐?"

암자를 나온 허봉선사는 다라를 마치 친 딸자식인 양 친근하게 아침 선禪체조장으로 데리고 나갔다.

"산중 날씨가 차지도 않고 덥지도 않아서 선무禪武를 수련하기에도 딱 좋겠구나."

허봉선사가 다라를 마주하고 말했다. 선무도는 깨달음을 위한 실천적 방편으로 정적인 수련과 동시에 동적인 수련을 통한 깨달음의 차원을 역동적으로 표현한 것이었다. 그것은 장시간 참선의 결가부좌가 가져오기 쉬운 육체의 불균형을 선무수련으로 바르게 되찾을 수가 있는 것이었다. 유정은 일찍이 경상도 선무도 본찰本剎에서 선무수련을 하면서 바라춤도 함께 배운 바가 있었다.

"다라야, 오늘은 유정스님과 기량 한번 겨루어보지 않겠느냐?"

다라가 벌써 선무도 수련으로 상당한 기량을 지니고 있는 것처럼 허봉선서는 마당을 비우고 암자 널쪽마루에 걸터앉았다.

"선무도는 유연한 몸의 움직임 속에 생명의 기운을 북돋워 내면의 정려(靜慮:三昧)를 이루는 것이니라."

두 사람은 합장으로 마주섰다.

"야아압!"

두 손을 모은 합장으로 준비 자세를 갖춘 두 사람은 상대방을 마주하며 두 손을 들어 올려 힘차게 돌린 뒤 기합소리를 절도 있게 내질렀다.

곧 두 팔을 어긋매겨 치고, 두 번을 번갈아 들어가면서 바람을 가르고 휘돌아 내차는 동작 하나 하나가 아주 유연하였다. 끊어 맺는 절도와 상하생인으로 밀고 끌어들이는 탄력과 수인의 치밀한 정확도가 약간은 미흡하다 하겠으나 평소 다람쥐처럼 날파람스럽게 산을 타며 잔뼈가 굵은 산처녀는 저돌적인 승냥이의 민첩성을 잘 보여주고 있었지만 연속동작에는 약간 호흡이 불안했다. 그런 다라에 비해 유정의 유연한 권법세는 오뉴월의 버들가지와 같고 상, 하수인을 반복하며 몸을 뒤집고 휘돌아가며 일지인, 하품인으로 찌르는 것이 예리한 창끝과 같았다. 게다가 2-3승으로 땅을 차고 뛰어오르는 동작은 참매와 흡사하였으나 다라의 날랜 민첩함에는 다소 못 미치는 듯했다.

"기량들이 출중하구나."

허봉선사는 초췌한 얼굴빛을 드러내며 암자로 돌아섰다. 다라는 지게를 짊어지고 암자 토방의 도끼와 낫을 집어들었다.

"저는 땔감이나 한 짐 해 올게요."

"사시공양을 올리고 함께 가자."

"여기 산속은 험악해서 아무나 함부로 들어가면 안돼요. 해를 두고 설해雪害를 입은 나무들이 많아서 금방 한 짐을 지고 돌아올 테니까 스님은 암자에 그냥 계세요."

지게를 짊어진 다라는 곧장 산속으로 들어갔다. 유정은 허봉선사를 따라 암자로 들어갔다. 유정은 아직도 간밤 동굴 수행의 혼란스런 몽환에서 벗어나지 못하고 있었다.

"무슨 할 말이라도 있느냐?"

선정에 들던 허봉선사는 꼿꼿한 앉음새로 물었다.

"암자를 잠시 나갔다 들어왔으면 합니다."

유정은 조심스럽게 말을 꺼내었다.

"네게 정인情人이 있다는 것을 익히 안다만."

허봉선사는 예기치 않은 유정의 의표를 찔렀다.

"입산출가 전의……."

유정은 말미를 흐렸다.

"중생의 마음衆生心을 쳐부수고 돌이켜서 '참나'로 돌아가고, 깨달음으로 나아가라고 미륵동굴에 밀어 넣었더니 고작 지옥의 번뇌에만 펄펄 끓다 나왔구나."

허봉선사는 어조에 노기를 띠었다.

"화두하는 시간만큼은 의정(疑精:감지되는 마음의 작용)의 모든 것이 끊어지고 독로(獨露:홀로됨)한 시간이니라. 마음속에서만 화들짝 떠지는 눈, 나아가 내가 나와 함께 훨훨 춤을 추는 시간이고, 부처와 같이 잠을 자는 것이며, 부처와 함께 있는 시간이니라. 번뇌 망상이 어째서? 왜? 하다가 좀 더 나가면 이 뭣고? 하는 것도 없어지게 된다. 걸어가고 있는데 다리는 움직이는 것을 모르고 독로한 '그놈'이 나를 움직여 험한 데로 끌고 다니며 덩실덩실 춤을 추고 환란으로 도깨비가 날뛰는 세상에 들어가기도 하는구나. 의심을 눈으로 보고, 귀로 듣고, 입으로 말하는 실체가 무엇인지 의심이 든 생각이 끊어지지 않고 독로에서 꽉 막히는 거기에서 생각하고 헤아려 종류에 따라 나누어 가르는 사량분별思量分別이 끊어지고, 생사가 목전에 걸려 있는 생사심生死心이 끊어지고 그 끊어짐으로써 깨달음을 얻을 수가 있는 것이다."

허봉선사는 유정의 혼란한 마음을 준절히 꾸짖었다.

"소승은 유정(有情·중생)의 본능이 수행으로 잘 다스려지지 않기에 말씀을 드린 것입니다."

"안타까운 지고. 눈먼 사랑을 어찌하겠느냐. 선악의 분별이 없는 본능을 따른 행위와 자연스럽고 무의식적인 행위로 보고 듣고 느끼는 그 자체를 옳은 정답으로 심각하게 착각하고 몸부림을 치지 마라. 그것은 도전이 불가능한 환상과 지독한 갈망에 불과한 것이다. 그러한 결과는 어느 날 인생무상에 한없이 절망하며 모든 것이 한순간에 허공으로 흩어지고 사라져버리는 실패자가 된다는 것을 알아야 할 것이다."

허봉선사는 사랑하는 여인을 마음속에 간직하고 몸부림치는 불자의 모습을 매우 가엾게 여겼다.

"소승이 추악한 사건을 뒤집어쓰고 감옥에 수감되기 전에 행각을 하다 화재를 당한 금오산 향일암을 찾아간 일이 있었습니다. 전각이 모두 타버린 잿더미 속에서 뜻밖에 소승의 청매염주를 줍게 되었습니다."

유정은 간직하고 있는 청매염주를 꺼내 보였다.

"이 청매화석염주는 소승이 동자로 입산할 때 속가 할머님께서 제 목에 걸어주신 것인데 소승은 그 청매염주를 연분이 있는 한 비구니스님에게 정표로 주었던 것입니다."

유정은 사실 그대로 말했다.

"그 잿더미 속에서 염주를 주웠다면 염주를 지니고 있던 비구니스님의 생사가 궁금하다는 것이로구나."

허봉선사는 말뜻 곧 알아차렸다.

"그 비구니스님의 생사를 미처 확인하지 못하고 중생사회
의 추악한 사건에 휘말린 감옥살이를 하고 나온 뒤엔 불자의
세상천지 어디로 얼굴을 들고 나설 수가 없어 염의 불구하고
은사님을 찾아온 것입니다."

유정은 절절한 심정으로 털어놓았다.

"사랑하는 사람과 이별하고 미워하는 사람들을 만나 함께
하는 것만큼 크고 괴로운 번뇌가 없으니, 자기중심적인 애증
에 대한 집착이 강하면 강할수록 고뇌는 더욱 심해지는 것인
데 언제나 그 갈애 욕망의 불이 꺼질고."

허봉선사는 유정의 애끓는 마음을 붙잡지 않았다.

"불일不一이라야 불이不二가 사는 것을 아느냐?"

"불이란 둘이 아닌 것입니다. 이는 서로 다르지 않다는 뜻
으로 부처와 중생이 다르지 않고, 깨달음과 무명이 다르지
않은 것이며, 성聖과 속俗이 다르지 아니하고, 나와 남이 다
르지 않다는 것입니다. 초월적 열반관을 부정하고, 저 너머
의 구원이 아닌 지금 여기 서 있는 자리에 구원의 가능성이
있다는 대승불교의 정신이 압축되어 있는 것으로 압니다."

유정은 익히 알고 있던 그대로 대답했다.

"중생이 곧 부처라고 해서 아무런 노력을 하지 않아도 지
금 있는 그대로 부처가 되는 것이 아니다."

"예, 선사님."

"여러 불자들이 쉽게 간과하고 있는 것이 바로 중생과 부처가 다르고, 무명과 깨달음이 다르고, 성과 속이 다르다는 불일의 정신이구나."

"번뇌가 보리라는 것 또한 깨달음을 어떤 초월적인 데서 찾지 말고 구원 또한 밖에서 찾지 말라는 뜻으로 알고 있습니다. 세간의 생물학적인 욕망의 번뇌를 그대로 발산하면서 불이의 가르침을 실천하는 것이라고 믿는 것은 착각을 넘어서 사기를 치는 것이며, 자기를 속이는 것이 아닌가 합니다."

"옳다. 출가자들의 비윤리적인 파계 행위도 그러한 착각, 의식적 호도와 무관하지 않느니라. 너는 어찌하여 요석공주와 세속적 관계로 자식까지 낳은 원효대사의 파계와 경허鏡虛선사의 주색잡기를 깨달음과 세속윤리지간의 긴장관계로 생각해 보지를 아니하고 깨달음의 경지로 실증해 보이려고 하느냐?"

"……."

유정은 곧 응대하지 않았다.

"혹여 네 마음이 흐르는 자유를 행위의 자유로 보장하려는 것은 아니냐? 원효의 파계와 경허의 주색을 자신의 감성적 행위 일탈의 방종과 무기력한 정신적 나태를 정당화하는 근거로 삼아서는 절대로 아니될 것이다. 선禪의 정신에서 모방은 곧 정신적 죽음이다. 지금의 네 애정행각은 중생계 속인들의 사회적 적응과 뭐가 다르겠느냐. 계율의 방편에 그와 같은 것을 비유하여 뗏목이라고 하지만 뗏목을 버리는 것은 강을 건넌 다음인 것이다."

유정은 그러한 이치를 알고 있기에 허봉선사의 법설을 묵묵히 듣고 있었다.

"겨울이 다가오기 전에 돌아오겠습니다."

유정의 마음은 이미 나혜스님에게 달려가고 있었다. 마음 속 깊이 사랑하고, 더없이 사랑스러운 나혜, 가슴과 가슴이 만나 비밀로 속삭여 온 사랑은 벌써 오래 전부터 하나의 심장으로 뛰고 있었다. 아무리 피나는 마음을 다잡고 수행으로 정신을 단련을 해도, 냉철한 이성으로 차갑게 분별해도 본능에 따라 운명으로 맺어진 사랑의 인연은 끊어지지 아니하고 돌아서지지도 않았다. 두 생명의 사랑은 멀리 떨어져 있으면 금방 얼어 죽을 것만 같고 함께 있을 땐 꼭 불타 죽을 것 같기도 했다. 나혜와의 사랑은 생의 전부였다. 나혜의 아름다운 얼굴, 형형한 눈동자만 바라봐도 서로의 가슴에 소용돌이치는 감동이 전이되는 일체감을 유정은 느끼고 있었다. 무명과 갈애가 인생의 삶을 사막처럼 황폐화시키는 힘을 지니고 있어서 고뇌를 불러일으킨다 해도 그 모든 번뇌 그대로가 곧 보리라는 생각을 했다. 번뇌 그 자체가 잘못된 것이 아니라, 그 번뇌야말로 중생구원의 자비로 승화되어야 하고, 그것이 곧 대승 보살이라는 결론에 유정은 도달해 있었다.

"마음이 애증의 열정에 매어 있는 것이라면 어찌하겠느냐."

허봉선사는 유정의 절절한 마음을 알고 있었다.

"선사님?"

그때 다라가 나뭇짐을 지고 돌아왔나 싶더니 방문을 쿵 열었다.

"서울에 나가실 양이면 이 다라도 함께 데리고 나가시지요."

다라는 둥근 이마에 은구슬 같은 땀방울을 송알송알 달고서서 말했다.

"금방 돌아올 텐데 무엇을 하러 나가려고 그러느냐?"

허봉선사가 만류했다.

"저도 서울에 한번 가보고 싶습니다. 서울에 있는 큰 절들도 구경을 하고 싶구요. 이 다라도 유정스님 따라 보내주세요."

서울 나들이를 허락해주지 않으면 다라는 한바탕 떼를 부릴 기세다.

"선사님 시봉은 어떡하구?"

유정은 다라를 만류했다.

"선사님 시봉은 덤벙거리는 다라보다 엄마가 더 잘 하시잖아요."

다라는 죽자구나 매달렸다.

"두메산간에서 억척보두로 자란 아이라서 어딜 가나 제 몫은 충분히 할 게다. 오래 걸리지 않을 것이라면 함께 데리고 다녀오도록 해라."

허봉선사는 다감한 어조로 두 사람의 출행을 허락하였다.

4
사랑의 침묵

　서늘해진 산중 날씨와 다르게 서울은 아직도 후끈거리는 한여름의 더위가 그대로 남아 있었다. 빈 자투리땅 한 구석을 쉬 찾아볼 수 없이 빼곡하게 들어선 빌딩과 빌딩들에다 첩첩이 둘러싸인 아파트와 아파트, 사통팔달 아스팔트 도로를 개미떼처럼 밀려가는 차량과 넘쳐나는 사람들 속을 걸으며 다라는 제정신을 못 차렸다.

　"앞을 똑바로 보고 걸어라."

　두메산골 산처녀의 입장에서 보면 충분히 그럴 법도 하였다. 기차역에서 다라를 앞세워 거리로 나온 유정은 시내 쪽으로 조금 걷다가 다시 지하철 입구로 내려섰다.

　전철 플랫폼엔 많은 승객들이 즐비하게 늘어서 있었다. 전동차가 막 달려 들어온다.

　거대한 파충류처럼 어둔 동굴을 뚫고 숨차게 달려온 전동차는 난산과 잉태를 거듭하듯 즐비한 플랫폼의 승객들을 바쁘게 걷어 싣고 레일을 빠르게 미끄러져 나갔다.

땅굴 속을 달리는 전동차를 타고 얼마를 달려왔을까? 몇 정거장을 지나 전동차가 멈춘 곳에서 내린 두 사람은 총총히 지하도를 걸어 올라왔다. 이슬비가 내리고 있었다.

"네 눈이 잘 닦은 방울처럼 빛나는 것이 어수룩해 보이지는 않는구나. 허지만 넋을 놓고 한눈을 팔다간 언제 누가 네 복코를 떼어갈지도 모른다."

유정은 여기저기 사뭇 두리번거리는 다라를 보며 놀림소리를 하였다.

"제 코를 베어가면 더 예쁘고 잘난 여자들 코를 떼어다 달지 뭔 걱정이에요."

네댓 살 때 엄마와 함께 서울구경을 한번 나와 본 뒤론 줄곧 하늘만 빤한 두메 산골짜기에 파묻혀 살아온 것이었다.

"너는 남들 예쁜 코만 보이는가 보구나."

"다들 코가 오뚝하고 예쁘게 생겼으니까 그렇죠."

"그 코들은 다 살가죽 속에 이물질을 넣어 만든 코다. 이 스님은 네 복코가 예쁘고 좋구나. 아무튼 서울에선 조심할 게 코뿐 만이 아니라 남의 눈도 파먹으려고 덤비는 세상이이구나."

"옛날 바다를 건너 쳐들어온 왜놈들이 조선 사람들의 코를 베고 귀를 베어 갔다는 소린 들어봤어도 요즘에 남의 코를 베고 눈알을 뽑아다 무엇에 쓰려구요?"

다라는 입아귀를 샐쭉하고 되알진 응수를 했다.

"팔아먹지."

"팔아먹어요?"

다라는 두 눈동자가 휘둥그렇게 놀랐다.

"호들갑스럽게 놀랄 것 없다. 요즘 세상엔 사람의 눈은 말할 것 없고 심장, 간, 콩팥도 떼어 팔아먹는다는구나."

"스님은 이 다라가 두메산골 처녀라고 별 끔찍한 소릴 다 하세요."

"돈만 생긴다면 못하는 짓들이 없는 세상이란 얘기다. 세상을 사는 모양새들이 곱고 듬쑥하게 지닌 속보다 겉멋에 팔려 허깨비처럼 산다는 생각이 들 때가 있구나. 가진 자는 제왕처럼 살고, 못 가진 자는 곰팡이가 꺼멓게 핀 지하실 방에 살며 알게 모르게 시름시름 병들고, 노인들은 자식들의 무관심과 갖은 학대에 혼자 외롭게 살다 스스로 생목숨을 끊고 만장 하나 없는 황천길을 쓸쓸이 떠난다고들 하지 않느냐."

대도시 중생들 속에만 들어서면 유정은 언제나 조화롭게 어울리지 못하는 위화감에 더하여 가슴이 시리고 저린 슬픔을 느끼고 하였다.

"스님, 저기 사람 좀 봐요."

번화한 상가 앞을 지나던 다라는 유정스님의 팔소매를 그러잡았다.

"어떤 사람 말이냐?"

"저 상점 유리창 안에 옷을 입고 멋지게 서 있는 여자요."

"저건 진짜 사람이 아니라 플라스틱으로 만들어 놓은 가짜 사람 마네킹이란다. 가게에서 옷을 선전하려고 마네킹에 저렇게 입혀 놓았구나."

"어머, 그런데 진짜 사람 같잖아요."

다라는 서울 구경을 하면서 아무 무섬을 모르는 한 마리 사슴처럼 선한 눈망울을 사뭇 굴리며 신기한 서울거리의 진풍경을 바라보았다.

"어머나, 저기 꼭 닭장같이 높이 지어놓은 것이 아파트잖아요. 저 아슬아슬한 꼭대기에 어지러워서 어떻게 살아요?"

"풍진 세상을 살기 싫으면 아무 때나 두 눈 딱 감고 떨어져 죽기 좋지."

말을 하고 유정은 웃어 보였다.

"서울은 정말 정신이 없는 세상이네요."

다라는 서울 사람들이 마치 뿌얀 하늘을 머리에 이고 사는 것만 같았다.

"비를 맞으면서 그 정신이 간 곳을 찾아봐라."

하고 유정은 싱겁게 웃었다.

"제 눈이 아까부터 왜 이렇게 따가워요. 코도 맵구요."

다라는 손을 눈과 코로 가져갔다.

"청정한 산속 맑은 공기 속에 살다 갑자기 나와서 그러는 거다. 조금만 더 지나면 서울사람들의 코와 눈이 되어서 괜찮을 게다."

지구는 날이 갈수록 더워지는데 시멘트 일색의 마천루 같은 빌딩과 빌딩, 첩첩이 둘러싸인 아파트 숲을 이룬 도시의 열섬현상과 태양복사열, 혼탁한 매연과 미세먼지가 뒤범벅이 되어 콧속을 매캐하게 자극하는 데다 이글이글 타는 태양 아래 달아오른 콜타르 아스팔트 도로를 가득 메우고 밀려가는 차량 행렬이 마치 아마존 정글의 마라푼다 살인 개미떼처럼 끝없다.

"서울에선 누가 코를 베어가는 것이 무서워서가 아니라 매운 재채기가 자꾸 나와서 아주 떼어 주머니에 넣고 다니는 게 좋겠어요."

다라는 말을 하면서도 우스꽝스러운지 키득거리고 웃었다.

"서울엔 별의별 중생들이 다 어우러져 비비대기를 치고 사는구나. 귀로 훔치고 입으론 사기치고 눈으로 파먹으면서 말이다."

유정은 별 괴이쩍은 소릴 다했다.

"그건 또 무슨 소리에요?"

"밥을 안 먹으면 배가 고프듯이 매일같이 함께 살아가는 생활권의 사람들을 하루라도 보지 않으면 괜히 궁금하고 걱정스런 근심이 생기고, 세상 소식을 듣지 못하면 기회를 놓쳐 뒤처지는 안달이 나고, 매일 바라보던 풍경들도 하루를 보지 않으면 낯선 곳에 떨어진 외돌토리의 고립감이 들기 때문이지. 거기 그렇게 군침을 삼키며 서 있지 말고 안으로 들어가자."

낯선 서울의 긴장을 좀 풀어주기 위해 우스갯소리와 놀림

소리를 건네며 전철과 버스를 갈아타면서 한동안 걸어온 유정은 제과점 앞에서 발걸음을 멈추고 맛깔스런 빵들을 구경하고 있는 다라를 데리고 제과점으로 들어갔다.

"쟁반을 가져다 먹고 싶은 빵들을 가져 와라."

유정은 한쪽 테이블에 바랑을 벗어놓고 매장으로 걸어 들어가 부드러운 식빵 한 상자를 샀다. 다라는 빵 몇 개를 담은 쟁반을 들고 테이블로 돌아와 단팥빵 하나를 유정스님에게 건네주었다.

"배가 많이 고팠던 게로구나. 그것도 모르고 내가 무슨 정신이 팔려 공양을 잊고 서둘러 달려왔는지 모르겠구나."

유정은 미안쩍이 말했다.

"공양을 거르긴 스님도 마찬가지잖아요."

다라는 시장했던 것처럼 단팥빵 세 개를 먹고 우유 한 팩을 벌컥벌컥 들이마시는 걸 보고난 유정은 가게 종업원이 포장해서 가져다 놓은 케익상자를 들고 자리에서 일어났다.

버스정류장이 있는 길에서 주택가를 돌아들자 시가지로 내려온 산자락 길목에 〈정각사 1.7km〉라는 이정표가 있었다.

"절에 가시게요?"

"중이 절집 말고 달리 갈 데가 있느냐."

정각사로 오르는 산길은 널찍하게 시멘트 포장이 되어있고, 한 굽이를 길게 올라간 오르막길 위에 서 있는 일주문─柱門 용마루가 보였다.

"스님, 이쪽 샛길에도 절이 있나 봐요."

길섶 물이 마른 개천 건너 산길 초입의 바위에 〈수정암〉이라는 음각이 새겨져 있다. 수정암은 정각사의 말사末寺다.

"출가하여 아직 계를 받지 아니한 승려 입문과정의 행자行者님들이 머무는 곳이다."

말을 주고받는 중에 나무숲이 우거진 산길을 걸어 나오던 비구니스님이 발걸음을 멈칫하더니 두 손을 모은 합장례를 하고 곱게 지나갔다.

"서울엔 절들도 많네요."

"절이고 스님들이고 서울로만 모이는구나."

"시골엔 사람이 별로 없으니 그렇겠지요."

"그렇구나. 사람이 사는데 절도, 스님도 있는 법이지. 중생들이 모두 떠나고 없는 시골 산간벽지에 스님이고 절이고 남아 있을 게 무엇이냐."

깊은 산중 대찰, 명찰들도 서울과 대도시에 포교당을 명분으로 사찰전각을 지어 나오고, 노변 건물과 주택가에 자리 잡고 있는 작은 절집들은 태반이 운수, 사주풀이나 해주고 하면서 겨우 연명들을 하고 있었다. 유정은 정각사 일주문을 앞두고 먼저 수정암 길로 접어들었다. 무성한 나무숲 사이로 조용하게 나있는 길을 따라 들어가자 높직한 벼랑바위 아래 수정암이 자리 잡고 있었다. 수각水閣의 청정하게 흘러내리는 물소리가 들려오는데 숲속의 행자실이 고요했다. 두 사람은 우선 대웅전을 들러서 나오는데 아무도 없는 것처럼 고요하게 닫혀 있던 관음전 방문이 열렸다.

"어서 오세요. 절소임을 맡고 있는 원주입니다."

친절하게 맞이하는 원주스님과 인사를 나눈 뒤 유정은 자리를 함께 했다.

"본찰에 계실 때 간간이 뵙던 기억이 납니다."

원주스님은 손수 감잎차를 우려내었다. 초로의 원주스님은 가느스름한 눈매가 아주 깊고 평안했다.

"행자는 한 분도 안 계신지요?"

"오래 전에 본사(정각사) 템플스테이를 들어와 며칠 머무시다 여기로 내려온 외국 행자스님이 한국어 능력시험(1급)을 취득하지 못해 수계교육을 받지 못한 채 돌아가시고 그 뒤로 다른 한 분이 또 들어와 수계교육을 받고 떠나신 뒤에는 들어오신 분이 없으십니다."

"요즘 들어 입산출가자보다 법계를 떠나 환속하는 스님들이 부쩍 많다고 들었습니다. 이름난 사찰에서는 심지어 출가자가 모집광고까지 다 한다구요?"

"규율이 너무 엄격해서 적응하기가 힘들다고들 하는 모양입니다. 본사에 국제선원을 세운 큰스님께서는 가뜩이나 수계를 받은 외국인 스님들이 떠나고 행자님들이 한국어 취득 때문에 수계교육을 받지 못하고 돌아가는 게 안타까우셨던가 봅니다. 그래서 별도로 국제불교 '관음선종觀音禪宗'을 만드셨지요. 오히려 외국 행자들이 한국말을 잘 배우면 신도와 일반인들이 자꾸만 찾아 마음을 복잡하게 만든다면서 오직 '참 나'를 찾는데 집중하라고 하셨다고 하는군요. 모든 것이 승려 위주의 교단이 빚어내고 있는 일들이 아닌가 합니다."

"소승의 좁은 생각입니다만 스님들께선 현실적으로 자신들의 미래에 대한 불확실성이 크게 작용하고 있는 것이 아닌가 생각합니다."

"그렇겠지요. 그런데 유정스님께서 어떤 일로 저희 암자엘다 찾아오셨는지요?"

원주스님은 물으면서 동행한 처자를 얼핏 돌아봤다.

"이쪽 처자는?"

"소승이 머물고 있는 암자 큰스님을 시봉하는 처자입니다. 깊은 산속에만 갇혀 살다 보니 답답하기도 했는지 서울구경을 하고 싶다기에 동행하였습니다."

"그렇군요. 반듯한 몸으로 참하게 삼배를 하는 것부터 다르다 했지요."

튼실한 처녀를 행자로 데리고 찾아왔나 싶게 살펴보던 원주스님은 약간 아쉬운 기색이다.

"소승은 나혜스님이 간혹 수정암을 찾아 머물고 하신다기에서 혹 계시면 한번 뵐까 하고 들러보았습니다."

"수정암은 나혜스님의 출가본사지요. 환속하신 후에도 간혹 들르고 하시더니만 요 근랜 무슨 바쁜 일이 생겼는지 다녀가신 일이 없습니다."

"환속을 하셨다구요?"

유정은 말귀를 잘못 알아들은 것처럼 어리둥절해서 되물었다.

"저도 뜻밖이었어요. 그렇다고 인연이 다해서 떠나는 것을 잡을 수가 있나요. 뜻을 굽힐 것 같지 않아 보이기도 했구요. 나혜스님이 비록 환속을 했어도 이따금씩 찾아오고 하는 걸 보면 멀리 가서 살고 있는 것 같진 않습니다만 지금은 어디에 가서 사는지 잘 모르겠습니다. 어차피 속세에 나가 살 바엔 낯선 곳보다 조금이라도 주변 환경이 익은 곳에서 사는 게 좋지 않겠어요."

원주스님은 은은한 미소를 머금은 얼굴로 뒷말을 이었다.

"깨달음을 얻어 보겠다고 눈 푸른 납자로 화두를 들고 여기저기 세상을 떠돌아다니던 비구니스님이 각박한 사바 속세에 불쑥 뛰어들어 어떻게 잘 살기나 할지 걱정이 되곤 합니다."

"속세에 나가 살 만한 재주를 익힌 게 없다고 해도 자기 한 몸이야 어떻게 살지 않겠는지요."

나혜스님이 환속했다는 말에 가슴이 덜컥한 유정은 놀란 가슴을 힘들게 진정시키고 있었다.

"사는 게 어려우면 다시 들어오라고 여러 번 권유를 했지만 무슨 사정이 있는지 당장은 재출가를 할 수가 없다고 하더군요."

"아무래도 그러신 것 같군요."

유정은 나혜스님이 피치 못할 사정이 아니고선 환속할 이유가 없었을 것 같았다. 아니 향일암 화재에 끔찍한 화를 입지 않고 무사하게 살아있다는 것만도 뛸 듯이 반가웠다.

"혹시 나혜스님한테서 이런 청매합장주를 보신 적이 있으신지요?"

유정은 청매염주를 꺼내 보였다.

"예. 나혜스님이 지니고 있던 염주와 똑같군요."

원주스님은 청매화석 염주에 놀랐다.

"푸른 청매염주로군요. 나혜스님이 목에 걸고 있는 것을 본 적이 있지요. 그런데 한번은 찾아와서 이웃 보살님들과 전라도 금오산 향일암 관음기도를 갔다 화재가 나는 바라에 염주를 잃었다고 퍽 아쉬워하더군요. 헌데 어떻게 그런 청매염주를 유정스님께서 지니고 계신지요?"

원주스님은 매우 놀랍게 물었다.

"몇 해 전 금오산 향일암이 화재로 전소를 했다는 소식을 듣고 찾아가 보았던 적이 있었습니다. 그때 전각들이 모두 불탄 잿더미에서 우연히 이 청매염주를 발견하고 주운 것입니다."

"그 청매염주가 나혜스님 것인가 보군요."

"예."

"염주를 돌려드리려고 이렇게 찾아오셨군요."

"일찍부터 알고 있던 스님이시라서 한번 찾아뵙고 싶기도 했구요."

유정은 그쯤에서 청매염주 문제를 다른 얘기로 얼버무렸다.

"나혜스님은 향일암에 화재가 났을 때 다른 두 분 보살님과 함께 잠자리가 부족한 향일암에서 아래 갯마을로 내려와

민박을 하는 한밤중에 난데없이 소방차 소리가 요란해서 밖
으로 나와 보니 향일암에 큰불이 났더랍니다. 나혜스님은 그
제서야 종무소에 묘법연화경과 함께 두고 온 염주 생각이 번
쩍 나더라는군요."

"그렇게 되어 무서운 화마를 모면하셨군요."

내내 불안한 마음으로 속을 태우던 유정은 비로소 크게 안
도하였다.

"모든 게 부처님의 가피지요."

원주스님은 지금도 나혜스님의 환속을 아쉬워하고 있었
다.

"모든 것을 굳게 참고 견디며 살아가야 하는 사바 중생계
에서 어떻게 잘 살고 있는지 항상 걱정스럽고 궁금하기만 합
니다. 나무관세음보살."

일찍 발심출가 하여 여자의 긴 머리를 삭발하고 비구니스
님이 되어 숭고하게 입고 있던 법의法衣를 벗어 부처님에게
되돌려 바치고 속세의 김소미로 돌아와 있었다.

그동안 오직 한 길을 걸어온 그녀는 갑자기 천길 높은 벼
랑에서 굴러 떨어지듯 지나간 날들이 바람처럼 사라지고 있
었다.

"외로움을 덜어주고, 사랑해 주는 황홀함과 포근한 안식,
나머지 인생을 모두 바치고 싶었던 순간들, 사랑하는 유정스
님, 소미는 일찍부터 한 남자를 만나 사랑에 눈을 뜨고 세상
에 오로지 하나밖에 없는 당신의 소중함을 알았습니다."

　그녀는 사랑하는 사람을 위해 간절히 기도했다.

　"사랑은 언제나 격정과 전율이었습니다. 위대한 인간의 생명력이기도 하였습니다. 그런 사랑은 무명(無明:어리석음, 어둠, 막힘, 미혹迷惑)과 부질없는 망념과 어림석음이 아니라 세상에서 가장 아름답고 소중한 신비로움이고 환희였습니다. 눈시울에 눈물이 수정처럼 맺히고, 생애를 울리는 감동이었으며, 한 인간으로서의 진정한 참모습이었습니다. 외람된 말씀이오나 불경의 갈피마다에 나열된 법문法文의 차갑고 건조한 메마름이 사랑의 불씨를 낳았고 펄럭거리는 정염의 불꽃을 활활 피워 올렸답니다. 용서하십시오. 나혜는 미진하고 부족하여 엄숙한 부처님에 대한 외경畏敬을 끝내 감당하기 어려웠던 것 또한 사실이며, 비단 가사장삼의 허울을 보았을 땐 초라하고 무엇인가 잘못된 슬픔이 찾아들고, 부처님의 자비가 가난과 소외와 고통을 받는 사바세계 중생들에게 따뜻이 미치지 못하는 것을 보았을 때 나혜 비구니는 공덕을 짓기보다 무거운 업을 짓고 있는 것만 같았습니다. 그동안 소승을 품어준 도반과 도량들, 부처님의 가르침, 그 은혜의 가피를 받고, 중생들의 아낌없는 시주와 보시의 노고에 항상 감사하는 마음으로 살겠습니다. 나무아미타불 관세음보살."

　기도를 하면서 그녀는 뜨거운 사랑의 눈물을 흘렸다. 끊어질 듯 다시 장엄하게 울려 퍼지는 산사의 범종소리가 길게 여운을 끌며 이어지고 있었다.

　"사랑은 무엇인가? 나는 정말 가슴으로 사랑을 하고 있는 것인가? 사랑할 줄을 알고, 그 사랑이 봉사와 희생이 본질인 것을 과연 알고 있는 것인가? 누구나 부처가 될 수 있고, 보살일 수가 있다면 이 소미는 깨달은 생명覺有情으로 당신을 위한 진정한 보살이 되고 싶습니다."

　납의를 걸친 사문들은 수행이라는 것은 알지만 고행과 수행을 잘못 혼재하고 있는 것은 아닌지? 헛된 생각과 정신을 홀려 생각을 흐리게 하는 모든 것을 떨쳐 버리고 자기 본래의 천성을 깨우쳐 아는 견성見性과 깨달음成佛이란 수행을 통하여 도달하는 궁극적 경지라고 하는데 그것을 이해하는 것이고, 영혼의 의지라고도 하고, 일상의 자극을 깊이 이해하는 수단이고, 그 치열한 욕구는 바로 삶을 향상시키는 에너지이며, 새로운 삶을 찾는 촉수라고도 하는데 수행이 일천한 소미는 그 오묘한 진리라는 것들이 언제나 모호하고 막연하기만 했다.

　"사랑하는 유정스님, 우리의 인연은 사천왕의 네 신장나한 神將羅漢들도 끊고 자를 수 없는 사랑이 아니던가요. 그럼에도 불구하고 우리의 사랑은 가까운 곳에서 쉽게 만날 수도 없는 숙명이 너무나도 야속하고 가혹하기만 하였습니다."

　소미는 쉼없이 눈물을 흘렸다.

　"맑고 깨끗한 업보를 버리고 사람의 몸을 쓰고 나온 것은 불도로 중생을 건지자는 본원 때문이 아니었는지요. 유정스님, 당신께선 부루나富樓那 모양으로 이 세상에 오는 길에 그 본원을 까맣게 잊어버리고 계신 것은 아닌지요? 석가세존

인위시因位時 삼천대천세계에 겨자씨만한 곳도 중생을 위하여 신명을 바치지 않으신 곳이 없다고 하였습니다. 부디 바라건대 성불하시어 절망과 괴로움에 빠진 중생들을 건져 즐거운 소망으로 복덕을 누리며 살아가십시오. 당신의 성불을 위해서라면 이 한 몸 기름을 부어 불을 살라도 여한이 없습니다."

소미는 절실한 염원으로 기도를 마쳤다. 그녀는 비록 환속한 재가보살이 되었지만 사정상 불가피한 몸이 되어 법계를 떠났을 뿐, 마음은 여전히 심출가心出家한 비구니였다.

"나혜스님은 무엇인가 불가피한 일이 있어서 법의를 이 원주에게 맡겨놓고 잠시 부처님의 법계를 떠났을 뿐 언젠가는 다시 부처님 품으로 돌아오실 것입니다."

원주스님은 잠시 끊겼던 얘기를 다시 꺼내며 나혜의 재출가를 단언하였다.

"중생들이 참고 사는 데가 사바세계라고 하지만 날이 갈수록 더 야박해지는 것만 같습니다."

"부처님 말씀만 지니고 살아온 사람이 속세에 적응하며 살아간다는 것이 쉽지는 않을 것입니다. 수정암에 찾아올 땐 예전 여인네같이 가르마머리를 곱게 빗은 쪽머리를 하고 단정한 모습이었는데, 얼굴이 퍽이나 야위었더군요. 어디가 아프냐고 물어봤더니, 사는 게 누구나 똑같은 거 아니냐면서 살포시 웃고 말더군요."

환속하여 생활이 어려운 나혜 얘길 들고 난 유정은 한시라도 빨리 재가보살이 된 소미를 찾아보고 싶었다.

"이야기 중에 언뜻 비치는 말이 혼자가 아닌 것 같더군요."

원주스님은 모호한 말을 덧붙였다.

"혼자가 아니라니, 무슨 말씀이신지요?"

유정은 정신이 번쩍 들어 물었다.

"환속해서 결혼을 했나 봅니다. 아이가 있는 것 같았어요. 사는 게 어려우면 그냥 수정암에 들어와 있으라고 했더니 혼자가 아니라면서 나중에 솔직한 고백을 하더군요. 아들이 하나 있다구요. 이름이 '두호'라고 하던가 그랬어요."

"아들이 있다구요?"

유정은 꿈속의 얘기만 같았다.

"어차피 한번 마음을 먹고 환속을 했으면 뒤늦으나마 그렇게 사는 것이 좋지 않을는지요."

"……"

유정은 넋을 놓고 말을 잃었다. 나혜의 환속을 가져온 것은 정각사 승방의 은밀한 밀통密通이 가져온 것이었다. 미처 예기치 못한 임신, 차츰 불러오는 배를 끌어안고 환속할 수밖에 없던 나혜의 고뇌와 숙명, 어디에선가 지금 아이를 키우며 살고 있을 것을 생각하면 유정은 심장의 피가 멎을 것만 같았다. 아니 살가죽을 베껴 온몸을 꽁꽁 묶고 활활 타는 유황불에 던져져 야차들이 쇠창을 달구어 꿰뚫은 몸을 공중에 내던지고, 쇠매가 눈을 파먹는 무간지옥 형벌을 받을 업장이었다.

"소승이 찾아와서 잘못한 실수는 없는지 모르겠습니다."

유정은 그만 자리를 일어났다.

"사람은 모두 다 자기 인연을 따라 사는 것이 아닌지요."

원주스님은 배웅하면서 말했다.

수정암을 나온 유정은 십 수 년 동안 머물었던 정각사를 코앞에 두고 그냥 돌아설 수가 없어 정각사 일주문을 향해 걸었다.

'분란에 시달리던 도량이 그동안 어떻게 변모했을까?'

뿌리칠 수 없는 생각을 하며 산길을 걸어 올라온 유정은 고요한 정각사 경내로 들어섰다.

신도들이 끓어 넘치던 대웅전, 관음전은 물론 대적광전에도 찾아드는 내객, 보살 한 사람을 볼 수 없이 고적하게 비어 있는 사찰의 분위기는 지나던 객승의 마음마저 쓸쓸하게 만들고 있다.

진승, 선객은 모두 다 어디로 가고 없단 말인가. 절집의 웅장한 규모에 놀란 다라는 관음전, 명부전, 극락전, 삼신각을 두루 구경하느라 온 정신이 팔려 있었다. 유정은 허봉선사를 추악하게 만들어 내쫓은 종각을 우두커니 바라보았다. 스님 한 분이 장삼을 펄럭이며 관음전을 내려오면서 고개를 돌렸다. 해인사에서 함께 공부하던 도반이었다.

"난곡스님이 아니신가?"

난데없이 부르는 소리에 난곡스님이 힐끗 돌아봤다.

"아니, 유정스님이 아닌가?"

난곡스님은 반갑게 유정을 맞이했다.

"언제 나오셨나?"

난곡스님은 교도소 출감을 먼저 물었다.

"지난달에 출감했네."

"고생이 많았겠구먼."

"고생이라니, 돈을 주고라도 한번 해볼 만한 감옥 수행이더구먼."

유정은 호쾌하게 웃었다.

"그게 무슨 말인가?"

난곡스님은 어처구니없는 표정으로 바라봤다.

"감옥에 한번 들어갔다 나온 사람은 두 번 다시 죄 짓고 들어갈 곳이 못 된다고들 한다지만 감옥도 중생들이 있는 곳이 아닌가. 온갖 죄를 다 짓고 들어온 죄수들과 좁은 옥방에서 몇 년을 함께 생활하면서 수행을 잘하고 나왔네."

"참말로 그러신가?"

난곡스님은 생전 처음 들어보는 것처럼 확인했다.

"이 못난 중놈 때문에 중생사회는 신문, 방송에 선정적인 기사가 넘쳤을 것일세. 종단도 무척 시끄러웠을 것이구. 그 일로 중 딱지를 떼이는 멸빈징계를 받았어도 나는 서운한 마음이 털끝만큼도 없네. 그런 일에 마음을 쓰고 연연하지 않으려고 수행이라는 것을 하는 게 아닌가."

"종단의 멸빈징계로 끝나는 거야 집안일이니 큰 문제가 되겠나만 기다렸다는 듯이 벌떼처럼 난리법석을 떠는 다른 종교 광신도들 때문에 그렇지."

두 도반 스님은 모처럼 자리를 마주하고 웃었다.

"갈수록 극성이야. 전 주지스님으로 계시던 허봉스님께서도 범종불사를 하겠다고 나선 정치판 보살 하나를 잘못 접견했다 추악한 염문에 휩싸여 결국 불명예스럽게 되시질 않았나."

"오물을 혼자 다 뒤집어쓰셨지."

허봉선사의 과거 불경스런 화제에 유정은 얼른 말을 뒤집었다.

"요즘 중생들은 가벼운 흥밋거리 시청각 매스미디어에 퐁당 빠져서 살다 보니 먹는 것이나 생각하는 것들이 모두 인스턴트가 되어버렸네."

"인문학적 소양이나 지적 능력들이 갈수록 저급하게 떨어지니 한번 잘못된 것들이 쉽게 고쳐지질 아니하던구먼"

"그게 겉멋에 든 중생계의 모양새지."

"법당에 찾아와서 부처님 말씀이나 제대로 듣고 배웠으며 좋으련만 얄팍한 기회들이나 노리는 불법, 편법에 변칙들이 성공철학으로 머릿속에 찌들어 있으니…… 아, 참. 예길 하다 깜빡 잊을 뻔 했네만 그동안 유정스님을 찾아온 여자가 한 분 있었네."

난곡스님은 갑자기 반가운 생각이 난 것처럼 여자 얘기를 꺼냈다.

"나를 찾아온 사람이라니?"

유정은 의아하게 물었다.

"스물 몇 살쯤 되었을까, 젊은 여자였네. 유정스님은 정각사를 떠난 지 몇 년 되었다고 했지. 절집에선 스님이 안 보이면 그런가보다 할 뿐, 어디로 갔는지 잘 모른다고 했더니 얼마 후에 그 여자가 일주일 일정으로 템플스테이를 들어오지 않았겠나. 그 여자가 처음 절을 찾아왔을 땐 유정스님을 찾더니만 템플스테이를 들어와선 이상하게도 유정스님을 찾지 않더구먼."

난곡스님의 얘기를 들으면서 유정은 교도소 수형생활 중에 찾아왔던 그 여자가 아닐까 하는 생각이 들었으나 일쑤 망념으로 치부했다.

"그 여자의 말은 불교를 공부하고 싶어서 템플스테이를 들어왔다고 하더구먼. 도량에 오래 유숙할 수도 없으려니와 단정하니 스님에 대한 동경까지 지니고 있기에 수정암으로 내려보냈네. 누구나 종교에 귀의할 땐 자기 신념에 따른 것이거나 사적으로 무슨 결정적인 계기가 있게 마련이 아니겠나. 한데 그 여자분이 그런 말을 하드구먼. 사람은 때로 한순간의 오해가 운명을 바꾸기도 한다고 말일세. 경우에 따라선 다른 사람의 인생까지 돌이킬 수 없게 만들어 놓기도 한다면서. 의미심장하게 들리기도 해서 무슨 말씀이냐고 물었더니, 그 여자는 글을 쓰다 보니 그런 생각이 들더라고 하지 않겠나. 그래서 뭘 쓰시는 작가냐고 물었더니 그렇다고 고개를 끄떡이면서 자기는 르뽀 같은 현장소설을 주로 쓴다고 하더구먼. 놀라운 건 그러던 여자가 얼마 뒤에 비구니스님이 되어 다시 나타나지를 않았겠나. 그 비구니스님의 자태가 어찌나 바르고 고운지 나는 무엇에 홀린 듯 한참이나 어리둥절하게 바라보았다네. 대웅전 부처님께 드리는 오체투지는 또 얼마나 반듯하고 지극하던지, 나는 그 비구니스님처럼 아름다운 비구니스님을 처음 보았네."

난곡스님은 이름 모를 비구니스님의 자태를 경탄해마지 않았다.

"절에서 그런 일이야 종종 있는 거 아닌가. 그만 가보겠네. 성불하시게."

난곡스님과 헤어진 유정은 경내를 한 바퀴 구경하고 돌아온 다라를 앞세워 정각사를 나왔다.

"환속한 스님 소식은 들었어요?"

다라는 수정암에서 귀담아들은 비구니스님 얘기를 입에 담았다.

"돌부리에 걸려 넘어지겠다. 정신 차리고 걸어라."

시가지는 한산했다. 유정은 한눈을 파는 다라의 입막음을 하고 광고전단이 나붙은 전신주로 다가갔다. 굵은 시멘트 전신주엔 사람을 찾거나 잃어버린 강아지를 찾고, 빌라를 사고판다는 종이딱지와 종업원 모집, 아르바이트 월수입 5백만 원이라는 등속의 광고딱지들이 덕지덕지 나붙어 있었다.

"한 달에 5백만 원을 준다구요?"

다라는 광고딱지들을 놀랍게 바라보며 물었다.

"속임수니라."

"속임수라구요? 스님은 그런데 뭘 그렇게 유심히 쳐다봐
요?"

"사바 중생들이 살아가는 형편을 좀 보려고 그런다."

유정은 환속한 소미가 혹여 길거리 광고딱지를 보고 일자
리를 잡거나 혹여 잘못 되지나 않았을까 싶은 노파심에 잠시
살펴본 것이다.

"아르바이트 월수입 5백만 원을 준다고 써 붙여 놓은 것은
유흥향락업소 접대부를 말하는 거다. 무슨 보증금이니, 돈
얼마를 투자하면 수익률이 몇백 퍼센트라고 써 놓은 것은 모
두 가난하고 순진한 사람들을 유혹하는 수작들에 불과하니
라."

전신주 앞에서 광고딱지들을 잠깐 살피고 돌아선 유정은
간선로 쪽으로 걸어 나와 제법 큰 한식당의 출입문을 열고
들어갔다.

"우린 예수 믿어요."

둥실하게 비곗살이 오른 몸으로 계산대에 앉아 있던 식당
주인은 문간 내벽에 걸린 예수 사진이 든 족자를 턱짓을 들
어 가리키며 불거진 퉁방울눈을 휘굴렸다. 동냥을 다니는 탁
발托鉢 걸승으로 본 것이다.

"말을 알아들었으면 얼른 다른 데나 가 봐요."

식당주인은 소금이라도 한줌 뿌리고 싶은 듯이 두툼한 손
을 휘휘 내저었다.

"문전박대 한번 고약하시네."

다라는 볼이 통통하게 투덜거렸다.

"식당주인 탓할 일이 아니라 내 잘못이다."

"스님은 환속한 비구니스님 때문에 정신이 홀랑 빠진 거 아니에요?"

"스님은 지금 세 살 먹은 아이를 물가에 내놓은 심정이다."

"그 환속한 비구니스님 때문에요?"

"방금 전에 전신대 광고딱지들을 보았지 않으냐. 사바세계 물정을 모르고 절집이나 전전하며 살던 스님이 하루아침에 각박한 세상에 나왔으니 사는 게 얼마나 힘이 들고 고생이 많겠느냐."

유정은 시장골목을 가로질러 걸었다.

"걱정이 아주 크신 거 같네요."

"크다마다. 좀 더 있으면 내가 코를 베어간다고 하는 말뜻을 알게 될 것이다. 요즘 사바세상에서 살다보면 때론 야차 같이 덤벼드는 사람들도 있고, 한눈을 팔며 눈 깜짝하는 사이에 무서운 죽음이 코앞에 바싹 다가와 있을 때도 다 있다."

"악한 지옥이란 말씀이군요."

다라는 제격 알아들었다.

"거리의 모든 중생들이 겉보기에 모두 반들반들하고 고와 보이지만 흉중엔 늑대 같은 야성이 깃들어 있는 사람, 사자 같이 난폭한 포식자에, 겉모양은 기름기가 반질거리는 상판 으로 훤칠 민틋하게 잘 생겼지만 사람의 생피를 빨아먹고 사는 백주의 흡혈귀에 유령같은 사람들, 길 가는 사람에게 까닭없이 마구 난폭한 행패를 부리며 흉기를 휘두르는 야만인의 끔찍한 살판이 되기도 하는구나."

"화려한 도깨비세상이란 말씀이시네요."

"내 눈엔 중생들의 얼굴이 모두 괴로운 번뇌의 고통으로 일그러져 있구나."

"스님이시니까요."

다라의 대꾸에 유정은 껄껄 웃었다.

"서원을 내걸고 중생제도를 위해 온몸을 던져온 고승들의 숭고한 존재가 무색해져버린 사바세상이 되어가니 하는 말이다."

몇 군데 요식업소와 저급한 단순인력을 공급하는 용역회사, 간병인까지 살펴보면서 병원을 나온 유정은 거리에 차고 흘러넘치는 중생들을 바라보며 막막한 절망에 사로잡혔다.

'인연을 다한 것인가? 인연을 다한 것이라면 소미와 두호, 나에게 주어진 시련이 너무 가혹하다. 사랑을 잃어버린 절망과 고독이 내 전생, 금생의 업이란 말인가.'

비 올 것 같던 날씨가 다시 좋아지고 있었다. 가로공원 군데군데 놓인 야외 의자엔 늙숙한 사람들이 뒤서너 명씩 모여 앉아 이야기를 나누거나 기력이 없는 모습으로 시름없이 앉아 있다. 세상살이 형편이 나아졌다고들 하지만 가진 것이 없는 사람들은 예나 지금이나 별로 달라진 게 없이 가난에 허덕이고, 심지어 피붙이들 간에도 띠앗머리가 없이 황량하게 메마른 살풍경이 되어가고 있었다.

"잠깐 놀다가요."

지하철 입구에 서성거리던 서너 명의 여인네들 가운데 한 여인네가 양복을 매끈하게 차려입고 지나가는 노신사 곁으로 바싹 따라붙으며 유혹했다.

"돈 많이 달라고 안 해요."

쉰 살 고비쯤의 여인은 애걸했지만 노신사는 시큰둥한 반응으로 지나쳤다.

"방금 전에 하던 얘기나 마저 해봐."

지하도 입구 계단에 담배를 피워 물고 앉아 있던 여인네가 제법 깔끔한 옷맵시로 입술이 붉은 여인네에게 채근했다.

"아, 글쎄 그놈이 거리에서 몸을 파는 건 불법이라면서 경찰서 유치장에 집어 처넣겠다면서 공갈, 협박을 하면서 싸가지 없는 욕지거릴 해대질 않겠어."

여인네들은 얘기를 계속했다.

"영감이 죽고 힘찬 자식 하나 없이 늙어 어쩌겠나. 어떤 늙은이는 목을 매고 서둘러 저승을 잘도 떠나드먼 생목숨 끊지를 못하고 어둑새벽에 리어카를 끌고 나가 밤이 늦도록 폐지를 주워봐야 몇 천원인디, 전기 수도 공과금에 습기 차서 눅눅한 반지하 단칸방에 가스나 한번 따뜻하게 때고 잘 수나 있던가."

"어쩌겠어. 입에 풀칠이라도 하고 여기저기 아픈 몸 약값이라도 마련하자면 두 눈을 질끈 감고 무슨 짓이라도 하고 살 수밖에."

"입술 부르트게 물고 빨아가며 더럽고 치사하게 번 돈을 제 돈 마냥 뺏어가는 놈들이 어디 인두겁을 쓴 인간 종자들인가."

"다른 노인네들처럼 아파트 꼭대기 올라가 치마 훌렁 뒤집 어쓰고 뛰어내리든지, 방에 연탄불이라도 펴놓고 저승길을 떠나든지 해야지 어디 서러워 세상을 살겠나."

여인네들은 서러운 신세한탄을 늘어놓았다.

"사바 중생들이 사는 게 말이 아니로구나."

본의 아니게 여인네들의 이야기를 엿들으며 참담한 심정을 가늠 길이 없는데, 다시 행인을 호객하던 여인네들이 갑자기 긴장한 모습으로 슬금슬금 자리를 피하고 있었다.

"내가 뭘 잘못했다고 경찰서로 가자는 거요?"

깨끗하게 한복을 입은 여인네가 눈치 빠르게 자리를 피하지 못하고 거쿨진 사내의 커다란 손에 등덜미가 냉큼 거머잡혔다.

여인네는 시뻘겋게 상기된 표정으로 버둥거렸다.

"네년이 늙은 몸뚱이를 팔아먹었잖아."

취기가 엿보이는 사내는 벌건 면상을 내두르며 가엾고 연약한 늙은 여인네를 험악하게 잡도리했다.

"저는 아니에요. 탱글탱글한 젊은 몸뚱이면 모를까, 대추 씨같이 쪼글쪼글하게 늙어빠진 할망구를 어떤 사내가 거들 떠볼 거라고 이렇게 생사람을 잡고 그래요?"

엉뚱한 사람을 잘못 알고 겁박하는 것처럼 여인네는 태도
를 바꿔 기가 죽은 모양새로 험악하게 나오는 배불뚝이 사내
에게 매달려 애처롭게 사정했다.

"이년이 잡아떼긴. 5천 원, 만 원씩 주고 여인숙에 들어가
한 탕씩 끝내고 나오는 걸 본 증인이 있어. 누구 앞에서 되어
먹지 않은 소릴 까발리고 나와!"

"그러지 말고 나 좀 잠깐 봐요."

커다란 배불뚝이 사내를 살갑게 돌려세운 여인네는,

"귀신은 경문에 막히고 사람은 인정에 막힌다고 안 해요.
좀 봐주시고, 이거 얼마 안 되지만 친구분들하고 컬컬한 목
이나 축이세요."

은밀하게 만 원짜리 파란 지폐 한 장을 사내의 손에 슬쩍
쥐어주었다.

"저런 못된 중생이 있나!"

딱한 여인네들의 정경을 지켜보던 유정은 사내들에게 다
가갔다.

"길을 지나다 보니 이분들의 사정이 퍽 딱하신 것 같은데
그 돈을 다시 돌려드리는 것이 어떠신지요?"

유정은 사내에게 정중하게 말했다.

"스님이 끼어들 자리가 아닙니다. 가던 길이나 어서 가시
우."

얼굴이 붉은 사내는 유정의 어깨를 툭 밀쳤다.

"요즘 가진 것 없는 중생들 세상살이가 무척이나 힘이 드

는 모양입니다. 소승이 보니 낮술이 거나하신 것 같은데, 술이란 때로 사람을 망령되게 만드는 독배라고 합니다. 도심의 혼탁한 공기에 목이 컬컬할 땐 시원한 냉수 한 그릇이 가장 좋은 보약입니다."

"중이면 가던 길이나 갈 일이지, 왜 남의 일에 참견이야!"

사내는 눈알을 부라리며 유정의 가슴팍을 확 떠밀었다. 그 순간 사내의 손회목을 잽싸게 걸어챈 유정은 사내의 팔뚝 관절을 우두두둑 꺾었다.

"에쿠, 이 팔, 팔 좀……."

사내는 뻘겋게 일그러진 상판으로 끙끙거렸다.

"연약하게 사시는 분들을 괴롭히지 마시오."

유정은 버둥거리는 사내의 멱통을 꾹 잡죄었다.

"중이 사람을 때린다아!"

멱통이 짓눌린 사내는 캑캑거리며 목이 쉰 소리를 가늘게 내질렀다. 일행이 되어 길쭉한 주걱턱을 쳐들고 당혹스럽게 지켜보던 사내는 유정스님 뒷전으로 돌아 등덜미를 잡아채는데, 잽싸게 달려든 다라가 사내의 다리오금을 제겼다.

"이년이, 죽으려고 환장을 했나?"

오금이 꺾여 털썩 주저앉던 주걱턱 사내는 냉큼 무릎을 세우고 일어나 늑대의 사나운 살기로 으르렁거렸다. 주걱턱의 사내가 제때를 마춰 덤벼든다 싶게 다라는 다가붙는 사내의 사타구니를 냅다 걷어질렀다.

"에이쿠!"

　상판이 길쭉한 사내는 대번에 남근이 부러지고, 불알 두 쪽이 터져나간 듯이 두 손으로 사타구니를 감싸며 허리를 꺾었다.

　"나쁜 아저씨들 같으니."

　거무숙숙한 얼굴에 군살 한 점 없이 몸매가 쭉 빠진 다라는 몹시 날파람스럽기까지 했다.

　"못된 중생들이로세."

　뻘건 눈알이 툭 튀어나오도록 손을 모로 세워 배불뚝이를 내려친 유정은 뒷전으로 몽둥이를 후리고 덤벼드는 사내를 걷어잡아 어깨 너머로 번개처럼 메어쳤다.

　"중놈과 애년이 사람을 친다. 사람 살려!"

　아스팔트 바닥에 머리라도 다치면 어쩌나 싶어 인정을 써가며 슬쩍 밀어치고 메어치긴 했으나 엉덩방아를 찧어가며 벌러덩 나동그라진 두 사내는 다 죽어가는 소리를 지르며 버둥거렸다.

　"차라리 모기다리 피를 내어 먹을 일이지, 어디 갈취할 데가 없어서 연약하고 불쌍한 여인들의 등을 친단 말이오. 나무관세음보살."

　유정은 관세음보살의 대자대비를 빌었다. 다라는 땅바닥에 떨어진 만 원짜리 지폐를 주어 겁을 먹고 새파랗게 질려 지켜보고 있던 여인네의 손에 꼭 쥐어주었다. 그때까지 주위를 에워싸고 모여들던 행인들이 풀리며 돌아서고, 노년들도 하나둘 사라져가는 거리엔 이슬비가 계속 부슬거리고 있었다.

"다리가 아프지 않으냐?"

"다리가 아픈지 배가 고픈지도 모르겠어요."

거리엔 저마다 피켓을 든 시위행렬이,

"부정선거, 살인정권 물러가라!"

구호를 우렁차게 외치며 중심가로 밀려가고 있었다. 길목 곳곳에도 〈박근혜는 퇴진하라.〉는 1인 피켓시위를 하는 사람들 가운데 둥근 모자를 쓰고 노란 리본을 매단 스님이 커다란 골판지에 '목탁의 비애' 제하에 '목탁을 울려 잠을 깨울 수 없고, 죽비로써 젖은 몸 말릴 수 없으며, 요령을 흔들어 잠들 수 없는 세월의 비명들이여! 부정선거로 국민주권 뺏더니 더러운 권력 지키려고 300명이 넘는 중생들을 차가운 바닷물 속에 무참히 수장시킨 정부를 질타하는 피켓시위를 하고 있었다. 유정은 다라와 함께 피켓을 펼치고 서 있는 스님 앞으로 다가가 인사차림을 하였다. 마음 같아선 함께 머물러 동참하고 싶었으나 스님의 의연한 기개만으로도 충분할 듯하였다.

"이 많은 사람들이 어디를 가는 거죠?"

거리를 가득 메우고 밀려가는 사람들을 보며 다라는 물었다.

"시위에 나선 사람들이다."

"시위요?"

"방금 목탁의 비애란 글을 써 들고 서 계신 스님을 보지 않았느냐. 무능한 나라님과 여인네 하나가 미꾸라지처럼 못된 분탕질을 쳐놨구나."

그때 지나가는 행인들이,

"당장 경제가 개판이라구. 창조경젠가 뭔지 창조 글자만 붙으면 마구 퍼준다니 눈치 빠른 사기꾼들만 들끓는다네. 거기다 쏟아 부은 돈이 자그만치 20조도 넘는다는 거 아냐."

"낮도깨비 같은 사기꾼들만 세상 만났지."

"문제는 뉴라이튼가 뭔가 하는 거지. 그 반민족 친일 주구走狗들이 발호하면서 나라꼴이 아주 우스워지고 있어. 심지어 학생들이 잘못된 역사를 알면 혼이 비정상이 되느니 어쩌고 하면서 알량한 정권 입맛대로 국정화 시도를 하는 걸 보면 꼭 과거 유신독재 연장선상에 놓여 있는 절대 왕권 같단 말일세."

거친 불만을 주고받았다.

"나라가 갈수록 더 혼란스러워지는구나."

권력의 독선에 국민들의 불만이 극에 달하고 있었다.

"노란 리본을 달고 다니는 사람들은 어떤 사람들이에요?"

"노란 리본, 그건 죽은 사람 조의弔意나 애도哀悼를 표시하기 위한 상장喪章과 같은 것이란다."

"사람이 죽으면 베옷만 입는 줄 알았더니 저런 노란 리본도 다는군요."

"제주도로 수학여행을 가던 안산 단원고등학생들이 타고 가던 배가 전라도 진도 앞바다에서 침몰하는 바람에 3백 명이 넘는 학생들이 죽어간 참사가 일어났단다."

"3백 명이 넘게 바다에 빠져죽어요?"

다라는 낯빛이 하얗게 굳었다.

"바닷물 속에 가라앉은 배 안에 갇힌 채 죽어갔다는구나. 그것도 배가 완전히 가라앉기 전에 모두 구조할 수가 있었는데도 말이다. 게다가 선원들은 학생들에게 가만히 있으라는 소리를 하고 자기들만 천연덕스럽게 배를 탈출했다는구나."

"학생들은 모두 차가운 바다에 빠뜨려 죽이려고 작정을 했군요?"

다라는 믿을 수 없다.

"어린 생명들이 너무나 가엾구나."

따뜻해진 봄날, 곱게 피어나려고 보안 솜털로 보송보송하던 꽃봉오리들이 어처구니없이 떨어져 영원히 사라진 것이다. 유정은 노란리본을 볼 때마다 어린 학생들을 구해주지 못한 업을 태산처럼 쌓았다는 생각에 미안한 마음을 주체할 길이 없었다. 대명천지 그 같은 날벼락이 없고, 잔인한 악마들의 사주와 농간이 아닐 수가 없었다. 자식을 기르는 부모는 모두가 내 자식이요, 누구나 똑같은 심정인 것을. 어린 자식을 차가운 바닷물 속에 생매장한 유가족들을 향해 '빨갱이 자식들'이라느니, '보상금을 타먹으려는 시체장사'를 하느니, '누가 배를 타고 수학여행을 가다 죽으라'고 했느니 등등, 관변 시민단체 시위꾼들로 보이는 사람들은 최소한의 예의와 도리는 고사하고 평범한 일상적 상식도 양심도 갖추지 못한 악담을 퍼부었다.

통탄할 일이었다. 자식이 죽으면 그 무덤에 당신의 심장을 함께 묻고, 두 눈에 흙이 들어갈 때까지 죽은 자식을 가슴에 묻고 사는 것이 부모요, 비탄에 빠져 파탄지경에 이른 유가족들의 가슴을 쳐가며 원한을 살 것은 무엇인가.

"인간들의 재앙은 스스로 불러오는 것을."

피가 거꾸로 치솟는 세월호 참사의 어린 원혼들을 안타까워하며 시위대열에 휩쓸려 들어간 유정은 다라와 함께 어디로 얼마나 떠밀려왔는지 목을 빼고 사위를 둘러보았다. 광화문 쪽이었다. 다라는 정신을 차릴 수 없는 것처럼 사방을 두리번거리고 있었다.

"스님, 이렇게 많은 사람들을 처음 봤어요."

"나도 그렇다."

흐린 어둠 속으로 가랑비가 부슬거리고 있었다. 시위군중은 사방에서 물밀듯이 밀려들고 있었다. 다라를 잃어버리면 다시 못 찾을 것만 같았다. 유정은 얼른 다라의 손목을 그러잡고 빠져나갈 곳을 찾았다. 시위군중이 콩나물시루처럼 빼곡하게 에워싸고 있었다.

"이 많은 군중들이 지금 어디로 밀려가는 거예요?"

"청와대로 몰려가는가 보다."

서울시청 광장엔 시위군중의 흐드러지게 타는 촛불이 도도한 진홍의 강처럼 펼쳐져 있었다.

〈친일매국 반민족세력을 처단하라〉, 〈노동자, 농민, 폭압정권을 몰아내자!〉

전국 농민단체의 '총궐기 국민대행진' 행사가 진행되고 있었다. 노동자, 농민단체들과 천주교 사제들과 수녀들이 궐기에 함께 동참하고 있었다. 교복을 입은 여학생들의 손에도 촛불이 들려 있었다. 시민들이 속속 모여들면서 시위 군중 속으로 합류하는 가운데, 불법시위자들을 잡아내려는 경찰들의 카메라가 곳곳에 올빼미 눈처럼 번뜩거리며 돌아가고 있었다.

"버스를 동원해서 차벽을 세워 놓았다!"

시위대 속에서 외쳤다. 광화문광장 일원엔 수많은 버스들이 동원되어 차벽을 쌓고 경찰들이 물샐틈없이 배치되어 있었다. 도로를 가득 메운 시위대는 단 한 명도 차벽을 뚫지 못한 채 대치하고 있었다.

"차벽을 밀고 가자!"

외치는 소리와 동시에 시위대 전면에 포진한 사람들이 우르르 차벽으로 달려갔다. 철벽에 맞서 장대를 들고 두들겨대던 차벽 버스에 밧줄이 걸리자 줄다리기하듯 길게 달라붙은 사람들의 우렁찬 함성이 일시에 터져 올라왔다. 버스가 흔들리기 시작했다. 시위군중의 기세가 충천했다. 차벽 너머 경찰진영의 크레인이 수상쩍게 움직이면서 물대포의 거센 물줄기로 터져 나왔다.

쏴—

경찰진영의 살수차撒水車에서 초특급 태풍 위력의 물줄기가 대포알처럼 날아들었다. 물대포가 전면 시위대를 삽시간에 휩쓸었다. 물대포를 온몸으로 받아내던 시위대는 맥을 못 추고 추풍낙엽처럼 날아가면서 시위대 전면과 차벽 사이가 텅 비어버렸다. 차벽 쪽에 남아 있던 사람들이 폭탄 같은 물 벼락을 맞으면서 아스팔트 도로 위로 나뒹굴었다.

"이건 최루액 물대포다. 캡사이신이야!"

나뒹구는 사람들 위로 물대포는 인정사정없이 날아들었고, 이리저리 날리며 거센 물대포를 온몸으로 죽어라 막아내던 사람들이 연이어 외쳤다. 시위대는 용감무쌍했다. 물대포의 비말이 뽀얗게 뒤덮이면서 아스팔트 도로는 흰 눈이 내려 덮이듯 새하얗게 일변했다.

"숨을 못 쉬겠어, 어서 빠져나가!"

"잘못하면 여기에서 죽겠어."

여기저기에서 비명소리와 고함이 솟았다. 현장 시위대는 물대포의 거센 물발에 막혀 아무 소리도 들리지 않는 모양이었다. 동시에 부상자가 속출하고 있었다. 무차별적인 물대포에 노출된 사람들은 마치 함박눈을 뒤집어쓴 눈사람이 되어가고 있었다. 이건 말이 물대포지 생화학탄이었다.

"허파가 오그라드는 것 같아!"

"저새끼들이 우릴 다 죽이려나봐!"

직사를 정면으로 얻어맞고 있는 쓰러진 사람에게 비옷을 입은 한 사람이 화급히 쫓아갔다. 또 사람은 마치 펑펑 쏟아지는 함박눈 속에 두 팔을 펼치고 허수아비처럼 서 있었다. 빗발치는 물대포를 피해 차벽에 붙어 있는 사람은 천지신명께 살려달라고 기도하는 것 같았다. 바로 그때다. 차벽 앞에 서 있던 사람이 순간적으로 날아드는 물대포 직사를 안면에 얻어맞으면서 아스팔트 위로 풀썩 나가떨어졌다.

"에쿠머니!"

다라는 딱 벌어지는 입에 두 손을 갖다 붙였다.

"저, 저런 놈이!"

살인적인 물대포는 죽은 듯이 뒤넘어진 사람 위로 계속 날아들었다. 빨간 우의를 입은 사람이 빗발치는 물대포를 등지고 달려가 두 팔을 짚고 널브러진 사람을 온몸으로 보호하며 날아드는 물대포를 막아냈다. 피를 흘리며 누워 있는 사람은 아무런 움직임이 없었다. 죽은 것 같았다. 또 다른 사람이 거세게 퍼붓는 물대포를 등지고 달려들었다.

"물대포가 사람을 죽였다!"

"경찰은 살인자다!"

시민들이 연이어 외쳤다.

"중생들을 축생처럼 다루는구나."

유정은 통탄했다.

"저새끼들이 막가자는 거야, 뭐야?"

"피는 피로 씻자!"

캡사이신 물대포 살상행위를 지켜보던 시위 군중들은 불을 토하는 소리로 치를 떨었다. 캡사이신 물대포의 살인적인 위력에 일정한 사정거리를 두고 밀려난 시위현장의 전면엔 거센 물대포의 하얀 비말이 피어나 뽀얀 안개 속처럼 덮이고 있었다.

"마치 해충을 박멸하듯이 쏘아대는구나."

시위대는 버스 차벽을 한 발짝도 밀어내지 못하고 뒷전으로 밀려나면서 물대포의 사정거리가 길어지고 차벽을 허물던 시위대의 투쟁이 느슨해진 상황하에 구급차가 경적을 울리며 시위군중 속으로 달려 들어왔다.

"저 청년은 팔이 부러졌어요."

한 사람이 외쳤다. 물대포는 세찬 폭포수처럼 계속 빗발치고 있었다.

"이놈들아, 부상자까지 다 죽일 셈이냐?"

비명과 고함이 사방에서 터져 나왔다. 교복이 흠뻑 젖은 여학생은 벌겋게 부어오른 손등을 쳐다보며 울부짖고 있었다. 물대포에서 피어나는 비말을 미처 피하지 못하고 흠뻑 뒤집어쓴 다라는 쏟아지는 눈물, 콧물을 주체하지 못하고 허둥거렸다.

"스님, 눈을 못 뜨겠어요."

다라는 눈알이 빠지는 것처럼 비명을 질렀다.

"잠깐만 기다려라."

유정은 얼른 바랑 속의 수건과 생수를 꺼내서 어쩔 줄을 모르는 다라의 얼굴에 흠뻑 부어주었다.

"여길 빠져나가야겠다."

유정은 다라의 팔을 이끌고 시위군중 속을 빠져 나왔다.

"민중의 지팡이가 되어 보호해야 할 경찰이 쌀농사를 지어

제값 받게 해달라는 농민을 물대포로 잡는 것 보니 이 정권
도 다 된 것 같구나."

사방에서 모여들고 있는 시위군중은 남대문을 지나 서울
역전 광장까지 이어지고 있었다.

"서울이 이렇게 난리법석일 줄은 몰랐어요?"

다라는 벌겋게 상기된 얼굴로 말했다.

"대통령을 뽑을 때부터 개표조작 관권부정선거 사단이 불
거지면서 정국이 소란스러운 이면에 국정을 제멋대로 농단
하는 비선실세가 있다는 풍문이 나돌더니만 과거 종신집권
을 꾀하던 유신독재 정부를 닮아가는 것이 아닌가 싶구나."

"암자 선사님께서 탄식하시던 것과 똑같은 말씀을 하시네
요."

"너도 수많은 군중 시위를 하면서 외치는 소리를 들어보았
지 않았느냐. 현 정권의 비선실세가 도깨비처럼 날뛰며 나라
를 흔들어 놓고 있다는 말들이 시중에 나도는 걸 보니 나라
도 한동안 혼란스런 난리를 치르게 생겼구나."

전국에서 모여드는 국민들이 사생결단의 시위를 벌이고
나올 적엔 필연코 그럴 만한 까닭이 있었다. 정부는 마음 아
픈 국민들의 고통을 살피고 원성을 귀담아 들어가며 해결해
주는 것이 마땅하건만 도탄에 빠져 못살겠다고 아우성치는
민중들에게 살인적인 물대포를 퍼부어대는 탄압으로 망국지
변을 불러오고 있었다.

"부정으로 태어난 정권이라 하더니 머지않아 된맛을 보겠

구나."

　서울역전 광장엔 촛불들이 빨갛게 깔려 있었다. 민중궐기
대회에 나선 시위 군중이 경찰들의 완강한 철벽과 무차별적
으로 쏴대는 물대포에 진로가 막히자 또 다른 한편에서 촛불
시위를 벌이고 있었다. 그 와중에 바쁘게 열차를 타려는 여
행객들과 플랫폼에서 몰려나오는 하차객들로 번잡스러웠다.
유정은 역사 대합실로 들어갔다.

　"기차를 타려구요?"

　다라는 유정스님이 찾아가려는 행선지가 궁금했다.

　"어찌하면 좋을지 모르겠구나."

　유정은 대전행 하행열차 시간을 살펴보았다. 10분 후에 출
발하는 경부선 열차가 있었다. 나혜가 환속을 했다고 해도
되돌아갈 속가俗家 어머니도 재가再嫁했다고 들은 말이 유정
은 문득 생각났다. 유정은 다시 역전광장으로 나왔다. 밤이
된 역전광장 여기저기엔 많은 노숙자들이 술에 취해 흐느적
거리고 있다.

　"소미가 어린것을 데리고 이런 곳을 헤매지는 않겠지."

　유정은 별의별 생각이 다 들었다. 여행객들이 몰려나오는
플랫폼 출구에선 여행객과 짐꾼 사이에 실랑이가 벌어지고
있었다. 여행객의 가방을 꼭 붙잡고 택시 승강장까지 한사코
들어다주겠다는 짐꾼과 큰아들이 마중을 나온다는 가방 주
인 간에 벌이는 실랑이다.

　"많이 달라고 안 해요, 사모님. 천 원만 주세요."

짐꾼 사내 쪽에서 보면 강짜나 다름이 없다.

"어서 가세요, 사모님."

실랑이를 벌이고 있는 도중에도 다른 짐꾼에게 손님의 가방을 빼앗길까봐 깡마른 체구에 육순六旬이 넘어 보이는 짐꾼은 큰 가방 안에 모두 금덩어리가 들었다고 해도 둘러메고 달아나지 못할 것같이 가방을 둘러메고 뛰어가는 다리가 곧 꺾일 것처럼 아슬아슬했다.

"여긴 서울 아니에요?"

장시간 열차를 타고 온 여행객들이 피로에 젖은 모습으로 사라져가는 광장엔 거나한 취기로 비틀거리며 고주망태가 되어버린 부랑자와 노숙자들이 광장 아스팔트 바닥에 누웠다.

"서울역에 나와서 서울이 아니라니, 무슨 말이냐?"

"거지 같은 사람들이 너무도 많으니까 그러지요."

다라는 남루한 거지꼴을 하고 흐느적거리는 노숙자들을 측은한 눈길로 쳐다봤다.

"집이 없이 거리에 나와 한뎃잠을 자면 누구나 노숙자가 되는 것이 아니겠느냐."

"서울엔 모두 다 잘나고 잘사는 사람들만 있는 줄 알았더니 거지들도 아주 많네요."

"산이 높으면 골짜기가 더 깊지 않더냐. 요즘 세상은 가진 사람과 갖지 못한 사람들로 크게 나뉘어져 있구나. 못 가진 사람에게 인정을 쓰고 베풀어가며 모두 함께 살았으면 좋으

련만 가진 사람들은 더 가지려고 수단방법들을 가리지 않는
구나."

"사람의 욕심이라는 게 그런 거잖아요."

"바닷물을 다 마셔도 물질에 대한 욕망이 채워지지 않는
게 중생이긴 하지."

"그건 그렇구, 우린 오늘 어디 가서 자요?"

다라는 얼굴이 어둡게 물었다.

"그러고 보니 우린 집이 없는 달팽이 신세로구나."

유정은 서울역전 지하도 계단으로 내려섰다. 계단 층계참
엔 형편없이 늙은 걸인이 동전바구니를 앞에 놓고 있었다.
바구니엔 동전 몇 닢이 들었다. 늙은 걸인을 불쌍하게 눈여
겨보며 지나치는 듯하던 다라는 늙고 병든 걸인이 마음에 걸
리는지 내려서던 계단을 되올라가 동전바구니에 천 원짜리
한 장을 공손한 손길로 집어넣고 내려왔다.

초저녁인데도 지하도엔 벌써 숱한 노숙자들이 즐비하게
자리를 잡고 있다. 모두 한때는 열정에 사로잡힌 인생을 살
면서 사장님, 회사원, 자상한 아버지였던 가장들이 어느 날
갑자기 빚쟁이, 사기꾼, 무능한 아빠가 되어 노숙자로 전락
해버린 사람들이었다.

"마치 보리밭 깜부기들 같구나."

유정은 넋두리하듯 혼잣소릴 밀어냈다.

"무슨 말씀이세요?"

다라가 물었다.

"우리도 지하도에 들어와 앉아 있으니 보리깜부기 밭에 들어와 앉아 있는 것 같구나."

거리의 노숙자들은 대부분 대한민국의 주민등록이 말소된 행방불명자이거나 사망자들이고, 가족은 물론이거니와 연고자도 없었다. 설령 연고자가 있다고 해도 아무도 찾지 않는 사람들이다. 그러니까 대한민국에 없는 존재들이다. 주민등록이 아직 살아 있거나 복원할 수 있는 노숙자들의 주민등록증명서와 인감증명서 등은 사기꾼들에게 푼돈에 팔려 눈먼 나랏돈에 시중은행이 털리고 부동산, 아파트, 차량등록원부에 없는 대포차, 대포폰(불특정한 사람의 명의를 빌려 만든 전화)을 개설하고 대포차를 사는데 악용되고, 심지어 신체장기까지 떼어 은밀한 밀거래로 팔아먹으면서 취객들의 지린내가 물씬 밴 뒷골목에까지 스며들어 처참하게 살아가고 있었다.

"우리도 저 사람들처럼 여기에서 자려구요?"

다라는 차디찬 지하도 바닥에 잠자리를 마련하고 즐비하게 누워 있는 노숙자들을 불쌍하게 바라보며 물었다.

"못 잘 거 뭐 있느냐."

유정은 피곤한 몸을 지하도 타일 벽에 기대었다.

"정말이세요?"

설마 지하도에서 잘까 싶어 다라는 놀랍게 물었다.

"아직 얼어 죽을 날씨는 아니구나."

유정은 노숙자들 쪽으로 눈길을 던졌다. 일찍 지하도에로 들어와 잠자리를 마련한 사람들은 잠자리를 잡고 잠잠히 누

워 있었다. 잠이 든 게 아니라 그냥 누워 있는 것이다. 소주
병을 손에 들고 왜틀비틀 돌아다니며 횡설수설하던 노숙자
는 고주망태가 된 몸으로 한쪽에 풀썩 쓰러지더니 잠잠하다.

"스님, 저기 걸어오는 스님 어디에서 본 것 같지 않아요?"

다라는 갑자기 유정스님의 팔을 흔들었다. 유정은 고개를
들었다. 노숙자들이 즐비하게 잠자리를 깔고 누운 지하도 가
운데 길로 걸어오는 스님은 어디에서 얼마나 먼 길을 걸어왔
는지 무거운 발걸음으로 지나간다. 깔끔한 장삼에 눌러쓴 벙
거지 모자 아래로 곱게 내려온 얼굴이 비구니스님이었다. 눈
을 떼지 않고 스님의 모습을 길게 바라보던 다라는 자리를
일어나 다소곳한 합장례를 보였다. 젊어 보이는 비구니스님
은 조금도 흐트러짐이 없는 모습으로 정중한 답례를 하고 지
나갔다.

"천사 같은 스님이세요."

다라는 비구니스님의 뒷모습을 감탄스럽게 바라보고 나서
고개를 갸웃했다.

"왜 그러느냐?"

"암만해도 수정암 길목에서 만난 그 비구니스님 같아서
요."

"그 스님이면 어떻고 아니면 어떠냐."

"천사같이 고운 스님을 첨 봐서 그러죠."

다라는 비구니스님이 계단 모퉁이로 사라질 때까지 뒷모
습을 길게 바라보았다.

"너도 비구니스님이 되고 싶은 거냐?"

"교법(敎法:부처의 가르침)을 받을 근기가 높아야 스님이 되는 거지 아무나 되고 싶다고 스님이 됩니까."

"다라, 네가 비구니스님이 되고 싶다면 못될 것도 없지."

"안 그래도 곰곰이 생각중이에요."

"허상이다."

"허상이라뇨?"

"싸우는 것도 멀리 바라보면 아름다운 한 폭의 그림이니라. 무릇 상이라고 하는 것은 모두 허망한 것이겠느냐. 만약 모든 상을 상이 아닌 것으로 보면 곧 여래부처의 열 가지 이름如來十號 가운데 하나를 보리라 하였다."

"저 사람들이 너무나 불쌍해요."

다라는 지하도 맞은편으로 턱짓을 했다.

"저쪽 젖먹이를 안고 있는 아줌마요. 곁에 담요를 둘러쓰고 붙어 앉아 있는 꼬마도 큰 자식인가 봐요."

세 식구가 꾀죄죄한 몰골로 꼭 늘어붙어 여섯 개의 눈만 빤하게 내놓은 채 땟물이 줄줄 흐르는 담요를 턱 밑까지 바싹 올려 쓰고 앉아 있었다. 지하도 생활이 오래된 장기 노숙자들이었다.

"바로 옆에 새우등을 지고 누워서 기침을 심하게 하던 사람도 여자 같아요."

기침을 쿨룩거리는 여자를 길게 바라보는 다라 앞으로 헙수룩한 사내 하나가 다가왔다.

"오늘 처음 왔소?"

사내는 큰 키로 버티고 서서 물었다.

"좀 쉬었다 갈 거예요."

다라는 겁을 먹고 얼른 대답했다.

"여긴 내 자리요."

"미안합니다."

유정은 다라와 함께 자리를 비워주고 일어났다. 형광등 불빛이 희끄무레하게 깔리는 지하도는 처음 들어왔을 때보다 훨씬 더 많은 노숙자들이 자리를 잡고 길게 누워 있었다.

"스님의 마음속에도 번뇌가 일어나십니까?

"갑자기 그게 무슨 소리냐?"

"스님의 양쪽 어깨엔 사바세계 중생들의 걱정이 다 실려 있는 거 같아요."

"그렇게 보이느냐?"

유정은 중생계를 떠돌아다니며 닦은 수행이 과연 무엇이 었는지 생각해보고 있었다.

"예."

"업은 한 생각이 만드는 것이다. 생각이 없으면 번뇌가 없는 것이고, 그 생각은 걱정이며 걱정이 이룰 수 있는 것은 아무 것도 없다. 너는 어떠하냐?"

유정은 사바 중생계의 딱한 정경에 큰 절망감을 느끼고 있었다.

"비가 오면 비를 맞고, 눈이 오면 눈을 맞고, 바람이 불면

바람에 불리면서 번뇌에 달아오른 몸이나 식혀보자."

"무슨 말씀이세요?"

"법복을 입은 승려의 허울을 쓰고 있을 뿐이로구나. 무릇 중이란 다 일체중생을 건지자는 것이 원願이 아니더냐. 허나 사바 중생들의 고달픈 인생길에 일어나는 번뇌의 고통을 겨 자씨만큼도 달래고 씻어줄 수가 없으니 나는 땡추 아저씨란 말도 과한 듯하구나."

유정은 발걸음이 유난히 무거웠다.

"저는 서울에 나와 보니 꿈만 같습니다. 소란스럽고 천상 같기도 하고 아귀도 같기도 합니다. 스님께선 저더러 비를 맞으며 정신이 간 곳을 찾으라 하셨지만 그 간 곳을 도무지 모르겠습니다."

지하도에 즐비한 노숙인들을 인자스런 눈으로 바라보던 다라는 덧붙여 말했다.

"초암선사님께서 말씀하시기를 주는 자와 받는 자는 서로 마음이 있어야 한다고 하셨습니다. 주는 자나 받는 자의 마음이 딴 데 가 있으면 서로 빈손만도 못하다고 하셨어요. 지금 지하도에 잠자리를 마련하고 있는 사람들은 물질이면 더 바랄 것이 없어 보이지만 제 눈엔 어떤 것도 받을 마음들이 없어 보이기만 합니다."

"그 깊은 마음이 없으니 저런 모습들이 아니겠느냐."

유정은 다시 소미 모자가 그리워졌다. 무심한 듯 체념한 듯 그립고, 보고 싶은 환영이 피어오르는 듯 사라지고, 생각

은 멀고 넓은 장천長天을 헤매고, 인연이 되려면 절로 알아서
되는 것인가, 되지 않는다면 아직 인연이 아닌 것을. 인연이
덜 여물었으니 인연이 되어야 이루어지는 것을, 그리워한다
고 간절히 바란다고 만날 수 없는 것을煩惱無盡誓願斷.

"추운 겨울이 코앞인데 우선 따뜻한 잠자리들이라도 있어
야 할 텐데 걱정이구나."

지하도를 나온 유정은 다라와 함께 조용해진 밤거리를 걸
었다.

"이젠 우리도 잠 잘 곳을 알아봐야 되겠구나?"

다라 처자가 아니라면 유정은 서울역전 지하도 노숙자들
속에 적당히 한 자리를 마련하고 눈을 붙여보았을 것이지만
모처럼 서울에 나온 다라를 길거리에 재울 수가 없었다. 유
정은 궁리 끝에 감옥살이 이전 밤 늦은 길에 잠자리를 마련
하고 머물던 도심재개발지역의 폐가들을 생각하고 발걸음을
서둘렀다.

뉴타운의 꿈은 옛말이 되어버린 구도심 재개발지역은 뜻
밖에도 예전 그 모습 그대로 변한 것이 없다. 군데군데 산더
미처럼 쌓인 건축폐기물과 저지대에는 어둠이 엷게 고여 있
었다. 껑충하게 서 있는 폐건물의 앙상한 골조와 곳곳에 허
물어져 방치된 폐가들이 밝은 달빛 아래 산발귀신 같은 그림
자를 무섭게 드리우고 있었다.

"이런 데서 자려구요?"

"사방에서 귀신이 뛰어 나올 것처럼 흉흉하고 어둡던 때보

단 한결 낫구나."

청아한 달빛 속에 귀기가 서리듯 스산한 폐허의 대지, 살아 있는 생명체라곤 찾아볼 수 없는 황량한 도심의 고요한 폐허에 쏟아지는 달빛이 하얀 명주비단처럼 황홀하게 깔리고 있다. 유정은 다라 처자를 달고 잡동사니가 너절한 골목을 천천히 더듬어 들어가는데 빈 마을의 공터에 모닥불이 타오르는 불빛이 밝게 비친다.

"이런 곳에도 사람이 살잖아요?"

다라는 환하게 타오르는 모닥불을 보고 마음이 놓이는 소리를 했다. 황량한 재개발지역 폐촌을 궁여지책으로 찾아온 유정은 환하게 타고 있는 모닥불을 바라보자 마치 정겨운 마을에 찾아온 듯 반가운 마음이 들었다.

"아이들이 이런 데 들어와서 왜 저러는 거래요?"

모닥불 가의 아이들을 보며 다라는 물었다.

"따뜻이 들어가 살 집도 없고 다닐 학교도 없는 아이들이 살아가는 곳이다."

모닥불 가에 가출 패밀리들과 함께 있는 개들을 보자 유정은 몹시 반가운 마음이 들었다. 그동안 까맣게 잊고 있었지만 녀석들을 다시 보니 틀림없는 보리 가족이었다. 그때 살아날까 싶던 두 마리 새끼도 모두 잘 커서 가출 패밀리들과 함께 살고 있는 것이 여간 놀랍지 아니했다. 고개를 쳐들고 컹 짓는가 싶던 백구 세 마리가 동시에 달려왔다.

"이 녀석들아, 잘 있었느냐?"

유정은 두 팔을 벌려 달려드는 녀석들을 두 팔에 안아주었다. '보리'라고 이름을 지어준 백구 가족은 사뭇 꼬리를 흔들어가며 어찌할 바를 모르고 유정의 주위를 맴돌며 껑충껑충 뛰어올랐다.

"스님!"

난데없이 불쑥 나타난 유정스님을 돌아보고 버찌가 달려왔다.

"이번엔 애기보살까지 하나 달고 오셨네요."

버찌가 큰 소리로 반색을 하는 걸 보고 똥숙이도 뒤따라 쫓아왔다.

"달팽이 밴드는 잘 되어가는 거냐?"

달팽이 밴드를 만들어주고 기약없이 헤어졌던 유정은 마치 살던 집에 다시 돌아온 기분이었다. '달팽이 밴드'는 각자 검게 그을려 찌그러진 깡통과 플라스틱 바가지를 요란스레 두드리며 신명나는 각설이 타령에 들어간다.

앞집 오빠는 걸떡이 / 뒷집 처녀는 개 엄마 / 집 잃은 달팽이 다섯 마리 / 양아치 오빠 조지는 말씀 / 물고 빨아 떡방아 돌고 / 바람난 마누라 간 곳이 어디냐 / 어허, 품바가 잘도 논다…….

"야, 그건 그만 걷어치워. 땡추아저씨가 왔으니까 달팽이 밴드 실력을 한바탕 보여줘야지."

　버찌의 말에 각설이들이 물러가고 송이의 디지털 피아노
가 경쾌하게 울려 나온다.

　해지는 저녁에 두견새 구슬피 울고 / 저 높은 나뭇가지의
낙엽은 / 허공으로 떨어져 강물에 흐르고 / 권문세가 처녀가
행복에 겨울 때에 / 집 잃은 달팽이는 찬 이슬이 서러워 운다
/ 저 별은 나의 별 슬픈 저 별은 / 정처없이 흘러 흘러 어디
로 가나.

　달팽이 밴드의 현란한 춤과 노래가 막 펼쳐지는데, 말똥가
리 일당이 대머리가 매끈하게 벗겨진 중년 아저씨를 악센 덜
미잡이로 잡고 다가왔다.
　"그 아저씰 왜 여기로 데리고 오는 거야?"
　똥숙이가 쏘아붙이는 소리로 물었다. 뒷덜미를 잡힌 대머
리 중년은 마흔 살 중반의 나이가 족히 넘어보였다.
　"이 노빠 어떻게 된 거야?"
　버찌가 다시금 물었다.
　"모텔을 덮쳤더니 개방귀같이 가진 것이 5만 원이 전부라
잖아."
　활새머리가 대답했다.
　"이봐요. 아저씨. 딸같이 어린 중학생을 모텔에 잡아다 실
컷 쳐드시고 뭐 5만 원?"
　버찌는 중년남자에게 쫓아가 귀빰을 후렸다.

"이 똥개 같은 아저씨 흔해빠진 카드 한 장도 없다는 거야, 뭐야?"

버찌는 기가 막힌 헛웃음을 지었다.

"이 거지발싸개 같은 아저씨 두 번 다시 나타나 껄떡거리지 못하도록 좆뿌릴 떼서 개한테 던져줘!"

버찌는 어이없이 허탕을 친 분노를 이기지 못하고 무릎을 꿇고 있는 중년남자의 주걱턱을 발길로 걷어질렀다.

"야, 두칠이 뭣해, 저 거지발싸개 옷을 홀랑 벗겨 쫓아버리지 않구."

버찌의 벼락 치는 고함에 모텔 방을 덮친 세 명의 사내 녀석들은 얼떨떨하게 서 있었다.

"알았어."

중년 아저씨의 뒷덜미를 잡아 일으켜 세운 두칠이는 알량하게 늘어진 불알 두 쪽이 터져나가도록 사타구니를 무지막지하게 걷어찼다.

"이 치, 이제 정신이 들고 똥창까지 뻥 뚫렸을 거야."

두칠이는 손살을 치며 말했다.

"저 아저씨 집에 들어가면 마누라한테 쥐어뜯겨 살점 하나 안 남아나겠다."

말라깽이 미나의 말에 가출 패밀리들은 배꼽을 잡으며 산드러지게 깔깔거리고 웃었다. 토실토실한 엉덩이에 불이 붙듯 걷어차여 내쫓긴 중년이 사라지고 나자 가출 패밀리들의 눈길이 일제히 스님과 함께 찾아온 산처녀 다라에게 쏠렸다.

"저건 뭐야, 땡추가 이번에 애기보살까지 꿰차고 나타났잖아?"

작달막한 키로 두툼한 양쪽 어깨가 딱 바라진 땅딸보가 삐딱한 고갯짓으로 침을 칙 내갈겼다.

"저 치들도 가출했나, 이런 델 오게?"

두칠이는 의아한 상판을 비틀었다.

"마, 저 땡추아저씰 보니까, 너 엄마 뱃속에서 씨가 싹트기도 전에 가출했겠다."

지켜보던 말뚱가리가 말했다.

"씨팔, 재미없어. 야, 땡추. 우리가 목탁 대신 양철통 쳐줄테니까 염불 한번 해보는 게 어때?"

땅딸보는 가출 패밀리들이 노래를 부르며 두들기던 양철통을 발길로 꽈당 걷어찼다.

"……?"

유정은 가벼운 코웃음을 치며 요망스런 녀석들의 행티를 지켜보았다.

"싱겁기는 고드름장아찌네."

"마, 진짜 싱겁기는 늑대 불알이라더라."

"씨암탉 불알이 아니구?"

위아래를 툭 찍은 듯이 작달막한 키로 어깨가 딱 바라져 오동통하게 살집이 오른 땅딸보와 말뚱가리가 익살스런 맞장구를 쳤다.

그때,

"뭣들 하는 거냐?"

다부진 중키에 턱이 길쭉하게 빨린 자가 서너 명의 수하手下를 꽁무니에 달고 서늘한 눈빛으로 우쭐우쭐 다가왔다. 일순 여망하게 떠벌이던 가출 패밀리들은 일제히 숨을 죽이고 긴장했다.

"카론 오빠!"

모두 얼어붙은 동태같이 굳은 몸들로 긴장한 가운데 버찌와 똥숙이가 함께 다가가 카론 오빠를 맞이했다. '카론'이라면 옛날 그리스 신화에 나오는 뱃사공, 죽은 자들에게 뱃삯을 받고 저승으로 데려가는 지옥의 사자이고 보면 그 위세를 알 수 있었다.

"땡추가 이런 데까지 다 오시나?"

어깨가 두툼하게 벌어진 사내는 첫눈에도 만만치 않은 폭력배쯤으로 보였다.

"이렇게 만난 것도 인연입니다."

유정은 상대방의 험악한 인상에 아랑곳없이 응수했다.

"우린 보시할 게 없으니 썩 꺼지슈."

카론은 입귀를 쌜쭉 비틀며 송곳니가 날카롭게 비어진 잇새로 침을 찍 내갈겼다.

"카론 오빠, 그러지 마요. 좋은 스님이에요."

"이 땡추도 너희들이 물고기방(PC방)에서 낚은 거냐?"

"카론 오빠, 꼭 그렇게 말씀을 하셔야 되겠어요?"

버찌는 포주오빠를 상대하는 말발이 예전같이 고분고분하

지 아니했다.

"저리 비켜, 이년아. 네가 뭔데 비렁뱅이 땡추를 감싸고 나오는 거야?"

콧등을 써늘하게 곤두세운 카론은 굵은 근육질의 팔뚝으로 연약한 여자애를 확 밀쳤다. 면상이 날카로운 늑대 형상은 한 무리나 조직의 우두머리가 될 귀상으로 보기도 한다지만 카론은 조직을 배반할 역모상逆謀像으로 성정이 매우 거칠고 사나웠다.

"그러지 말아요, 카론 오빠?"

가출 패밀리를 이끌어가며 어두운 거리에서 지독하게 살아온 버찌는 이제 누구에게 만만하고 호락호락한 계집애가 아니었다.

"이년이 누구한테 싸가지 없이 악바가지를 쓰고 나와?"

성난 카론은 냅다 버찌의 귀빰을 갈겼다.

"야, 이년아. 저따위 거지같은 땡추 나부랭이나 불러들이고 지랄병을 떠니까 사업이 안 되는 거야, 알겠어? 그만큼 네년들을 보살펴줬으면 보답을 똑바로 해야지. 언제부터 내가 여기에서 빈손을 털며 돌아간 줄 알아? 그런데 뭐가 잘났다고 악바가지를 쓰고 나와? 저 꺼벙한 땡추가 여기 나타난 뒤부터 사업이 가뭄을 타면서 망조가 들고 있단 말이야, 이 뼈다귀를 뜯어먹을 년아!"

카론은 두 눈에 쌍불을 켜고 살기 띤 포악을 떨었다.

"카론 오빠, 내가 개로 보여, 뼈다귀를 뜯어먹게?"

　머리채가 휘어 잡혀 주먹빰을 얻어맞고 피를 철철 흘리면서도 버찌는 바락바락 악을 쓰고 덤벼들었다.

　"카론 오빠, 우리 팸들은 돈 한 푼 꼬불친 적이 없어요. 돈을 버는 대로 오빠한테 다 바쳤다구요. 그런데 오빠는 우릴 또 잡도리하는 건 뭐야? 언제 우리 팸년들 누가 돈 한 푼 꼬불치길 했어, 도망친 적이 있어? 아니면 경찰 짭새들과 내통한 년이 있기를 했어? 왜 자꾸 우리팸들을 비참하게 만드는 거야?"

　이번엔 똥숙이가 바락바락 악을 썼다.

　"이년 지랄 떠는 거 보니 똥구멍이 막힌 거 아냐?"

　카론는 커다란 주먹을 번쩍 쳐들었다.

　"똥구멍, 씹구멍이 다 막혔다. 어쩔래?"

　"야, 뿔코?"

　"예, 형님!"

　"이년들 집구석을 샅샅이 뒤져봐라. 그동안 번 돈을 어느 구석에 분명이 꼬불쳐 놓았을 거야."

　카론은 달고 온 부하들에게 명령했다.

　"이봐, 땡추? 분명히 경고하는데, 그 빡빡 깎은 민대가리에 시뻘건 피를 뒤집어쓰고 싶지 않거든 썩 꺼지셔."

　카론은 부리부리한 눈매에 서슬을 달고 일갈했다.

　"소승이 한 말씀 드리겠소만 가정과 사회에서 버림을 받고 연약하게 살아가는 아이들을 따뜻이 보살펴주시지는 못하더라도 괴롭히는 업은 짓지 마시오."

거리에서 살아가는 가출 패밀리들의 피를 빨아먹는 것도 모자라 폭행조차 서슴지 않는 만행을 눈앞에 목격한 유정은 쉽게 물러날 마음이 없다.

"여긴 내 관할이야. 이 카론의 나와바리(영향력이나 세력이 미치는 영역)."

"그쪽의 나와바리든 어느 구역이든 딱한 사연으로 가출한 청소년들을 보호하고 돕지는 못할망정 감금, 폭행하고 도둑질과 강제매음까지 시키는 행위는 뜨거운 쇠사슬로 몸과 팔다리를 묶어놓고 톱으로 자르는 흑승지옥黑繩地獄에 떨어질 업장이외다. 허나 이 땡추 또한 사바세계 중생들의 고단하고 번뇌에 지친 고통을 마음 밖에 제쳐 놓고 부처님의 가르침조차 져버린 일신의 안일에 빠져 허랑방탕한 잘못이 있으니 잘잘못을 따지자면 그대와 조금도 다를 바 없을 것이오. 허나……."

중생제도 소임을 방기한 자신의 자책과 더불어 카론을 준절히 질책하는데,

"여긴 우리 형님이 주인이야. 썩은 냄새 피우지 말고 꺼져, 이 땡추야!"

투실투실한 부하 하나가 시답잖은 콧방귀를 뀌며 말결을 다잡고 커다란 황소눈알을 홀근번쩍 치떴다.

"이 땡추가 오늘은 운수불길하여 못된 자들을 만났으니 잠시나마 불가피하게 아귀축생이 되어 보아야 하겠소이다. 하느님께서 늙다 못해 망령이 드셨으면 필시 이 땡추가 패대기

를 당할 것이요, 아직 맑은 정신이시면 못된 그쪽이 경을 치
게 될 것이오."

유정은 막되어 먹은 중생들에겐 방편제도를 따로 쓸 것이
아니라 주먹찜질이 안성맞춤이었다.

"이 꺼벙한 땡추가 남의 나와바리에 허락도 없이 함부로
들어오는 버릇을 좀 고쳐줘야겠다."

우락부락하게 건들거리던 놈들이 예리한 눈빛으로 공격할
태세를 취하며 거리를 좁혀 들어왔다.

"보아하니 힘없는 주민들께나 괴롭혔겠구나."

풍부한 영양식 덕분에 몸바탕들이 피둥피둥하게 비곗살이
올랐다고들 하지만 하나같이 허약해 빠진 물퉁이들이라, 못
된 송아지 엉덩이에서 지레 뿔이 난다고 설익은 불량기들로
기승하는 모양새들로 보아 전생에 틀림없이 얽적빼기기 아
니면 흔들비쭉이 자식이요, 칼춤 추는 망나니 자식들임에 틀
림이 없어 보였다. 선근공덕을 쌓아 업장소멸하고 내생에 반
듯한 사람의 몸을 받아 태어나도록 하자면 유정은 녀석들을
꽤나 매운 회초리로 차근차근 다듬어줘야 할 것만 같았다.

"극락 가는 길들은 제대로 아는구나."

죄 없는 중생들에게 못된 행패께나 부렸을 법한 놈들이 일
제히 몽둥이와 주먹을 휘두르고 덤벼들었다. 유정은 승냥이
새끼들같이 포악한 놈들을 잡아 손을 한번 써보기도 전에 다
라가 먼저 날파람스런 발차기로 뛰어들었다.

"촌뜨기 계집년이 깝치고 웃기는데."

골목에서 제판을 누리던 놈들이 두메산골 촌뜨기 처녀의 날랜 발길을 슬쩍슬쩍 피해가며 가소로운 콧방귀를 핑핑 불었다.

"얕보아선 안 될 성부른 놈들이로구나."

"이 자들은 마구잡이 깡패들입니다. 스님께선 너설 거 없습니다."

다라는 몽둥이를 후리고 덤벼드는 놈의 각목을 번개같이 잡아채며 둥근 이마를 빡 소리 나게 갈겨준 뒤 호리호리하게 곁붙는 놈의 턱주가리를 바수는 것과 동시에 유정스님의 발길에 얻어걸린 놈의 고개가 벌컥 뒤로 꺾이며 나가떨어졌다.

"에쿠!"

서리 맞은 송장메뚜기처럼 어리뜩한 두메산골 촌뜨기로 얕잡아 보던 여자의 전광석화 같은 발길에 가슴패기와 귀퉁이가 연달아 얻어걸린 한 놈이 몸의 중심을 못 잡고 비척거리자 팔뚝을 잽싸게 걷어잡아 어깨 너머로 메어친 다라는 이번에 카론에게 달려들면서 울대가 불거진 멱통을 향해 다섯 손가락을 모은 손끝을 쿡 찔렀다.

"컥!"

카론이 숨 막히는 면상으로 허리를 푹 꺾으며 목통을 두 손으로 싸쥐는 순간 다라는 두툼한 카론의 뒷덜미를 세차게 내려치는데 무엇인가 손끝을 스치며 핑 날아갔다.

"형님!"

상통이 시뻘겋게 질린 사색으로 캑캑거리는 두목을 보고

달려온 놈이 대번에 머리통을 박살내버릴 기세로 굵은 쇠파이프를 후리고 들어왔다. 아직도 귀때기가 새파란 애송이가 야차같이 덤벼드는 걸 마주한 유정은 죽장으로 놈의 쇠파이프를 가볍게 걷어낸 뒤 명치를 적당히 가격했다. 녀석은 퍼렇게 나동그라진 발싸심으로 잠시 버둥거렸다.

"이제 모두 극락 가는 길들이 보이느냐?"

유정은 손살을 치며 말했다. 깡패 놈들은 강자와 약자를 분별하는 눈치 하나는 재빨라 퍼런 사색이 되어 널브러지고 나뒹굴던 자리에서 벌떡벌떡 일어나 유정스님 앞에 털썩털썩 두 무릎을 꿇었다.

"사내 녀석들이 된 매를 좀 얻어맞았기로 주눅들이 들어서야 쓰겠느냐. 모두들 털고 일어나라."

유정은 망아지 같은 녀석들이 웬만큼 사리분별을 체득했으리라 믿고 측은지심을 내어 차례로 머리를 쓰다듬어준 뒤에 카론을 일으켜 세웠다.

"모진 악행으로 남을 괴롭히면 반드시 그 악업에 대한 죗값을 받게 되는 법이오."

유정은 카론이 더는 사악한 악행을 저지르는 일이 없도록 타이르면서 어리고 가엾은 중생들을 바라보았다.

"쉽고도 어려운 일이나 내 것이라는 것을 떠나면 많은 재산을 탐할 것이 무엇이며, 무서울 게 뭐가 있겠어요. 나라는 생각을 떠나면 죽음이라는 것 또한 무엇이겠습니까. 사람들이 사는 세상이라고 하지만 마치도 거칠기가 이를 데 없는 황야荒野와 같아서 하이에나, 늑대가 어슬렁거리고 사나운 짐승들이 포효하며 날뛰고 사악한 무리와 적자생존으로 짜인 생존무대에 아무런 준비도 경험도 없고 가진 것도 없이 오로지 아는 것이라곤 부모님과 학교, 몇 명의 친구뿐인데 어느 날 갑자기 거리에 나와 산다는 게 얼마나 힘들겠어요. 사람은 누구나 갖고자 하는 데서 불행의 씨앗이 싹트고, 더 좋은 것을 갖고자 욕심을 내며 시기하고 질투하고 헐뜯고 싸우다 죽기까지 하는 것이지요. 우린 모두가 남이라고 생각하지 말고 하나라는 생각들을 해요. 서로 가엾게 여기고 사랑하며 따뜻이 보살펴주는 마음을 가질 때 우리가 사는 세상은 그래도 살 만한 곳이 되지요."

유정은 설익은 법문을 몇 마디 설하고 돌아서는데,

"형님, 이게 떨어졌습니다."

입아귀가 찢어진 녀석은 허리를 90도로 꺾으며 주워 온 물건을 내밀었다.

"목줄이 끊어졌습니다, 형님."

카론은 메주떡같이 일그러진 몰골을 하고 부하가 내미는 목걸이를 받아들었다.

"됐다, 가봐라."

"예, 형님."

땅딸보는 찢어진 입아귀를 어루만지며 물러났다. 카론의 손에 들린 목걸이가 은은한 놀빛을 띠었다. 동전만한 은색의 금속 바탕에 노란 금붙이로 된 나비가 붙어 있는 목걸이 메

달이었다.

"저 나비목걸이는?"

유정은 카론의 손에 금빛을 띠고 있는 목걸이가 눈에 들어오자 그동안 무심히 바랑에 넣어두고 있던 목걸이가 뇌리를 스쳐간다.

"미안하지만 그 목걸이를 좀 구경할 수 있겠는지요?"

유정은 카론이의 목걸이를 보며 말했다. 카론은 말없이 목걸이를 건네주었다.

"똑같은 목걸이가 또 하나 있군."

유정은 다시 목걸이를 살펴보았다.

"목걸이가 좋죠? 그 호랑나비를 만진 손으로 눈을 잘못 비비면 눈이 먼다니까 조심하세요."

버찌는 우스갯소리처럼 말했다.

"무슨 말이야?"

"카론 오빠가 어릴 적에 시골 장다리꽃밭에 날아다니는 나비를 잡으려고 쫓아가니까 엄마가 그런 말씀을 하시더래요. 그래서 한 번 해본 말이에요."

하고 버찌는 오목한 보조개를 파며 귀엽게 웃었다.

"그러니까 불행한 재앙을 미연에 막고 악귀를 쫓으려는 부적 목걸이로구먼. 그런데 이런 부적 목걸이는 경우에 따라서 추악하고 힘든 고통을 주기도 하지."

유정은 지금까지 까맣게 잊고 있던 바랑 속의 목걸이 하나를 꺼내보았다.

"그거 진짜 스님 거예요?"

스님의 목걸이를 본 버찌는 놀랍게 물었다.

"왜?"

"카론 오빠 거랑 똑같은 거라서요."

"이건 우연히 주운 거야."

"돈을 주고 산 게 아니고 주워요?"

"중이 염주목걸이가 없어서 값비싼 귀금속을 다 사 가지고 목에 걸고 다니겠느냐."

"진짜 주운 거예요?"

"그런데 왜?"

"몇 년 전에 잃어버린 카론 오빠 목걸이와 너무나 똑같아서 그러지요."

"그게 사실이면 이 목걸이가 카론 오빠의 것일 수도 있겠구나."

"그건 내 것이 아니오."

언뜻 당혹감을 비치는가 싶던 카론은 담배를 뽑아 물며 말을 던졌다.

"아니에요, 카론 오빠. 스님이 주운 목걸이라잖아요. 스님 목걸이는 카론 오빠가 잃어버린 것이 맞아요."

버찌는 확신에 찬 소릴 되풀이했다.

"시중에 똑같은 목걸이가 얼마든지 있을 것이니, 이 집에서 전에 들어 살던 사람들이 잃어버린 것일 수도 있겠구나."

하고 유정은 고개를 돌리며 카론을 바라보았다.

"나는 이만 일이 바빠 가봐야겠소."

목걸이 이야기에 카론은 신경이 거슬리듯 자리를 일어났다.

"잠시만 좀 더 앉아 계시지요."

유정은 자리를 털고 일어나는 카론의 옷자락을 잡았다. 옷깃이 잡히는 순간 이상하리만치 움찔하던 카론은 마치 마술사의 신묘한 순간마술에라도 걸린듯 몸이 뻣뻣이 굳었다.

"이 땡추가 감옥에 들어가기 전의 일이니까 벌써 세월이 몇 년이나 지났군요."

유정은 차분한 목소리로 이야기를 꺼냈다.

"감옥이라뇨?"

버찌는 놀란 새처럼 고개를 번쩍 쳐들었다.

"왜 그리 놀라느냐?"

"스님이 빵깐 말씀을 하니까 제가 놀랄 수밖에요."

"가사 장삼을 두른 스님도 죄를 지으면 감옥에 가는 거지."

"아니, 스님이 무슨 죄를 지어서 감옥엘 가요?"

미나가 물었다.

"오래 전에 눈 푸르고 외로운 몸으로 발우(鉢盂:비구가 소지하는 밥그릇)에 밥을 빌어먹으며 흰 구름에 길을 물어 머나 멀리 떠돌던 스님이 있었구나. 그 스님에겐 모진 악연에 억울하기도 한 일이 있었구나."

유정은 말을 꺼내면서 카론을 얼핏 살펴보았다. 카론은 줄곧 자리를 피하고 싶은 눈치다.

"그해 여름, 그 스님은 아주 어둡고 무더위가 푹푹 찌는 밤 길을 고단하게 헤매고 있었구나. 수행자들은 일반 여행자들처럼 어디를 작정하고 돌아다니는 것이 아니라 구름 따라 물 따라 마음에 아무 것도 걸리는 것 없이 세상을 떠도는구나. 그날도 역시 먼 길을 걸어온 스님은 어디에서 하룻밤 이슬을 피하고 잠자리를 마련할 수 있을까 궁리를 하면서 행인들이 뜸해진 길을 혼자 걸어가고 있었구나. 그런데 어딜 잘못 걸어 들어왔나 싶게 눈앞에 갑자기 캄캄한 암흑지대가 나타나지 않겠느냐. 스님은 그때 분명히 서울 거리를 걷고 있었는데 말이다."

"캄캄한 암흑지대요?"

버찌는 모를 듯이 물었다.

"서울이 한때 낙후된 구도심 재개발 바람이 불지 않았느냐. 그러나 경제사정이 좋지를 않아 수익성이 떨어지니까 사업을 시작하다 아주 손을 놓고 방치된 재개발지역이었던 곳이지. 그날따라 얼마나 후텁지근한 무더위가 찌고 먹장같은 밤하늘이 금세 무너져 내릴 것처럼 천둥 번개가 어찌나 요란하던지, 굵은 빗방울이 후두두둑 떨어지기 시작하는데, 어디에선가 갑자기 죽어가는 사람의 비명소리가 가냘프게 빗속을 뚫고 들려오지 않았겠느냐. 모골이 송연한 그 비명소리에 놀라 당황한 스님은 계속 들려오는 비명소리에 머뭇거리며 망설일 수가 없이 비명소리가 나는 쪽으로 황급히 뛰어갔구나."

"그래서 죽어가는 사람을 살렸나요?"

턱을 괴고 애길 듣던 뚱숙이는 성급히 물었다.

"그랬지. 한 치 눈앞을 분간할 수 없이 캄캄한 빗속을 정신 없이 뛰어가면서 스님은 몇 번이나 넘어졌는지 모르는구나."

"그리구요?"

입술을 꼭 오무려 물고 숨을 죽이던 미나도 물었다.

"비명소리가 나는 폐가로 몸을 펄쩍 날릴 때였구나."

"그런 얘기는 애들이나 데리고 하슈. 이 사람은 시답잖은 얘기 따위를 듣고 앉아 있을 시간이 없수다."

눈퉁이가 벌겋게 부어 오른 카론은 짜증스럽게 입술을 비틀며 자리를 차고 일어섰다.

"카론 오빠, 스님 얘기를 들어보니까 우리들이 지금 요사스러운 귀신이 숨어 있는 집에 사는 거 같잖아요. 땡추아저씨 애길 조금만 더 들어보자구요."

버찌는 사정하듯 카론 오빠를 다시 붙잡았다.

"그래서요, 스님?"

노랑머리 예나가 숨 막히게 재촉했다.

"우리들이 지금 귀신이 살고 있는 폐가에 들어와 살고 있다는 거야?"

말라깽이 미나는 등골이 오싹한 공포에 떨었다.

"이것들이 땡추 얘길 몇 마디 듣더니 정신들이 빠졌나, 무슨 헛소리들을 하고 거야?"

카론은 소릴 버럭 질렀다.

"스님, 애길 계속해 보세요."

버찌는 스님, 땡추아저씨를 오락가락하며 귀신의 공포에 긴장한 얼굴로 채근했다.

"죽어가는 사람을 살리자는 일념으로 캄캄한 집 안으로 스님이 막 몸을 날렸을 때지."

유정은 이야기를 하다 보니 자신도 모르게 긴장한 한숨을 몰아쉬었다.

"죽어가던 여자의 비명소리가 뚝 끊기면서 몽달귀신 같은 것이 휑한 주방 뒷문간으로 바람처럼 달아나는 걸 봤지. 그 뒤 뇌성벽력이 잇따라 우르르르 쾅쾅 온 천지를 뒤흔들구."

"그 다음은요?"

"물컹 하는 무엇인가에 발이 걸린 스님은 털썩 앞으로 고꾸라지고 말았지."

"어마나!"

똥숙이는 깜짝 놀랐다.

"나중에 정신을 조금 차리고 보니 발에 걸린 물체는 다름 아닌 사람인데 여름 옷가지가 갈가리 찢겨 헐벗겨진 여자였구나."

"뭐라구요?"

"그럼, 스님이 벌거벗은 여자를 덮치고 넘어졌다는 거잖아요."

버찌와 똥숙이가 입을 딱 벌렸다.

"그런 스님도 얼마나 기겁하고 놀랐는지 모른단다."

유정은 당시를 생각하면 지금도 싸늘한 전율이 척추를 훑어 내렸다.

"그거 땡초스님 얘기하는 거 아니에요?"

미나가 영민하게 말결을 잡고 물었다.

"이야기의 낌새를 슬기롭게 알아채었구나."

유정은 지적으로 민감한 말라깽이 미나를 다시 보았다.

"그와 같은 일을 겪으면 어느 누구나 마찬가지였겠지만 그때 나는 방에 널브러져 죽은 줄만 알았던 여자의 체온을 느끼며 살아 있다는 것이 얼마나 반가웠던지 모른다."

"진짜 그랬겠어요."

긴장에서 조금은 풀려나듯 버찌는 안도의 한숨을 훅 쉬었다.

"반가운 희열을 느끼며 정신을 차린 나는 정신 줄을 놓고 잠시 기절한 여자를 일깨우려고 뺨도 찰싹찰싹 때려보고 하다 입에 숨을 불어 넣으며 심폐소생술을 거듭하는데 그 여자가 번쩍거리는 천둥번개에 놀라듯 두 눈을 홀떡 뒤집고 일어나 외마디 비명을 지르며 장대비가 억수로 퍼붓는 밖으로 미친 듯 달아나지 않겠느냐."

"범인은요?"

잠자코 듣던 다라가 번쩍거리는 번갯불 속에 달아난 괴한이 궁금하여 물었다.

"내가 어떻게 알겠느냐. 그 황당한 일을 겪으며 날이 샌 이튿날 아침에 일어나 그 방을 다시 찾아보니 아무 일이 없었

던 것처럼 고적하기만 한데 뭔가 반짝거리는 게 있어 주워보
니 목줄이 끊어진 목걸이기에 별 생각없이 그냥 짊어진 바랑
에 주워넣고 나왔구나."

"스님의 목걸이와 카론 오빠의 목걸이가 이렇게 똑같을 수
없어요?"

버찌는 다시 두 개의 목걸이를 살펴보았다.

"그런 목걸이가 뭐 한두 개 아닐 텐데 뭘 그렇게 심각한 상
통 올빼미 눈깔을 뺑글뺑글 굴리니?"

똥숙이가 시답잖게 일축했다.

"이건 우연일 수가 없어."

버찌는 완전히 생각이 달랐다.

"야, 이년아. 네가 뭘 안다고 잘난 꽁치주둥이일 까고 나
서."

카론은 난폭하게 소리쳤다.

"이젠 버찌년도 피딱지 올라앉은 대가리가 여물만큼 여물
었거든요. 그러니까 자꾸 이년 저년 하지 마세요. 포주면 포
주답게 우리 팸년들 번 돈이나 알뜰살뜰하게 챙겨다 사시구
요."

버찌는 두 눈에 서슬을 달았다.

"이년이 뒈지덜 못해 안달을 하는군."

카론은 주먹을 불끈 쳐들었다.

"그러시면 안돼요."

다라는 카론의 야만적인 행동을 제지했다.

"버찌 언니는 땡추아저씨가 말한 대로 그날 밤 주방 뒷문으로 바람처럼 사라진 악당이 카론 오빠라는 겁니다. 그거 아세요?"

똥숙이도 야무지게 나왔다.

"카론 오빠는 우리 팸년들의 야들야들한 살덩이를 팔아먹는 포주잖아. 만만한 계집애들이 눈에 띄면 잡아잡수시는 데도 수단방법을 가리지 않는다는 것도 우린 알아. 그리고 내가 아는 한 또 한 가지 분명한 것은 카론 오빠가 잃어버린 목걸이와 지금 목걸이는 이 세상에 오직 두 개뿐이라는 거야."

버찌의 말에 가출 패밀리들의 눈이 모두 화경처럼 휘둥그레졌다.

"이년이 뭘 잘못 처먹고 환장을 했나, 왜 갑자기 생 까는 지랄병이 도져? 저 목걸이는 땡추가 어디에서 주었거나 말았거나 나하고 아무 상관 없는 없어, 이년아."

카론은 두 눈에 쌍불을 켜고 발끈했다.

"사실 말이지 그동안 카론 오빠는 형사들이 사건현장에서 목줄이 끊어진 나비목걸이를 줍기라도 하면 어쩌나 하고 속이 얼마나 조마조마하게 쩔었을까. 요행스럽게도 밤길을 가던 스님이 노상강도에 성폭행까지 뒤집어쓰고 빵깐에 들어가 버렸으니까 살았구나 태평성대를 누렸겠지만 이제 그것도 끝장났어요, 카론 오빠?"

돌연 버찌는 그런 용기가 어디서 뻗쳤는지 당찬 악바리 기질로 나왔다.

"저년이 어디서 거품을 물고 되잖은 소릴 까발려?"

"카론 오빠도 입이 썩은 똥물이네요."

버찌는 악랄한 포주에게 맞아죽어도 좋다는 듯이 감때사 납게 불을 토했다.

"너 오늘 뒈져볼래?"

카론은 야수처럼 포효했다.

"진정해요, 카론. 이 땡추는 요지경 속으로 돌아가는 사바 세계 풍속에 어두워 그러는데, 당신의 귓불에 매달고 있는 귀걸이를 보니 요즘은 남녀가 따로 없이 말총머리에 꽁지머리, 파머머리에 아프리카 부족 인디언들처럼 팔찌를 몇 개씩 꿰차고 코걸이까지 주렁주렁 달고 다니는 것이 아마도 멋스런 유행인가 보구려."

유정은 카론의 귓불에 작은 굴렁쇠처럼 매달린 귀걸이를 보며 운수불길했던 그날 밤의 어처구니없던 사건을 다시 상기했다.

"이 땡추는 남자인지 여자인지 분간할 수 없을 때가 아주 많아요. 트랜스젠더인가 하는 사람들 말입니다. 성전환 수술은 받지 않겠다는 사람들도 더러 있는가 보더군요. 성전환수술을 물론 호르몬 요법까지 하는 사람들을 트랜스섹슈얼이라고 하던가요?"

버찌는 이번에 새 담배에 불을 붙여 무는 카론 오빠의 흔들거리는 귀걸이를 새삼스레 쳐다보았다. 바로 그때 유정은 놓칠 뻔했던 것이 문득 뇌리를 스쳐갔다.

"저 놀빛이다."

유정은 분명히 상기했다. 장대 같은 소나기가 억수로 퍼붓던 그날 밤하늘을 갈가리 찢던 천둥번개, 순간순간 먹장같은 어둠을 시퍼렇게 씻어 내리던 번갯불 속에 주방 뒷문간으로 한 무더기 바람처럼 유령처럼 짧게 사라지던 순간의 노란 빛줄기, 그 놀빛은 분명히 카론의 귓불에 둥글게 매달린 귀걸이에서 반사하는 놀빛이었다.

"카론, 당신은 악마들이나 저지르는 범죄를 아주 서슴없이 저질렀소."

유정은 카론을 꼼짝달싹 못하게 사로잡아 놓았다.

"이봐요 땡추, 자꾸 헛소릴 하는 걸 보니 정신이 갑자기 공황상태에 빠졌나 보구려. 아, 그렇지. 맞아. 그 민대가리 배코 친 해골바가지에 단백질이 담뿍 든 두부가 아니고 두부찌꺼기 비지떡이거나 쇠똥이 꽉 들어찬 거야."

얼굴이 창백한 공포에 질려 부들부들 떨어도 모자랄 판에 가출 패밀리들의 악덕 포주 카론은 오히려 모욕적인 언사를 퍼부으며 흥분했다.

"이 땡추는 비지떡, 쇠똥이라도 아직 신선합니다."

"하는 수 없이 사바세계 뒷골목의 물정을 똑바로 가르쳐줘야겠군."

카론은 가소로운 코웃음을 불었다.

"고맙소이다, 카론."

유정은 상대방에 걸맞게 받아쳤다.

"이 카론의 잭나이프는 눈이 멀어서 부처고 땡추의 심장이고 뭐고 가릴 줄 모른다구."

카론은 은빛이 번쩍거리는 사냥용 탄도 잭나이프를 뽑아 들었다.

"카론 오빠, 지금 뭐하자는 거야?"

가출 패밀리들의 눈이 일제히 휘둥그렇게 굴렀다.

"저리 비켜, 쌍년들아!"

카론은 앞을 가로막고 나서는 버찌와 똥숙이를 한 팔로 확 쓸어버렸다.

"이 요상한 괴승이 오늘 열반에 들고 싶다지 않으냐."

카론은 상대가 누구든 시뻘건 피를 보고도 남을 눈빛이다.

"이 버찌년은 할 짓 못 할 짓 다 해본 년이라 무서울 게 하나도 없거든요. 그 칼로 땡추스님을 해치려거든 우리들을 먼저 찔러 죽이라구요."

버찌는 온몸으로 카론을 가로막고 나섰다.

"이년들이 정말 미쳤구나."

"미치고 말구요, 미쳐도 까무러치게 미쳤지요. 당신 같은 악마를 포주로 섬기며 밥 세 끼 얻어먹고 살아온 이 버찌년이 미치지 않으면 어느 계집년이 미치겠어? 당신은 우리 가출팸들에겐 염라국 저승사자 같은 포주지만 알바(아르바이트)로 어렵게 살아가는 년들을 꼭 팔아먹으면서까지 돈을 벌어야겠어요? 스님이 주운 목걸이는 카론 오빠 나비목걸이가 분명한데, 죽어가는 사람을 살리려고 뛰어든 스님에게 추악한 성폭행을 악랄하게 뒤집어씌울 수가 있는 거냐구요?"

버찌는 두 눈에 시퍼런 쌍불을 켜고 불을 토하듯 쏘아붙였다.

"이년이 주둥이 한번 우라지게 까네."

카론은 늑대 흡사하게 길쭉한 면상이 서릿발처럼 써늘하게 곤두섰다.

"나 같은 년이야 골백번 칼을 맞아죽어도 좋지만, 카론 오빠도 그러는 거 아니야. 이 버찌도 이젠 악밖에 남은 게 없다구. 개똥바다 알거지 같은 인생으로 살아도 야비하고 비겁하지는 말아야지. 그것이 진실과 마주친 인간 최소한의 예의 아닌가요?"

버찌의 날카로운 목소리가 폐허의 밤공기를 갈랐다.

"카론 오빠, 버찌 말이 틀린 거 없어요. 우리가 비록 물고기방 낚시질로 열나게 사길 처먹고 살지만 추잡하고 창피한 꼴은 진짜 보기 싫거든요."

노랑머리 애송이 예나도 입에 거품을 물었다.

"이년들이 오늘 어디에서 뭘 잘못 처먹었나, 왜 이렇게 모두 눈깔들을 까뒤집고 지랄이야? 저리 비켜, 이년들아!"

카론은 커다란 주먹을 쳐들었다. 그걸 본 다라가 자리를 벌떡 일어나 카론의 부르르 떠는 팔목을 걸어잡았다.

"허, 이 촌뜨기년 보게?"

카론은 기가 막힌 헛웃음을 지었다.

"그 주먹을 내려놓으시오. 이 땡추하고 얘기가 아직 끝나지 않았소이다."

유정은 험악해진 사태를 진정시켰다.

"사나운 폭력은 폭력으로 망하는 과보를 받고, 칼을 휘두
르는 사람은 반드시 그 칼에 심장이 베이는 법이오."

"염불은 돌부처한테나 하시지. 땡추도 중이라서 인정을 좀
쓸까 했더니, 기어이 피 맛을 보겠다 이거로군."

한쪽 발을 토닥거리던 카론은 슬금슬금 옆걸음을 치며 공
격태세를 취했다.

"모두 물러나 있거라."

유정은 가출 패밀리들을 뒤로 물리고 카론과 정면으로 맞
섰다.

"칼을 쥔 모양새를 보니 망나니 춤깨나 춰본 자로군."

늑대상의 진면목을 유감없이 발휘하듯 예리하게 번뜩이는
칼과 눈빛을 조심스럽게 살피며 유정은 상대방의 공격시점
을 기다리는 그때 카론의 칼끝이 먹통을 가를 듯 날아들었
다. 순간적으로 몸을 슬쩍 뒤젖히며 위기를 비낀 유정은 칼
끝이 목전을 빠져나가는 카론의 팔을 내침과 동시에 손회목
을 잡아 꺾었다. 손목의 관절이 아프게 꺾이자 카론의 손에
서 칼이 철그럭 소리를 내며 떨어졌다. 숨을 죽이고 긴장하
던 가출 패밀리들의 입에서 한숨이 일제히 흘러 나왔다.

"아무 데나 힘을 쓰고 칼을 휘두르는 자는 칼로써 제 몸을
먼저 망친다 하지 않았소."

카론의 두툼한 어깨부들기를 움켜잡은 유정은 다른 한 손

으로 손목을 꺾어 등으로 돌린 팔을 쓱 밀어 올렸다. 시뻘개진 카론의 입에서 고통스런 신음이 비어져 나왔다.

"나한테 원하는 게 뭐요?"

카론은 기세가 꺾이자 가당찮은 조건을 물었다.

"땡추스님 하나를 만천하에 무참히 결단을 내놓은 과보가 어떤 것인 줄 아시오? 뜨거운 철판 위에 눕히고 벌겋게 단 철봉으로 내려치고, 또 큰 석쇠 위에다 올려놓고 뜨거운 불로 지지는 초열지옥焦熱地獄에 떨어질 업보올시다."

유정은 고통스럽게 꺾어 누르던 카론의 손목을 비로소 풀어주었다.

"그런 지옥이 어디 있고, 극락이 어디 있다고 사람들을 홀리는 거요?"

"어찌 그리 호언장담을 하시오. 천당과 지옥은 가본 사람이 없으니 모른다 하더라도 무서워서 가기 싫고, 영원히 안락한 곳이 있다고 한다면 그런 곳엔 한번 믿어볼 만하지 않겠소."

"괜한 마음을 쓰는 개고생으로 인생을 낭비할 거 뭐 있소."

카론은 드센 말발로 어긋나게 맞받았다.

"내세에 그런 곳이 없다고 단정하면서 세상을 살다 나중에 죽어 뜨거운 불구덩이에 떨어진 다음 쇠매가 눈을 파먹는 고통을 당하면 그땐 어찌하려오?"

"까짓것 불에 타죽고, 두 눈알 몽땅 빼주고 말지."

카론은 힘 하나 안 들이고 받아넘겼다.

"그런 환란이 곧 지옥이요, 모든 선과 악은 인과올시다. 원인이 있으면 반드시 결과가 있게 마련인 것이며, 결과가 있으면 반드시 그 원인이 있는 것이오. 그것이 이치올시다. 선악의 행위는 반드시 그 업보(業報:갚음)가 있지요."

방편법方便法을 곁들여 몇 마디 더 듣고 난 카론은 마침내 유정스님의 말을 곱살하게 수궁하며 거칠고 사납던 얼굴이 단정해지고 있었다.

"이 땡추가 당신의 죗값을 모두 치렀으니 이번엔 당신 차례가 되어 그 죗값에 합당한 대가를 이 땡추에게 치러야 공평하지 않은지요."

"날 보고 자수를 하라는 거요?"

"그렇소이다."

"이놈이 비록 여자를 팔아먹고 살았을지라도 그 여자를 처음부터 심하게 할 생각은 없었소. 단순히 금품을 훔치러 들어간 도둑이 뜻밖에 집 주인의 강력한 저항에 부딪치면 강도로 돌변하는 것처럼 나도 쓸 만한 물건 하나 걸렸다 싶어 그랬는데 여자가 의외로 벅차게 저항을 하고 나오는 바람에 불가피하게 한 대 쥐어박은 주먹에 고약한 살煞이 끼었던 것인지 악을 쓰며 몸부림치던 그년이 제 성깔에 못 이겨 부르르 사지를 떨다 까무러쳐 버린 것이오. 전후 사정이 그랬던 것이니 한번 자비를 베풀어주시오."

언변이 그런 것인지 카론은 잘못을 사죄하면서도 곱살하지 않았다.

"이 땡추도 사람인지라 억울한 죄를 온전히 뒤집어쓴 것이 사실 견디기 힘들었소. 사람은 누구나 자신이 행한 행위에 따라 받게 되는 운명적인 업이 반드시 따라오는 것이지요. 허나 밤 잔 원수가 없다고도 했던가요. 이 땡추는 카론 당신이 저지른 죗값을 다 치른 지금에 이르러 미워하는 원망 따위는 남아 있는 게 없소이다. 그런데 당신도 미처 몰랐던 게 있는 것 같소이다."

"무엇이오?"

카론은 수굿한 태도로 물었다.

"소승이 주워 가지고 있는 목걸이엔 그 여자의 피가 묻어 있었소."

"피라니요?"

카론은 고개를 번쩍 쳐들었다.

"당신은 미처 몰랐을 터이지만 그 여자는 아마 생리 중이었던가 보오. 이 땡추도 시퍼런 번갯불 빛속에 순간적으로 드러나던 그 여자의 하체에 피가 붉은 것을 보고 무척이나 놀랐었지요. 물론 내 손에도 묻고 장삼에도 여기저기 피가 붉게 묻어 애꿎은 감옥살이 하는 영어의 몸이 되었지만. 그때 아마 이 목걸이가 카론 당신의 목걸이라는 것을 알았으면 이 땡추가 과연 자진해서 감옥살이를 하였을까."

"이제라도 이 카론을 진범으로 경찰에 신고해서 감옥살이를 시킬 작정이시오?"

"범인이 바뀐다고 소승이 이미 치른 3년 6개월의 형기가 아무 일도 없었던 일처럼 되는 것도 아니고, 또 어떤 보상을 받는다 해고 지나버린 시공의 인생을 온전히 되돌려 받을 수 있겠는지요."

"이 악한 놈에게 원하는 게 뭐요?"

카론은 한순간 생의 원근법이 뒤바뀌어 새로운 인생이 시작되듯 온유한 태도와 부드러운 말소리로 공손해지고 있었다.

"그때의 진범이 잡혔다고 해도 달라질 게 무엇이겠는지요. 비록 업業과 과果의 이치가 마침내 정연해졌다 하나 소승이 그대와 다르지 않고 옳고 그르고 미운 것이 다르지 않은 것을요."

"무슨 말씀이신지요?"

난폭한 폭력배의 험상한 얼굴에 서려 있던 승냥이의 살기가 어느 순간엔가 온데간데없이 사라지고 그 자리엔 밝고 따스한 온기가 서려 있었다.

"자수를 하시지요."

"예, 자수를 하겠습니다."

"사람은 누구나 부처를 이룰 수 있는 근본 성품을 지니고 있다고 합니다. 그 자신의 불성에 자수를 하시면 마음 또한 홀가분하여 창공을 훨훨 나는 기분을 느낄 것이오."

유정은 카론 포주가 마음속 깊이 새길 수 있는 법설을 할 것 없이,

"부처님을 만나시오. 인류의 위대한 스승인 부처님과 만나

는 인연만큼 크고 아름답고 소중한 인연이 없습니다. 부처님을 만나면 거칠고 험난한 풍랑의 고해苦海를 건너 살아가는 데 큰 의지가 되어 기쁘고, 죽는 무서움, 악도에 떨어지는 무서움을 멀리 떠날 수 있을 것입니다. 업보가 무엇이냐, 전생 내생이 어디 있느냐, 사람은 살아 있는 것이 전부다, 죽어 썩어지면 그만이다, 큰 소리를 치지만 그것은 더욱 끔찍한 지옥의 업만 짓게 되는 것이지요. 죽어서 나고 하는 동안 그런 사람들은 점점 더 낮은 데로 굴러 떨어져 수명이 더 짧아지고 지병은 많아지며 정신은 둔탁하고 미련해져 몰골은 박복한 궁상이 흐르고 보기 사나운 흉상이 되는 것입니다. 사람들은 죽는 것이 무척 싫고 또 무섭고 죽은 다음엔 극락왕생을 바라고 지옥에 떨어질 근심걱정이 끊임없지만 십만 억 불국토를 지나 극락정토가 어디냐, 여기가 곧 거기요, 하지만 극락을 따르고 지옥을 걷는 것 또한 우리의 마음인 것이오."

유정은 달팽이 가출 패밀리들의 잘 닦은 방울같이 샛별같이 초롱초롱하게 빛나는 눈들을 조용히 바라보고 나서 카론을 다시 바라보았다.

"그러니까 카론 당신은 부처님께 오체투지 절할 때처럼 자신에게 지은 업을 자수하면 되는 것입니다. 나무아미타불 관세음보살."

유정은 두 팔을 뒤로 돌리며 크게 원을 그려 합장을 하였고, 가출 패밀리들도 다 같이 땡추아저씨 스님을 따라 합장을 하였다.

"두 손을 공손한 마음으로 합장을 하는 것은 서로가 다른 둘이 아니고 하나라는 것이며, 이 땡추도 여러분들과 하나인 것입니다."

법설을 들어가며 잠잠히 입을 다물고 있던 가출 패밀리들의 입에서 터져 나오는 안도의 숨소리에 서로서로 돌아보는 얼굴들엔 해맑은 웃음꽃들이 피었다.

이제 유정은 다라와 함께 가출 패밀리 달팽이들의 처소를 나와 달빛이 쏟아지는 폐허를 걸었다. 한때 이웃들의 도란거리는 소리, 그 훈훈한 정감이 서렸던 골목길엔 달빛의 낭만적인 우수가 깃들어 있었다.

"달빛이 그대로 하얀 비단결 같구나."

유정은 맑고 고아한 가을 달빛 속을 걸으며 대중들이 사는 중생사회에서 받아온 저간의 노여운 상처와 고단한 심신이 우수의 달빛에 말끔히 씻기는 듯하였다.

"연중에 가을 달빛이 제일 아름답지요."

달빛에 취한 다라가 말했다.

"물 따라 구름 따라 떠도는 스님들에겐 이런 달빛 속을 걸을 때가 제일 행복하구나."

유정의 마음엔 소미 모자에 대한 그리움이 가득 담겨 있었다.

"밤이 늦었는데 어딜 자꾸 가세요, 스님?"

이슥해진 밤길을 걷는 유정스님을 따라붙으며 다라는 물었다.

"이제 다 와 간다."

유정은 몇 년 전 밤길이 늦어 머물다 간 폐가를 찾아가고 있었다.

"이런 데서 주무시려구요?"

다라는 어둠이 깃든 골목길의 폐가를 보며 물었다.

"살던 사람들이 떠난 지 오래되어 스산한 폐가들이 되었어도 사람의 훈기가 스며들고 손때가 밴 집들이 아니겠느냐."

유정은 지붕이 온전한 폐가로 들어서면서 바랑 속의 손전등을 꺼내들었다. 겉보기에 제법 성해 보이던 집과 달리 남은 유리창 하나가 없이 찬바람에 너펄거리는 벽지가 마치 어서 오라고 손짓이라도 하는 것만 같았다. 유정은 얼굴에 묻어나는 거미줄을 걷어내며 2층으로 올라갔다.

"서울엔 큰 절들도 많다고 하던데 하필 이런 데서 주무시려고 그러세요?"

"요즘 절집들은 크나 작으나 형편이 안 좋아 객실들을 폐지했다고들 하는구나. 절집들이 모두 다 그런 것은 아닐지라도 늦은 야밤에 객실을 찾아 방부를 드릴 수야 없지 않겠느냐."

만행 중에 절집을 찾을 때마다 사중 형편상 객실들을 폐지했다는 말을 들은 뒤로 유정은 웬만하면 절집의 객실을 찾지 않았다.

"부처님을 모시고 사는 절집들도 예전 같지 않다는 말씀이군요."

"사바 중생계가 갈수록 각박해지니 절집도 따라 변하는가 보구나."

어둠이 짙게 고인 폐가는 싸늘한 냉기가 감돈다. 오래 전에 찾아들어 비닐장판을 걷어간 시멘트 방바닥에 깔고 잠을 청했던 스티로폼 조각이 아직 그대로 남아 있었다. 거실의 헌 소파도 부옇게 먼지를 뒤집어쓴 채 그 자리에 놓였다.

"밖에 좀 나가 있어라. 거미줄과 먼지를 좀 털어내야 하겠구나."

유정은 양초를 찾아 불을 밝혀 놓은 다음 몽당 빗자루를 찾아들고 집 안에 내걸린 거미줄을 걷어내고 켜켜이 쌓인 먼지를 훌훌 털어내었다. 어디에선가 휘영청 떠오른 폐허의 달 그림자에 놀란 개가 컹컹 짖었다.

"밤 기온이 차가워지는구나."

집 밖으로 나온 유정은 골목길에 나뒹구는 양철통을 주어다 불을 피우고 돌덩이도 몇 개 주워 넣었다.

"너를 서울에 데리고 나와 고생만 시키는구나."

유정은 미안쩍이 말했다.

"고생스럽긴요. 제가 오히려 스님을 부담스럽게 해서 미안하지요."

"그래도 다라가 있으니 혼자 있을 때보다 의지가지가 되어서 좋구나."

활활 잘 타오르던 양철통의 장작불이 금세 다 타버리고 사위어든다. 다라는 다시 집 주변을 돌아다니며 폐목들을 주어왔다.

"암자로 언제 돌아가실 거예요?"

"글쎄다."

유정은 소미 모자를 찾아보겠다고 미륵봉 초암에 노 선사님을 두고 나왔지만 막막하기만 하였다. 잠자리에서 눈을 뜨면서부터 일어나는 모든 일거수일투족이 수행이고, 새로운 초월의 세계를 향한 득도이며, 그 위대한 주체가 되기 위한 불법으로 가득 차 있어야 할 승려가 사랑하는 모자를 보지 못하는 괴로움은 또 다른 시련이 아닐 수가 없었다. 모든 것을 이겨내야 한다, 이겨내야 한다, 아랫배에 힘을 주고 다짐을 하였지만 어이된 일인지 그런 다짐이 언제였던가 싶게 말끔히 허물어지면서 단아한 소미의 얼굴과 고운 손이 보이고, 아들 두호의 모습이 그려지고, 따스한 소미의 숨결이 볼과 얼굴에 향긋한 감미로움으로 서리던 생각으로 가득 차 있으니 유정이 생각해도 서원誓願은 난망할 따름이었다.

"지금 마음속에 계신 분을 찾아야 암자로 돌아가실 건가요?"

"인연이 다한 것이라면 찾는다고 만나고, 보고 싶다고 볼 수가 있을 것인가."

언제든지 만나보고 싶으면 만날 수 있던 나혜를 느긋한 마음으로 무심했던 처신이 이렇게 가슴에 사무치고 애달픈 마음이 될 수가 없었다. 인연이 다하면 마음속의 그리움이나 일어나지 말고 생각 속에 환영이나 떠오르지 말 일이지, 가

로놓인 시공은 또 왜 이리도 아득하고 큰 것인지, 득도得道의
위대한 주체가 무엇이란 말인가. 유정은 그 어떤 것이라도
가슴에 사무치는 사랑만은 못할 듯하였다.

"달빛이 밝구나."

빈민들이 모여 사는 쪽에서 어린아이의 울음소리가 들려
왔다. 둥근 달을 바라보며 아이의 울음소리를 듣다 보니 유
정은 소미 모자가 다시 그리워졌다.

"저 밝은 달도 새벽어둠이 걷히고 날이 새면 다시 볼 수 없
이 어디론가 사라지겠지요."

다라가 문득 말했다.

"저 아름다운 달도 날이 새면 거기 없는 듯 구름 따라 무심
히 흐르겠구나."

깊어가는 가을밤 유정은 승가僧伽의 나혜 비구니스님을 바
라보듯 둥근 달을 하염없이 바라보았다.

"서울에 오래 지체하다 눈이 내리면 길이 막혀 암자로 돌
아가지 못할 수도 있습니다, 스님."

밤 기온이 조금씩 차가워지는 절기라 다라는 강원도 산중
암자로 돌아갈 걱정을 하였다.

"나무가 그 새 다 탔구나."

양철통 나무도 다 타고 알불도 사위어들고 있었다.

"방으로 올라가자."

유정은 알불이 벌겋게 담긴 양철통을 들고 2층으로 올라갔
다. 새벽까진 뜨겁게 달궈진 돌덩이들 덕분에 그다지 추위를

모를 것 같기도 하였다. 유정은 바랑에서 담요 한 장을 꺼내
다라에게 건네주었다.

"나는 소파에서 자마."

"뭘 덮으시구요?"

"가사袈裟를 덮고 자면 된다. 어서 자라."

"이 양철통 불은 스님 계신 데로 가져가세요."

"아니다. 네 곁에 놓아둬라."

유정은 거실 소파에 잠자리를 마련하고 누웠다. 하루 온종
일 여기저기 소미 모자를 찾아 헤매고 돌아다닌 몸도 마음도
지쳐서 금세 잠이 올 것도 같더니만 그와 정반대로 정신이
수정처럼 맑기만 하였다.

"어디에 있는지……."

폐허의 달밤은 교교했다. 귀뚜라미, 여치가 서로 다투며
우는 듯하더니 어디에선가 여인의 울음소리가 들려온다.

"스님, 듣고 계세요?"

여인의 가냘픈 울음소리는 멎을 것처럼 가느다랗게 자지
러들다 다시 커지고 격렬해지면서 사납게 울부짖는 악다구
니로 바뀌었다.

"저 울음소리 말이냐?"

"아무도 살지 않는 동네에 웬 사람이 저렇게 울부짖고 있
는 걸까요?"

도심 재개발이 되면서 막연히 내쫓기는 세입자들이 중장
비를 동원한 철거반원들과 극단적인 실랑이를 벌이고 다투

면서 다치고 죽은 사람들이 속출한다는 소문을 들어온 유정은 한밤의 황량한 폐허에 산 사람이 우는 것이 아니라 죽은 사람의 원귀가 나타나 우는 것이 아닐까 싶기도 했다.

"저는 무서워 잠을 못 자겠어요. 스님이 이쪽으로 건너오세요."

"귀신은 아닌 것 같으니 어서 자거라."

유정은 잠자리를 고쳐 누웠다.

"귀신이 아니라구요?"

다라는 믿을 수 없는 것처럼 되물었다.

"나도 처음엔 그렇게 들었다만 누구 제삿날 곡성이 아니었겠느냐."

"이런 데서 무슨 제사를 다 지낸대요?"

"이 동네 살다 돌아가신 게지. 무슨 원한이 맺혔는지 서글프게 울다 소리치고 밤새 꺽꺽 흐느껴 울지 않겠느냐. 그러니 무서운 생각을 말고 어서 자려무나."

재개발지역의 주민들이 살던 집을 버리고 떠나면서 홀로 남겨진 치매 노인인지, 낯선 곳으로 정처없는 도시의 유랑민처럼 떠나 살다 정든 집과 이웃들이 그리워 다시 돌아온 사람인지 모를 일이었다. 유정은 잠자리를 걷고 일어났다.

"저도 같이 나가요."

다라는 담요를 걷고 따라 일어났다.

"혼자 남아 있는 것이 무서운가 보구나."

거실 밖으로 나온 유정은 고요한 달빛 속에 검은 그림자를 드리우고 있는 이쪽저쪽의 폐가들을 살펴보았다. 치매 노인은 고사하고 아무 것도 보이지 아니했다.

"울음소리가 그쳤어요."

"지난번에 본 치매 노인이신 것 같은데 오락가락 하는 정신이 다시 돌아오신 모양이구나. 그만 들어가자."

유정은 다시 방으로 들어왔다. 잠깐 훈기가 돌던 방안엔 다시 싸늘한 냉기가 감돌고 있었다. 유정은 가사를 덮고 누워 잠을 청했지만 잠이 오지 않았다. 어린 아들 두호와 소미가 다시금 눈앞에 그려졌다. 떠돌던 운수행각雲水行脚 간에도 문득 정신을 차리고 보면 마음속에 부처가 아니라 소미가, 아니 나혜스님이 들어와 있기도 하였다. 몇 번을 돌이켜 생각해봐도 소미와 맺어진 인연은 생애에 두 번 다시 찾아오지 아니할 따뜻하고 감동적인 인연이었다. 살아온 생애 중에서 가장 괴롭고 고통스러운 번뇌이면서도 그 애타던 괴로움이 번뇌란 생각이 들지 않는 것은 무슨 까닭일까. 유정은 소미 모자를 혼자 그려보며 마음은 애달파도 벅찬 행복감을 느끼곤 했었다. 자유자재하며 흐르는 구름처럼 물처럼 바람처럼 속세를 두루 떠돌 수 있었던 것도 사랑이 가져다준 의지와 삶의 열정 때문이었다. 사랑하는 사람을 보고 싶을 때 보지 못하는 것이 때로 견딜 수 없는 고통이긴 해도, 사무치는 그리움과 그 애달픔은 한 생애의 고결하고 아름다운 행복으로 승화되고는 하였다.

'사랑하는 사람과 뜨거운 욕정을 나눈 것이 부정한 행음이

고 악도에 떨어질 죄악인가?'

유정은 지금 어디에서 어떻게 살고 있는지 모를 소미 모자에게 물어가며 자신에게 또 말하고 있었다. 속세의 김소미와 사랑이란 인연을 짓고 샛별처럼 초롱초롱 빛나는 눈이 서로 마주치던 순간 두 개의 심장은 이미 하나가 되었다.

'소미, 지금 어디 있소, 두호야 어디 있느냐, 대답이나 좀 해보거라?'

유정은 감옥에 영어의 몸이 되었던 날들이 원망스럽기도 했다.

'가진 것도 없고 의지가지도 없이 어디에서 어떻게 살고 있단 말인가.'

단조로운 정서 속에 고요하게 살던 비구니스님이 환속하여 감히 부처의 가피도 바랄 수조차 없는 연약한 몸으로 각박한 중생사회를 어떻게 헤치며 견디고 살 수 있을까.

'소미, 내 목소리가 들리거든 어디 대답을 좀 해보오.'

유정은 어둔 새벽 천장을 망연자실 바라보며 하소연을 거듭거듭 되풀이하였다.

'한 줄기 바람이 되어, 한 마리 새가 되어 어디론가 훨훨 날아갔어도 오라는 이 갈 곳 없으니 언젠가는 돌아오겠지.'

소미는 비록 속세로 돌아갔을지라도 부처님을 가까이 모신 절집 근동에 살고 있으리란 생각에 이곳저곳을 헤매다 날이 어두워진 저녁 유정은 재개발지역의 폐가 거처로 돌아왔다. 모닥불이 타오르는 공터에선 오늘도 집 잃은 달팽이들의 노랫소리가 울려 퍼지고 있었다. 모닥불 주위엔 폐촌의 노인과 아이들까지 한데 어울려 손뼉을 치며 즐겁게 노래를 부르고 있었다. 보리 세 마리가 보이고, 치매 노인도 제정신이 돌아온 모습으로 함께 하고 있었다. 이보다 놀라운 광경이 또 있을까. 유정은 가슴이 뭉클하게 벅찬 감동을 한 아름 느끼며 뜨거운 눈시울로 바라보았다.

"해지는 저녁에 두견새 구슬피 울고 / 저 높은 나뭇가지에 떨어지는 낙엽은……."

"스님, 오늘도 늦으셨군요?"

버찌는 술 냄새를 풀풀 풍기며 반겼다.

"소주파티는 여전하구나."

"술 마시는 거 말구 다른 재미가 뭐 있어야죠. 마누란지, 보살 아줌만지는 찾았어요?"

버찌는 비치적거리며 혀 꼬부라진 소리를 했다.

"서울 바닥이 얼마나 요지경속인데 아줌마를 쉽게 찾겠어요. 오늘도 하루 종일 돌아다니고 울적하실 텐데 곡차나 한 잔 받으세요."

버찌는 딸꾹질을 하면서 철철 넘치는 소주잔을 내밀었다.

"많이 취한 것 같구나."

"취하긴요. 어서 잔을 받으세요, 땡추아저씨. 이 버찌한텐 언제나 땡추아저씨가 정답게 어울린다구요. 요즘은 땡추아저씨든 누구든 이 술이 곡차라구 허면서 잘들 드시고 고기도 구워먹구 룸살롱에도 곧잘 간다면서요? 그럼요, 개똥바다 질펀한 세상에 옴니암니 미주알고주알 골 때리게 따지며 살 거 없죠. 암요, 그렇구 말구요."

"서울 장안 도처에 감칠맛 나는 낚싯밥을 뿌려놓은 사기꾼 들이 쫙 깔렸으니까 조심하시라구요, 땡추아저씨. 섣불리 멋 모르구 덥썩 입질을 했다간 코가 꿰인다구요. 그것도 모르고 한입에 꿀꺽 집어삼키면 밥통이 꿰이구, 똥구멍이 꿰이는 수 가 있다는 걸 아시구요. 하하하하……."

이번엔 똥숙이가 곁붙어 가세했다.

"이 똥숙이 년이, 오늘 주둥이 풍년들었네."

버찌는 술잔을 들고 낄낄거렸다.

"술을 많이들 마신 것 같구나."

"별루 안 마셨어요. 딱 세 병인데요, 뭐. 우리들은 뭐 술 좀 빨고 해롱거리면 안 되나요? 더럽구 치사한 세상에 살다보 니까 푹 썩은 시궁창 오물 냄새에 코피가 터지겠구, 구역질 이 뱃속 창자를 줄줄이 달구 올라와 몇 잔 마셨으니까 너무 나무라지 마세요."

"야, 이년아, 빵깐 몇 달 다녀온 거 생색내고 염병 까냐?"

버찌는 두 눈에 물기가 비친다.

"미안해요, 땡추아저씨. 오늘따라 갑자기 설움이 복받치네 요. 땡추아저씨도 물론 아시겠지만 여긴 대부분 철거용역 깡 패들에게 험악한 협박을 당하며 해머와 포클레인에 마구 허 물어지던 집에서 강제로 쫓겨난 사람들이 살던 동네죠. 철거

에 돌입한 깡패새끼들은 저희들이 경찰 공권력인 줄 알고 줄
초상 난 동네 도깨비들처럼 날뛰는 모양새를 경찰 짭새들은
불구경하듯 쳐다봤다고 하지요. 그때 사람이 얼마나 다치고
죽은 줄 아세요. 저 아래 꺼멓게 그을린 상가건물들 있죠. 그
위에 올라 농성을 하던 사람들이 불타죽었다구요. 그런데 지
금까지 그 유가족들이 불탄 건물에 올라가 추모제 한번을 제
대로 못 지내게 한다네요. 여기 들어와 사는 사람들이 그래
요. 그런 개지랄 같은 동네에 기어들어와 옴포동이같이 야들
야들한 몸을 팔아가며 무참히 시들어버린 이팔청춘이 하도
불쌍하고 슬프고 처량해서 술 한 잔 마셨으니까 용서해주세
요."

"……?"

무단가출한 10대 가출 패밀리들의 세상에 대한 비애와 절
망을 유정은 어떻게 위로하고 달랠 방법을 몰랐다.

"풍진 세상, 좋은 사람들보다 나쁜 사람들이 훨씬 많은 세
상 같아요. 높은 관직에 올라앉아 있는 사람들이 하나같이
불법부당한 권세로 치부하며 독판을 치다 법정에라도 뻔뻔
한 낯짝 내두르며 오리발, 모르쇠로 일관하는 나라, 한 집에
한솥밥을 먹고 사던 가족이 마누라, 남편, 제 자식을 때려죽
이고 굶어 죽이고 목을 졸라 죽이고 칼질을 하며 시신을 방
치하고 유기하는 악마들의 나라, 잡아먹고 먹히는 싸움을 무
시로 일삼는 아수라 귀신들의 나라죠. 다 돈 때문이지요. 오
로지 돈만 아는 씨종자 노예들 말이에요."

"시방 무슨 개 풀 뜯어먹는 소릴 하는 거니?"

버찌의 술주정을 보다 못해 똥숙이가 불쑥 쐐기를 지르자 패밀리들이 모두 키들거리고 웃었다.

"뭐가 우스워서 웃고 지랄들이야, 이년들아. 거지발싸개 같은 세상의 더러운 똥물이 콸콸 쏟아져 내리는 오물통에 코가 쑤셔 박혀 죽을 것처럼 숨이 막혀 모두 집을 뛰쳐나왔잖아. 어떤 애년들은 이러지도 저러지도 못하다 아파트에서 뛰어내리구. 혼자 뒈지는 게 무서워서 다른 것들과 함께 연탄불을 펴놓고 영원히 꿈나라 직행열차를 탔잖아. 땡추아저씨는 그런 거 모르셨죠? 불과 열 몇 살밖에 안 처먹은 것들이 싸가지 없이 말이에요. 우라질 놈의 세상에 대해서 아는 건 쥐뿔도 없고 알뜰살뜰 여문 한 구석 없이 오로지 엄마, 아빠 밑에서 말이나 고분고분 잘 들으며 학교를 다니던 애년들이 말이에요. 그놈의 지겨운 공부보다 끔찍한 생존 경쟁에 내몰리고, 눈에 보이지 않는 세상의 무서운 압력에 끝도 없이 시달리던 학교와 집에서의 불같은 성화, 그 악몽 같은 스트레스를 견디다 못해 지금 이 시간에도 어디에선가 애들이 눈물을 흘리며 자살하거나 자살을 준비하고 있을 거라구요."

버찌는 취중에 한 맺힌 소릴 털어놓았다.

"우리 가출팸 달팽이들은 매일같이 물고기방에서 낚시질 (채팅)을 했어요. 우리들이 쓰는 미끼는 영계(어린 소녀)들이구요. 미끼를 던지기 무섭게 덥석덥석 잘들도 물더군요. 늙은 오빠, 삼촌, 아버지 같은 아저씨들이요. 우리들은 그 뻔뻔한 아저씨, 늙은 오빠들을 공갈협박해서 돈을 뜯어먹으면서 신나게 살기도 했죠. 이 버찌년이 교활한 여우새끼처럼 발랑발랑 까져서요. 이 버찌년은 그렇게 살면서 지금의 악랄한 백여우같이 가출팸들 포주가 되었죠. 고리대금 전주 노릇도 심심찮게 하구요. 세상 밑바닥을 헤집고 살다 보면 어떤 애년들이나 발랑발랑 까지게 되어 있어요. 그건 그렇구, 땡추아저씨가 지금 찾고 있는 아줌마는 누구에요? 마누라에요? 마누라는 참 아니지. 애인이에요?"

버찌는 벌겋게 취기가 오른 얼굴을 턱 밑에 바싹 쳐들고 물었다.

"솔직히 말해 봐요. 절간에 와서 잘 생긴 스님들을 꼬시는 보살들도 있을 거 아니에요. 은근히 눈독을 들이는 보살들도 있을 거구요. 안 그래요? 사람 사는 세상은 다 그런 거잖아요. 돈 많은 보살을 하나 잘 물면 절도 크게 지어준다는 말도 있던데."

버찌는 내심 궁금했던 것처럼 익살스럽게 물었다.

"스님한테 그런 소리 함부로 하면 발설지옥拔舌地獄에 간다."

"어머, 그런 지옥도 있어요?"

버찌는 두 눈을 휘둥그렇게 치뜨고 물었다.

"못된 말을 함부로 하는 사람들이 가서 혀를 뽑히는 지옥이란다."

"에그머니나!"

버찌는 질겁했다.

"이년 지옥에 가서 혀를 뽑히기 전에 주둥일 얼른 꿰매든지 자물쇠를 채워야 하겠네요."

버찌는 모닥불로 돌아갔다. 가출 패밀리들의 발랄한 춤과 경쾌한 노랫소리가 계속 이어지는 가운데 다라가 다가왔다.

"스님, 보살님은 만나셨어요?"

유정은 대답없이 골목길로 돌아섰다.

"오늘도 퍽 고단하시겠어요."

다라는 곁으로 따라 걸었다.

"더 놀지 않구?"

"아니에요, 들어가야지요."

거처(폐가)에선 흐린 불빛이 내비치고 있다.

"불을 밝혀놓고 나온 게로구나?"

"스님이 언제 돌아오실지 몰라서요."

밤 기온도 퍽 차가워지고 있었다.

"밤길에 먼 절집의 깜박이는 불빛만 바라봐도 발걸음이 한결 가벼워지고 마음도 따뜻해지더구나."

"어둔 밤에 불빛이 비치면 거긴 사람이 사는 곳이잖아요."

"산중에서만 살아서 잘 아는구나.

유정은 여느 때와 다르게 무겁고 어둡던 마음이 훈훈해지는 것을 느끼며 촛불이 켜진 폐가 거처로 들어섰다. 썰렁한 찬바람이 일렁거리던 거처는 놀랍게 안온한 기분이 찾아들었다.

"이게 어찌된 것이냐?"

너저분하던 방엔 두텁고 깨끗한 스티로폼이 널찍하게 깔리고 푹신한 합섬이불이 한 채 놓였다. 유리창이 깨져나간 창문과 문짝이 떨어져 나간 방문간에 찬바람이 새어들지 않도록 비닐이 쳐졌다.

"지난밤에 너무 추워서 비닐을 사다 쳐놨어요. 나머지 살림살이는 다른 빈집을 돌아다니며 주어온 거구요. 이불은 날씨가 추워졌다면서 버찌가 줬어요. 야외용 가스레인지두요. 우리도 이젠 라면을 따끈하게 끓여먹을 수 있어요."

다라는 낯선 생활환경 속에서도 살아가는 수완이 보통이 아니었다.

"그러고 보니 암자에서 나온 지도 한 달이 다 되어가는구나."

유정은 그동안 얼마나 정신없이 대중사회 이곳저곳 소미 모자를 찾아 헤매었는지 알 것만 같았다.

"서울에선 누구나 눈치 빠르고 부지런만 떨면 얼마든지 살 수 있다고 버찌가 그러더군요. 저도 버찌 애들이 알바(아르바이트)를 자주 나간다는 커피숍에 가서 썰빙이라는 걸 해봤어요."

"일이 힘들진 않구?"

"그런 거 없어요. 지금까지 다 크도록 전깃불, 수돗물 같은 거 없는 두메산골에서 나뭇지게를 지고 살아온 제가 뭐 힘들 거 있겠어요."

기실 쉬운 일은 아니었다. 나이가 몇 살씩 어린 버찌의 가출 패밀리들도 전깃불, 수돗물이 없는 폐가에 살면서 자동차 배터리에 전구를 달아 쓰고, 속옷가지는 대중목욕탕에 가지고 가 빨아 입으면서 어느 땐 찜질방이라는 데 가서도 잠을 자고, 물고기방(PC방)에 죽치고 낚시질(채팅)을 하며 살아가고 있었던 것이다.

"우린 언제 암자로 돌아갈 거죠?"

다라는 근심에 찬 얼굴로 물었다.

"그 사이에 서울이 싫어진 거니?"

"날이 자꾸 추워지니까 그러죠. 어젯밤도 자는데 추워서 오늘은 제가 양철통에 불을 피우고 자갈돌을 뜨겁게 달궈 이부자리 밑에 넣어놓았어요."

"이불 속이 후끈거린다 했구나."

"날이 더 추워지기 전에 돌아가야 해요. 선사님 혼자 계신데 눈이라도 많이 오면 큰일이잖아요."

다라는 산중 날씨를 걱정하고 있었다.

"이런 곳에선 또 겨울을 날 수도 없잖아요."

"집도 절도 없는 운납(雲衲:누더기를 입은 수행승)이 어찌하겠느냐."

"내년 따뜻한 봄에 다시 나와 보살님을 찾으시더라도 이번엔 그만 암자로 돌아가시는 것이 어떨까 해요. 두 분께선 이미 인연이 다한 것도 같구요."

"일찍부터 암자 선사님을 시봉하며 컸다더니 네 안목이 예사롭질 않구나."

유정은 소미 모자와 인연이 다했다는 생각을 하지 아니했다. 그런 생각을 할 수가 없었다. 봉월사 동자승 시절 어머니, 아버지가 보고 싶어서 고집스런 투정을 부릴 때마다 큰스님은 네 귀에 종소리가 들리게 되면 부처님께서 부모님을 만나게 해줄 거라고 했다. 속세의 모든 인연을 끊고 할머니의 품을 떠나 부처님을 받들고 자라 가행정진, 용맹정진 치열한 수행을 거듭하면서도 유정은 부처의 가냘픈 종소리 한 번을 들은 적이 없었다. 짓고 쌓은 공덕이 없이 허수하게 흘러가버린 인생의 세월, 그동안 피나는 인고의 수행 자체가 부질없는 짓은 아니었는지, 생애의 안팎으로 무엇을 닦고 깨달았는지, 유정은 자신의 인생길에 갈피를 못잡고 회의와 절망에 빠져들 때가 여러 차례 있었다.

"그만 자자구나."

유정은 눈을 감고 잠을 청했다. 밤이 교교했다. 개 짖는 소리가 몇 번 컹컹 들려오더니 귀뚜라미 우는 소리가 가냘프다. 깊어가는 가을밤 유정은 어느 시점엔가 설핏 잠이 들었다.

유정은 소미 모자母子를 품에 꼭 끌어안고 달콤한 행복에 빠져 있었다. 끝없는 광야에 있었고, 돌연 뽀얗게 불어오는 모래바람이 무섭게 휘감았다.

품에 안고 있는 모자가 하늘로 훨훨 날아가 버릴 것 같았다.

"아, 안돼! 소미, 두호야!"

유정은 품속의 모자를 놓지 않으려고 두 팔에 죽도록 힘을 넣었다.

"아빠! 여보오!"

두 모자는 품에서 빠져나가고 있었다.

"안돼, 소미 가지 마오!"

유정은 두 팔에 힘을 주었다.

"안된다, 안돼!"

유정은 앞가슴의 품을 쥐어짜듯 죽어라 끌어안았다. 숨이 막히면서 곧 넘어갈 것만 같다. 모자는 벌써 커다란 날개를 펄럭거리며 하늘로 훨훨 날아오르고 있었다.

"아, 안돼. 소, 소미!"

유정은 숨이 넘어가도록 두 팔에 힘을 주고 부르짖었다.

"허억!"

허공이었다. 하늘로 새처럼 날아오르던 소미 모자는 허공에도 사라지고 없었다.

"스님, 날이 아직 안 샜어요."

스님의 따뜻한 품에 꼭 끌어 안겨 단잠에 빠져들었던 다라는 선잠이 깨어 어설픈 잠투정으로 따뜻한 품속을 죽자구나 파고들었다.

"이놈아, 이게 무슨 짓이냐?"

유정은 앞가슴에 찰거머리처럼 달라붙은 다라를 확 밀었다.

"구박하지 마요, 스님. 너무 추워서 기어 들어왔어요."

다라는 어리광을 부리며 파고들었다.

"이놈아, 어서 네 자리로 가서 자거라."

"으으응, 추워요."

다라는 잠에서 깨어날 줄을 모르고 품속으로 계속 파고들었다. 유정은 다라를 떼어놓고 잠자리에서 일어났다. 다라는 그동안 서울생활이 얼마나 고단했던 것인지 깊은 단잠에 취해 코를 골았다.

잠자리에서 일어난 유정은 결가부좌를 하고 몸과 정신을 바르게 가다듬었다.

신선한 새벽 공기의 고요함 속에 떠오르는 최초의 생각이 이루어내는 마음자리, 인간의 사랑과 성욕, 본능이 지닌 생명력을 유정은 생각했다. 분별을 저버린 욕망은 그 뒤에 반드시 재앙이 따라왔다. 본능의 생명력을 저버린 수행과 깨달음의 가치는 무엇인가. 공과 무, 열반, 생명의 본능인 욕정을 단순한 쾌락으로 치부하고 단죄하는 것만이 억제와 극복을 넘어선 인간의 숭고한 이상적 차원일까? 금욕, 엄숙주의는 빛나는 인간의 윤리인가? 인간의 감성과 정서는 따뜻하지만 두뇌가 지닌 이성은 서릿발처럼 냉철한 것을. 중생계를 거지처럼 방황하면서 과연 무엇을 보고 무었을 깨달았던가.

아무것도 옳은 것이 없는 가치관의 혼란과 객관성의 타락, 사회의 구조적인 모순과 왜곡된 질서 속에 노동자들은 거리에서 피나는 생존을 부르짖고, 수백의 어린 생명들이 여객선에 갇힌 채 차가운 바닷물 속에서 죽어가고, 강제된 억압과 대중조작, 득세하는 권력의 강아지가 된 매스미디어, 가진 자들의 못된 행패와 태생이 잘못된 권력, 무책임하게 횡설수설하는 고위관리들의 끊임없는 부정부패와 추운 거리의 보리깜부기 같은 인생들, 마치 집 잃은 달팽이들처럼 버려진 가엾은 중생들을 누가 어떻게 건질 수 있단 말인가. 그 딱한 중생들 속에 소미 모자가 있었다.

'무서운 업이다.'

타락한 중생사회로 내쫓은 불벌의 업보를 어떻게 감당하고 있다는 말인가? 자기 스스로 빚어낸 업의 실체라는 사실을 과연 알고나 있을까. 가슴으로 사랑을 속삭이며 꿈속에 부르는 사랑의 세레나데라면 애달픈 상념은 정녕 아름다운 것인가. 아름다운 사랑의 노래가 괴로운 번뇌의 고통이 아니라면 그 속마음은 실로 자유로울 수 있을 것인가. 그런 것이야말로 인과에 깨어 있는 자연스런 아픔이고 괴로운 고통일 수 있을까不昧因果. 관성慣性의 여기餘氣는 또 어이하는가? 그 정업불멸定業不滅을 도대체 어찌한단 말인가? 육체를 지닌 현상계에선 깨달음을 얻었다 하여 쉽사리 번뇌의 여습餘習까지 말끔해지지 않는 것을.

종로 교구본사 앞길에서 도반 난곡스님을 만난 유정은 정각사로 함께 동행했다.

"부처의 자비는 경전에만 있는 것인가?"

"저 지난 번 관음전 건물에 들어온 민주노총 위원장 체포 사태 말인가 보군. 국가권력이 종교시설에 피신한 사람을 강제로 잡아가는 것은 세계적으로도 드문 일이지."

난곡은 경찰의 법당 난입에 노골적인 불만을 드러냈다.

"야비한 권력의 폭거라고 할 수밖에."

유정은 난곡의 말미에 덧붙였다.

"이건 정말 아닌듯하이."

"아니지, 아니고 말구."

"관음전의 민주노총 위원장이 겉으론 자진 퇴거한 것으로 보이지만 경내로 야차夜叉 같은 몰골을 하고 미친 광대처럼 아우성을 떨어대던 관변단체 승냥이 떼 같은 전문 시위꾼들을 보면 민노총 위원장이 관음전 은신처를 나가 맞아죽으라는 거였지."

"긴급하게 체포할 만한 국사범, 살인강도도 아닌데 신성한 법당을 짓밟을 것은 또 뭔가."

분노가 가시지 않기는 유정도 마찬가지였다.

"정부와 노동계의 관계는 정치적인 문제일세. 민주주의 국가라면 마땅히 정교분리政敎分離의 원칙이 지켜져야 하는 것인데 우리나라는 이승만, 전두환 때 야만적인 법난을 자행했던 것처럼 정권들이 떳떳하지 못해서 그렇네. 약자를 따뜻한 품으로 끌어안고 자비를 베풀어야 하는 것이 부처의 존재 이유인데 부처가 없으니 그런 거지."

"그럴 수밖에 없겠지. 여러 번 대화로 풀어보려고 애쓴 화쟁위원회 스님들의 중재는 아닐 걸세. 종단이나 총무원장의 뜻도 아닐 거구."

"한 위원장이 무참히 내쫓긴 걸 보면 이번 사태는 분명히 정권의 야만적인 종교탄압이야."

"사람들이 단체행동으로 나오는 것은 잘못된 권력에 대항하는 약자 최후에 들고 일어나는 저항수단인 것을. 아무런 무기나 장비를 갖추지 않은 연로한 농민에게 살인적인 물대포를 쏴대서 사경을 헤매게 만들어 놓는 걸 보세. 그만하면 정권을 알만 하잖은가 말이야."

"경찰 쪽에서 강제수단을 쓸 게 아니라 대화로 풀어보자고 화쟁위원회가 중재에 나서 무척 애를 썼지만 그런 중재가 전혀 먹혀들지 않더라더군. 다음 민중궐기엔 경찰 쪽에서 버스를 동원하여 차벽을 세웠던 자리에 종교인들이 나서 평화지대를 형성하고 명상과 정근(定根:일체의 공덕을 낳게 한다는 뜻의 禪)으로 평화 울타리, 자비의 꽃밭 역할을 하겠다고 하니까 종교가 법치 국가를 우롱한다고 비웃고 나오는 사람들이 아닌가."

"국가권력이 무소불위로 나오면 화쟁위원회는 무기력할 수밖에 없는 것이이지."

"아집과 무지의 소산이 빚어내는 국민들의 폐해가 너무 크구만."

"그 자가 파시스트였지. 일제 식민치하에 황국에 혈서를 써서 충성을 맹세한 왜군 장교 말이야."

"이 나라의 최고통치자가 그런 파시스트의 딸이라니."

"사유화한 권력의 야심으로 언론을 장악해 거짓된 조작을 일삼아가며 민족혼을 팔아먹는 친일매국 망령들이 더욱 가관이지. 이번 경찰들의 법당 난입사태는 권력의 광기를 여과없이 보여준 사건일세. 불교계엔 치욕의 날로 기록될 것이구."

"미국 뉴욕타임즈를 비롯해서 다른 외신들도 한국 최악의 통치자라고 기사를 썼다더군. 누군가 그랬다지. 촛불이 펄럭거리는 신당의 무녀巫女라구. 하하하……."

"내가 보기에 박씨는 최씨 아줌마의 영락없는 앵벌일세."

유정은 자기가 말을 하고서도 웃음이 나오는 것처럼 큰 소리로 웃어대자 한바탕 따라 웃고 난 난곡은,

"자기중심적인 사고가 없이 정신적으로 아주 빈약해빠진 사람을 이용해 먹은 악당, 부역자들이 더 큰 문제지. 어느 때 보면 완전히 광신도들의 포로가 된 것도 같더군. 심리나 정서적으로 패닉상태에 접어든 것처럼 보이지 않던가. 자기세계에 깊이 빠지는 자폐성향 말이야."

자기 나름의 평가를 내렸다.

"두려움에 갇혀 불안감이 팽배한 상태, 바깥세상을 향해 철저히 방어막을 치고 살아서 그렇겠지."

"이건 범죄일세. 모든 걸 알고 저지른 친일매국, 수구보수, 친미사대주의자들의 범죄야. 사기꾼 악당들의 세상이지."

"갈아엎어야지, 일제의 식민통치 이후 쌓이고 누적된 적폐가 얼마인가. 아직도 그놈의 식민통치 잔재가 사방 도처에

뿌리를 내려 똬리를 틀고, 웃지 못할 군사독재의 향수가 남아 있질 않은가. 민주주의 국가라면서 법치法治인지 인치人治인지도 모르겠구, 경제는 족벌체제요. 정치판은 일반 국민들의 상식수준에도 못 미치는 구태와 적폐에 반세기 넘게 우려먹은 이념투구에 새빨간 거짓말, 조작에 능수능란하고, 형편에 따라 이쪽저쪽 줄 타고 넘나드는 재주꾼들은 모두 귀신같지 않던가. 지금 이대로 사회에 쌓이고 쌓여온 적폐의 진흙탕 속에 허우적거리다간 머지않은 장래에 이 나라는 나라고 민족이고 흔적조차 없이 소멸되고 말지도 모르겠네."

유정은 듣기에도 끔찍한 소릴 했다.

"불신과 도생의 이기주의 사회가 적폐의 미망에 갇혀 있으니 새로운 리더집단이 아쉽구만. 경제적으로도 시대가 바뀌면서 지금까지의 제조업과 정보통신기술(ICT)이 함께 융합하는 4차 산업혁명 중이라고도 하던데 말이야."

"적당히 교활한 마녀와 손을 잡고 권력의 눈치를 살펴가며 물질에 눈먼 종교는 돈벌이 장사꾼이고 기업이지 종교가 아닐세. 썩어빠진 사바세계를 갈아엎을 새 지도자가 나타나기를 바랄 뿐이지."

한동안 이런저런 이야기를 서슴없이 주고받으며 시내를 걸어온 유정은 난곡스님과 헤어졌다.

"성불하시게."

5
말법未法의 그늘

　유정은 오늘도 거리를 헤맸다. 외로운 납승衲僧으로 사바세계를 떠돌며 탐욕에서 해방되고 집착에서 벗어나 위대한 존재의 자유를 얻어 보자고 인고의 가시밭길을 걸어온 수행이 아무런 의미도 없고 무색하였다.

　"다한 인연에 목을 매지 마라."

　유정은 태백산 초암 허봉선사의 말씀이 귓전에 들리는 듯하였다.

　"집착은 망령이니 그 망령에 홀리면 정신이 흐려지고 언행이 정상을 벗어나게 되느니라."

　가을이 깊어 추위가 닥치는 날씨에 노 선사를 암자에 홀로 두고 나온 유정은 마음이 무겁게 짓눌렸다. 하루 온종일 발걸음이 무거워 버스를 잡아탄 유정은 차창 밖의 거리 풍경을 바라보며 고적하게 앉아 있었다.

"저, 저……"

거리의 중생들에 눈길을 던지고 있던 유정은 갑자기 놀란 눈빛으로 차창에 다가붙었다.

"소미닷!"

연한 회백색 의복으로 단정하게 걸어가는 여인의 옆얼굴이 언뜻 눈에 비치는 순간 소스라친 유정은 차창 밖으로 스쳐가는 여인을 다시 보려고 얼른 좌석에서 빠져나와 통로 뒷전으로 자리를 옮겨가며 거리의 여인을 바라보았다.

"어, 어딨지?"

소미가 사라지고 보이지 않았다. 인도의 행인들만 계속 스쳐가고 있었다. 버스는 더 간극을 벌리며 달려가고 있었다.

"소, 소미……"

유정은 당황했다. 내달리던 버스가 정류장으로 접어들고 있었다. 급히 출입문간으로 달려 나온 유정은 버스가 정차하기 무섭게 인도로 뛰어내렸다. 하차객들이 횡단보도로 몰려들어 신호등이 바뀌기를 기다리고 있었다. 유정은 몰리는 행인들을 헤치고 차도를 건너뛰었다.

"야, 죽으려고 환장했어!"

급브레이크 소리와 함께 운전자의 험한 욕설이 튀어나왔다.

"미안합니다, 미안합니다."

육박하는 차량들의 아슬아슬한 위기를 가까스로 모면하면서 차도를 건너뛴 유정은 인도의 행인들을 헤치고 내달렸다.

"얼마나 갔을까?"

소미는 적어도 몇백 미터쯤 앞에 가고 있을 것 같았다. 유정은 숨이 차고 땀이 배어나 전신을 적시고 있었다. 소미는 눈에 들어오지 않았다. 바로 그때 회색 옷의 여인이 문득 나타났다.

"소미다!"

유정은 턱에 닿은 숨을 헐떡이며 단걸음에 다가갔다.

"소미?"

숨찬 소리가 달려들자 여인은 힐끔 돌아다봤다.

"미안합니다."

유정은 지친 한숨을 몰아쉬었다. 단아한 여인은 미친 사람이라도 바라보듯 두려운 눈빛으로 고개를 얼른 바로잡고 발걸음을 재촉했다.

"또 실수를 했구나."

소미를 만났다 싶었던 유정은 온몸의 맥이 탁 풀렸다. 소미 모자와 인연이 다한 듯한 허망감이 세찬 파도처럼 밀려들었다. 유정은 무거운 다리로 걸었다. 저녁 무렵의 잔양이 빌딩을 누렇게 물들이며 기어오르고 있었다.

"박근혜 탄핵반대."

외치는 소리가 들려오면서 인도를 길게 메운 태극기 행렬이 나타나고 있었다.

'특검 무효', '탄핵 기각', '특검 중단', '종북척결', '군인들이여 일어나라', '빨갱이를 죽여라', '국회해산', '계엄령을 선

포하라' 등등의 극단적이고 터무니없는 내란선동 구호가 소
란스럽게 난무하고 있었다. 박근혜 대통령 탄핵을 대중 심판
한 소크라테스, 예수에 비유한 헌법재판 변호인을 필두로 커
다란 성조기를 펼쳐든 시위행진은 박근혜를 사랑하는 단체
중심의 보수, 극우단체들이 광화문 촛불집회에 선동적인 맞
불집회를 벌이고 있었다. 유정은 길을 바꿨다.

　서쪽 하늘가에 탁한 놀빛이 물들고 있다. 어둑어둑 박모薄
暮가 지는 도심은 하나둘 불빛들이 켜지고 네온사인이 명멸
하면서 길목마다 인파가 물결치듯 불어나고 있었다. 행렬은
이룬 시민들은 평온하면서도 모종의 결기에 차 보였다. 때를
같이하여 초대형 확성기 소리가 우렁우렁 들려왔다. 광화문
광장이었다.

　유신정권으로 종신집권을 획책하다 중앙정보부장(김재규)
의 혁명적 사건으로 종언을 고한 40여 년 전의 박정희 독재
정권으로 되돌아간 듯 착각을 불러일으키는 박근혜 대통령
의 국가권력 사유화, 비선실세 강남 아줌마의 국정농단國政壟
斷은 이조시대 창기娼妓 장녹수(장희빈), 천민 관비官婢 출신으
로 최고의 권력을 휘두른 악녀 정난정鄭蘭貞이 무색할 지경이
었다. 아니 그보다 더했다. 국민들이 부여한 국가권력을 일
개 아낙네에게 스스럼없이 던져주고 예순 살이 넘은 이순耳
順의 면상에 자글자글 얽힌 주름살이야 인생의 고요해진 원
숙미이거늘 천격한 꽃단장 해외 패션나들이에 지친 심신을
몽환으로 달래던 꼭두각시 칠푼이 대통령, 차별이 없이 평화

롭게 잘 사는 행복시대를 열어달라고 국민들은 박수치며 표를 던져주었건만 꼴사나운 모양새로 배신한 모양새를 국민들은 더 이상은 지켜볼 수가 없었다. 왕정과 공화정을 착각하여 헌법을 무시하고 자격을 상실한 통치자는 끌어내리는 것이 민주주의의 본질이이고 보면 그동안 국민들이 겪어야 했던 백척간두의 위기와 고통, 분노와 허탈, 실의와 절망, 나라 망신살을 천리만리 해외로 뻗친 치욕과 자괴감, 민생도탄民生塗炭 직전 상황에서 새로운 정치, 새로운 시대를 염원하는 민중은 5만에서 50만 100만, 2백30만이 넘어가는 광화문광장의 거대한 촛불집회는 나라의 역사를 새로 쓰는 민주주의 광장이 되고 있었다.

　이게 나라냐 이게 나라냐
　근혜, 순실 명박 도둑 간신의 소굴
　범죄자 천국 서민은 지옥
　이제는 참을 수 없다.
　박근혜를 구속시켜라……
　— 윤석민 '이게 나라냐'

　음악부스에서 유명가수의 노랫소리가 왕왕 울려 퍼지고 있었다. 주말마다 국민들의 운집으로 열리고 있는 박근혜 정권퇴진 시위는 전국에서 모여드는 시위 참가자들로 동원할 관광버스가 바닥나고, 버스, 열차표가 매진되면서 〈박근혜 대통령 즉각 퇴진의 날〉을 선포한 광화문광장엔 시위 인파가 지진이 난 해일처럼 밀려들고 있었다.

'이 사람이 어디로 갔지?'

소미는 분명히 인파 속으로 사라지고 있었다. 행사 안내자들이 피켓과 양초, 핫팩(손난로) 같은 행사물품을 나눠주며 따끈한 백색커피를 제공하는 한편 시국공연이 펼쳐지는가 하면 플레시몹 오케스트라 검은 리본의 영웅들의, 너는 듣고 있는가 분노한 민중의 노래 / 다시는 노예처럼 살 수 없다 외치는 소리 / 심장박동 요동쳐 북소리 되어 울리네 / 내일이 열려 밝은 아침이 오리라, 민중의 노래소리가 울리고, '레미제라블' 영화 삽입곡이 연주되고 대학들의 깃발, 죽은 사람을 애도하는 만장挽章이 펄럭거리고, 검은 복장의 저승사자가 출현하고, 최, 박 두 여인네의 몰골스런 가면과 포승줄에 꽁꽁 묶인 조형물에 조형말, 촛불을 켠 양철화덕에 무쇠 솥을 걸어 닭을 삶는 풍자와 익살스런 해학들이 넘치고, 지난번 주말시위에 '박근혜 탄핵' 상여가 만가挽歌를 부르고, 지방에서 소를 몰고 올라와 참여한 농사꾼에 죄인의 목을 참수할 단두대斷頭臺까지 선을 보이더니 이번엔 농민들이 트랙터까지 몰고 서울로 올라오고 있었다. 차꼬를 쓰고 포승줄에 묶인 박근혜, 최순실, 청와대 김기춘 비서실장, 민정수석 등의 국정농단 공범과 부역자들이 광광화문교도소 철창에 죄수로 들어앉은 광경이 눈길을 끌었다. 친일 부역자들의 망령과 박정희 신화 신봉자들의 향수가 만들어낸 시대착오적 국가파멸이었다. 더욱 못된 짓거리는 인간의 영혼을 말살하는 문화예술인들의 통제와 억압을 가져오는 블랙리스트, 세상을 살 만하다거나 행복하다는 국민은 실로 찾기 어려웠다. 실의와 절망, 도대체 희망이 보이지 않는 경제적 불안과 고단한 삶의 나날이 계속되고 있었다.

　알고 있지 꽃들은
　따뜻한 오월이면 꽃을 피워야 한다는 것을

　알고 있지 철새들은
　가을하늘 때가 되면 날아가야 한다는 것을.

　시위 참가자들의 자유발언이 이어지던 무대에선 유명 가수의 노래가 허탈과 절망, 분노, 신경증에 걸린 사람들을 조금은 위로하고 있었다. 와중에 신기할 만큼 세계적인 평화 촛불시위의 장관을 1분 1초라도 놓칠세라 외신기자들의 카메라가 곳곳에서 돌아가고 있었다.
　"이게 나라냐!"
　감정이 끓는 민중의 바다에서 거대한 지진과 불덩어리 마그마를 분출하는 화산이 대거 폭발하여 대양을 가로지른 해일이 청와대까지 밀려들어가고 있는 촛불행진, 시위군중들의 비장한 함성이 밤하늘을 찌르며 우렁차게 울려 퍼지고, 너울지는 촛불 파도, 어둠의 정적(1분), 그리고 함성…….

"박근혜를 즉각 구속하라!"

불법, 편법, 거짓, 음모, 조작, 탄압, 소외가 없는 민주주의를, 촛불, 횃불을 치켜든 시위군중들은 대통령 탄핵과 구속을 무섭게 외치고 있었다. 국정원의 인터넷 댓글공작, 전산개표부정, 박근혜는 처음부터 대통령일 수가 없었다. 한 심리학자는 그녀를 십칠팔 세 소녀쯤의 발달장애를 추정했고, 전직 국회의원은 이제 겨우 말을 배우는 아이와 같다고도 했다. 북한 김정은의 선제타격 운운하면서 전쟁의 위협을 최고조로 끌어 올려가며 민족의 공멸을 가슴 치며 걱정할 때는 마치 정신이 형편없이 파괴된 사람 같기도 하였다. 자기의 잘못을 뉘우치기보다 자화자찬으로 일관하는 구경꾼 화법에 '아몰랑' 비슷한 유체이탈 화법은 차라리 지나쳐 버릴 수 있다고 해도 몸 치장에 영혼이 비정상인 부지하세월이며, 화려한 칠면조 변신에 해외 패션 나들이는 또 어떠했던가. 다 좋다. 뉴욕타임즈의 박근혜 머릿속에 비선실세라는 최순실이 들어앉아 있는 만평, 순실이 국왕이고 근혜가 가엾은 시녀에 불과한 모양새다.

유폐되다시피 고립무원이 된 영애領愛를 물심양면으로 보살피는 조력자로 살아오면서 떨어지려고 해야 떨어질 수 없는 결속체가 된 두 여자, 자신도 모르게 구세주 흡사한 존재가 되어버린 최순실은 비선실세란 이름의 국정 1인자가 되어 온갖 수단방법을 동원한 이권개입으로 대담하게 거둬들인 돈이 국내외 세탁 과정을 거치면서 독일과 영국, 스위스

리히텐슈타인에 차명으로 숨겨진 재산이 독일 범죄수사 사상 최고액에 이른다는 수천 억에서 수조 원의 천문학적인 재산, 일개 60대 강남 아줌마의 국정농단이 하늘을 놀라게 하고 땅을 뒤흔드는 사태에 광화문광장에 운집한 국민들의 촛불집회엔 서슬 퍼런 단두대에 만장이 펄럭거리는 농민들의 상여가 등장하여 만가와 우렁찬 민중의 함성이 초겨울로 접어든 군청색 밤하늘에 충천하고 있었다.

'이게 나라냐?'

사악한 범죄 집단이요, 복마전 소굴이 아닐 수 없다.

'인생 백년이 번쩍이는 불빛 같아 보이듯 스러지고 마는 것을, 영화가 무엇이며 태산 같은 재물은 또 무엇인가.'

기껏해야 번쩍이는 한순간의 얄궂은 운명을 살면서 한라산처럼 쌓인 돈을 어디에 다 쓸 것인지, 무서운 탐욕이야말로 가장 호화롭고 행복한 듯 가장 불행하고 가엾은 지옥도의 중생이라 아니 할 수가 없었다.

"박근혜는 즉각 퇴진하라!"

횃불시위대가 시위군중 한가운데로 나아가며 행진을 주도하고 있었다. 청와대를 동서로 포위하듯 효자치안센터와 동쪽 삼청로 세움아트스페이 방향으로 나아가고 있었다. 이번엔 청와대 100미터 전방까지 접근이 가능하도록 허용된 것이다. 세월호 참사일을 상징한 416개의 횃불행렬의 위용은 부패와 무능과 사유화된 권력의 만용을 삽시간에 활활 태워버리고도 남을 것처럼 장엄하였다.

'썩은 말뚱들을 다 쓸어내야 한다.'

유정은 가슴이 뛰었다. 친일부역자들의 망령이 끝도 없이 살아나 준동하는 수구보수정권의 사익에 눈먼 정치상품, 만성적인 악덕재벌들과의 정경유착, 알고도 모른 척 눈감고 입 다물며 잇속을 챙기고 사악한 사이비종교 지도자들과 양심이 없는 지식인들, 후안무치한 위세로 힘없는 민중을 짓밟고 가혹한 고혈을 빨고, 더불어 살아가는 공동체가 아니라 내가 아니면 모두 무찔러야 하는 야만적인 적들의 살벌한 사회, 망국지변으로 몰고 가는 공범자들, 너무나 오랫동안 고적한 은둔으로 바깥세상에 두터운 방어막을 치고 홀로 늙어버린 유신독재자의 공주, 칠푼이 꼭두각시 대통령은 언제 극적이고 충격적으로 끝장나버릴지도 모르는 공포의 운명 앞에 얼마나 큰 불안감이 작용할까. 그녀는 이제야 피눈물을 알 것 같다고 했던가. 제발 잘못 뒤틀린 세상이 바로잡혀 진실이 펄떡펄떡 싱싱하게 살아 있고 정의가 금강석처럼 밝게 빛나기를 유정은 바랐다.

'이 사람은 어디로 갔을까?'

소미의 환영에 이끌려 온 듯 유정은 청와대 박근혜 대통령의 계속되는 거짓말 해명에 분노하는 시위군중의 물밀듯한 행진대열에 밀려가는데 하얀 삼각 기폭에 그려진 달팽이가 언뜻 눈에 들어왔다.

"가출 패밀리들이 모두 몰려나왔군."

가출 패밀리들을 발견한 유정은 시위행렬을 헤치고 다가

갔다.

"땡추아저씨?"

익은 목소리가 반갑게 곁으로 쫓아왔다. 버찌다.

"여긴 웬일들이냐?"

"우리 가출팸들은 대한민국 국민이 아니고 서울 시민이 아
닌가요?"

달팽이의 집 가출 패밀리들이 총출동을 하고 있었다. 동네
몇몇 장년들과 아이들까지 30여 명이나 되었다.

"이거 받아요."

버찌는 빨간 피켓딱지 한 장을 건넸다.

"오, 그래!"

유정은 그때까지 시위 군중에 정신이 팔려 행진을 계속 따
라가고 있었다.

"이게 싫으면 목탁을 치며 가시구요."

"아니다, 한 장 다오."

유정은 버찌에게 받아든 피켓딱지를 한 손으로 높이 들었
다.

"우리들도 촛불바다에 푹 빠져버렸어요."

버찌가 말했다.

"박근혜 아줌마, 방 빼고 나가라!"

똥숙이의 선창에 가출 패밀리들이 따라 큰 소리로 외쳤다.

"땡추아저씨 입만 달싹거리지 말고 목이 터지게 외쳐요.
그래야 박근혜가 하야든 퇴진이든 방을 빼고 꺼질 거 아니에

요."

똥숙이가 떠벌였다.

"어둔 동네에서 잘들 나왔구나."

유정은 맞장구를 쳤다.

"청기와집 아줌마도 이젠 우리팸들처럼 달팽이가 한번 되어 봐야죠. 그래야 코피 터지게 썩은 냄새 풀풀 풍기는 개똥밭 서러움이 어떤지, 피눈물이 어떤지를 알 거 아닌가요."

버찌는 오늘 따라 더욱 멋지고 세련되어 보인다. 달팽이들 모두 그랬다.

"오늘 촛불시위엔 스님들이 많이 나온 거 같아요. 곳곳에 많이 보이잖아요. 땡추아저씨도 우리들과 함께 가요."

똥숙이의 말에 미나가 가세하여,

"바랑에 목탁 가지고 있죠?"

바랑을 짊어진 스님 등뒤로 돌아가 미나는 목탁과 목탁채를 꺼내들고 목탁을 똑똑똑 두들겨봤다.

"목탁은 그렇게 잡고 치는 게 아니다."

유정은 목탁을 잡고 치는 방법을 알려주었다.

"얘들아, 거기서 뭐해, 빨랑 따라오지 않구?"

키 큰 두칠이가 달팽이 깃발을 흔들며 소리쳤다.

"박근혜 퇴진, 박근혜 퇴진, 박근혜 퇴진……."

똥숙이는 목탁을 제법이나 그럴싸하게 두들기며 박근혜 퇴진을 크게 염불하듯 외치고 나갔다.

"방 빼고 나와라!"

  잠시 뒤처졌던 가출 패밀리 달팽이들은 깃발을 높이 들고 선두행렬을 따라붙는 두칠이, 말똥가리, 활새머리, 비딱이, 땅딸보 일행을 서둘러 따라갔다. 시위행렬 선두에서 시위행렬을 이끌고 나가는 지휘 차량이 보이지 않았다. 시민 하나가 재빠르게 달려 나갔다.

  "민주주의가 죽었다!"

  시위행렬 앞으로 나간 시민은 구호를 외쳤다. 시위행렬은 선창자의 구호를 받아 복창했다. 그때 지휘 차량이 나타나 도로를 가득 메운 시위행렬을 뚫고 들어오기 시작했다. 지휘 차량은 도로에 가득 찬 시위행렬에 다시 막히고 있었다. 시위행렬 가운데 오도 가도 못하게 갇힌 지휘차를 본 시민들이 소리를 지르며 길을 트자 지휘 차량이 가까스로 시위행렬을 뚫고 나가 제 위치에 도착했다. 한 시민이 지휘 차량으로 뛰어올라갔다. 그가 마이크를 잡고 막 자유발언을 하는데,

  "구급차, 구급차 불러!"

  시민들은 다급하게 외쳤다. 위급상황 파악이 안 된 지휘 차량 쪽에선 계속 '박근혜 즉각 퇴진'을 외치고 있었다.

  "어서, 구급차를 불러!"

  응급환자 쪽에 있는 사람들은 일제히 '구급차'를 외쳤다.

  "응급환자가 발행했으니 길을 열어주시기 바랍니다."

  마침내 응급환자 발생상황을 알아차린 지휘 차량에서 밀리는 시위행렬을 향해 안내방송을 했다. 우렁찬 집단함성에 막혀 다른 소리가 들리지 않는 시위행렬은 아무런 움직임을

보이지 않았다. 환자의 상황이 위급해지자 시위행렬 속에서
뛰어 나온 한 시민이 위급한 환자를 등에 업었다.

"우로밀착, 우로밀착!"

주위 사람들이 서둘러 큰 소리로 외쳤다. 함성과 함께 도
로를 꽉 메우고 있던 시위행렬 속으로 조금씩 길이 트이면서
위급한 응급환자가 빠져나갔다. 청와대로 함성을 퍼붓던 시
위행렬은 서서히 머리를 돌리며 광화문광장으로 복귀를 시
작했다.

소미는 잠자리에서 일어나 부수수하게 헝클어진 머리를
찬물에 대충 감고 서둘러 말렸다. 두호는 늦잠에 빠져 있었
다. 경대 앞에 다가앉은 소미는 길게 자란 머리를 곱게 빗어
꼭뒤에 동그랗게 틀어 올리고 검은 망을 씌웠다.

"두호엄마, 벌써 일을 나가려구?"

집주인 명화보살은 지난 밤새 끙끙 앓던 두호엄마가 부숭
부숭한 얼굴로 방을 나서는 걸 보면서 안쓰럽게 물었다.

"어제도 일을 하다 말고 들어왔는데, 오늘은 일찍 나가봐
야지요."

"밤새 끙끙 앓는 소릴 하던데 몸살이 났거들랑 더 쉬지 않
구."

명화보살은 출근을 만류했다.

"제 걱정은 마시고 두호가 깨어나거든 좀……."

"아이 걱정은 말아요."

"아침날씨가 많이 쌀쌀해졌어요, 보살님, 얼른 문을 닫고 들어가세요."

소미가 명화보살을 만난 것은 도봉산 명은사鳴隱寺였다. 아들딸 남매를 미국에 이민을 보내고 혼자 외롭게 살던 명화보살의 작은 연립주택에 소미가 방을 한 칸 얻어 한 가족처럼 살고 있었다.

"두호 아빠허군 어쩌다 헤어진 게야?"

명화보살은 달포쯤 지나 세입자로 든 젊은 보살의 행동거지가 아무래도 예사롭지 않아서 조심스런 눈길로 넌지시 물었다.

"......"

소미는 대답을 못하고 머뭇거렸다.

"내가 주책없이 물어봤나 보구먼. 미안해요, 두호엄마."

명화보살은 물어보던 말을 얼른 거둬들였다.

"아니에요, 보살님. 두호 아빠는 수행자입니다."

"수행자라니? 그럼 스, 스님이란 말이우?"

명화보살은 전혀 예기치 않은 대답에 입을 다물지 못하고 한참을 얼없이 바라봤다.

"예."

소미는 낯을 붉혔다.

"처자식을 두고 출가한 게로구먼. 부처님과 인연이 되었으면 붙잡을 수 없는 노릇이지."

명화보살은 한숨을 지으며 넋을 놓았다.

"달리 물어본 게 아니구 두호엄마 성정이 너무나 곱구 참해서 어느 남정네가 소박을 놓았을까 싶어 가지구 물어본다는 것이 그만 두호엄마를 거북허게 만들었나 보네."

명화보살은 미안쩍이 몸을 사렸다.

"아니에요, 보살님. 제가 일찍 말씀을 드렸어야 하는데. 죄송해요."

칠순의 명화보살을 처음 만날 때부터 소미는 친정어머니처럼 다감한 정을 느끼고 있었다.

"미국에 사는 자식들 손자가 있다는 소리를 벌써 수삼 년 전에 들었는데 나는 한 번두 본 일이 없구먼. 맘이 그래선지 두호를 보면 꼭 우리 손주 같애갖고 얼마나 귀여운지 모르겠구먼."

명화보살은 이슬처럼 눈물방울이 맺힌 눈시울에 옷소매를 가져갔다.

"두호 아빠는 참말루 속세에 미련이 없었던 모양이우. 아무리 수행자라고 해두 그렇지, 머루알 같은 눈동자루 잘 생긴 자식이 보구 싶지두 않은가 보네."

혼자 외롭게 살아가던 명화보살의 얼굴엔 밝은 화색이 돌고 있었다.

"깨달음을 얻어 득도를 하면 그 선근공덕을 중생들에게 되돌려 정토에 왕생토록 하지 않겠는지요."

부처님의 가르침을 끝까지 따르지 못하고 환속하여 속세 탁류의 흐름을 따라 어렵게 살아가고 있지만 우주만법의 오

묘한 이치를 깨닫고, 생사를 초월하여 열반에 이르는 득도의
진리를 소미는 믿고 있었다. 그 진리를 굳게 믿고 있기에 소
미는 함부로덤부로 속세의 모습을 그분 앞에 드러내어 피나
는 수행을 흔들어 놓을 수가 없었다.

'당신은 지금 어디에서 고행을 하고 계십니까?'

소미는 항상 그분의 생각에 매달려 있었다. 공양은 제때
먹고 있는지, 잠자리는 편안한지, 몸이 아픈 데는 없는지, 단
벌 법의는 얼마나 누더기가 되었는지, 마음속 깊이 사랑하는
사람과 헤어진 이후 그녀는 애달픈 마음의 번뇌를 안고 있었
지만 한순간도 괴로운 고통을 느끼거나 의식해본 일이 없었
다. 오히려 그 깊은 마음속의 사랑이 의지가지가 되어 억센
마음으로 살아가고 있었다.

버스를 타면 20분이 남짓한 거리를 한 푼이라도 절약하자
고 그녀는 잰걸음으로 작업장에 달려왔지만 재활용품 컨베
이어는 벌써 바쁘게 돌아가고 있었다.

"아픈 몸은 좀 어때요?"

컨베이어 라인의 김 아줌마가 걱정스럽게 물었다.

"저는 그때(생리통)가 되면 꼭 몸살이 찾아오곤 해서요."

소미는 그런 자신의 몸에 찾아오는 변화와 신열을 도무지
알 수가 없었다.

"엊그제 백지장 같은 얼굴을 하고 털썩 쓰러질 때 얼마나
놀랐는지 몰라요. 아무튼 다시 나온 걸 보니 얼마나 반가운
지 모르겠네요."

　김 아줌마는 다정다감했다.

　"안녕하세요. 저는 박다라라고 해요."

　며칠 전부터 허접스런 재활용품 일을 하다 의류작업반으로 건너온 다라는 마스크를 벗고 신입다운 인사를 했다.

　"저는 두메산골 촌뜨기 산처녀예요."

　다라는 수건을 눈 밑까지 내려쓴 종업원 아줌마를 다시 바라봤다.

　"요즘 촌뜨기가 어디 있어요."

　소미는 나긋한 어조로 말했다.

　"일들을 해요."

　반장아줌마가 작업을 다그쳤다.

　"깨끗한 새옷들이 많아요."

　"돈들이 썩었지, 한 번 입어 보지도 않고 버릴 옷들을 백화점까지 나가 살게 뭐람."

　"돈푼깨나 있는 것들은 모두 미친 지랄병에 걸렸지."

　김 아줌마가 혼잣소리로 투덜거렸다.

　"돈 잘 쓰고 사는 사람들이 많은 대단지 아파트에선 부녀회가 재활용품을 관리하는데 폐품을 가져가는 업자들의 입찰금액이 수천만 원씩이나 한다잖아."

　컨베이어 의류를 분류하는 종업원들의 손길이 번개처럼 빨랐다.

　"요즘은 젊으나 늙으나 최신 유행에 지나치게 민감해서 그래. 빨리 만들고 빨리 유통시키는 패스트 패션 바람이 부는 탓이라구. 사람들이 옷을 사 입는 주기가 자꾸 빨라지는 거지 뭐. 빨라지는 유행에 맞춰서 옷들을 다퉈 만들어내고 소재보다 맵시 있는 디자인 우선으로 가격이 저렴한 중저가 스파 브랜드가 유행하면서 제철이 지난 옷들이 금방 천덕꾸러기 신세가 되는 거지. 서울에서 옷을 버리는 수거함 1만 개에 하루에 1천 벌, 일주일이면 7천 벌 정도가 수거된다는 거야. 그 걸 새옷 값으로 따지면 1천억 원이라네. 그중에 30퍼센트는 단 한 번도 입지 않은 새옷들이라는구먼."

컨베이어에 쌓인 헌 의류 더미가 빠르게 밀려오고, 종업원들은 고개를 들고 눈코 뜰 사이가 없이 옷가지를 분류해 낸다. 남자의 새것 같은 재킷 호주머니에 손을 슬쩍 밀어 넣는가 싶던 김 아줌마의 손에 배춧잎 같은 파란 것이 앞치마 속으로 슬쩍 밀려들어갔다. 만 원짜리 지폐다. 운수 좋은 오늘의 마수걸이다. 의류 분류작업을 하는 종업원들의 일거수일투족을 감시하는 사장 마누라의 번개 같은 눈빛에 걸리면 부수입을 모두 몰수당하고 그날 해고다. 비록 헌옷가지라도 창고의 물품들은 마땅히 회사 소유이기 때문이다.

"애기 엄마, 밖에 누가 찾아왔어요."

화장실을 다녀오던 왕눈이 아줌마가 소미의 귓전에 입을 붙이고 살그머니 귀엣말을 했다. 금전대부업체에서 찾아온 수금원이라는 것을 직감적으로 알아챈 소미는 가슴이 덜컹 무너졌다.

"잠깐만 부탁해요, 아줌마."

소미는 나지막한 소리로 부탁을 하고 창고 밖으로 빠져 나왔다. 검은 지프차 앞에 서 있던 사내들이 다가왔다. 마치도 저승사자 같은 고리사채 수금원들이었다.

"당신 일하는 작업장으로 쳐들어갈 참이었는데 마침 잘 나왔어."

"죄송합니다. 조금만……."

소미는 고개를 들지 못했다.

"이 아줌마가 지금 무슨 소릴 하고 있는 거야?"

수금원은 다짜고짜 험악한 인상을 쓰며 모질게 나왔다.

"곧 갚겠습니다. 저어, 하지만……."

퍼런 얼굴로 사색이 된 소미는 두 손바닥에 피가 날 것처럼 싹싹 빌었다.

"이봐요, 아줌마. 똑같은 소릴 언제까지 설사똥 지리듯 쏟아놓을 거야?"

"여기는 제가 일을 하는 곳입니다. 제발 목소리를 좀 낮춰주세요. 제가 이렇게 빌겠습니다."

소미는 큰돈을 빌린 것도 아니었다. 초산으로 두호를 낳을 때 다급한 생활비로 백만 원을 빌리면서 선이자와 수수료 명목으로 떼고 겨우 60만 원을 받아쓴 것이 지금은 원금보다 더 많은 돈을 갚고도 상상할 수도 없이 불어난 사채가 천만 원이 넘어가고 있었다.

"다음 달엔……."

"다음 달? 그땐 당신이 갚을 돈이 얼만 줄이나 알아?"

말결을 가로챈 수금원은 침이 튀는 소리를 빽 질렀다.

"제발 목소리만 좀……."

소미는 대부이자가 지나치다는 항변 한마디도 꺼내보지 못한 채 불안한 조바심을 떨었다.

"그때 연체이자까지 한꺼번에 갚지 않으면 지금보다 훨씬 더 힘든 일이 생긴다는 걸 명심하쇼. 무슨 말인지 알겠어?"

수금원들은 수건을 머리에 깊이 내려쓴 채무자를 슬며시 훔쳐보았다. 고요하고 곱살한 얼굴이 아주 인상적이다. 수금원은 유별난 눈독을 들이며 굴침을 꿀꺽거렸다.

"무슨 말씀인지……?"

소미는 걷잡을 수 없이 벌렁거리는 가슴을 한 손을 가져다 누르며 물었다.

"신체포기 각서를 썼잖아?"

색안경을 쓴 사내는 사나운 반말로 겁박했다.

"그, 그럼?"

빚진 죄인이라고 했던가, 소미는 무서운 불안감에 바들바들 몸을 떨었다.

"왜, 그건 겁이 나시나?"

지프차에서 다가온 사내는 무서운 겁박에 질려 떨고 있는 여자를 꺼먼 색안경 너머로 바라보며 물었다.

"저를 팔면 얼마나 받아요?"

소미는 핏기가 가신 얼굴로 물었다.

"입심 한번 좋게 나오시는데?"

사내는 피우던 담배꽁초를 내던졌다.

"다 늙어서 얼마나 받을 수 있겠어? 3백(만 원) 정도?"

"아냐. 그것도 누가 줄 거 같지 않은데."

얼굴이 좁고 턱이 뾰족한 뿔코 사내는 얼굴에 소름이 끼치는 웃음을 실실 쥐어바르며 이죽거렸다.

"알았으니, 어서들 돌아가 주세요."

작업장을 살그머니 빠져나온 소미는 한순간이 조마조마했다.

"돌아가라면 돌아가야지. 다음엔 끔찍한 일이 눈앞에 벌어질 수도 있으니까 약속한 날짜는 분명히 지키도록 하시구."

"예, 예."

소미는 당장 숨통이라도 따려고 덤빌 줄 알았던 수금원 사내들이 물러갈 뜻을 비치자 두 손을 가슴에 가져다 누르며 안도의 한숨을 쉬었다.

"저 아줌마는 카론형님이 알아서 처리하겠다고 한 걸로 아는데 괜찮을까 몰라?"

뿔코는 은근히 뒤 저린 소릴 했다.

"카론형님? 마, 우린 큰형님 지시를 따라 대출금 한 푼 손실 없이 깔끔하게 걷어다 바치면 되는 거야."

"그렇긴 해도 왠지……."

"마, 뭐가 찜찜해서 그래?"

"이러다 우리만 중간에서 피똥 싸는 거 아닌가 몰라."

머리를 빡빡 배코 친 중대가리는 지레 겁먹은 소릴 했다.

"마, 카론은 벌써 큰형님 눈 밖으로 까졌어. 빨랑 차나 몰아."

일행이 올라 탄 지프차는 배기통의 푸른 연기를 내뿜으며 달려 나갔다. 꺼먼 색안경을 쓰고 사이드 미러에 비치는 채무자 아줌마를 다시 한 번 바라보았다. 지저분한 재활용품들이 산더미처럼 쌓인 창고 앞마당으로 길게 깔리던 매연도 사라지고 있었다.

잠깐 자리를 비우고 창고를 나갔다 들어온 소미는 죽을 고비를 치르다 겨우 살아난 사람처럼 창백하게 핏기가 가신 얼굴로 금방 쓰러질 것처럼 비슬비슬했다.

"어디가 또 아픈 거 아니우?"

김 아줌마는 걱정스럽게 소미를 부축했다."

"괜찮아요. 빈혈이 있어서 저는 가끔 그래요."

당장이라도 심장이 뚝 멈춰버릴 것처럼 벌렁거리는 가슴을 애써 진정시키며 컨베이어 작업 라인으로 들어선 소미는 계속해서 현기증에 시달렸다.

"안 되겠어. 나가서 조금만 더 쉬었다 들어와요."

"저는 괜찮아요. 어서 일들을 하세요."

3백만 원이라니? 무슨 생각으로 어처구니없는 몸값을 사내들에게 물어보았는지 아무리 곧 숨이 넘어갈 듯이 다급한 처지에 놓였다고 해도 그런 흉악한 문서에 서명을 할 수가 있었는지, 몇 번을 생각해 봐도 그런 자신을 알 수가 없었다.

'천만 원을 어디서 어떻게 구하나……'

소미는 그만한 뭉칫돈을 당장 구경할 수도 없었다. 반반하고 싱싱한 젊음의 세월이 다 가버린 여자라고 해도 몸값이 겨우 3백만 원이라니? 소미는 고리사체 수금원 깡패 같은 사내들이 던지던 말을 생각하기도 싫었다.

'이제 내 몸도 목숨도 다 되었나 보다.'

소미는 빚을 갚을 일이 너무나 막막했다. 인정사정 피도 눈물도 없는 고리사채업자들의 악랄한 횡포를 미루어 보면 더부살이를 하고 있는 명화보살의 작은 연립주택까지 빼앗으려고 나올지도 모르는 일이었다. 충분히 그러고도 남을 채권자들이었다.

'그럴 순 없어.'

소미는 세찬 도리질을 했다. 추운 길거리에 나앉아 얼어 죽는 한이 있어도 명화보살에게 그처럼 가혹한 재앙이 몰아닥치게 할 순 없었다.

'도망칠까.'

소미는 도망칠 양심도, 도망갈 곳도 없었다. 그도 그렇거니와 빚진 죄인이라고 했던가, 채무자는 사채업자의 주도면밀한 감시망에서 사실 벗어나기도 어려웠다. 마치도 흡혈귀 같이 생피를 빨아가며 하는 험악한 닦달과 겁박에 견디다 못해 신체 포기 각서에 반강제로 손도장을 찍어줄 때만 해도 사나운 속세 물정을 잘 모르고 설마 했던 그 설마가 명화보살에게 무서운 재앙이 미치고 연약한 세 사람의 목숨이 경각에 도달할 줄을 소미는 차마 몰랐다.

"내 못난 어리석음이, 어리석음이……."

불제자의 계를 파한 업이 너무나 크기에 때와 장소를 불문하고 여러 가지 되풀이되어 나타나는 장애를 어렵사리 극복하며 절집 불목하니 허드렛일, 늙어 병든 중생을 보살피는 병동의 간병으로 선근공덕을 짓고 쌓으며 독실한 신행信行으로 묵묵히 살아가고 있으련만 부처님의 진정한 뜻을 어긴 과보가 이처럼 험난하고 고단할 줄을 소미는 미처 몰랐다.

오늘도 가출 패밀리 달팽이들의 노랫소리가 황량한 동네 폐허의 밤하늘에 가득 울려 퍼지고 있었다.

하야 하야하야 하야하야 하야 / 꼴갑 떨며 헌법 파괴 나라 망친 박근혜야 / 역사 잘못배워 혼이 비정상/ 잘난 거짓말 풍년들어 거지 되었나 / 우주가 나서 도와줄까 칠푼이 신세 / 피눈물이 무엇인지 이제 알겠지 / 빵간에 가 천년만년 살고지고 / 천년만년 살고지고……

활활 타오르는 모닥불을 삥 둘러 에워싸고 이리 돌고 저리 돌며 흔들흔들 휘청휘청 뱀춤을 추는 것인지 체조를 하는 것인지 우스꽝스럽게 흔들거리며 손뼉을 치고 노래를 부르는 모습들이 불안과 혼란에 휩싸인 동네 밖의 시중보다 한결 더 평화롭다. 유정은 가출 패밀리들과 한 몸이 되고자 노래와 춤이 흥거운 모닥불 마당으로 뛰어들었다.

"불도를 닦는 사람 무엇으로 알아내노 / 얼굴에 빛이 나고 몸에서 향내 나네 / 마디마디 기쁨주고 걸음걸음 꽃피어라. / 허허 기쁜지고 지화자 좋을시고……."

유정은 노래를 부르며 덩실덩실 춤을 추는데,

"어머나, 땡추아저씨. 반가워요."

버찌와 똥숙이가 어리둥절하게 다가와 요란을 떨었다.

"누가 자루 없는 도끼를 빌려 주겠는가誰許沒柯斧 / 내가 하늘을 떠받칠 기둥을 깎으리니我斫支天柱, 이는 신라 원효대사가 저자거리에서 부르던 무애가无涯歌란다. 이 땡추스님도 똑같은 가출팸 달팽이니 너희들과 신명나게 어울려 한바탕 춤을 추며 놀아보고 싶구나, 허허 기쁜 지고 지화자 좋을시고……, 자비심을 품었으니 노염 미움 있을 소냐 / 청정행을 닦았으니 모든 거짓 끊었으리 / 오만한 악의 무리 거들떠나 볼 것이냐. 나무아미타불."

유정은 너와 내가 하나 된 마음으로 한바탕 즐겁게 놀아주었다.

"이번 주말에 또 광화문광장 촛불시위에 나가려구요. 거리 공연도 하구요."

버찌는 마음이 벌써 들떴다.

"달팽이 밴드가 아주 잘 어울린다. 달팽이 밴드 만세!"

가출 달팽이들은 하나같이 펄쩍펄쩍 소릴 지르며 은하가 흐르는 진청색 밤하늘에 폭죽을 쏘아 올렸다. 버찌는 다시 모닥불로 돌아갔다.

"저는 여기서 좀 놀다 들어갈게요."

"그러려무나."

유정은 골목길로 돌아섰다. 밤 기온이 차가운 한기를 품고 있었다. 엉성하게 버티고 서 있는 폐가와 빈집들마다 음흉한 귀신이라도 숨어 있는 듯 고요한데 골목길을 걸으며 처소를 찾아보니 허물어진 그 집이 그 집만 같다.

'다라는 언제나 들어오려나?'

유정은 걸어 들어온 골목길을 다시 돌아보았다. 재개발 동네 너머 시가지엔 하얀 불빛이 차갑게 번졌다. 어둠에 묻힌 폐가 처소를 찾아 들어온 유정은 어둠이 하나 가득 고인 방에 촛불을 밝혀 놓았다. 불을 피워 놓던 양철통엔 식은 재만 가득했다. 유정은 양철통을 집어 들고 집 밖으로 나가 폐목을 몇 개비 주워 불을 피웠다. 폐목은 잘 타올랐다.

'소미는 지금 어디 있을까?'

유정은 연민의 정이 애달팠다. 인연 따라 흘러가는 것이 사람이라고 하지만 소미 모자는 싸늘한 소슬바람처럼 비껴가는가. 유정은 고개를 들고 찬 서리가 내리는 밤하늘을 우러러보았다. 덩실 떠오른 달빛 아래 우수에 잠긴 폐촌의 처연한 심사心思를 지니고 멀고 드넓은 〈장천長天〉 읊었다.

잔별은 어둠에 숨고

쉴 곳조차 없는 폐허의 대지

창백한 부처의 얼굴은

멀고 넓은 하늘을 닮았네.

추위에 창백하게 이지러져 흘러가던 달이 구름 속으로 숨어들고 있었다.

'다라가 밤이 깊어가는 줄도 모르고 있군.'

밤이 늦어 다라가 걱정스러워진 유정은 집 앞 골목길에 나와 서성거렸다. 달이 구름에 숨어 어둠이 깃든 골목길은 쥐새끼 한 마리 어릿거리지 아니했다.

'왜 아직 안 오는가?'

가출 패밀리들의 폐가 공터 쪽에선 언제부턴가 밤하늘이 환하게 불티가 날아오르던 모닥불도 꺼지고 노랫소리도 뚝 끊긴 채 조용하기만 했다. 유정은 점점 조바심이 들었다.

'인근 주민들이 시끄럽다고 신고라도 한 것인가?'

유정은 골목길을 좀 더 걸어 나왔다. 어둔 길갓집 모퉁이를 돌아오는 발자국 소리가 들려왔다.

"다라냐?"

유정은 성급히 물었다.

"예, 스님."

다라가 모습을 드러내며 달려왔다.

"왜 이리 늦었느냐?"

유정은 걱정스럽게 물었다.

"전쟁이 났대요."

"애들이 또 패싸움을 벌였더냐?"

 길거리 젊은 행인 커플을 눈꼴사납다고 다짜고짜 두들겨
패고, 인근 패거리들과 난폭한 싸움질에 심야의 편의점들을
보호해준다는 명목으로 돈을 갈취하면서 폭력배로 발전해가
던 말뚱가리 일당이 또 다시 낚싯밥에 걸린 모텔의 늙은 오
빠를 덮치다 경찰에게 냉큼 덜미가 잡혔나 싶은데,

 "카론이라는 사람이 죽었대요."

 다라의 입에선 엉뚱한 소리가 튀어 나왔다.

 "누가 죽어?"

 유정은 잘 못 알아들은 것처럼 되물었다.

 "가출팸들 포주란 사람 있잖아요. 버찌가 춤추다 말고 어
디에서 갑자기 걸려온 전화를 받더니 기절할 것처럼 얼굴이
새파래지잖아요. 왜 그러냐고 물어봤더니 카론 오빠가 죽었
다고 하잖아요."

 "뭐야?"

 깜짝 놀란 유정은 다라를 다시 바라봤다.

 "버찌가 이번엔 또 무섭게 긴장한 얼굴로 애들을 불러 모
으더니 어디론가 우르르 달려가잖아요."

 "그래서 너도 버찌 애들을 따라갔다 돌아온 거야?"

 "예, 스님. 지난번 불이 난 아래쪽 동네 있잖아요. 상가건
물들이 시커멓게 그을려 절반쯤 허물어진 데요."

 "넌 무섭지도 않으냐, 그런 델 왜 쫓아가?"

 "카론이라는 사람이 거기에 피투성이가 되어 버려졌다고
해서요."

"그런데?"

유정은 다급스럽게 물었다.

"우리들이 달려갔을 땐 말똥가리 애들이 병원으로 데려갔더라구요."

"그 사람이 죽은 건 아니로구나?"

카론이 죽었다는 말에 가슴이 철렁했던 유정은 안도하며 놀란 가슴을 진정했다.

"잘 모르겠어요."

"그 병원이 어디냐?"

"지금 가보시려구요?"

"가봐야 하지 않구."

카론은 부처님과 만난 인연으로 불법에 귀의한 사람이었다.

"병원을 찾아가도 소용이 없어요. 함께 달려갔던 애들 모두 카론이란 사람을 보지 못하고 거기 남아 있던 남자애들이랑 그냥 돌아왔어요."

"그건 또 무슨 소리야?"

"병원으로 데려갔지만 응급치료를 마치기 무섭게 데리고 나와 또 다른 병원으로 옮겼을 거래요."

"겨우 목숨을 건진 사람을 병원에서 다시 데리고 나오다니, 점점 더 모를 소리를 하는구나."

"무슨 속들인지 저도 잘 모르겠어요. 카론 그 사람이 살아난 걸 알면 '신동방파'라는 폭력배들이 카론 그 사람을 가만

놔두질 않는다나 봐요."

"칼부림이 난 걸 보니 큰 사단이 난 모양이구나."

"큰 사단이라니요?"

"나도 잘은 모르겠다만 폭력배들은 자기네들 관할 영역이라는 게 있어서 그 영역을 넘보거나 이권문제가 생기면 피나는 싸움을 한다고 하지 않느냐. 카론 그 사람이 잔혹한 보복을 당하고서도 병원까지 숨었다는 것을 보면 무슨 사생결단의 문제가 생긴 것이 틀림없는 듯하구나. 들어가자."

유정은 내심 카론 포주가 무사하기를 빌었다.

"스님 말씀이 맞는 거 같아요. 버찌 말이 자기도 첨엔 신동방파가 두 패로 갈라져 전쟁이 난 줄 알았대요. 그런데 그게 아니라 카론 그 사람이 이쪽 관할구역 중간두목이었는데 상납금은 물론 조직의 고리사채 수금한 돈까지 유용해서 그런 게 아닌가 싶대요."

"어쨌거나 카론 그 사람이 생명에 지장없이 무사해야 것인데 걱정이구나."

유정은 폭력배들의 잔혹한 악행을 크게 우려했다.

"아무리 카론 그 사람이 잘못했다고 해도 그렇지, 짐승도 생명은 함부루 하지 않는 것인데 하물며 사람을 그처럼 반죽음시켜 폐기물 쓰레기장에 버리는 법이 어디 있대요."

"악하다지만 미처 선한 불성을 보지 못해서 악행을 저지르는 것이다. 우리도 이젠 여길 떠나야겠구나."

삶과 죽음을 누가 자르고 저지하고 이룰 수 있던가. 유정은 날이 새면 병원을 찾아 카론을 찾아본 뒤 미륵봉 암자로 돌아갈 생각이었다.

"그게 정말이세요, 스님?"

거처로 들어와 잠자리 준비를 하던 다라는 미륵불 산골짜기로 손꼽아 돌아갈 날을 기다리고 있던 것처럼 반가워했다.

"다시 안 돌아가겠다고 앙탈을 부리면 어쩌나 걱정을 했더니만 천만다행이구나."

"안 돌아가긴요. 물고기도 저 놀던 물이 좋고, 송충이는 솔잎이 제 맛인걸요."

"눈이 많이 온다고 하는 대설大雪도 가랑눈 한 송이 안 내리고 지나갔는데 동지冬至가 코앞이에요. 이렇게 머물다 큰 눈이라도 내리게 되면 암자로 돌아가지 못하고 여기에서 한겨울 삼동을 꼬박 나야 되지 않겠느냐."

카론의 불길한 소식을 듣고 잠자리에 든 유정은 심정이 착잡하니 잠이 오지 않았다. 카론이 불러온 불안이 소미 모자의 근심걱정으로 이어지면서 갑자기 인연이 다한 예감이 찾아들었다.

'알 수 없는 일이다.'

한낱 예감에 소스라치며 유정은 잠자리를 걷고 일어났다.

"스님, 왜 그러세요?"

다라는 고개를 들고 물었다.

"아니다, 어서 자라."

유정은 다시 잠자리에 들었다. 잠이 오지 않았다. 구름을

벗어난 달이 다시 떠올라 교교한 밤은 개들도 짖지 아니했
다. 이웃들과 도타운 정으로 살던 정에 발목이 잡혀 떠나지
못하고 밤마다 골목을 헤매며 고함을 지르다 지치면 꺼억꺽
잠긴 목소리로 흐느껴 울던 치매 노인의 처연한 울음소리도,
머리서 들려오던 어린아이의 울음소리도 들려오지 않는다.

"어디에 어떻게 살고 있는지…… 살아 있으면 만나겠지.
만나고 말구. 꼭 만날 거야."

유정은 나혜스님과 만나 바닷가를 거닐 때 바다로 뻗어 내
려온 산기슭에 안온하게 자리 잡고 있는 오막살이집을 바라
보던 생각이 났다.

"우리도 저렇게 오두막집이라도 짓고 살까?"

나지막한 바닷가에 가지런히 돌담이 쌓인 오막살이집을
길게 바라보며 나혜는 소녀 같은 소릴 했다.

"뭘 먹고 살구?"

유정은 반사적으로 물었다.

"사랑을 먹고 살지."

하고 나혜는 경이로운 눈빛으로 웃었다.

'소미를 만나서 돌아가야지, 바닷가 오막살이집으로 돌아
가야지.'

그 오막살이집의 다정한 세 가족, 따뜻한 사랑, 조용한 평
화, 생은 모름지기 그래야했다. 사랑하는 소미와 두호를 꿈
에라도 다시 만날 수 있을까, 속세의 꿈같은 생각을 하다 설
핏 잠이 든 유정은 몸을 파고드는 추위에 선잠이 깨었다. 희

붐하게 동살이 잡힌 집 밖의 흐릿한 은회색 빛 속으로 먼지
낀 거미줄이 나풀거렸다.

"스님께서도 잠이 깨셨군요. 저도 추워서 잠을 한숨을 못
잤어요."

다라는 숫제 이불을 걷고 일어나 양철통에 불을 먼저 지폈
다. 유정은 집 아래층으로 내려와 폐목 도막들을 몇 개 주워
가지고 다시 2층으로 올라왔다. 다라는 그동안 아쉬운 대로
사용하던 세간들을 챙겼다.

"겨우 밥이나 끊여 먹고 하던 것들을 가져가면 뭘 하겠느
냐. 다른 사람들이나 유용하게 사용하도록 그냥 두고 가자구
나."

"스님 말씀을 듣고 보니 그게 좋겠어요."

이부자리를 방바닥에 깔고 잤던 스티로폼 위에 가지런히
개어놓고 양철통에 언 몸을 좀 더 녹이다 집을 나섰다.

"카론이 무사한지 모르겠구나."

유정은 걱정이 되었다.

"아무 일 없이 병원 치료나 잘 받았어야 할 것인데 모르겠
군요."

위중한 카론을 어서 빨리 찾아가 볼 요량으로 잰걸음을 서
둘러 골목을 막 나오는데 달팽이집에서 노랑머리 예나가 헐
떡거리고 달려왔다.

"버찌 언니가 스님을 빨리 모셔 오랬어요."

"안 그래도 가는 참이다."

유정은 카론에 대한 예감이 좋지 않았다.

"카론씬 어떻게 되었니?"

다라가 다급스레 물었다.

"카론 오빠가 죽었대요."

"뭐?"

다라는 펄쩍 놀랐다.

"나무아미타불."

카론이 병상에서 무사히 고비를 넘기고 일어나 부처님을 만난 인연으로 선한 공덕을 짓고 전생, 금생, 내생, 세세생생 世世生生 아름답고 행복한 복록을 누리며 살기를 바랐건만 생떼같은 젊음이 그런 죽음을 당하다니, 유정은 받아들이기 힘이 들었다. 어디 나고 죽어 멸하는 생과 사를 어느 누가 뜻대로 이루고 저지할 수 있던가.

노랑머리 예나를 앞세워 병원으로 달려온 유정은 영안실을 찾아들었다. 가출 패밀리들이 문상객을 맞이하고 있었다. 유족이고 문상객이고 누구 하나 망자亡者의 상청에 있을까 싶던 영안실은 안팎으로 젖먹이를 품에 안고 등에 업고, 유모차에 싣고 찾아온 여러 아기엄마들과 협수룩한 노인들로 자못 번거로웠다.

"스님께서 오셨군요. 오빠를 저희들이 마음을 모아 보내드리기로 하였습니다."

상청을 지키고 있던 버찌가 눈이 통통 부운 얼굴로 다가왔다.

"너무 무참히 돌아가셔서 모두들 상심이 크겠구나."

망자와 짧은 시간 악연으로 만난 사람이었지만 그 인연은 길고 격렬했다. 미처 선한 불성을 보지 못하여 일어나는 재앙들이 유정은 안타까웠다. 망자의 허망한 죽음을 애도하며 자리를 잡고 앉은 유정은 목탁을 꺼내 들었다.

"여금일 형탈근진 영식독로汝今日 逈脫根塵 靈識獨露……."

유정은 낭랑한 목탁소리와 함께 죽음의 실상을 바라보는 장례염불을 시작하였다.

"수불무상정계 하행여야受佛無上淨戒 何幸如也. 이제 그대는 6근(六根:여섯 가지 감관)과 6진(六塵:여섯 가지 경계)를 벗어버리고 영혼만이 혼자 남아서 거룩한 부처님의 계를 받게 되었으니 다행한 일입니다. 영가시여, 세월이 흘러 오래되면 광대한 우주도 무너지고 수미산과 큰 바다도 없어져 남을 것이 없는데 하물며 이 작은 육신의 나고, 늙고, 병들고, 죽는 것과 근심. 슬픔, 괴로움, 번민을 무슨 수로 피하리오?…… 본래 청정한 마음자리 본성품의 고향이네. 마음이란 맑고 묘해 있는 곳이 따로 없어 삼라만상 그대로가 한마음의 나툼일세."

인생의 무상함을 알려주는 염불을 마치고 유정은 상청을 물러나왔다.

"스님, 이렇게 가시면 언제 또 오시나요?"

영안실 밖에까지 따라 나온 바니와 가출 패밀리들과 말똥가리 친구들까지 거칠게 맺어진 인연도 어느 새 정이 들었는지 아쉬운 미련을 떨치지 못하고 눈시울을 적시었다.

"바람처럼 구름처럼 기약이 없는 몸이니 언젠가 또 만나겠지. 잘들 있게나."

"스님, 그동안 저희들 무지한 버릇을 용서하세요. 다라야, 잘 가."

하얀 덧니로 귀엽게 웃던 버찌의 얼굴엔 눈물이 젖어 흘러내리고 있었다.

"카론 오빨 용서해 주세요. 카론 오빠가 그동안 그 많은 돈을 다 어디에 썼는지 우리들은 무척이나 궁금했는데 알고 보니 사생아들 복지시설과 아이를 낳아 놓고 기를 능력이 없는 어린 미혼모, 의지할 데 없이 늙고 병든 노인들에게 아낌없이 적선하면서 가난하게 악성부채에 시달리는 사람들까지도 조금씩 도와주고 했더랍니다. 우리들은 그런 것도 모르고 카론 오빠를 모질고 악랄한 사람으로 매도하고 원망하며 미워했으니 죽어서 뱀이나 소와 말 같은 짐승으로 태어나 악도에 떨어지겠어요."

"이 세상의 모든 사람들이 잘살고 못살고 귀하고 천하며 수없는 고통을 받고 한량없는 복을 누리며 사는 것은 모두가 전생에 지은 원인과 결과因果로 이루어지는 것이니, 오늘 선행을 하고 복을 짓게 되면 언제 어디서나 안정을 얻고 사람들의 공경을 받는 것이다."

"사람의 마음이 부처이고 그 부처의 행위가 부처라고 하시더니 바로 그 말씀이시군요."

"한 생각이 일어날 때 일체가 생기고, 한 생각이 사라질 때 일체가 사라진다. 한 생각이 일어나고 사라짐起滅이 곧 우주의 건괴(建壞:건립과 파괴)와 인생의 생사生死구나."

영안실에 문상객들이 의외로 많이 몰려든 광경을 보며 유정은 혜능대사의 어록을 새삼스레 생각하였다. 나무아미타불 관세음보살······.

나라 최고 권력의 바르지 못한 무능함과 독선의 난정亂政으로 피폐한 중생계에 어떤 흔적도, 이름도 없이 공덕을 지은 카론의 보살행은 일체 중생의 안락과 이익을 위한 부처의 천수천안千手千眼이었다.

"어서 가자."

유정은 길을 잡았다.

"올 때처럼 또 기차를 타고 가는 거죠?"

다라는 기차를 타는 것이 좋은지 어린아이처럼 말했다.

"미륵봉 산골짜기로 다시 들어가자면 기차를 타고 가야 하고 말구. 그런데 한 군데 더 다녀가야 할 곳이 있다."

"어디요?"

"스님 한 분이 소신공양(燒身供養:자기의 몸을 불살라 부처 앞에 바치는 일)을 하셨구나."

"소신공양이라뇨, 요즘에도 그런 스님이 있어요?"

다라는 전신에 소름이 끼얹는 몸서리를 쳤다.

"요즘에 자기 몸에 기름을 붓고 불을 지르는 소신공양 소리를 들으면 끔찍하게 들리겠지."

"그 스님 다비(茶毘:죽은 이의 시신을 태워 유골을 거두는 불교 장례
의식)에 가시려구요?"

"그렇다. 우리가 서울에 와 가지고 시내 나갔을 때 길목에
'목탁의 비애'라는 문구 피켓을 펼치고 일인시위를 벌이던
스님을 뵌 적이 있지 않으냐."

"바로 그 스님이시라구요?"

다라는 펄쩍 뛰었다.

"소신공양으로 매국노 집단이 일어나는 기회를 끊고 촛불
시민들에게 힘을 실어주려는 분신항거를 한 것이지. 그동안
나는 뒤 번 더 만나 뵈었지만 소신공양을 하시리라곤 꿈에도
몰랐구나. 지금 생각하면 그때 그 스님과 함께하지 못해 아
쉬운데 출가 이후 사찰에만 안주하지 않고 대중사회 활동에
적극적으로 나선 스님이라고 하니 더욱 아쉬움이 크게 남는
구나."

"옛날얘기처럼 듣고 하던 소신공양을 정말로 하신 스님이
계시다니 끔찍하고 엄청난 고통을 어찌 다 감당하시고 몸을
불살랐을까요."

"신심이 아니겠느냐."

"신심도 좋지만 어떻게 숨 쉬고 살아있는 자기 몸을 불살
라 부처님께 바칠 수 있나요?"

"불행에 빠진 나라와 중생을 건지기 위한 스님의 희생이
아니겠느냐."

스님은 위대한 희생이었다. 자기 죽음과 어느 집단 이익이

아닌 민중의 승리가 되어야 하고, 민중의 촛불이 거짓과 조작, 탄압에 스러지지 않고 승리하기 위한 분신 항거였다.

"이 다라도 스님의 말씀을 알 것 같습니다."

"안타깝고 안타깝구나. 중화상을 입고 서울대학병원 중환자실에 입원하신 것으로 아는데 며칠을 못 넘기고 입적(入寂: 수도승의 죽음)을 하셨구나. 나무아미타불."

이 세상 모든 것은 그물처럼 서로 얽혀져 있기에 홀로 독립된 자유는 없다. 결국 내가 행복해지기 위해서는 나와 관계된 사람들, 인연 있는 사람들을 행복하게 해야 한다는 글을 스님은 사회관계망에 올려놓았다.

6
고요한 죽음의 평화涅槃

흰 구름을 머리에 이고 있는 운봉雲峰과 파도치는 산줄기들로 첩첩이 둘러싸인 심산의 헐벗은 나무들 사이사이 웅장한 바위와 깎아지른 벼랑으로 깊이 내려간 계곡은 깊은 동굴 속처럼 어두웠다.

초암을 한동안 떠났다 태백 산중으로 다시 돌아온 유정은 변화무쌍한 자연의 질서에 무상함을 느끼며 하늘 높이 초고층으로 올라간 빌딩과 빌딩의 어두운 거리, 첩첩이 싸이고 싸인 아파트 숲의 갈피없이 몰아치는 이상풍속都市風의 숨 막히는 거리에서 혼탁한 매연에 시달리며 북새통을 이루고 살아가는 중생들의 이미지가 마음에 남아 있었다.

"사바 중생들의 모습이 어떠하더냐?"

허봉선사는 첫마디로 물었다.

"행복하다는 사람은 찾아볼 수 없고 허탈과 절망의 나락에 떨어진 나라는 전국이 활활 타는 촛불의 바다를 이루며 분노에 찬 원성이 천지를 진동하며, 가진 자와 갖지 못한 자들의 다툼이 심하고 재물에 대한 숭배와 집착이 또한 과도하여 중생들의 마음이 모두 현란한 미혹에 빠져 있습니다."

"그동안의 네 발자취가 민중들 속에 있었으니 그 원성과 번뇌가 가슴속에 있겠구나."

"과거 유신독재권력을 고스란히 물려받은 권좌의 착각과 사익에 눈먼 비선실세의 망국적 국정농단과 그에 부역한 친일수구 매국세력의 악당들이 지금 이 나라 정권에 다 모여 있는 것 같습니다."

"으흠, 그럴 테지."

꼿꼿한 허리로 단주 굴리기를 잠시 멈춘 노老 선사는 비명과 흡사한 신음을 밀어내고,

"최고 권좌에서 국회의 탄핵을 받아 쫓겨난 박 여인은 결국 감옥살이 끝에 아무도 거들떠보지를 않는 천박대기가 되겠구나. 모든 게 업이로다. 나무아미타불 관세음보살."

세상 이치를 꿰뚫어 보는 법안法眼을 지닌 허봉선사는 모든 걸 알고 있었다.

"불과를 이루는데 근본이 되는 선근공덕과 중생의 마음衆生心이 곧 대승이라는 것도 알았겠구나."

허봉선사는 한 가지를 더 확인했다.

"중생들 속에 소승의 모습이 있었습니다."

"무엇이냐?"

"불이不二입니다."

"불이란 '둘이 아니며' 또한 '다르지 않다'는 뜻이 아니더냐. 부처와 중생이 다르지 않고, 깨달음과 무명이 다르지 않고 성聖과 속俗이 다르지 않고, 나와 남이 다르지 않다는 것이 바로 불이의 세계관인 것이다."

이는 초월적 열반관涅槃觀을 부정하고, 저 너머의 이상적 구원이 아니라 지금 여기 내가 서 있는 자리에 구원의 가능성이 있다는 것으로 대승불교 정신이기도 했다.

"민생의 지팡이가 되어야 할 나라의 공권력은 잔인무도한 흉기가 되어 민중을 축생처럼 다루고, 엄중해야 할 나라 법은 형평성을 잃은 지 오래되었고, 관리들은 재물을 모으는 도적들이 되었습니다."

"그뿐이더냐?"

"거리의 노숙자와 스스로 생목숨을 끊는 자살, 피의 범죄에 노출된 백주의 공포에 철없이 집을 뛰쳐나온 청소년들은 우범지대를 형성하는 세태에 때 아닌 이국異國의 전염병이 난데없이 창궐하여 사람들이 죽어나가고 배를 타고 수학여행을 가던 학생들이 차디찬 바닷물 속에 어처구니없는 수장을 당하는 사태에도 불구하고 나라의 통치자는 제왕 같은 권력의 사유화로 부패하여 강 건너 불을 보듯 태평한 사생활이나 즐기는 반면 돈에 눈먼 사제와 승려, 목사들은 염병이 창궐한 동네에 도깨비처럼 제때를 만나 사악한 기복신앙祈福信仰의 샤머니즘 주술을 남발하여 선한 생령들을 칠흑의 어지러운 미망에 몰아넣고 있습니다."

심산유곡 은거에도 천안통을 지닌 허봉선사가 망국지변의 중생사회를 모를 리 없다는 생각을 하였다.

"네 말을 듣자면 나라가 곧 아수라 지옥으로 떨어져 망해 버릴 것만 같구나."

허봉선사는 한탄했다.

"가사장삼을 걸쳤다 하나 부처님의 법계도 속계도 아닌 허공의 행방불명자나 다름없는 떠돌이로 삿된 몽상에나 빠져 중생들의 거리를 지향없이 헤매다 돌아온 소승을 크게 꾸짖지 않으시는지요?"

유정은 모든 사실을 낱낱이 고백했다.

"나는 무슨 소린지 알아들을 수가 없구나. 다한 인연에 부질없이 매달려 괴로운 번뇌에 허덕이지 마라."

허봉선사는 곧이곧대로 말을 받지 아니하고 유정의 정곡을 짚었다.

"속을 감추려들지 마라."

노 선사의 목소리가 쩌렁 귓전을 울리자 유정은 정신을 번쩍 차렸다.

"원효대사가 무애가의 걸림이 없는 노래와 춤을 추시면서 시중 저자거리, 도적굴이나 거지들이 모여 사는 촌을 두루 돌아다니면서 무애의 춤과 노래로 부처님의 법을 전파하였구나. 네가 그 어디에도 걸림이 없이 자유자재하는 무애행無碍行의 삶을 얻어 그들 속으로 들어가 흉내라도 내었으면 된 듯하나 중생사회의 황량하게 메마른 바람 속을 헛돌다 돌아왔으니 번뇌만 더욱 깊어졌으렷다."

허봉선사의 말에 유정은 몸을 흠칫했다.

"수행자도 또한 생물이고 사람이니라. 사랑하고 미워하는 감정만큼 강력하고 절실한 것이 어디 있다더냐. 그 에너지야말로 정직하게 과보果報를 가져오는 업력(業力:업의 큰 힘)의 파장으로 전해지는 것이니 사랑이란 곧 무서운 마음의 집착이니라. 사랑에 대한 집착은 무지라서 다라眞如를 어둡게 하고 그 무지가 작용하기에 참지혜가 생겨나는 걸 막는다는 사실을 모르지 않을 네가 그토록 푹 빠졌더란 말이냐. 이제 어찌하겠느냐. 그대로 둬라. 차츰 잊어버려라. 정령 잊고 버릴 수 없거든 마음에 고이 간직하고서 드러내지 마라. 그 또한 안고 가야 할 업이라면 업이구나. 허나 그리운 과거의 회상은 생각의 시간 낭비이고 애착의 덫이 될 터이고 그 덫에서 한시 빨리 벗어나지 않으면 너는 끝내 성불할 수 없는 목탁새가 될 것이다."

허봉선사는 은은한 부처의 미소로 선정에 들었다. 유정은 뒤늦은 월동준비를 서두르자고 암자를 나와 굴뚝 모퉁이 지게를 걸메고 나서는데, 산발치 너와집 다라가 올라오고 있었다.

"지게는 제게 주시고 스님은 장작이나 패시지요."

지게를 빼앗아 한쪽 어깨에 걸멘 다라는 곧장 나무숲이 들어찬 산속으로 헤쳐 들어갔다.

"사시공양은 모시고 가야지."

"동지冬至가 코앞인데 늦장을 부렸다간 한겨울 삼동을 눈 더미 속에 파묻혀 살게 됩니다."

산등성이를 올라서던 다라는 뒷모습을 감추며 나무숲 속 으로 사라졌다. 허봉선사가 암자 방문을 열었다.

"다라와 함께 나무를 하러 가지 않았느냐?"

"사시공양을 올린 뒤에 함께 가자고 했더니 월동준비가 늦 었다며 지게를 지고 저 혼자 산속으로 들어갔습니다."

"너는 나하고 설피나 만들자구나."

허봉선사는 방 문간 외벽에 걸려있던 다래나무를 걷어들 었다. 유정은 허봉선사를 따라 방으로 들어갔다.

"여기는 겨울에 얼마나 눈이 많이 오는지 설피가 없으면 한 발짝도 움직일 수가 없느니라."

다래나무 껍질을 죽죽 벗겨 다듬은 허봉선사는 벽화로 주 전자의 뜨거운 물을 바가지에 부어 놓고 뻣뻣하게 메마른 다 래나무를 푹 젖도록 담갔다.

"아직도 한 소식을 못했느냐?"

허봉선사는 문득 화두를 물었다.

"뭇자입니다."

"헛된 망상에만 사로잡혀 사바세계 악도를 떠돌았으니, 바 람이 어디에서 불어오는지 모르듯 끊어질 듯 말 듯 가냘프기 그지없는 견성의 종소리를 어디 들을 수 있겠느냐."

허봉선사는 정분이 난 유정의 마음속을 충분히 헤아리고

있었다.

"무명에 갇힌 중생들의 자질이 갈수록 발아래 떨어지고, 사악과 허황한 것들에서 헤어날 수 없도록 오염되었구나."

유정은 아직까지도 중생계의 혼란스런 무행처를 미친 듯 방황하다 돌아온 기분이었다.

"마음속 깊이 두고 사랑하는 사람을 뒤돌아보며 헤어진 애별리고愛別離苦에 빠져 있으니, 귀가 밝아도 부처의 진리를 듣지 못하는 속세 중생과 하나도 다를 바 없겠구나. 다시 미륵동굴에 들어가 진리를 깨닫고 지혜를 얻어 보도록 해라. 미륵동굴에 혼자가 되어 가행정진을 하다 보면 혜두(慧竇:슬기가 우러나오는 구멍), 슬기(두뇌)가 열려 아득히 먼 산사의 범종소리를 들을 수 있지 않겠느냐."

다래나무를 천천히 힘을 주어 타원형으로 구부린 허봉선사는 두 끝자락이 겹치는 부분을 다래 덩굴로 단단히 동여매었다.

"이제 참나무로 발톱을 만들어 양쪽에 끼우면 되겠구나."

허봉선사는 거의 다 만들어가는 설피를 찬찬이 살펴가며 매만져 보았다. 그때 굴뚝 모퉁이에서 쿵하는 소리가 들려온다. 다라가 그 새 땔나무 한 짐을 짊어지고 돌아온 것이다. 유정은 반갑게 벌떡 자리를 차고 일어나 굴뚝 모퉁이로 달려나갔다.

"혼자 애썼구나."

"설해雪害를 입어 말라죽은 고사목들이 많아 나무를 하는 건 아무 일도 아니에요."

나뭇짐을 부려놓은 다라는 목에 두르고 있는 수건을 걷어 얼굴에 흘러내리는 땀방울을 훔쳐 닦았다.

"갈증이 나겠구나."

찻주전자를 들고 나온 허봉선사는 얼굴이 벌겋게 땀에 젖은 다라를 바라보며 야초차野草茶를 한 주발 가득 따라주었다.

"얼른 가서 나무 한 짐을 더해 가지고 올게요."

따끈한 야초차를 냉수처럼 마시고 난 다라는 다시 빈 지게를 짊어지고 산속으로 들어갔다.

유정은 굵다랗고 길찍한 통나무들을 한 자쯤씩 되게 먼저 톱으로 잘라낸 다음 모탕에 올려놓고 장작을 패어 나갔다. 암자에선 허봉선사의 티없이 맑은 마음이 부르는 염불소리가 목탁소리와 함께 낭랑하게 흘러나온다. 노 선사의 염불소리는 언제 들어도 생활 속에 찌든 백팔번뇌를 한꺼번에 다 여의듯 맑고 경건하면서도 자비스럽고 숙연하게 고른 힘을 지니고 있었다.

메마른 강추위가 오락가락 하던 동짓날 저녁 무렵 슬금슬금 내리기 시작한 눈이 차츰 굵어지더니 어슬어슬한 어둠과 함께 햇솜덩이 같은 함박눈송이가 쏟아지면서 헐벗고 있던 산간 나무들을 새하얀 옷으로 갈아입히며 눈꽃들이 탐스럽게 맺히고 있었다.

"올해는 동지부터 눈이 쌓이려나 보다."

굵게 쏟아지는 눈발을 잠시 내다보고 난 허봉선사는 방문을 닫고 들어갔다. 시간이 지나면서 펑펑 쏟아지는 함박눈은 암자 앞마당의 평상바위에도 백설기 같은 눈더미를 소담하게 쌓아 놓고 있었다. 저녁예불과 공양을 마친 허봉선사는 화롯불에 약초와 도라지, 산나물 등속을 곁들인 야초차를 보글보글 우리면서 암자 방문을 열어놓고 쏟아지는 함박눈을 바라보았다.

"눈이 많이 올 것 같습니다."

유정은 조용한 산속에 소록소록 함박눈이 내리는 정취를 느끼며 노 선사가 질그릇 주전자로 우려낸 야초차를 천천히 음미하였다. 다래와 고들빼기, 갓을 함께 썰어 넣어 만든 산나물김치도 시중 도량에서 쉽사리 맛볼 수 없는 것이려니와 깊은 맛이 기실 유달랐다.

"바깥세상에 나갈 일은 또 뭐가 있느냐."

굵은 함박눈이 소록소록 내리는 산중의 정취가 깊고 평안하다.

"눈이 쉽게 그칠 것 같지 않구나."

어둠이 지는 암자 골짜기가 소담한 함박눈이 시야를 뽀얗게 가리며 펑펑 쏟아져 내린다.

"오늘은 동굴로 들어가지 않는 게 좋을 듯하구나."

허봉선사는 뽀얗게 쏟아지는 함박눈을 보며 말했다. 하룻밤 사이에 눈이 얼마나 더 내려쌓일지 모르겠지만 암자 앞마당에 쌓인 눈이라도 우선 치우려고 유정은 밖으로 나왔다. 쌓인 눈이 발목 위로 올라왔다. 유정은 굴뚝 모퉁이로 돌아가 넉가래를 가져다 쌓인 눈을 밀어 나가는데 어스름이 깃든 눈발 속으로 희읍스름한 불빛이 비쳤다.

"선사님, 이 눈 속에 누가 오는지 저 아랫길에 불빛이 보입니다."

유정은 넉가래질을 멈추고 다시 바라봤다.

"어둔 눈길에 누가 암자를 올라오겠느냐. 아마 먹이를 찾는 산짐승일 게다."

자우룩한 눈발 속으로 쭉 내비치는가 싶던 불빛은 금세 유령처럼 사라졌다 또 다시 나타났다. 산짐승의 안광이라기엔 불빛이 너무 강렬했다. 함박눈이 펑펑 내리는 저녁에 누가 산중 암자를 올라오고 있는 것일까. 눈발이 뿌연 어둠속을 쭉 가르며 흔들리던 불빛이 방향을 바꾸면서 바위언덕께로 올라붙었다. 플래시 불빛이다.

"거기 누구요?"

유정은 소릴 질렀다.

"다라예요, 강변 다라요."

다라의 목소리가 무척 다급스럽다.

"밤에 웬일이냐?"

유정은 눈 덮인 산길을 허덕지덕 헤쳐 올라오는 다라를 발견하고 무슨 일인가 싶게 쫓아 나갔다.

"스님, 우리 엄마 여기 올라오셨죠?"

　함박눈을 허옇게 뒤집어쓰고 올라오던 다라는 대뜸 엄마를 찾았다.

　"엄마라니? 보살님께선 오늘 암자에 올라오신 일이 없는데."

　"암자에 안 오셨다구요?"

　다라는 펄쩍 놀랐다.

　"그게 정말이에요, 스님?"

　다라는 다시 확인했다.

　"그렇다니까. 노 보살님께선 암자에 올라오신 일이 없어."

　"오늘이 동짓날이잖아요."

　"그렇지."

　"아까 어둡기 전에 엄마가 팥죽을 가지고 암자에 올라가신다고 나가셨는데 눈도 많이 오고 날이 어두워지는데 안 돌아오시기에 제가 쫓아왔구먼요."

　"암자로 올라오신 게 아니라 다른 델 가셨나 보다."

　"이 산중에 엄마가 팥죽을 싸들고 달리 가실 데가 없어요. 이 퍼붓는 함박눈 속에 강 건너까지 나가실 까닭도 없구요. 천막을 치고 약초를 캐러 들어왔던 사람들도 나간 지가 벌써 언젠데요. 이 산골짜기에 남아 있는 건 우리하고 암자 스님들밖에 없어요."

　혹여 엄마가 눈길에 미끄러지는 일이나 없을까 염려되어 암자 길을 뒤미처 쫓아 올라온 다라는 땅이 꺼지는 한숨을 내쉬었다.

"암자에 팥죽공양을 하시려거든 날이 밝을 때 일찍이라도 올라오실 것이지 다 저녁에 집을 나가셔 가지고 도대체 어딜 가신 거람?"

다라는 울음이 터져 나올 것처럼 발을 동동 굴렀다. 함박눈은 계속해서 펑펑 쏟아져 내린다. 폭설이었다.

"보살님이 뭐 어쨌다구?"

쿵 하는 방문소리와 함께 허봉선사가 암자에서 고개를 내밀었다.

"동지팥죽을 끓여가지고 나가신 엄마가 걱정이 되어 뒤쫓아 올라왔더니 암자에 올라오신 일이 없다잖아요."

다라는 울먹이며 말했다.

"보살님이 어딜 가신 게냐?"

허봉선사는 그 새 쌓인 함박눈이 발목이 덮는 앞마당으로 걱정스럽게 쫓아 나왔다.

"눈길에 미끄러지신 건 아닌지 모르겠구나. 서 있지들 말고 어서들 눈길을 되짚어 내려가면서 보살님을 찾아보려무나."

허봉선사는 암자 방 문간 외벽의 설피를 부리나케 걸어 신었다.

"어서들 내려가 눈길을 살펴보자구나."

허봉선사는 당황스럽게 화급히 재촉했다. 플래시를 손에 든 다라가 앞서 내려갔다. 그 새 다라가 눈길을 걸어온 발자국의 흔적을 찾아볼 수 없이 내리는 함박눈이 새로운 숫눈길을 만들어 놓고 있었다.

"엄마, 어딨어요?"

다라는 목이 터져라 엄마를 찾아 불렀다.

"보살니임?"

"순덕보살님?"

허봉선사와 유정스님은 플래시 불을 밝히며 눈길을 앞서
나가는 다라를 뒤따라가며 노 보살을 번갈아 찾아 불렀다.

"엄마, 어디 있는지 대답 좀 해봐요?"

"보살니임, 어디 계세요?"

세 사람은 목청이 터지게 노 보살을 찾아 부르고 또 불렀
다. 어둔 밤하늘 가득한 함박눈 속에선 노 보살의 대답소리
가 드려오지 않았다.

"엄마아?"

"순덕보살님?"

밤하늘 가득한 눈발은 장벽처럼 가로막혀 바로 앞산자락
을 돌아나가는 모퉁이도 들릴 것 같지 아니했다.

"엄마, 제발 어디 계신지 대답 좀 해봐요?"

눈길을 푹푹 빠져가며 눈길을 정신없이 헤쳐 나가다 미끄
러지고 뒹굴어가며 눈구덩이에 처박히던 다라는 다시 허우
적거리고 일어나 목청이 터지는 소리로 엄마를 찾아 불렀다.

"눈이 너무 많이 와서 금방 헤쳐 온 뒷길도 어디가 어딘지
분간할 수 없습니다. 우리가 좀 더 보살님을 찾아보겠습니
다. 선사님께선 먼저 암자로 올라가십시오."

어둔 밤, 어디가 길이고 골짜기인지 분간할 수 없는 눈구덩이였다.

"아니다. 뒤서너 비탈길만 더 살펴보자구나."

허봉선사는 가쁜 숨을 헐근거리면서 눈길을 헤쳤다. 한두 해 암자 산길을 오르내린 노 보살이 아니련만 어찌하여 섣부른 발걸음을 한 것인지, 허봉선사는 좋지 않은 예감이 찾아들었다.

"엄마아?"

산허리를 비스듬히 내려온 다라는 가파른 산언덕의 바위에 올라서 엄마를 찾아 불렀다.

"스님, 우리 엄마가 어디를 가신 거래요?"

엄마를 찾아 부르던 다라는 다시 바위를 내려와 무릎에 차오른 눈 속에 빠져 허우적거리는가 싶더니 두 팔을 내저으며 아래 눈구덩이 속으로 쑥 미끄러져 내려갔다.

"다라야?"

눈길을 다급히 쫓아가던 유정은 갑자기 깊이를 알 수 없는 눈구덩이로 굴러 떨어지면서 깊숙이 처박혔다.

"다라야?"

유정은 허우적거리며 다라를 찾았다.

"여기요, 여기!"

"여기, 어디?"

두 사람은 각자의 눈구덩이 속에 갇혀 허우적거렸다.

"두 사람이 다 어디 있는 게냐?"

눈발 속에 흐릿하게 움직이던 두 사람이 순식간에 어디론가 사라져버리자 허봉선사는 어리둥절하게 눈앞을 살폈다. 골짜기 눈구덩이에 처박힌 다라는 바위틈에서 배어나는 물이 아래 골짜기로 툼벙툼벙 방울져 떨어지던 것을 어렴풋이 기억했다.

"아무래도 물웅덩이가 있던 골짜기 같아요, 스님."

다라는 눈구덩이 속에서 플래시를 머리 위로 비추며 소리쳤다.

"다라야!"

유정은 눈더미를 헤쳤다. 언제나 물이 조금 고여 있던 벼랑 골짜기였다. 유정은 눈더미를 헤치나가 다라의 팔을 걷어잡았다.

"골짜기를 올라갈 수 있을지 모르겠구나."

유정은 머리 위를 올려다보았다. 가파른 사닥다리 아래 골짜기가 분명한데 어두워 언덕길을 분간할 수가 없다.

"내가 어깨로 받쳐줄 테니 네가 먼저 위로 올라가봐라."

유정은 다라의 두 발을 어깨 위로 올려놓고 천천히 무릎을 세우고 일어났다.

"뭐든지 손에 잡히는 것이 없는지 더듬어 봐라."

"에쿠머니!"

눈구덩이에서 헤어나 길 위로 기어 올라가는가 싶던 다라가 다시 미끄러지면서 거꾸로 처박혔다.

"두 사람이 깊은 물웅덩이 골짜기에 빠졌구나?"

　허봉선사는 눈구덩이 속의 흐릿한 플래시 불빛을 발견하고 허리를 굽히며 굽어보았다.

　"선사님, 조심하세요. 잘못하면 골짜기로 미끄러지십니다."

　유정은 다시 다라를 그러잡아 어깨로 두 발을 받쳐주었다. 눈더미를 헤치며 끙끙거리며 가까스로 길 위로 기어 올라간 다라는 아래로 플래시를 비춰주었다. 유정은 다져진 눈더미를 박아디디며 손에 걸리는 나뭇등걸을 거머잡고 간신히 길 위로 기어 올라왔다. 눈은 거세게 쏟아지고 있다.

　"웬 눈이 이렇게 너무 많이 오는지 모르겠구나."

　허봉선사는 밤하늘을 가득 메우고 있는 눈을 올려다보며 말했다.

　"우리 엄마는 이 엄청난 눈구덩이 속에 어딜 가신 거야?"

　다라는 눈밭에 파묻혀 울음을 터뜨렸다.

　"이런 눈구덩이 속에 엄마를 어떻게 찾겠느냐. 험한 산비탈 미끄러운 눈길을 모를 어머님이 아니시다. 아마 네가 모르는 데라도 잠깐 가신 모양이니 사나운 눈이 그치면 돌아오시지 않겠느냐. 다른 걱정을 말고 암자로 올라가자."

　"아니에요. 저는 혹시라도 엄마가 돌아와 집에 없는 저를 찾고 계실지 모르니 내려가 봐야겠어요."

　다라는 주저앉았던 눈밭에서 일어났다.

　"금방 눈구덩이에 파묻혀 죽을 고비를 치르고 나서 어디를 또 가겠다는 게냐? 오늘밤은 그냥 암자에서 자고 내일 눈이 그치거든 내려가거라."

　허봉선사는 다라를 걱정스럽게 만류했다.

　"엄마가 어디 가서 살았는지 죽었는지 모르는데 제가 암자에 올라가 잠이 오겠어요."

　다라는 무릎까지 차오른 눈길을 헤쳐 나갔다.

　"굳이 가려거든 다니던 길이라고 마음 놓지 말고 조심해서 내려가거라."

　허봉선사는 어둔 눈길의 다라를 바라보며 움직일 줄을 모르고 서 있었다.

　"선사님, 올라가시지요."

　유정은 늙은 몸을 이끌고 춥게 서 있는 노 선사를 채근했다.

　"이 눈 속에 모녀가 무사해야 할 텐데……."

　하얗게 쏟아지는 함박눈을 뒤집어쓰며 움직일 줄 모르고 서 있던 노 선사가 천천히 몸을 움직이며 돌아서자, 머리 위에 백설기처럼 쌓여 있던 눈덩이가 발 아래로 툭 떨어져 장막 같은 눈발 속으로 금세 흐릿해지던 다라의 뒷모습도 사라지고 보이지 아니했다.

　"깊은 산중 폭설을 한두 해 겪어가며 살아온 보살님이 아니시거늘 대체 이 밤에 어디를 가셨더란 말이냐?"

　허봉선사는 깊은 한숨을 지으며 걱정했다. 퍼붓는 함박눈은 좀체 그칠 줄을 모르고 있었다.

　"해와 달이 뜨고 지고, 나뭇잎이 피고 지며, 눈비가 내리고

바람이 불듯이 사람도 똑같이 다라眞如에 따라 오고 가며 만
나고 헤어지는 인연 속에 있는 것을."

허봉선사는 암자에 들어서도 다라와 노 보살에 대한 걱정
에서 헤어나질 못했다. 유정은 선사님이 암자에 든 뒤 미륵
동굴로 올라가는 눈길을 좀더 치워 놓았다.

밤이 이슥히 깊어갈수록 산속의 나무들은 쌓이는 눈더미
무게를 이기지 못해 우지끈거리는 소리가 끊임없이 들려왔
다. 선정삼매에 들었나 싶던 허봉선사는 잠자리에 드러눕지
않고 불상佛像이 없는 불전으로 돌아앉아 목탁을 집어 들었
다.

"수리수리 마하수리 수수리 사바하 수리수리 마하수리 수
수리 사바하."

허봉선사의 염불소리는 마치 한밤 눈구덩이에 파묻힌 노
보살이 듣고 깨어나기를 바라듯 굵은 함박눈발이 가득한 골
짜기를 우렁차게 울리고 있었다. 유정은 과거세過去世에 모든
중생들을 구제하기 위해 천 개의 눈과 손을 얻은 천수관음보
살의 공덕으로 구제를 받는다는 천수경을 따라 송경誦經하였
다.

"……나무 사만다 못다남 옴 도로도로 지미 사바하, 나무
사만다 못다남 옴 도로도로 지미 사바하, 무상심심미묘법無
上甚深微妙法 백천만겁난조우百千萬劫難遭遇……."

송경을 마치고 방문을 열었을 때, 밤새 퍼붓고 지금도 내
려 쌓이고 있는 눈이 문지방 위로 수북이 올라와 있었다.

"보살님이 어찌 되었을고."

허봉선사는 어둡게 근심이 서린 소리로 방문을 쿵 열었다. 굵은 눈발은 계속해서 쏟아지고 있었다. 보기 드문 폭설이었다.

"보살님께서 끝내 집에 돌아오지 않으셨으면 다라가 다시 눈길을 헤치고 올라오지 않겠는지요."

"온 천지가 눈 속에 파묻혔는데 누가 어디를 오갈 수 있겠느냐?"

수심에 잠긴 허봉선사는 미동이 없이 자욱한 눈발이 장막을 이룬 골짜기를 망연자실 바라보았다.

이튿날 아침, 동짓날 하룻밤 사이에 쌓인 폭설은 세상을 새하얀 설원의 은세계로 뒤바꿔 놓고 있었다.

"길이 막히고 끊겨버렸으니, 어디로도 한 발짝 꼼짝을 못하겠구나."

허봉선사는 세상이 온통 눈더미에 파묻힌 설원을 한동안 망연히 바라보던 방문을 닫았다. 유정은 굴속 같은 길이라도 조금 터보자고 넉가래를 찾아 드는데, 주춤하는가 싶던 굵은 함박눈송이가 다시 나풀거리고 내려앉았다.

"선사님, 눈이 또 옵니다."

허봉선사는 세상을 단념하듯 대답이 없다. 눈이 계속 내려 쌓인다고 가만히 손을 놓고 있다간 긴 겨우내 무거운 눈더미에 갇혀 겨우 숨만 쉬고 있을 듯했다. 유정은 넉가래로 미륵동굴 길을 다시 뚫어 나갔다. 빈번해지는 세상 도처의 물난리와 폭설, 지진, 화산재해와 기상이변으로 수많은 사람들이 떼죽음을 당하는 재앙은 오만한 물질의 남용과 절제를 모르는 인간들의 지각없는 타락이 불러오는 것이었다.

눈은 하루를 더 무섭게 퍼부으며 이튿날 저녁 무렵이 되어서야 기세가 한 풀 꺾이면서 차츰 멈추었다.

"산짐승들이 모두 굶어죽게 생겼구나."

허봉선사는 모든 산짐승들과 한식구로 여기며 걱정을 했다. 유정은 가을걷이로 밭에서 거둔 배추 시래기와 무청을 엮어 암자 뒤란으로 돌아가며 줄줄이 매달아 놓았던 것들을 풀어 눈밭에 늘어놓았다. 산짐승들이 먹이를 찾아다닐 수 있도록 내려쌓이고 얼어붙은 눈들이 모두 다 녹아내리려면 오랜 한겨울 삼동三冬을 지나야 할 터이었다.

"선사님, 눈이 그치니까 날씨가 추워지고 있습니다."

매서운 추위가 기다렸다는 듯이 몰아닥치면서 봉긋봉긋 올라온 눈더미들이 설불雪佛처럼 얼어붙고 나뭇가지마다 탐스럽게 나붙은 눈꽃들이 우아한 맵시로 꽁꽁 얼어붙고 있었다.

"산 아래 보살님 모녀가 눈더미 속에 살았는지 죽었는지 모르겠구나."

허봉선사는 온종일 노 보살 모녀에 대한 걱정이었다.

"해가 떠올라도 따뜻한 온기가 없이 춥기만 합니다. 그만 암자로 들어가시지요."

골짜기에 쌓인 눈은 조금도 녹지 않고 한파에 꽁꽁 얼어붙고 있었다. 너와집 쪽마루에 파리하게 앉아 노 보살 모녀 걱정으로 한숨을 짓고 있는 노 선사는 산간의 촌노 그 모습이었다.

"불심이 지극하신 보살님이 아니십니까. 부처님의 가피가 함께 하실 것이니, 그만 심려를 거두십시오."

유정은 몸이 부쩍 쇠한 허봉선사가 한데 나와 움직일 줄을 모르고 있다간 끝내 빳빳이 언 몸으로 열반에 들 것만 같은 생각에 억지로 부축해서 암자로 모시고 들어갔다.

"너는 예서 수행을 중단하는 것이냐?"

허봉선사는 검푸렇게 언 입을 떼고 물었다.

"아닙니다. 선사님께서 암자에 드시면 소승도 동굴로 돌아가겠습니다."

유정은 동굴수행을 하면서 생식으로 바꾼 감자와 옥수수에 찹쌀을 섞어 맷돌에 갈아 만든 미숫가루와, 송진이 진하게 밴 관솔에 침구와 공양거리를 넉넉하게 챙겨 가지고 동굴처럼 뚫어 놓은 눈길을 따라 미륵동굴로 올라갔다.

어둠이 진 동녘에 둥그렇게 선홍빛 얼굴을 내밀던 보름달은 거센 눈보라가 언제 퍼부었나 싶게 말끔히 걷힌 밤하늘에 덩실하게 떠올라 있다. 차가운 달빛 아래 올올한 설봉들은 창백하고 고요했다. 천만년 억겁의 세월을 두고 미륵불이 바라보았을 월하의 비경에 흠뻑 취했던 유정은 잠시 멈추고 서 있던 발걸음을 옮겨 동굴로 들어갔다.

동굴 암벽에 하얗게 성에가 서렸으리라는 생각을 하였으나 놀랍도록 물기가 번진 바위틈 가장자리에 푸른색을 띤 이끼가 그대로 나붙었다. 쇠 젖꼭지같이 생긴 바위부리에 여일하게 물방울이 맺혀 떨어지면서 조롱박처럼 파인 웅덩이 물이 바위틈을 따라 번질번질 흐르고 있었다.

"너는 무엇이냐. 버려라. 모든 것을 버려라. 눈에 잘 보이지 않는 겨자씨도 움이 돋아 자라는 법이다. 마음의 어떤 씨앗도 남겨두지 마라. 온화한 기온에 비를 촉촉이 맞으면 그 오욕의 움이 터서 무서운 힘으로 새롭게 돋아날 것이니라."

고요한 동굴의 정적 속에 결가부좌한 유정은 허리를 곧게 펴고 단전丹田에 힘을 넣고 마음을 가다듬자 잡다한 번뇌와 망상이 혼란스럽게 찾아들어 정신의 집중을 끈질기게 흔들고 파괴했다. 하나의 망상을 지우기 무섭게 또 다른 망상이 뒤따라 붙었다. 망상은 망상대로, 나는 나대로 흘러가고…….

한밤의 달이 지고 해가 떠올라 다시 지고, 밤이 되어 달이 차고 기우는 날이 가고 있었다. 먹을 것이라곤 동굴에 천천히 방울져 떨어지는 물밖에 없었다. 물과 공기만으로 살고 죽는다는 생각을 유정은 하지 아니했다.

"안으로 고요한 마음을 가져라."

유정은 허봉선사의 말씀을 거듭 상기했다. 생사는 마음에서 생겨나고 사라지는 것이었다. 오직 자신의 시간과 공간에 유폐된 유정은 사유의 자유에 선정오매일여禪定寤寐一如라.

의정에 든 화두가 열려 홀로 되었다 안 되었다 가뭇없이 없어지고, 이리 흩어지고 저리 달아나던 놈이 이제는 주인(나)를 제멋대로 끌고 다니는 것이다. 인간은 심心의 작용을 감지하는 것을 통하여 그 심心을 직접 가리킬指 수 있을 터이었다. 그 작용을 통해 심을 가리켜나가면直指人心, 언젠가 위에서 덮고 있던 것이 떨어져 나가고 본질인 성품이 드러나 결국 보인다見性成佛는 말이었다.

'이뭣고'는 무엇인가? 덜커덕거리고 걸리는 것은 사랑이라는 이름의 마구니였다. 사람의 유전정보 저장물질 DNA가 가지고 있는 원초적 본능 절대의 사랑, 그 사랑의 생명이 갈망하는 구애, 사적 욕망에서 벗어난 연민의 인간애, 순수하고 진정한 보살행, 그것의 근원은 바로 인간의 위대한 사랑이 아니던가. 수행이라는 이름으로 육신을 잔인하도록 혹사해가며 허공에 집을 짓고 또 지어가며 와르르와르르 허물어뜨리기를 얼마나 반복했던가.

이미 독로한 활구活句는 말 한마디 없이 놓아줄 줄을 모르면서 여름장마의 물줄기처럼 이곳저곳으로 갈피없이 끌고 다니고 있었다. 자신의 의지와 아무런 상관없이, 길을 잃은 소미는 어디에 있는지도 알 수 없다. 도무지 붙잡을 수도, 어디로 도망칠 수도 없다.

"소미, 무슨 말이든 해보오? 한마디라도."

그녀의 침묵은 끊임없이 계속되고 있었다. 침묵의 의미가 무엇이란 말인가? 깨달음의 초월적 경지에 도달하는 득도를 바라는 것인가? 불가피한 삶을 위한 구실인가? 유정은 어느 쪽인지, 소미의 침묵을 도무지 알 수가 없다.

잡아야 한다, 소미를. 유정은 소미를 붙잡으려고 해도 손이 닿지를 아니했다. 금방 잡힐 듯하여 손을 뻗으면 살며시 멀어지고 어느 새 또 저만큼 먼 곳에 가 있다. 잡고자 해도 잡히지 않는 사랑의 침묵은 무엇을 의미하고 있는 것일까. 7백 공안에 없는 사랑의 이 화두, 잔인한 사랑의 침묵이 추위와 싸우며 나약하게 허물어지는 자신의 의지에 힘을 불어넣고 있었다.

"소미이⋯⋯."

유정은 마침내 견딜 수 없는 허기가 찾아오고 있다. 견딜 수 있는 체력이 한계치를 벗어나 몸을 가누기조차 힘들다. 살을 에는 추위는 잔혹한 독기를 품고 있다. 혹한이었다.

"일체종지를 모두 꿰뚫어 알게 된 경계로서 더 이상 깨달을 것이 없는 철저하게 큰 깨달음廓徹大悟를 바란다면 먼저 교만과 자만심을 깨고 꺾어라. 깨달음이 있는 곳이 어디냐? 바로 지금 생과 사가 있는 자리다. 생사가 이것이라면 생사가 없는 것이 도일 것이다."

허봉선사의 말씀은 매우 엄중하였다.

"미혹을 끊어라. 불법을 받을 수 있는 근기根機가 처지고 진리를 알지 못해 일어나는 번뇌見惑, 정신이 헷갈려 헤매는 망상과 세간世間의 사물에 대해 생각하므로 일어나는 번뇌思惑를 완전히 끊지 않고, 진리를 깨달아 지혜를 증득證得하지 못하면 삼계고해 생사윤회를 끊임없이 되풀이하게 되느니라. 이 불행한 중생들의 말법시대에 큰 지혜를 깨달아 삼계고해를 벗어난 생사윤회 해탈과 불도佛道를 추구하고 중생을 교화하여 넘치는 복덕과 지혜의 기초를 튼튼히 갖추어야 할 것이다.”

밤이 깊어갈수록 설봉을 휘몰아치는 칼바람이 휘파람소리를 내고, 헐벗은 나무들이 매운 찬바람에 부들부들 떨며 요괴라도 울부짖듯이 끝없이 괴이한 소리를 내고 있다.

깨달음은 무아無我 공적영지(空寂靈知:眞心)를 깨닫는 것이다. 유아有我를 녹여서 무아가 되는 것이 아니다. 무아를 깨달으면 지금 이대로의 세계가 진실한 세계眞如가 되는 것이었다. 모든 존재가 무아이며, 인연에 따라 생겨났다가 사라진다. 논리와 사유를 넘어선 곳에 그 깨달음이 있다?

'과연 그럴까?'

유정은 다시 생각하며 고개를 저었다. 깨달음이란 사유의 영역을 초월하는 것이며, 세속적으로 생멸하고 변화하는 물심物心의 모든 현상을 분별하는 지혜, 그 분별지分別智로는 결코 깨달음을 수 얻을 수 없고, 의식에서 일어나는 의식의 작용은 깨달음이 아니라 깨달음을 방해하는 장애물이란 말인가? 가보지 않은 곳, 그 미답의 경지를 확신할 수 없다고 해도 사유의 세계에서 가늠하고 느낄 수 있다면 거기는 신비로운 환상의 세계에 불과했다.

“보라, 오직 눈을 크게 떠서 보라. 깨달으면 부처요, 아득하면 번뇌煩惱에 얽매여 생사生死를 초월하지 못하는 범부凡夫이며, 지혜가 없어서 진리를 증득하지 못한 어리석은 중생이다. 깨달은 사람에겐 이미 나고 멸하는 죽음이 없거늘 하물며 괴로움과 즐거움이 있겠느냐. 마치 한바탕 무서운 꿈에서 깨어나는 것과 같을 것이니라. 한번 깨어나면 그런 꿈은 다시 없을 것이며 무생의 법리法理, 불생불멸의 다라를 깨닫게 될 것이고, 거기에 안주하여 움직이지 아니하는 것, 그 일체가 공空이며, 일체는 그 자체의 특정한 성질이 없으므로 생멸의 변화를 초월한 도리를 받아들여 아는 무생법인無生法忍을 얻을 것이다."

추위는 갈수록 가혹하게 찾아들고 있다. 체온이 떨어지고 의식이 흐릿하게 마비되면서 전신이 고깃덩어리처럼 꽁꽁 얼어붙고 있다. 견고하던 온 정신이 사정없이 허물어지는 졸음, 수마가 의식을 마비시키며 죽음이 노호한 파도처럼 몰려온다.

'진지한 논리적 사유와 깊은 성찰을 통해서, 강인한 정신 단련과정에서도 이상적인 깨달음을 얻을 수도 있을 터이다. 세계와 나(존재)에 대한 이해와 알아차림의 깨달음을.'

유정은 흐려지려는 의식을 힘들게 다잡았다. 잠을 잘 때나 깨어있을 때나 항상 오직 한가지 의식이 성성하게 살아있던 禪定寤寐一如 유정은 극도의 신비주의와 환상에 대한 회의가 고개를 든다. 그에 따라 나혜비구니스님과 함께 하던 사유의 환희가 스멀스멀 푸른 연기로 피어오른다.

'사랑이 영원으로 흘러가는구나.'

유정은 자신도 모르게 장탄식이 메마르고 언 입술을 비집고 새어나온다. 동굴밖엔 세찬 찬바람이 불고 있었다. 찬바람 속에 지금까지 듣지 못하던 소리가 가물가물 가냘픈 의식 속으로 흘러들고 있다. 어디에선가 희미하게 울리며 들려오는 듯하더니 문득 끊어져 버리고 곧 다시 이어지면서 가까이 들려오더니 다시 동굴 밖을 비끼는 바람소리와 함께 사라지면서 은은하게 남아 있는 귓전의 소리, 종소리를 내는 암괴流岩塊流 바위 골짜기를 감돌아오는 소리가 경이롭게 흐린 의식을 사로잡는다.

'저 종소리……'

신비로운 종소리가 혼미해지는 유정의 의식을 일깨운다.

'마음이 아니었구나.'

마음이 아니면 아무 소리도 들리지 아니했다. 마음이 없으면 나도 아니요, 살아 있는 것도 아니었다. 마음心意識이 종소리에 미치자 사나운 바람소리는 간곳없이 사라지고 골짜기를 웅장하게 울리는 종소리 가운데 머문 생애의 번뇌가 평화롭게 고요하게 사라져간다.

'열반이다.'

유정은 두 눈의 빛이 서서히 사라지고 있었다. 온몸을 부드럽게 감싸고 있던 주위의 빛도 빠르게 사라져간다. 빛이 사라짐에 따라 어둠이 찾아든다, 검은 악마처럼. 사라지는 빛과 어둠은 서로 흐린 광망의 끝에서 완전히 칠흑의 어둠으로 마지막 뒤바뀐다. 죽음이었다. 한량없는 무시無始로부터 내려오는 영겁의 윤회와 업장이 모두 끝나는 고요한 적막, 거센 바람 앞에 꺼져버린 생명의 불꽃, 윤회에서 완전히 벗어난 생명의 소멸, 숨을 멈추고 두 눈을 감은 열반, 유정은 무덤 속처럼, 아니 하나의 무덤이 되어 엄숙히 외로이 누워 있다. 자연 속 그 어딘가 사람들의 세상에서 한 여인의 생살을 찢고 태어난 자신은 살아생전 오로지 열반(죽음)을 찬미하며 허망한 인생을 덧없이 흘려보낸 것이다.

영원으로 돌아선 열반, 빛이 없는 곳無色界의 고요와 평화로움, 열반은 무無요, 공空이다. 이제 존재는 영원으로 사라질 것이다. 생하고 멸하고 변화하는 5온五蘊을 관장하는 신 따위는 우주에 없다. 지수화풍地水火風으로 자연과 하나가 되어 돌아가는 것이다. 자연은 다시 소생할 것이며, 소생하고 있다. 소생은 바로 윤회로 연결된다. 이 또한 나 없는 무아요, 아무 것도 없는 공이다.

수행은 건강한 정신의 일정한 행로이며, 깨달음은 자유자재한 정신과 맑게 정제된 마음이었다.

"지닐 것이 무엇이냐. 없다空. 아무 것도 없다空. 청산에 버려라. 훨훨, 다 털어 버려라. 훨훨, 생애의 먼지를……"

생명은 빛이 있는 세상色界에 있다. 그 삶은 열정에 차 있고, 때로 불꽃처럼 노도처럼 치열했다. 이러한 욕계欲界를 아수라요, 지옥이라고 불렀다. 부처의 법계와 속계가 빛이 있는 세상에 있으므로 모두 하나다. 부정한 것이 가득 찬 지옥이라도 중생들이 살아야 하고 살 수밖에 없는 예토穢土의 무명을 걷어낼 중생제도와 자비가 필요하였다. 위대한 인류애, 중생제도는 짧은 세 치의 혀로 난해한 법어를 설하기보다 한 몸을 던지는 희생과 살신성인의 자비와 보살행을 필요로 했다.

유정은 입이 얼어붙고 숨길마저 얼어붙는 듯하다. 수마가 의식을 허물며 사납게 포효하는 사자처럼 덤벼든다. 죽음의 사자가 숨어 있는 어둠을 밀어내야만 했다. 전신의 감각이 엷어지고 자꾸만 흐릿해지는 의식을 붙잡으려고 유정은 뻣뻣하게 굳어 오른 팔다리를 움직이며 바위부리에 천천히 방울져 맺히는 물방울을 핥았다. 배고픈 허기는 가시지 않았다. 동굴 밖에선 매서운 바람이 포효하는데도 새들이 소란스럽게 지저귄다. 싱싱한 생명의 소리다.

동녘의 은회색이 고운 놀빛을 띠며 둥근 햇덩이가 붉게 솟아오르고 있다. 밤새껏 휘몰아치던 칼바람에 끔찍하게 시달리던 설봉들이 아침놀빛에 찬연하고, 두툼한 눈옷을 입고 탐스럽게 피어난 눈꽃들도 영롱한 빛으이 반짝거린다. 삼동의 마지막 밤을 부처와 함께 보낸 유정은 앙상해진 광대뼈가 더욱 몰골스럽게 툭 불거지고 길게 귀밑을 덮고 내려온 구렛나루, 턱수염이 텁수룩하게 덮인 반수반인의 형상으로 동굴을 천천히 기어 나왔다. 수척하게 메마른 그의 얼굴에 이상하리만큼 밝은 빛이 서리면서 몸과 마음이 허공인 듯 가벼워지고 청정법신의 세계 같은 기쁨과 환희의 법희선열法喜禪悅을 느끼며 유정의 우묵하게 빨려 들어간 두 눈에서 법열法悅의 빛이 발하고 있었다.

'내가 올바른 지혜로, 바른 진리를 깨달아 증득證得할 때가 되었는가?'

유정은 가눌 수 없는 환희심歡喜心에 두 팔을 크게 벌리고 밝아오는 동녘의 햇빛 속에 너울너울 춤을 추었다.

한겨울 삼동이 지나면서 며칠 동안 줄곧 비가 내렸다. 1미터가 넘게 남아 쌓여 있던 눈이 차츰 녹고 있었다. 눈이 녹아내림에 따라 겨우내 추운 눈더미 속에 파묻혀 있던 산야의 나무와 바위들이 제 모습을 드러내며 솟아오르고, 하루 이틀이 더 지나자 음랭한 골짜기와 굽이진 비탈길이 드러나면서 겨울 내내 눈더미에 막혀 볼 수 없던 다라가 헐쑥해진 몰골로 산길을 올라오고 있다.

"어떻게 지냈느냐? 보살님도 안녕하시구?"

유정은 다라를 몹시 반갑게 맞이하며 노 보살의 안부 먼저 물었다.

"엄마는 지난겨울 내내 집에 돌아오지 않았어요."

"그게 정말이냐?"

"예, 저 혼자 줄곧 집에 있었어요. 아무리 생각해도 엄마는 산길에서 돌아가신 거 같아요."

추운 한겨울 내내 얼마나 좌불안석 애태우며 엄마를 힘들게 기다렸는지 실팍하고 생기발랄하던 산처녀 다라는 그 건강하던 모습이 온데간데없이 홀쭉한 반쪽이 되어 있었다.

"읍내 어디 나가 계실 만한 곳도 전혀 없었더란 말이냐?"

"우리가 강 건너 먼 읍내까지 음식을 싸들고 찾아갈 집이 어디 있기나 한가요. 엄만 지금까지 저를 낳고 사시면서 어디를 혼자 가신 일도 없고, 오직 선사님 암자밖에 모르고 사신 분이세요."

다라는 하나뿐인 딸을 혼자 집에 남겨두고 끝내 돌아오지 않는 엄마가 야속하고 원망스러운 눈물을 지었다.

"암만해도 이러고 있을 일이 아닌 것 같구나. 잠시만 기다려 봐라."

유정은 아직 응달에 잔설이 조금씩 남아서 얼어붙은 비탈길에 발이 미끄러지지 않도록 감발을 치고 나섰다.

"어디를 가시려구요?"

"달리 가실 데가 없으신 보살님이시라면 지난 동짓날 이 암자 눈길에 무슨 변고가 생겨도 생기지 않았겠느냐. 나하고 함께 내려가면서 골짜기를 찬찬히 살펴보자구나."

유정은 다라를 앞세워 산길을 내려섰다. 만에 하나 덕이노 보살이 가파른 눈길에 자칫 잘못 미끄러지거나 실족으로 깊은 골짜기 눈구덩이로 빠지기라도 했다면 헤어나기 어려웠을 터이었다. 유정은 비탈길을 천천히 걸어 내려가며 길섶 벼랑 골짜기 이쪽저쪽을 찬찬히 더듬고 살펴보았다.

"저도 엄마가 눈길에 발을 헛디디고 미끄러지기 쉬운 비탈길을 몇 번이나 다시 오르내리며 살펴봤는지 몰라요."

다라는 자잘한 돌부리가 울퉁불퉁 비어진 된비알 길을 줄곧 따라 내려갔다. 깊숙이 내려간 골짜기엔 아직도 잔설이 허옇게 남아 있었다. 비탈진 벼랑길을 조심스럽게 따라가면서 주위를 살펴보던 유정은 발걸음을 멈칫했다. 머리 위로 올라간 골짜기 응달에 얼어붙은 얼음이 조금씩 녹아내리면서 산길 아래로 내려간 골짜기의 어둑한 물웅덩이로 툼벙툼벙 떨어지는 물방울소리가 들려왔다.

"저, 저기!"

가파르게 깎아지른 벼랑의 함지박만한 물웅덩이 주위로 하얀 눈더미가 그대로 남아 있었다. 하얀 눈더미 위로 이상하게 불거진 물체를 발견한 유정스님은 벼랑골짜기 옆 산등성이를 타고 미끄러지듯 재빠르게 굴러 내려갔다.

"스님, 왜 그래요?"

다라는 놀랍게 소리쳤다. 크고 작은 돌덩이들이 산비탈을 우수수 굴러 내리는 가운데 사뭇 우지끈거리는 소리로 부러지는 잡목들을 한 아름 쓸어안고 깊은 골짜기로 굴러 떨어진 유정은 몸을 일으키기 무섭게 물웅덩이 쪽으로 기어가면서 눈밭 위로 거뭇하게 올라온 사람의 팔을 보고 질겁했다.

"다라야, 빨리 내려와 봐?"

유정은 다급한 소리를 질렀다.

"무슨 일이에요, 스님?"

다라는 어둠침침한 물웅덩이를 굽어보다 말고 화급히 유정스님을 뒤쫓아 골짜기로 내려갔다.

"아니, 저, 저건……."

두 눈을 크게 뜨고 당황하던 다라는 말을 잇지 못했다.

"어, 엄마가……."

돌덩이를 주워든 유정은 눈더미를 부숴나갔다. 얼어붙었
던 눈은 생각보다 푸석푸석하게 녹아 있었다. 잘 부서지는
눈덩이를 걷어내자 두 사람의 눈을 의심케 했던 시신은 노
보살의 모습이 확연해지고 있었다.

"엄마!"

얼어붙은 눈 속에 줄곧 파묻혀 있던 노 보살의 얼굴은 밀
랍덩이처럼 회색을 띠고 있었다. 다라는 엄마에게 덤벼들어
미친듯이 울부짖었다.

"엄마, 엄마. 우리 엄마, 엄마가 이게 웬일이야."

다라는 엄마의 얼굴에 묻어 있는 눈가루와 얼음조각을 쓸
어내고 팔다리를 걷어 올렸다.

"엄마, 엄마. 우리 엄마아."

동지팥죽이 차갑게 식을세라 팥죽통을 보자기에 싸서 정
성스레 안고 암자로 산길을 서둘러 올라가던 노 보살은 마지
막 순간까지 동지팥죽이 식지 않도록 당신의 따뜻한 품에 감
싸 안고 있었던 것인지 팥죽통이 겨드랑이 밑에 온전한 모습
으로 놓여 있었다.

"엄마, 우리 엄마, 불쌍한 우리 엄마……."

노 보살의 우묵하게 가라앉은 두 눈과 두툼한 입술이 조금
벌어진 입 안엔 눈석임물이 가득 괴었다. 눈은 맑은 호수처

럼 고요했다. 잔잔하고 평온해 보이는 얼굴은 온 생애 동안 변함없이 불법을 지키며 보시하고 천수경을 송경하며 염불한 공덕에 모든 생각이 끊어져 편안하고 평화롭게 극락에 든 모습이었다.

"우리 엄마는 그동안 차가운 눈더미 속에서 얼마나 추웠을까?"

다라는 따뜻한 봄볕에 거들거들 마른 땅에 엄마 시신을 모셔놓고 군데군데 묻어난 눈석임물을 닦아내며 차디차게 굳은 몸을 부드럽게 주무르고 문질러 생전과 같은 모습으로 바르게 뉘었다. 꽁꽁 얼어붙어 유리알 같던 두 눈동자는 곧 빛을 잃으면서 젤리 같은 동공으로 우묵하게 들어가 눈물이 흘러내리고 있었다. 하나밖에 없는 딸자식을 두메 산골짜기에 남겨두고 가는 것이 불쌍해서 노 보살은 소리없이 눈물을 흘리고 있는 것만 같았다.

"엄마!"

다라는 목을 놓아 오열했다.

"막생혜 기사야고 막사혜 기생야고莫生兮 其死也苦 莫死兮 其生也苦. 나지 말진저 죽기 괴로워라, 죽지 말진저 나기 괴로워라."

허봉선사는 이미 불길한 예감을 가지고 있었던 것일까. 암자에서 내려와 노 보살 모녀의 가엾은 정경을 울연히 지켜보며 염불을 하였다.

"사람은 오고감이 없느니, 보살님을 암자로 모시자구나."

꺼억꺽 눈물을 삼키며 엄마 시신을 다 수습하고 난 다라는 돌아앉아 등을 돌렸다. 유정은 노 보살을 다라의 등에 업혀 주고 뒤따라 골짜기를 올라갔다. 겨울의 찬 냉기가 여전히 남아 있는 골짜기에 방울져 떨어지는 물소리가 떵떵 울리었다.

노 보살의 시신은 허봉선사의 인도에 따라 암자 앞마당 바위평상에 산갈대로 엮은 섶을 깔고 정성스럽게 안치했다.

"우리 엄마 눈만 뜨면 선사님 암자만 찾으시더니 이젠 선사님 암자에 오래오래 사시게 생겼네요."

얼었던 시신이 풀리자 두부살처럼 창백한 노 보살의 얼굴 곳곳에 설익은 머루 빛 같은 반점들이 나타나고 있었다. 다라는 언젠가 엄마가 읍내 장마당 나들이를 하면서 한 차례 빼입고 난 뒤 궤짝 깊숙이 넣어두었던 비단한복을 가져다 입히고 헝클어진 반백의 머리는 곱게 가르마를 타서 빗은 머리에 머릿기름을 바르고, 장마당에 나가 약초를 팔고 돌아오는 길에 마음먹고 사다 드렸던 화장품을 꺼내어 생전 찍어 바를 줄 모르던 입술연지와 함께 곱게 바르고 그려주었다. 언 눈더미에 오랫동안 파묻혀 있던 노 보살의 시신은 시간이 지날수록 보라색 도라지꽃처럼 검푸른 시반屍斑이 번지고 있었다.

"우리 엄마 예쁜 얼굴에 도라지꽃이 피어나다니."

다라는 복받쳐 올라오는 슬픔을 이기지 못해 눈물을 푹 쏟으면서 엄마의 얼굴에 향기 나는 화장품을 바르고 또 발라가며 검푸르게 번지는 시반을 감춰주었다.

"우리 엄마, 예쁘죠?"

다라는 다시 울음이 터질 것 같은 슬픔을 가득 머금은 얼굴로 생긋 한번 웃어 보였다. 난생 처음 곱게 화장을 하고 누운 노 보살은 화사한 진달래꽃 같았다.

"엄마."

시간이 지나면 지날수록 다라는 엄마에 대한 애상이 너무나 크고 마음이 아픈지 눈물을 흘리며 울고 또 울었다.

"엄마, 어서 잡수세요. 딸내미 다라가 드리는 마지막 음식이에요. 예전엔 조밥, 기장밥도 배부르게 먹질 못했다고 말씀을 하셨잖아요. 선사님께서 사람이 맑은 물만 마셔도 건강하다는 말씀을 하셨는데, 멀고 먼 저승길을 혼자 가시자면 배가 고프지 않도록 많이 잡수셔야지요. 이 못난 딸년을 시집보내지 못했다고 너무 마음 아파하지 마시구요. 늦둥이로 뱃속에서 나와 울지 않는다고 죽은 줄만 아셨다던 딸내미 다라가 이만큼 무탈하게 컸으면 되었지, 뭘 더 바라겠어요. 다라는 이렇게 다 크도록 엄마한테 효도 한번 못해 봤구먼요. 용서해주세요, 엄마."

노 보살의 두 눈에 맑게 고여 있던 물이 딸과의 마지막 이별의 눈물처럼 흘러내리고 있다.

"엄마, 이제 먼 길을 혼자 가셔야겠구먼요. 그동안 두메산골에서 딸내미 다라하고 단둘이 살다 머나 먼 황천길을 가시는 우리 엄마 말동무도 없이 혼자 심심하고 외로워서 어쩐대요. 시방 이 딸내미 마음 같아선 이런 얘기 저런 얘기 도란도

란 함께 나눠가며 함께 따라가고 싶지만 마음대로 안 되는
이승의 모진 목숨이 참말로 야속하구면요."

　평소 엄마와 도란도란 이야기를 하며 깊은 산속 나뭇가지
를 스치는 바람소리하며 부엉새, 소쩍새 구슬피 우는 밤을
이슥하게 보내던 다라는 지난 모정이 그리워 흑 하고 눈물을
쏟으면서 마지막 떠나는 엄마의 얼굴을 바라보았다.

　"저승 문턱에 들어서야 처음으로 곱게 한번 단장한 우리
엄마, 꼭 새 신부가 되어 하늘나라로 시집가는 거 같구면요,
엄마."

　퉁퉁 부어 오른 다라의 두 눈에선 그칠 줄 모르는 눈물이
폭포수처럼 쏟아져 내린다.

　"그만 울어라."

　유정은 흐느껴 울며 들먹이는 다라의 어깨를 토닥거렸다.

　"울고 싶을 때까지 실컷 울도록 놓아 두거라. 제 엄마와 두
번 다시 만날 수 없는 마지막이 아니더냐."

　다비식을 준비해 놓은 허봉선사는 먹먹하게 젖은 소리로
말했다. 지극한 불법佛法으로 살고, 영혼으로 인생을 살다 죽
은 사람은 육체가 무겁지 않다고 했던가. 암자 뒤뜰에 마련
된 다비장茶毘場으로 노 보살의 시신을 운구運柩를 하면서 유
정은 덕이 노 보살의 시신이 얼마나 가뿐한지 마치 종잇장을
들고 있는 것만 같다.

　"편안하고 고요한 엄마의 얼굴을 보지 않았느냐. 극락정토
연꽃 속에 계시니라."

　허봉선사는 엄마를 놓지 못하는 다라를 자식 같은 애정으로 따뜻이 위로를 덧붙인다.

　"보살님은 몇천 년에 한번 청정한 땅이 아니면 피어나지 않는 깊은 산속의 우담화優曇華 같은 분이셨구나. 크게 비어 있는 신심공덕이 진정한 보리심菩提心이고, 모든 것을 버려서 깨끗하게 하는 것이 열반정토라고 부처님이 말씀을 하셨구나."

　다라는 이제 불쏘시개를 다비장작 사이에 밀어 넣었다. 마른 솔가지에 불길이 번지고 차츰 통나무장작으로 옮겨 붙은 불길은 금세 장작더미를 뼁 돌아가면서 검은 연기와 함께 타올라 자잘한 나무토막들이 이리저리 튀고 불티가 날면서 시뻘건 불길은 맹렬한 기세로 타오른다. 오랜 세월 동안 자연 속에 살아온 한 사람이 빠르게 불타면서 빛眼이 타고, 소리耳가 타고, 냄새鼻, 맛舌, 느낌身이 타고 마음意과 마음을 이루는 오온의 물질적인 것色이 사라지고, 감각受, 인식 작용想이 사라지고, 의지 작용行, 마음의 작용識이 사라지고, 우주의 원소元素로 사라지며 생애를 괴롭게 지배해 온 팔만사천 번뇌가 펄럭거리는 불길 속에서 사라지고 있었다.

　허봉선사는 순덕보살이 연화장 넓은 세계에 들어가는 송경을 계속하였다.

　"수미거해 마멸무여 하왕차신 생로병사 우비고뇌 능여원위……."

　무상계는 열반에 들어가는 문이며 생사고해를 건너가는 자비의 배였다. 괴로운 땅을 떠나 극락에 왕생하도록 비는 마음들은 밤이 깊어갈수록 더욱 간절하였다.

　나른한 온기, 여리게 돋아난 풀잎들, 봄기운이 완연해지고 있었다. 다라는 오늘도 암자 산골짜기를 일찍 올라와 돌사닥다리 비탈언덕의 우뚝한 바위에 올연히 올라앉아 있었다. 엄마가 살아생전 가파른 암자 산길을 숨차게 오르내리며 자주 쉬어가던 바위는 먼 산 아래 골짜기가 한눈에 바라보이는 곳이었다.

　"그만 암자에 올라가 공양을 하자구나."

　오가는 사람 하나 볼 수 없는 두메산간 썰렁한 너와집에 혼자 덩그러니 남아 상심을 달래지 못하고 매일같이 달려 올라와 꼼짝달싹할 줄을 모르고 먼눈으로 망연자실 앉아있는 다라의 애달픈 정경을 유정스님은 더 지켜볼 수가 없다.

　"이 바위는 우리 엄마가 선사님 암자 산길을 오르내리면서 다리가 아플 적이면 한 차례씩 쉬어 다니던 바위지요. 그런 엄마 모습을 몇 번 보신 암자 선사님께서 우리 엄마 이름이 순덕인데 그 이름자를 따서 이 바위를 '덕이바위'라고 부르셨지요. 그리고 다정하고 자비롭고 착한 마음이란 뜻으로 '多情佛心'이란 글자를 새겨 놓으셨지요. 이 바위는 우리 엄마 바위예요. 제가 이제 그때의 엄마처럼 이 바위에 올라앉아 저 아래 고요하게 흘러간 골짜기를 바라보고 있으면 몸과 마음이 편안한 것이 일어나기가 싫구먼요."

　다라는 두 손을 번갈아 바윗등을 쓸어가며 눈물을 흘렸다.

"선사님 말씀대로 보살님께선 이 바위로 화현하신 것이로 구나."

이 〈덕이보살바위〉에 예를 갖추며 자주 염불을 하던 허봉 선사를 상기하며 유정은 모든 걸 뒤늦게 깨닫고 크게 감복했 다.

"다라야, 이제 그만 암자로 올라가 공양을 하자."

"엄마가 저를 붙잡고 있는데 어떻게 뿌리치고 일어날 수 있어요."

다라는 손으로 다시 배어나는 눈물을 닦았다.

"네 마음에서 엄마가 당최 떠나지를 않으시는 모양이구나."

구릿빛으로 오동보동하던 다라는 양쪽 볼이 홀쭉하니 혈 조가 줄은 얼굴로 가엾이 앉은 모습을 유정은 더 지켜볼 수 가 없다.

"어서, 엄마를 놓아드리고 일어나래두."

유정은 재차 채근했다.

"엄마가 저를 놓아주질 않아요."

다라는 멀리 하얗게 흐르는 강물을 바라보았다.

"네 마음이 애달파서 그런 것이다."

그런 마음은 뿌리가 깊고 깊어 끊고 자르기가 어렵지만 차 츰 깨달아 알고 나면 그것이 결국 자신의 심행心行에서 오는 망상이었던 것을 유정은 지난날 일찍 여읜 어버이가 미치도 록 보고 싶었던 경험을 통하여 알고 있었다.

"보살님은 금생의 인연이 다하여 극락왕생하신 것이다. 너

도 그건 알고 있지 않으냐. 이제 그만 엄마를 편안하게 놓아
드리고 자리를 일어나라."

생명의 원천인 어머니, 세상의 모든 어머니들은 신神과 같
은 이미지를 지니고 있었다. 뜨거운 열정과 희생, 온유한 사
랑의 품으로 혼신을 다하여 자식을 기르는 어머니, 그런 어
머니가 한없이 그리워지는 것이 어디 다라 한 사람뿐이랴.
기억하기에도 힘든 어머니 아버지의 흐린 모습, 유정은 아직
도 두 분이 그립고 보고 싶어 자신도 모르게 눈물이 젖고 할
때가 있다.

"다라야, 나는 너보다 더 어린 나이에 두 분 부모님을 하루
한 날에 여의었구나."

유정은 말을 그리 해도 추운 한겨울 삼동을 춥게 얼어붙은
눈더미 속에 엄마를 묻어 두었던 다라의 상심이 유정은 오죽
할까 싶었다.

"스님께선 돌아오지 못할 먼 길을 떠나시던 엄마가 손을
부여잡고 매달리는 어린 자식을 모질게 뿌리치시던가요?"

다라는 메는 목소리로 물었다.

"나는 그런 것조차 몰랐구나. 나는 사람이 나고 늙어 병들
어 죽는 것이 무엇인지도 모르던 철부지였단다. 어머님은 먼
저승길을 홀로 떠나신 것이 아니라 두 분이 함께 동행을 하
셨단다."

"세상에 그럴 수도 있나요?"

다라는 고개를 돌리고 유정스님을 다시 쳐다보았다.

"속세 중생들은 모두 천생연분이라고들 하더구나."

"정말 그러시군요."

"그 뒤에 나는 할머님 손에 이끌려 동자童子 출가를 하였구나."

유정은 그때의 어머니, 아버지가 왜 그렇게 모질고 독한 마음으로 어린 자식을 세상에 내던지고 황황 홀홀히 떠나야 했는지 이해할 수 없었다. 잔인한 임종의 마지막 순간을 어떻게 견디었을까 싶은 생각이 들고 할 때면 가슴이 막히고 숨이 턱 밑을 차올라 유정은 참으로 견딜 수가 없었다.

"다라는 선사님을 받들어 시봉을 하면서 부처님의 가르침을 배운 행실로 신심공덕이 돈독하지 않으냐. 사람은 세상을 사는 게 괴로운 번뇌로 가득 찼다고 하지만 숙명적인 번뇌가 있기에 중생인 것이란다. 그러니까 삶을 누리는 동안 번뇌를 다소 줄일 수는 있을지 몰라도 아주 없앨 수는 없을 것이다. 번뇌를 완전히 소멸하였을 땐 이미 생명도 완전히 소멸된 죽음이 아니겠느냐. 그게 적멸이고, 정토인 것이며, 열반이다. 어차피 번뇌가 불가피한 중생의 숙명이라면 끌어안을 수밖에 없을 땐 끌어안기도 하고, 수행의 평상심으로 괴로운 번뇌를 줄여나가면서 생생하게 살아 있는 우리네 삶의 순간들을 더욱 고귀하게 찬미하는 것이 바람직한 인생일 것이다."

고통스런 슬픔 속에서 좀처럼 헤어나지 못하고 있는 다라를 지켜보며 유정은 조용히 말했다.

"우리 엄마한텐 오직 이 딸내미 하나밖에 없는데 불쌍한 엄마를 두고 제가 어디를 갑니까."

다라는 요지부동이다.

"남들 다 가는 시집도 못 가고 첩첩산중 처녀귀신이 될까 봐 우리 엄마는 얼마나 유별난 성화를 바쳤는지 스님은 모르신다구요. 우리 엄마는 하나뿐인 이 딸년을 산간 오지 바깥 남정네에게 시집을 보내지 못하고 죽은 한이 맺혀서 아마 저 승에 들지도 못하고 시방 구천九泉을 떠돌며 가슴을 팍팍 찧고 계실 것이구먼요."

다라는 가슴이 푹 가라앉는 한숨으로 눈물을 훔쳤다.

"저는 그런 우리 엄마 마음을 잘 알고 있구먼요."

"당신 속으로 낳은 딸이니까."

"불쌍한 우리 엄마, 저는 어릴 적부터 엄마한테 아빠가 언제 돈을 벌어오느냐고 철없이 보채곤 했지요. 엄마는 아빠가 돈을 많이 벌면 돌아온다고 똑같은 말을 항상 되풀이했지요. 그런데 아빠는 제가 다 크도록 집에 한 번도 돌아와 본 적이 없어요. 사실 엄마는 저에게 끊임없이 거짓말을 한 것이지요."

"거짓말이라니, 무슨 말이냐?"

"우리 엄마는 약초꾼의 딸로 살다 할아버지가 돌아가신 뒤 혼자 남아 마흔 살이 넘은 노처녀가 되었고, 산속으로 약초를 캐러 들어온 남자를 만나 이 다라를 낳았답니다."

다라는 이야기를 풀어 놓는 내내 눈물을 흘렸다.

"다라야?"

암자에서 포행을 나온 허봉선사의 온정이 깃든 목소리가

들려왔다.

"엄마를 암자에 모시지 않았느냐. 어서 올라오너라. 사람은 갑자기 곡기를 끊으면 허약해져서 못쓰느니라."

해동기解冬期를 거치면서 몰라보게 기력이 떨어진 허봉선사는 구부슴한 어깨로 지척지척 내려왔다.

"예불을 모실 시간이 다 되었나 보다. 일어나거라."

저녁예불 시간이었다. 넋을 놓고 먼산바라기로 앉아있던 다라는 천천히 바위에서 엉덩이를 떼고 일어났다.

"저는 이제 이 깊은 두메산골을 나가야 되겠구먼요. 서울로 나가 돈을 벌어 가지고 돌아와 이곳에 절을 짓고 엄마가 화현하신 이 다정불심 엄마바위를 지키며 살겠어요. 우리 엄마가 극락왕생 천도하여 세세생생 아미타 부처님 곁에 편안히 복락을 누리시도록요."

암자로 올라온 다라는 지극한 마음으로 예불에 들였다.

옴 바아라 도비야 홈 옴 바아라 도비야 홈 옴 바아라 도비야 홈 지심귀명례至心歸命禮 삼계도사三界導師 사생자부四生慈父 시아본사是我本師…….

산바람이 자고 나무숲들이 조용해진 골짜기의 온 생명들을 부르는 청정한 염불소리, 목탁소리가 가득 울려 퍼지자 기나긴 겨울 노 선사가 베푸는 먹이에 겨우 의존하며 배고픔을 달래던 산짐승, 날짐승들이 암자 인근으로 모두 모여들어 예불에 참례하는 듯하였다.

"내 몸이 날로 쇠잔하여 산중 부처님들에게 예불을 드리는 것도 이제 얼마 남지 않은 듯하구나."

저녁예불을 올리고 난 허봉선사는 열반을 예감하듯 입에 담았다.

"그게 무슨 말씀이신지요?"

유정은 가슴이 철렁했다.

"늙은 잡승이 뼈다귀만 앙상하니 어디 보시할 데도 없구나."

"하화중생의 대원大願을 발하여 부처가 되는 것을 유보하고 윤회의 세계에 머물러 중생구제에 나섰던 아도화상이 계셨던 것을 알고 있습니다. 선사님께선 아직 그런 말씀을 하실 때가 아니십니다."

"사람이 죽고 사는 걸 연치로 말할 수 있느냐."

"선사님 말씀을 받아듣기가 민망합니다. 이 다라가 선사님을 시봉하겠으니 그런 말씀은 거두십시오."

"내 삶의 마른 낙엽이 벌써 땅 위에 떨어져 구르고 있구나. 늙어 아무짝에도 쓸모가 없는 노골老骨을 남의 수고로 연명할 까닭이 무엇이냐. 갈수록 점점 더 고단한 날이 많아지니 이제 좀 누워 쉬고 쉽구나. 장작불에 타서 없어질 질긴 고기에 뼈다귀 앙상하여 제 맛은 아닐지라도 까마귀, 물고기들에게라도 마지막 보시를 해야 되지 않겠느냐. 내 남은 시간이 마침내 다하면 마르고 질긴 내 고깃덩어리는 그리될 것이니라. 나무아미타불 관세음보살."

평상시와 같이 지그시 눈을 깔고 단주를 굴리는 노선사의 모습이 갑자기 백년의 풍우를 견디어온 고목 같아 보였다.

결코 평범한 범승凡僧이 아니건만 자신을 늙은 산짐승에 자주 비유하던 허봉선사는 괴로운 번뇌에 얽매여 생사를 초월하지 못하고 늙고 병이 들어 무기력하게 죽음을 맞이해야 하는 노년의 숙명처럼 허망하고 쓸쓸하고 슬프게 바라보이는 것은 또 무엇인지? 유정은 이제 허봉선사와 인연이 다하고 있음을 느끼며 가슴이 꽉 막히는 신음을 아리게 밀어내었다.

"나고 살고 죽고 오고감도 없다. 모두가 다 허상이다. 물이 땅 위로 솟아오르면 샘이 되고, 흘러 내가 되고, 도도한 강이 되고, 드넓은 바다가 되고, 하늘에 수증기로 피어오르면 안개가 되고, 뭉쳐서 구름이 되었다가 이슬과 비, 서리, 눈과 우박이 되어 내리기도 하고, 더우면 증발하고, 추우면 얼음이 되어 어느 것이 본성인지 알 수 없는 것처럼 사람도 그와 똑같다. 네가 알고 있는 생각과 다른 것이 있느냐?"

"모든 현상이 이치에 따른 자연의 법칙입니다."

유정은 짧게 대답했다.

"사바탁세를 보라. 중생들은 아침에 잠을 깨면 착하고 마음씨 고운 사람이다 저녁엔 흉포한 괴물이 되어 새된 고함을 지르고, 포악한 짐승처럼 악인이 되는가 하면, 금방 즐거워 희희낙락거리다 죽어버리고 싶은 사람처럼 슬피 울고, 똑같은 그 마음이 따뜻하고 부드러운 자비심이 일어나다 사악한 탐욕으로 뒤바뀌고, 부드럽고 따뜻하던 손이 금세 차가운 손으로 변하고, 열정이 활활 타오르던 사랑은 곧 악독한 미움과 사나운 원망이 되어 끓기도 하며, 때로 시퍼런 눈으로 살아 있는 사람의 생목숨을 서슴없이 끊어 식지 않은 피가 뚝 뚝 떨어지던 악마의 손이 언제였던가 싶게 엄숙한 제단에 옷 깃을 가다듬고 공손히 분향하는 가증스런 손이 되지를 아니 하더냐. 실로 말법의 시대로구나. 성직의 탈을 쓴 자가 제 속으로 낳은 자식의 목을 조르고, 독약을 먹이며 때려죽이기도 하고, 버려진 아이들을 데려다 키워 성욕을 채우며 능욕을 일삼는가 하면 부처님의 절집까지 사기를 쳐서 팔아먹고 있구나. 부정한 나라의 권력은 형장의 망나니 장칼을 휘두르며 거짓말과 허황된 말을 일삼아 나라 안팎으로 볼꼴사나운 빈축을 사고, 가진 자들의 세상을 활짝 열어주며, 피땀을 팔아 사는 노동자들은 가엾은 파리 목숨이 되는구나. 천지가 본래 청정한 것처럼 중생들의 마음 또한 본래 청정한 것이었거늘 잔인한 악덕이 전염병처럼 창궐하니 어디 사람이 살 만한 세상이더냐. 본래 법계가 더러워지는 것은 중생에게 무명의 고약한 때가 묻는 탓이니, 바로 무서운 악업의 때가 아니겠느냐. 어리석어 생기는 추악한 망령이요, 아무 것도 없는 허공과 같은 허망함이다. 중생의 모든 일이 허공에 그린 한 폭의 그림과 같으니 사람의 인과응보는 하나도 어그러짐이 없음을 바로 알아야 할 것이다."

마음에 아무런 걸림이 없는 온화한 모습으로 편안해 보이고, 모든 것에 걸림이 없는 사람은 단번에 생사를 벗어난다고 一切無碍人 一道出生死 하던 허봉선사의 법어를 유정은 생생히 기억하고 있었다. 생사와 열반이 오로지 헛된 꿈의 경지이고, 마침내 해탈을 얻어 맑고 깨끗한 경지에 올라 부처의 은혜를 느끼며, 무상도無上道의 고마움을 맛보듯 회심의 미소가 떠오른 노 선사의 얼굴에 환한 은빛이 발산하고 있었다. 바로 부처의 가르침을 설법으로 듣고 진리를 깨달아 마음속에 일어나는 환희, 바로 그 법열法悅이었다. 공간과 시간이 모두 다 타버리고 적멸寂滅의 경계를 이루고 있는 것이다.

"이 초암은 네가 머무는 처소로 인연을 다했구나."

"선사님!"

유정은 고개를 번쩍 들어올렸다.

"쌓이고 쌓인 눈더미에 문간이 막혀 동굴 속에서 헤어 나오지 못하고 네가 꼼짝없이 굶어죽고 얼어 죽는 줄로만 알았구나. 생식을 한다고 해도 가지고 들어간 것이 모두 다 떨어지고 남은 것이 없을 터인데도 바위부리에 맺히는 물방울을 핥으며 가행정진을 마치고 살아 나온 것을 보면 필경 부처님의 가피였구나. 네 형상은 눈이 어둔 굴속마냥 쑥 패여 들어가고 광대뼈가 송곳처럼 뾰족하게 튀어나와 피골이 상접한데 두 눈에 서린 광채가 골짜기를 환하게 비추는 것만 같았느니라. 떠나거라."

허봉선사의 어조는 단호했다.

"소승을 어디로 가라 하십니까?"

유정은 허봉선사가 다 허물어져가는 너와집 초암을 찾은 이후 다른 데는 찾아갈 곳도 없으려니와 아예 그런 마음조차 없었다.

"소승은 아직 먹물을 들인 치의緇衣를 걸치고 있으나 교리를 어지럽히고 법계의 질서와 엄정한 불법을 욕되게 파하여 이미 결딴난 자입니다."

유정은 돌이킬 수 없는 자신의 잘못을 꺼냈다.

"아직도 마음에 두고 있느냐?"

"예, 선사님."

치명적인 악연으로 빚어진 사건에 원망과 미움은 이미 지웠다 해도 유정은 교리를 어지럽히고 불법한 죄를 쉽게 잊을 수가 없다.

"깨달은 사람도 업을 받는다. 누구도 예외일 수 없는 정업불멸 인과因果의 세계다. 깨달은 부처도 지어놓은 업장을 피해갈 수 없으며, 존재하는 모든 것은 삶이 굴러가는 인과의 법칙에서 예외일 수가 없고, 누구도 인과를 피할 수 없다. 다만 깨어 있는 사람만이 인과를 굴리는 것인데, 네가 그 인과를 굴리는 능동적인 존재인 것을 알아라."

"소승은 계를 파한 흉험한 몰골을 들고 어디로도 갈 곳이 없고, 추악한 파계승을 재워줄 절집도 없습니다. 소승은 선사님 곁에 남아 가행정진으로 참회할 것이니, 암자를 떠나라는 말씀을 거두어 주십시오."

적잖이 놀란 유정은 간곡히 읍소했다.

"갈 데가 없다니, 땡추든 유랑걸승이든 가사장삼을 걸쳤으면 중이 아니냐. 그동안 고된 수행을 하면서 참신하게 깨달은 법도 있을 터이니 지체 말고 중생계로 떠나거라. 슬프고 억울한 사람, 병들어 고통에 시달리는 사람, 사바세계 물정에 어두워 거짓말에 속은 나약한 사람들, 허약한 노인, 가진 것 없이 하루살이 고달픈 삶에 지친 중생들에게 돌아가서 줄 만한 것이 없거든 네 심장이라도 떼어줄 만큼 모든 것을 내어주고 베풀어라廻向."

붓다가 수행자들에게 중생의 이익과 안락을 위하고 세간을 사랑하기 위하여 처음도 좋고, 중간도 좋고, 끝도 좋은 법을 도리에 맞게 잘 정돈된 언설로 친절하고 세심하게 나누어 주라고 하였다.

"밝은 빛과 진한 향기는 오직 맑은 마음을 가진 자에게 알려지는 것이다. 사람은 한평생 밝은 빛 속에 살면서도 그 빛을 보지 못하는 것은 악업의 업보가 눈을 어둡게 가리고 있기 때문이다. 향기를 맡지 못하는 것은 비린내와 달콤한 향락에 찌들어 코가 무디어졌기 때문이니라. 나무관세음보살……."

허봉선사는 단주를 굴리며 법문을 계속했다.

"계율이란 본시 불성에 가까이 다가가려는 수단이니 너무 계율에 덜미가 잡힌 노예로 살지 말고, 막힌 데가 없이 광활한 무애대승無碍大乘의 길을 가라."

"선사님 말씀을 받아 중생계로 돌아가겠습니다."

유정은 허봉선사의 법문을 소중히 받아 새겼다.

"중생들이 사악한 거짓말과 악행의 업을 깨달아 밝은 빛 속에 살도록 역한 비린내에 무딘 코를 시원하게 뚫어 줄 수 있는 구제방도는 어떠해야 합니까?"

"한번 빛 속에 나면 고해인 것을. 그 작은 고초와 고난을 견디지 못하고 귀중한 목숨을 하치않게 끊어버리는 어리석음에 빠지고, 쾌락의 업보에 떨어지다 못해 사음이 만연하고 음탕해져서 시기하고 질투하고 사소한 시비에도 무서운 원망을 키워 죽고 죽이는 참상을 빚는 지경에 이르러 도처골골이 분노가 하늘을 찌르고, 분별을 모르는 탐욕과 권세에 선한 사람들을 노예로 부리고, 부귀를 위해 사술을 쓰면서 나만 잘 되고 잘 살다 죽으면 그만인 듯이 악독하고 잔인하고 이기적인 생각들로 가득해서 죄업들을 태산처럼 쌓고 있구나."

허봉선사는 거듭 덧붙였다.

"업보가 무엇이냐? 전생이 어디 있고 내생이 어디 있느냐? 모두 다 허망한 말장난이라고 물질문명에 길 든 중생들은 제멋대로 말하는구나. 그건 오만과 무명무지의 극치이니라."

중생들은 최소한의 음욕과 살아가기 위한 최소한의 물질 취득을 넘어 더 많은 이득을 취하고, 쾌적한 생활환경의 부富를 누리기 위하여 생명을 서슴없이 죽이는 악행을 일삼고 마음을 닦아 선심공덕을 갖기보다 잇속에 밝은 사악이 잔인무도한 피를 부르고, 가진 것 없이 가난한 중생들이 춥고 배고프게 길거리로 내몰리고 있었다.

"정의와 진실이 살아 있는 중생사회, 진실하고 선량함을 마음속에 가득 담는 중생들이 되게 할 것이다. 인간의 존엄과 진리가 빛이 되는 정토를 이루어지도록 하고, 육신 속에 있는 마음, 그 보이지 않는 마음들을 살펴 사람 사는 세상을 바르게 보도록 해라."

"예, 선사님."

유정은 허봉선사의 열반을 거듭 예감하고 있었다.

"모름지기 한 사람의 눈부신 빛과 아름다운 향기는 죄악으로 더럽고 오욕에 끓는 중생들의 마음을 막힌 데 없이 뚫고 식혀줄 수 있을 것이다. 나약하고 힘들어하고, 미륵동굴의 혼미해진 네 의식 속으로 파고들던 소리는 번뇌의 고통에 빠진 중생들의 신음소리이니 아파서 신음하는 중생들 속에 함께하며 의지가 되고 빛이 되라"

유정은 흐린 의식 속으로 한 줄기 스치던 소리를 상기했다.

"네 귀에 흘러들던 그 종소리는 미륵봉 골짜기의 암괴류를 스치는 바람소리였을 것이다. 네가 여섯 살 어린나이에 나를 따라 서낭산 봉월사에 들어온 것은 오직 보고 싶은 어머니 때문이었구나."

허봉선사의 말씀을 듣다 보니 유정은 그 동자승 시절이 한순간 스쳐갔다.

"나는 네가 어린 동자승 시절 두 귀에 종소리가 들리면 어머니를 만날 수 있다고 하였구나. 그리하여 너는 그 화두에 매달려 오매불망寤寐不忘 어머니를 그리워하였구나. 나는 네가 절집을 떠나지 못하게 붙잡아 놓고 큰 불지를 만들어 볼 생각이었고, 그동안 너는 부지런히 정진精進하여 환희지歡喜地의 경지를 내게 보였구나. 이쯤에 네 뜻 내 뜻을 다 이루었으니 나는 이제 열반에 들어도 되겠구나."

"선사님."

유정은 숙연했다.

"깨달았다는 생각을 하면 깨닫지 못한 것이 된다. 쇠털 같은 오만이라도 사악이며 마군이다. 항상 너를 낮출 것이며, 진리와 중생을 부디 잊지 마라."

허봉선사는 지그시 눈을 감았다. 그때 양지바른 산언덕에서 캐온 봄나물 바구니를 쪽마루에 올려놓고 다듬어가며 두 스님이 나누는 대화를 엿듣던 다라는 팔을 뻗어 방문을 덜컥 내열었다.

"봄나물이 벌써 올라왔더냐?"

허봉선사는 다라를 돌아보며 물었다.

"저녁공양에 무쳐 드릴 만큼은 뜯었습니다."

"네가 아마 무슨 할 말이 있는 모양이로구나?"

"저도 유정스님을 따라 바깥세상으로 나가고 싶습니다."

다라는 야무지게 말했다.

"나갔다 들어온 지가 얼마나 되었다고 또 나가겠다는 거냐?"

유정은 하루가 다르게 쇠잔해지는 선사님의 시봉을 걱정하며 다라의 출타를 제지했다.

"다라가 서울을 나갔다 오더니 재미가 든 모양이구나."

"저번 스님을 따라 서울에 나갔다 행자생활을 할 만한 절을 보아두었습니다. 저도 사미니계를 받아서 승가대학에 들어가 불교공부를 하고 싶습니다."

다라는 진솔하게 사정했다.

"비구니스님이 되고 싶은 게냐?"

허봉선사는 다라를 보며 물었다.

"예, 선사님."

다라는 다소곳한 태도로 대답했다.

"그러지 않아도 산 아래 강변 다 허물어져가는 집에서 너 혼자 언제까지 살겠느냐. 해서 한번 말하려던 참이었는데 유정스님을 따라 서울로 나가겠다니 마침 잘 되었구나. 네 좋을 대로 하여라."

준험한 산들이 첩첩이 둘러싸인 두메산간에서 옥수수, 감자밭을 일구고 약초나 캐며 산처녀로 자라는 동안 보고 들은 것이 있다면 애오라지 빤한 한조각 하늘에 피어오른 뭉게구름이요, 들리는 것은 노 선사의 염불, 목탁소리, 찬바람에 우수수 낙엽 떨어지는 소리, 산짐승 뛰는 소리, 새소리, 풀벌레 우는 소리였다. 모녀 단둘이 조용하고 쓸쓸히 살다 제 엄마마저 한겨울 폭설에 여읜 다라가 마냥 딱하고 안쓰럽던 허봉선사는 당신 시봉이나 받자고 붙잡아 놓을 수 없다.

"감사합니다, 선사님."

"그동안 법안法眼도 웬만큼 생겼을 것이니 결심을 아주 잘 했구나."

매사 진중하고 실쌈스러운 데다 심지가 굳고 슬금한 심덕을 알고 있는 허봉선사는 다라가 어디를 가도 제살이를 충분히 할 것으로 믿었다.

"공부를 마치면 곧 돌아와 선사님을 모시겠습니다."

막상 산중을 나갈 작정을 하니 다라는 그동안 자신이 시봉해 온 것처럼 노 선사를 가까이 보살펴드릴 사람이 아무도 없다는 것이 죄스럽게 마음을 붙잡았다.

"나는 아직 누구 시봉을 받을 만큼 구차한 육신이 아니니라. 그동안 어머니를 여읜 상심을 힘들게 견디며 썰렁한 집에 혼자 사느라고 무척이나 외롭고 힘들었을 것이다. 이제 내 걱정을 말고 마음 편하게 떠나거라."

순덕보살의 49제四十九齋가 끝나자 찬바람이 포효하며 춥게 이어지던 날씨가 풀리고, 암자 골짜기는 봄물이 제법 경쾌한 소리를 내며 흘러내리고 있다. 그런 갯가의 가시나무덤불엔 뱁새가 떼를 지어 날고, 봄물이 졸졸졸 흐르는 개천엔 박새, 멧새, 동박새, 지빠귀가 날아들어 목욕을 즐기는 한편 눈 속에 파묻혔던 나무열매와 풀씨를 겨우 파먹으며 어렵사리 겨울을 난 다람쥐, 산토끼도 굴속에서 기지개를 켜고 나와 뛰어다닌다. 허봉선사는 암자를 나와 토방의 곡식자루를 툴툴 털어 산새들 먹이로 주고 나서 암자를 떠나는 유정상좌와 다라를 배웅하였다.

"선사님, 아직 골짜기 찬바람이 쌀쌀합니다."

유정은 언제 허물어질지도 모르는 초암에 은사를 홀로 두고 떠나는 것이 차마 못할 짓을 하고 있는 것만 같아 마음이 무거웠다.

"사정이 여의치 않으면 다라를 암자로 돌려보내겠습니다."

"굳이 그럴 거 없다. 나는 혼자가 아니니라. 여기 이렇게 든든하게 늙은 노승을 지켜주는 순덕보살님이 계시지를 않느냐."

아침 해가 벌써 산 능선 위로 떠올랐다. 암자 아래 뒤 굽이 돌이를 내려온 허봉선사는 산길 언덕의 다정불심多情佛心 덕이보살바위 앞에 발걸음을 멈춰 서서 합장 반배를 하였다. 유정도 두 손 합장 반배로 작별인사를 하였다.

"다라가 나와 기다리겠구나. 어서 가자구나."

순덕보살바위에서 발길이 좀처럼 떨어지지 않는 듯 지켜서 있던 허봉선사는 뒤 번 뒷눈질로 순덕보살바위를 돌아보며 비탈길을 내려섰다. 산골짜기의 찬바람이 쌀쌀하게 옷깃을 파고들었다.

"선사님, 그만 암자로 올라가십시오."

"아니다, 어서 가거라."

지난밤 소쩍새가 밤새껏 구슬피 울더니, 산새들도 서로 만나고 헤어지는 기쁨과 슬픔을 아는 양, 이 나무 저 나뭇가지를 번갈아 날아가며 지저귀고, 개천기슭 가시덤불을 분주히 넘나드는 텃새들도 소란스럽게 우짖으며 뒤를 따르고 있었다.

"스님, 여기요!"

강변 언덕에서 다라가 손을 흔들었다.

"선사님, 제가 선사님을 홀로 남겨두고 도망가는 것만 같습니다."

　해동기를 맞이하면서 눈에 띄게 노쇠해진 허봉선사를 바라보는 다라의 두 눈엔 수정 같은 눈물이 맺혀 떨어진다.

　"눈물방울에 발등이 깨지겠다."

　허봉선사가 놀림소리를 했다.

　"용서하세요, 선사님."

　다라는 목이 메는 감정을 주체하지 못하고 연신 울먹거렸다. 단 한 번도 얼굴을 보지 못한 아버지가 대처로 돈벌이를 나갔다는 것도, 산속으로 약초를 캐러 들어갔다 높은 바위벼랑에서 떨어져 죽었다는 것도 알고 보면 순전히 엄마의 거짓말이었다. 그런 엄마의 거짓말을 어렴풋이라도 눈치를 챈 것은 열 살이 넘어서였다. 불심이 지극했던 엄마는 사시사철 미륵봉 암자의 부처님 재일에 하루도 빠지는 일이 없었다. 엄마와 함께 미륵봉 암자 불공을 따라다니면서 수염이 텁수룩하게 늙은 할아버지를 '선사님'이라고 불러가며 정성껏 받들어 모시고 불경공부도 하였다.

　"어서들, 뗏목에 오르거라."

　허봉선사는 긴 대나무 장대를 집어 들고 채근했다.

　"예, 선사님."

　유정은 새들이 뒤따라 정겹게 우짖던 미륵봉 골짜기를 한번 더 돌아다보고 난 뒤 강 언덕을 내려와 강물에 띄운 뗏목에 올랐다.

　"징검다리를 건너다니던 개천이 몇 년 사이 이렇게 크게 물이 불어난 강물이 되어 흐르고 있구나."

눈 한번 깜박하는 동안에 다 큰 처녀로 성숙한 다라를 다시 바라보고 하던 허봉선사는 마치도 하룻밤 꿈을 깨어나니 산천이 일변하고 인생이 바뀐 것처럼 반듯한 처녀가 된 다라를 흐뭇한 얼굴로 바라보았다.

"선사님은 앉아 계세요. 제가 뗏목은 저어갈게요."

다라는 등에 메고 있던 배낭을 벗어놓고 허봉선사에게 달려들어 삿대를 붙잡았다.

"뗏목을 부리시는 것도 힘드신 것 같은데 아무래도 제가 잘못 하고 있는 거 같아요, 선사님."

다라는 자꾸만 복받쳐 오르는 감정을 주체하지 못하고 울먹거리며 낡은 뗏목을 강물에 띄웠다.

"별 걱정을 다하는구나."

쇠잔한 얼굴에 엷은 미소를 짓고 바라보는 허봉선사의 눈에도 눈물이 젖었다.

"가자가자, 어서 가자."

허봉선사는 나직한 혼잣소리로 중얼거렸다. 세 사람이 올라탄 뗏목은 차츰 강심으로 접어들어 출렁출렁 흘러내리는 강물을 가로질러 나가던 뗏목이 세찬 강물에 떠밀리며 하류로 떠내려가고 있었다. 허봉선사는 얼른 덤벼들어 다라가 저어가고 있는 삿대로 덤벼들었다.

"해가 갈수록 강물이 불어나 물이 깊고 강폭이 넓어지는구나."

긴 대나무 장대가 강물 속으로 깊이 밀려들어가고 있다.

"이젠 배를 타고 건너야 되겠어요, 선사님."

다라는 삿대에 온몸을 실어가며 격랑에 휘말리는 뗏목을 바로잡아 나갔다. 산간에 쌓인 폭설이 뒤늦게 녹아내리면서 강물이 크게 불어나고 있었다. 오래된 뗏목의 상판 판자때기가 군데군데 썩어 부서지고 둥글게 부착해 놓은 스티로폼도 곳곳이 떨어져나가 덧씌운 파란 비닐도 이리저리 찢겨 너펄거리고 있었다.

"앞으론 이 뗏목으로 강을 건너실 수가 없겠습니다."

유정은 세찬 강물에 위태롭게 떠밀리는 뗏목을 보다 못해 썩은 상판의 널쪽 하나를 떼어들고 거친 물살에 휘도는 뗏목의 중심을 바로잡아 나갔다.

"배를 한 척 마련했어야 하는 건데 그랬어요."

다라는 노 선사님에 대한 걱정이 앞섰다.

"부질없는 마음이니라."

허봉선사는 바야흐로 생사의 경계를 완전히 벗어난 것처럼 텁수룩한 수염에 덮인 얼굴빛이 유난히 밝아 보였다.

"강을 다 건너와 가는구나."

허봉선사의 말소리가 공허했다.

"내릴 준비들을 하여라."

물이 얕게 개흙이 깔린 강펄 쪽으로 밀려들어가던 뗏목이 언덕에 앞머리를 들이밀며 철썩 닿았다.

"선사님, 부디 강녕하십시오."

다라는 선사님 앞에 무릎을 굽히며 삼배를 하고 일어나 배낭을 짊어졌다. 유정은 어버이요, 은사인 허봉선사에게 지극한 마음으로 오체투지를 올린 뒤에 생사를 익히 초월하듯 고요하고 평화로운 노 선사의 모습을 길게 바라보았다.

"곁에서 시봉하지 못하고 떠나는 소승을 용서하십시오."

유정은 씻을 수 없는 죄를 자책했다.

"너도 생로병사가 무엇인지 분별할 만큼 되지 않았느냐? 갈 길이 머니 어서 가거라."

뗏목에서 내린 다라와 유정스님은 합장으로 반배를 하고 허리를 세우며 두 손을 크게 흔들었다. 노 선사는 뗏목의 삿대를 잡았다.

"선사님, 안녕히 계세요."

"잘들 가거라."

노 선사는 삿대를 힘 있게 밀어내며 강물에 뗏목을 띄웠다.

"선사님, 안녕히……."

다라는 강펄언덕에서 돌아설 줄을 모르고 허연 백발을 쓸쓸히 나부끼며 뗏목을 저어가는 허봉선사를 바라보고 또 바라보았다.

"그만 가자."

유정은 다라를 돌려세웠다. 강바람이 차갑게 불어온다. 뗏목은 물살이 거세지는 강심을 헤쳐가고 있었다.

"언제까지 뗏목 선사님을 바라보고 서 있을 거냐?"

유정은 뗏목을 저어가는 허봉선사를 걷잡을 수 없는 눈물로 하염없이 바라볼 양 발걸음을 떼지 못하고 있는 다라를 채근하며 돌려세웠다.

"안 되겠어요, 저는 다시 돌아가야 되겠어요."

다라는 몸부림을 쳤다.

"다라야."

유정의 울부짖고 되돌아서는 다라를 두 팔에 끌어안았다.

"선사님이, 선사님이……."

다라는 팔이 이끌려가면서도 뒷눈질을 거듭했다. 산골짜기를 거슬러온 강바람이 차가웠다. 줄곧 눈물을 훔치며 강펄을 걸어 나온 다라는 강변언덕을 올라서기 무섭게 강을 다시 뒤돌아보았다.

"아니, 떼, 뗏목이?"

다라는 놀랍게 소리쳤다. 강물 위엔 떠가던 뗏목이 보이지 않았다.

"스님, 선사님 뗏목이 보이지 않아요."

다라는 다시금 소스라치게 부르짖었다.

"뗏목이 없다니, 무슨 소리냐?"

유정은 강변언덕으로 돌아서면서 물었다. 강물에 희뿌옇게 서렸던 아침안개가 벗겨지면서 출렁거리는 강물이 떠오르고 있었다. 강 한가운데를 헤쳐 가던 뗏목이 어디에도 보이지 않았다.

"떼, 뗏목이?"

아침안개가 벗겨진 강상엔 눈부신 햇빛이 깔리고 있었다. 유정은 뗏목을 찾아 강상을 정신없이 더듬었다. 강상에 떠

있는 것은 아무 것도 없다. 도도한 강물만 유유히 흐르고 있었다.

"선사님께서 낡은 뗏목을 몰고 어디로 가셨단 말이냐?"

강물 위엔 눈부신 햇빛만이 하얗게 깔리고 있었다.

"스님, 저기!"

강물을 이쪽저쪽 더듬던 다라는 느닷없이 소릴 질렀다. 강물 위에 파란 물체가 둥실거리며 떠내려가고 있다. 뗏목에 부착된 파란 스티로폼의 비닐조각이었다.

"뗏목이?"

강 하류로 뒤집혀 떠내려가는 뗏목을 발견한 다라는 백짓장처럼 박속처럼 하얗게 핏기가 가신 얼굴로 넋이 빠졌다. 다시 바라봐도 허연 백발을 강바람에 나부끼며 뗏목을 부리고 강을 건너가던 노 선사는 어디에도 보이지 않고 홀렁 뒤집힌 뗏목만 출렁거리는 강물을 따라 하류로 떠내려가고 있었다.

"뗏목을 버리셨구나."

유정은 고즈넉이 입을 떼었다.

"뗏목을 버리시다니요?"

다라는 커다란 눈으로 부르짖었다.

"강을 다 건너가셨으니 뗏목을 버리신 거야."

"그 새 강을 다 건너가시다니요? 선사님이 강 건너 어디에도 보이지 않는걸요."

"연로하셨다 해도 빠른 몸이시니 벌써 암자에 오르셨을 것이다. 그만 가자."

"선사님이 강물에 빠져 돌아가신 것 같은데, 스님은 지금 무슨 말씀을 하시는 거예요?"

두 눈이 홀떡 뒤집힌 다라는 강변언덕을 펄쩍 뛰어내려 미친 듯이 강을 향해 달려 나갔다.

"다라야!"

유정은 제정신이 없이 강펄을 내닫는 다라를 황급히 뒤쫓아 나갔다. 강펄을 단걸음에 달려 나간 다라는 강물 속으로 허둥거리며 뛰어들었다.

"안돼, 다라야!"

바랑이고 뭐고 벗어던진 유정은 강물 속으로 뛰어든 다라의 등덜미를 잽싸게 그러잡았다.

"선사님께선 벌써 강 건너 바위언덕彼岸에 올라 암자에 드셨다니 그러는구나."

"선사니임."

다라는 아무 소리도 들리지 않는 듯 어린아이처럼 엉엉 울었다. 유정은 흐느껴 몸부림치는 다라를 두 팔에 안았다.

"선사님께선 완전한 열반에 드셨다."

유정은 들먹거리는 다라의 등을 쓸며 토닥거렸다. 두 눈에 눈물을 가득 머금은 다라는 강물에 가물가물 떠내려가는 허봉선사의 넋을 바라보듯 뗏목을 바라보았다. 법의를 가다듬은 유정은 뗏목이 떠내려가는 강을 향해 오체투지 삼배를 하였다. 다라도 배낭을 벗고 두 무릎을 꺾으며 유정스님과 나란히 삼배를 올렸다.

"부무상계자夫無常戒者 입열반지요문入涅槃之要門 월고해지자
항월고해지자航越苦海之慈航 시고是故 일체제불一切諸佛 인차계고因此戒故 이
입열반而入涅槃 일체중생一切衆生 인차계고因此戒故 이도고해而
度苦海……(모든 부처님들께서도 이 계를 인연하여 열반을 성취하셨으
며, 모든 중생들 또한 이 계에 의지하여 고해를 건넜습니다)."

다시 정신을 가다듬고 목탁을 꺼내든 유정은 독경無常戒을
하였고, 다라는 눈물을 흘리며 노래無常戒를 불렀다.

곱디고운 베옷 입고 꽃신 신고 가는 님아
이승의 짐 훌훌 벗고 고이 가소 정든 님아
사바고해 괴롬일랑
강물에 띄우고 지난날 맺힌 한
바람결에 흩날리고……

"여기에서 날이 저물겠구나."

자리에서 일어날 줄을 모르고 흐느끼는 다라를 채근하여
길을 잡은 유정은 강변을 벗어나면서 먼 길로 접어들었다.

"선사님께선 산골짜기 어느 외딴집이든 염불을 청하면 조
금치도 마다하지 않으시고 침통까지 챙겨 달려가셨지요. 임
종을 앞두고 희미하게 혜두가 열린 사람에게 번뇌를 모두 여
읜 제도를 하시면서 전생, 금생, 내생, 다생의 불성을 일깨우
며 편안하게 극락왕생으로 인도하셨습니다."

다라는 험악하고 거친 산길을 걸으면서 조금이라도 뒤지고 떨어질세라 유정스님 곁으로 바싹 따라붙었다.

"선지식善知識의 얼굴을 한번 대하는 것만으로도 크나큰 인연에 큰 복이라고 하였는데, 돌아가신 어머니와 함께 오랫동안 선사님을 지극정성으로 시봉하였으니 너는 여간 큰 복을 받은 게 아니구나."

우주만법의 진리에 따라 자연과 인과에 대한 자각의 눈을 열고 중생계를 바라본 유정스님은 불교의 보편적 가치관을 재정립하고 있었다.

"이렇게 나가시면 소미보살님을 다시 만나실 수도 있겠군요."

"사람은 사랑이 전부인 듯하구나."

"부처님의 가피加被로 꼭 그리 되실 것입니다. 저희 어머님은 마흔세 살 처녀의 몸으로 미륵동굴에서 수행하던 스님을 만나 이 다라를 낳으셨습니다. 초암 노 선사님께선 아미타부처님의 극락에 드신 저희 어머니를 뒤따라가신 것입니다."

다라는 자라면서 내밀하게 숨겨온 사실을 편안한 마음으로 털어놓았다. 너무 오랫동안 중생을 건지자는 불도의 본원을 잃었던 유정스님은 그 서원을 되찾아 중생 속으로 길을 재촉하였다. ✯

『객승』 불교 용어 사전

운수행각(雲水行脚):여러 곳으로 스승을 찾아 도를 묻기도 하고, 천하의 선지식을 익히기도 하면서 머무름이나 애착이 없이 곳곳을 찾아다니며 불법을 수행하는 것.

법신(法身):부처의 세 가지 모양 중의 하나. 또는 법계의 이치와 일치하는 부처의 몸.

탁세(濁世):명탁(命濁), 중생탁(衆生濁), 번뇌탁(煩惱濁), 견탁(見濁), 겁탁(劫濁)의 다섯 가지 더러운 것으로 가득 찬 죄악의 세상.

선지식(善知識:불교의 바른 도리를 가르치는 사람):선지식의 얼굴을 한번 대하는 것만 해도 큰 인연, 큰 복이라고 했다.

1겁(劫):일 년에 한 번씩 내려오는 선녀의 옷깃에 스치는 바위가 닳아 없어지는 시간.

해탈(解脫):굴레의 얽매임에서 벗어남. 즉 번뇌와 장애의 사슬에서 벗어나 자유자재를 얻었다는 뜻으로 미혹의 세계를 넘는다는 뜻에서 도탈〔度脫〕이라 함.

진공묘유(眞空妙有):생겨나지도 않고 멸하지도 않는 절대의 진리. 진실로 공한 가운데 묘한 것이 있다는 뜻.

다라(眞如):궁극적으로 추구해야 할 대승불교의 이상. 우주 만유에 보편한 상주 불변하는 본체. 이것은 우리의 생각이나 개념으로 미칠 수 없는 진실한 경계. 오직 성품을 증득한 사람만이 알 수 있는 것이며, 거짓이 아닌 진실이란 뜻과, 변천하지 않고 여상(如常)하다는 뜻으로 다라라 함.

미륵불(彌勒佛):미륵불은 석가모니 부처님이 열반에 든 뒤 56억7000만 년이 지나면 이 사바세계에 출현하는 부처님이다. 그때의 세계는 이상

적인 국토로 변하여 땅은 유리와 같이 평평하고 깨끗하며 꽃과 향이
뒤덮여 있다고 한다.

조사(祖師):대한불교 조계종에서 인정하는 석가모니 이래 전등법맥이다.

무상정등각(無上正等覺):모든 상(相)의 적멸(寂滅), 의지작용이 모두 움직이
지 않고, 모든 견해와 관계가 없으며, 모든 분별과 떨어져 있고, 움직
임과 생각과 마음의 동요 등 모든 것과 떨어져 있는 상태를 말함.

법신(法身):법계의 이(理)와 일치한 부처님의 진신(眞身). 빛깔도 형상도
없는 본체신(本體身). 현실로 인간에 출현한 부처님 이상(以上)으로 영원
한 불(佛)의 본체. 일반적으로 대승에서는 본체론적으로 우주의 본체
인 다라, 실상 등의 법(法). 또는 그와 일치한 불신을 법신이라 말함.

의정(疑情):화두를 보는 길잡이, 의심하는 마음, 오직 '염불하는 것은 누
구인가?'하고 찾는 것을 일러 의정이라 함.

진지(盡智):모든 지혜를 유루지(有漏智)와 무루지(無漏智)로 구분할 때, 무
루지에 속한다. 진지(盡智)와 무생지(無生智)의 2지(二智) 가운데 하나이다.

법계(法界):법의 종류, 영역, 본성 등 다양한 의미를 지닌 불교 용어. 크
게 나누어 세계, 우주 전체와 진리 그 자체인 다라를 의미한다.

부루나(富樓那):석가모니의 십대제자 중의 한 사람. 부처님이 성도한 소
식을 듣고 친구들과 함께 찾아가 귀의, 득도한 후 각지를 떠돌며 포교
에 전념함.

무간지옥(無間地獄):8열지옥(熱地獄)의 하나. 남섬부주 아래 2만 유순(1유순
은 약 15km) 되는 곳에 있는 몹시 괴롭다는 지옥.

방편법(方便法):부처님께서 응병여약(應病與藥)으로 대기설법(對機說法)을 하
신 것처럼 사람들의 근기에 따라 조금씩 달리 설해질 수 있는 가르침과
그 방편들이 겉보기에 다르게 설해져 있다 하더라도, 근본법(根本法)에
서는 전혀 다르지 않은 동일한 하나로 귀일되는 것으로, 이를테면 공

(空)과 무아(無我)에 치우쳐 있는 사람에게는 유(有)와 진아(眞我)를 설(說)함으로써 그 한쪽으로 치우침을 타파해주어 중도(中道)의 참된 깨우침으로 갈 수 있도록 설해주고, 유(有)와 아상(我相)에 치우쳐 있는 사람에게는 무(無)와 무상(無相), 무아(無我), 공(空)을 설함으로써 그 한쪽으로 치우쳐 있는 사견을 타파해 줌으로써 중도의 참된 진리로 이끌어 준다는 것.

여습(餘習):잔습(殘習), 여기(餘氣), 습기(習氣)라고도 함. 이미 번뇌를 끊었으나 아직도 남은 습기가 몸 안에 남아 있는 것.

여여(如如):여실(如實)이라고도 함. 변화하는 세계의 변화하지 않는 존재 그대로의 진실한 모습을 말함.

여실(如實):① 진실한 이치에 계합하는 것. ② 다라의 다른 이름.

화쟁(和諍):원효 사상의 근본을 이루는 화해(和解)와 회통(會通)의 논리체계. 모순과 대립을 하나의 체계 속에서 다루므로 화쟁이라 하였음.

정근(定根):어지러운 생각을 없애고 마음을 한곳에만 쏟는 힘의 바탕. '선정(禪定)'을 뿌리에 비유하여 이르는 말.

오탁아세(五濁惡世):겁탁(劫濁), 견탁(見濁), 번뇌탁(煩惱濁), 중생탁(衆生濁), 명탁(命濁)으로 가득 찬 세상.

공적영지(空寂靈知):진리의 본체가 텅 비고 고요하여 아무런 걸림이 없는 가운데 지혜광명이 무궁무진하게 비추고 있음을 뜻하며, 깨달음을 드러내는 가장 적절한 표현이고, 깨달음의 경지를 표현하는 말임.

진공묘유(眞空妙有):다라(眞如)의 다른 표현이며, 생겨나지도 않고 멸하지도 않는 절대의 진리. 공에도 유에도 치우치지 않는 것. 공적영지와 함께 불교 진리의 본질적 속성을 단적으로 표현.

보살행(菩薩行):보살이 부처가 되려고 수행하는, 자기와 남을 이롭게 하는 원만한 행동.

활구(活句):지금 이렇게 일거수일투족 움직이는 것은 과연 무엇이 하는 것인가?, 간화선의 생명인 활구(活句)란 학인으로 하여금 이렇게 꽉 막혀서 의심이 사무치게 일어나게 만드는 장치를 말한다.

견혹(見惑):견도(見道)에서 끊어지는 번뇌를 뜻한다. 즉 4성제에 대해 미혹하게 하는 번뇌로, 이지(理智)적인 번뇌를 말함.

사혹(思惑):망상(妄想)과 세간(世間)의 사물을 생각하여 일어나는 번뇌를 오랫동안 끊어야 하기 때문에 혹(惑).

오온(五蘊):색(色), 수(受), 상(想), 행(行), 식(識)의 다섯 요소. 즉 색온(色蘊:육체, 물질), 수온(受蘊:지각, 느낌), 상온(想蘊:표상, 생각), 행온(行蘊:욕구, 의지), 식온(識蘊:마음, 의식)을 말함.

보리심(菩提心):깨달음의 마음. 깨달음을 향한, 혹은 이미 깨달은 마음을 말한다. 오직 한 마음이라는 뜻도 됨. 보리심이 일어났을 때 땅이 진동하며 부처님의 법좌까지도 진동한다고 하며, 모든 생명의 공통된 업으로 우주가 생긴 것이라고 함.

심행(心行):우주의 신리(神理), 인간의 마음을 언령(言靈)에 의해 표현한 것, 즉 내용을 이해하고 실행하는 것.

언령(言靈):말에 영적인 힘이 깃들어 있다고 생각하는 것.

환희지(歡喜地):십지(十地)의 처음 단계. 보살이 부처가 되기 위해 수행하는 단계의 하나로, 번뇌를 끊고 마음속에 환희를 일으키는 경지를 말한다.

49재(四十九齋):매 7일마다 7차례 재를 지내므로 칠칠재라고도 한다. 사람은 죽어서 7일마다 다시 생사를 반복하다가 마지막 49일째는 반드시 출생의 조건을 얻어 다음에 올 삶의 형태가 결정된다고 한다.

멸빈(滅擯):죄를 범한 승려가 뉘우치지 않을 때, 승려의 신분을 없애고 세속으로 다시 내보냄.

법열(法悅):부처의 가르침으로 진리를 깨달아 마음속에 일어나는 기쁨과 환희.

유정(有情):정식(情識)이 있는 생물, 즉 중생.

무정(無情):초목처럼 정식이 없는 것.

무공적(無孔笛):구멍이 없는 피리, 인간의 생각이나 사유로는 파악할 수 없는 선의 경지. 또는 인간의 청정한 본래 마음을 무공적으로 표현하였음. 공안(公案)의 하나

유여열반(有餘涅槃):열반에 들긴 했지만 윤회를 계속하게 만드는 오온(五蘊)의 집착이 남아 있다는 뜻으로 '몸'이 남았다는 것, 바로 유정(有情)이요, 생명인 것이다.

무여열반(無餘涅槃):완전한 꺼짐, 숯도 재도 남아 있지 않고 완전히 연소되어 남김이 없는 열반(꺼짐). 오온이 사라지고 열반만 남은 것. 이것은 사실 죽음이다.

멸도(滅度):육도윤회(六道輪廻)의 고통(苦痛)에서 벗어나는 것, 즉 죽는 인생의 환난(患難), 곧 성불하여 번뇌 망상의 고해(苦海)를 건넜다는 것. 열반, 적멸, 입멸은 같은 뜻.

가행(加行)정진:하루 세 시간의 수면과 공양시간을 뺀 나머지 시간을 모두 좌복 위에 앉아 있는 정진.

합장주(合掌珠):염주(念珠) 또는 수주(數珠)라고도 하며 불보살에게 예배할 때 손목에 걸거나 손으로 돌리기도 하며 염불이나 절을 하는 횟수를 세는 데 쓰이기도 하는 법구의 하나.

무애행(無碍行):어디에도 걸림이 없는 자유자재하는 절대자유의 그곳, 탐냄과 성냄과 어리석음 떠나 모든 괴로움의 근원이 끊어진 곳.

사량분별(思量分別):불교에서 모든 사물과 존재의 본성을 보지 못하고 겉모습에 매달려 판단하고 사유, 추론하는 의식 작용을 말하는 부정적 의미의 용어. (1) 나누고 구별하는 마음 작용. (2) 세상의 경험을 쌓아 사물을 대하여 정당한 판단을 할 줄 아는 마음.

스마트북스 소설가

객승 客僧

1쇄 발행일 | 2017년 4월 20일

지은이 | 김중태
펴낸이 | 윤영수
펴낸곳 | 문학나무

편집 · 기획실 | 03085 서울 종로구 동숭4나길 28-1 예일하우스 301호
이메일 | mhnmoo@hanmail.net

출판등록 | 제312-2011-000064호 1991. 1. 5.
영업 마케팅부
전화 | 02-302-1250, 팩스 | 02-302-1251
ⓒ 김중태, 2017

값 15,000원
ISBN 979-11-5629-048-3 03810